Queridx inlover:

Con este libro hemos querido enamorarte. Enamorarte, pero bien. Y, aunque el amor tiene mucho de destino, aquí no hemos dejado nada al azar. Cada historia, cada trazo, cada detalle están diseñados con alma y cariño para que te olvides del mundo exterior y te dejes envolver por la magia de una buena trama.

La vida es mucho más compleja que la ficción. Puede que el amor todo lo cure, pero también una buena novela, y la intensidad de un flechazo se abraza mejor cuando se comparte con alguien que a veces se encuentra entre las páginas de un libro. Por eso nos gustan las historias de conexión, escritas a fuego lento, esas que nos dejan la cabeza y el corazón por las nubes.

Porque el amor tiene muchas formas y no siempre sabemos lo que queremos. Hay días en que nos sentimos estrellas del *rock* y otros, cazadores de demonios. Pero siempre, protagonistas de nuestra propia aventura, fuertes contra viento y marea, y merecedores de los mejores capítulos de amor.

Para que sueñes, descubras y vivas.

Te invitamos a leernos.

KATE GOLDBECK

Tú, otra vez

Traducción de Laura Rins Calahorra

iNLoV

Título original: *You, Again*

© de esta edición:
Editorial inlov
Anders Producciones S.L., 2025
www.editorialinlov.com

@inlov_editorial

© Traducción de Laura Rins Calahorra

© Ilustración de cubierta de Nicole Rifkin's
Diseño de la colección: lookatcia.com
Diseño de cubierta: lookatcia.com
Maquetación y revisión: LocTeam, S.L.

ISBN: 978-84-10399-02-0
Depósito legal: B-15228-2025

Impreso en España
Printed in Spain

Este libro está hecho de material proveniente de bosques certificados FSC® bien manejados y de otras fuentes controladas.

FSC www.fsc.org MIXTO Papel | Apoyando la silvicultura responsable FSC® C202626

En memoria de Laura Meyers.
Todo forma parte de un proceso.

2014

1

—Disculpe, señor. —Ari, plantada frente al Brooklyn Museum con los pies bien alineados con los hombros, afronta la situación con arrojo—. Está claro que si alguien ha esperado diez minutos para tomarse una infusión fría de café que cuesta seis dólares, también tiene tiempo de pararse a hablar conmigo sobre cómo proteger el segundo mayor hábitat del lince rojo de Nueva Jersey.

Siempre es mejor empezar con una provocación. Al carajo con los «¿Tendría usted un momento?». En esa ciudad, ningún peatón tiene nunca un momento para los defensores de causas benéficas.

El hombre alto de las gafas de sol, los vaqueros caros y el jersey oscuro —un poco encorvado bajo el peso de una gran mochila— aminora la marcha sin llegar a pararse del todo. Observa el chaleco fluorescente y la carpeta de su interlocutora y cae en la cuenta de su error medio segundo demasiado tarde.

—¡Estoy al teléfono, joder! —le espeta a la vez que hace un viraje para sortearla.

Sin problema. Ari está acostumbrada a que la gente finja atender llamadas para evitar vérselas con ella. Da un paso hacia la derecha y vuelve a cortarle el paso. Necesita un donativo más para cubrir el cupo, de manera que el plasta alto del jersey bien puede concederle veinte segundos para que argumente a favor del lince rojo.

—¿Puedo? —Alarga el brazo hacia la taza de café que luce el logo minimalista de Blue Bottle—. He tenido un día larguísimo.

Ese truco —que ha aprendido de Gabe, su compañero de profesión con derecho a roce— funciona el veinte por ciento de las veces, lo que supone una tasa de éxito rotunda en la tarea de incordiar a desconocidos a cambio de (ninguna) diversión y (pocos) beneficios.

—¡Esto ya pasa de castaño oscuro!

El hombre aparta la taza de su alcance y cruza Eastern Parkway de forma temeraria mientras se vuelve para mirarla con mala cara.

O tal vez para asegurarse de que no lo está siguiendo.

Cuando Gabe les habló a sus compañeros del curso de improvisación teatral sobre la oportunidad de trabajar para ProActivate y forrarse, les aseguró que se acostumbrarían a los constantes desaires, la falta de contacto visual y el rechazo absoluto.

—Es muy útil como entrenamiento para los monólogos —dijo—. Y está mejor pagado.

Cualquier cosa está mejor pagada que los monólogos.

Pero en el escenario, por lo menos, haces el ridículo delante de varias decenas de personas a la vez. Con diez minutos de agonía basta, mientras que en la calle cada treinta segundos tienes que extender la mano y lo que te llevas a cambio es como uno de esos cortes superdolorosos con una hoja de papel.

«Es... es... para volverse loco de remate».

En teoría, Ari se trasladó a Nueva York para trabajar de humorista. Cuando conoció a Gabe, uno de los carismáticos líderes del teatro de sketch donde aterrizó cuatro meses atrás, él la envolvió con sus historias sobre agentes de casting que frecuentaban sesiones de micro abierto y encuentros nocturnos con guionistas de *The Daily Show*. Se convirtió en su héroe y en su amor.

Lo que Gabe obvió contarle era que la mayoría de esos encuentros tenían lugar mientras él operaba la caja registradora del restaurante de *noodles* situado a poca distancia del estudio.

Durante el trayecto hasta su casa bajo la llovizna, Ari se mantiene ojo avizor en busca de una última oportunidad para cubrir el cupo de donativos. ¿La mujer con el paraguas publicitario que está dejando que su perrito yorkshire mee en el macizo de flores? ¿El hombre corpulento de barba pelirroja y gafas de montura gruesa que espera en la puerta de un bar de Washington Avenue? Pero no le parecen colaboradores probables, de manera que, resignada, da media vuelta y se marcha.

Tras responder al anuncio de Natalie en Craigslist, donde esta decía buscar a un realquilado para el segundo dormitorio, teóricamente acogedor, de su apartamento cercano a Prospect Heights, Ari descubrió enseguida que, en realidad, se tardan veinticinco minutos andando.

—Estrictamente hablando, la habitación es un cuarto trastero —le explicó Nat cuando fue a verla—, pero tiene una cama sobre un altillo y cabe perfectamente un escritorio.

El escritorio no cabía, pero, sin duda, vivir con Natalie era mil veces mejor que su anterior alojamiento: un futón en la sala de estar de la prima de una amiga.

Sobre todo en una noche como esa. Natalie había ido a pasar el fin de semana a los Hamptons y no volvería hasta tarde, con lo cual gozaría del lujo de tener el apartamento para ella solita y de la oportunidad perfecta para usar su vibrador más ruidoso.

Por lo menos, ese era el plan.

—¿A que no adivinas quién ha cubierto su cupo de clientes en la puerta del exclusivo Whole Foods? —Gabe está apoyado en la puerta de entrada del edificio de Ari, debajo de la marquesina que apenas lo resguarda de la lluvia. Luce el clásico atractivo de un modelo de un catálogo de Eddie Bauer o de alguien que está posando para fotos de archivo, gracias a su peinado entre pulcro y descuidado y a sus vivos ojos de color castaño—. Como coser y cantar. ¿Qué tal tú?

Se da impulso para apartarse de la pared de ladrillos, con el chaleco color flúor de ProActivate remetido en el bolsillo trasero de los vaqueros. Siempre tiene mucho éxito entre quienes pasean perros y empujan cochecitos de bebé.

—A mí me ha faltado uno —responde Ari, y se saca las llaves del bolsillo.

—Qué pena. —Gabe sostiene en alto un Blu-ray de *Origen*—. ¿Quieres acabar de ver esto?

Es una excusa barata. Llevan tres semanas fingiendo ver *Origen* en tandas de catorce minutos. La última vez, pusieron la película en pausa tras una ronda especialmente cachonda de «follar, casarse, matar». (Ari: Tom Hardy, Ken Watanabe, Joseph Gordon-Levitt. Gabe: Marion Cotillard, Cillian Murphy, Leonardo DiCaprio).

—Natalie no está —dice Ari, forzando la llave para introducirla en la cerradura—. Estaba pensando en...

—Perfecto. —Gabe sostiene la puerta abierta—. Tengo una cita en Boerum Hill dentro de un rato.

Cuando entran en el apartamento, él se quita la camisa antes de que Ari tenga tiempo de introducir el disco en el reproductor de Blu-ray de Natalie.

El rollo con Gabe es de lo más práctico. Es una persona de trato fácil y se presta a probar cosas nuevas. Tiene mucha experiencia desabrochándole el sujetador con una mano. Los dos buscan en igual medida sexo y no una relación seria. Gabe es el primer hombre con el que Ari ha estado que no se toma como un tremendo fracaso personal que introduzca un vibrador en la ecuación.

Y, tras pasarse el día soportando que la ninguneen cara a cara, es agradable sentirse deseada.

En el momento 1:06:47 de la película, cuando la ropa interior de ambos está en el suelo, el interfono emite tres pitidos estridentes.

—¿Has pedido comida preparada? —pregunta Gabe entre jadeos. Se deja caer hacia atrás en el sofá—. Ahora mismo, un sándwich me parece una idea fantástica.

—¿Cómo quieres que lo haya hecho? —Ari se incorpora—. ¿Con la tercera mano?

En el apartamento resuenan dos pitidos breves seguidos de otro sostenido.

Ari baja como puede del sofá, que se hunde por todas partes, y se precipita hacia el interfono. Pulsa el botón de hablar.

—¿Sí?

La respuesta es una mezcla confusa de interferencias, una voz grave y las palabras «comida» y «Natalie».

—El interfono no funciona —dice—. Voy a bajar. —Ari se pasa la camiseta de tirantes por la cabeza—. Natalie acostumbra a pedir comida macrobiótica —le explica a Gabe, que ya se ha puesto otra vez a llamar por teléfono—. Debe de ser el repartidor. —Recoge los bóxer de Gabe, tirados en la alfombra, y examina el suelo—. Mierda. ¿Adónde ha ido a parar mi ropa interior?

—La ropa interior está sobrevalorada. —Gabe se da impulso para levantarse del sofá—. Voy a darme una ducha.

Ari coge los bóxer, se calza a toda prisa sus zapatillas deportivas y baja corriendo la escalera para recoger el paquete de comida.

Cuando llega a la planta baja, ve una sombra abultada a través del cristal superior de la pesada puerta de entrada. Pero, en cuanto empieza a abrir, la sombra adopta la forma de una figura familiar.

El plasta alto del jersey está debajo de la marquesina y sostiene una bolsa de compra reutilizable llena de productos que parecen sacados de un bodegón holandés del siglo XVIII.

Se le ve pálido y desgarbado —¿Cuántos años tendrá? ¿Unos veinticinco?—, tiene el pelo moreno y una cara alargada de proporciones extrañas.

Pero no es feo.

Él pasea la mirada de un lado a otro por la franja de cara de Ari que queda a la vista entre el marco y la puerta.

Ella se aclara la garganta.

—¿En qué puedo ayudarte?

Él parece confuso, pero no contesta.

—¿Has venido a hablarme del Salvador, nuestro señor Jesucristo?

—Soy judío. —Se asoma por encima del hombro de Ari—. ¿Eres la compañera de piso de Natalie?

Desprende un olor botánico de loción para después del afeitado de alguna marca cara.

—Es posible —contesta ella arqueando una ceja—. ¿Eso es la comida sin gluten de su dieta paleo?

—Es bacalao escalfado con mejillones, naranja y chorizo —contesta él, nervioso, cambiando el peso de un pie al otro—. ¿Te ha dicho Natalie que iba a venir?

Justo en ese momento, el móvil de Ari suena repetidas veces.

Nat 💄:
necesito un favor enooorme
Me he confundido de día
Se supone que esta noche Josh iba a hacerme la cena

Nat 💄:
el chef.
ya está en camino con la comida
He cogido el primer bus, pero aun así llego muy tarde
Le abres? 🥺🥺

«Mierda».

Los típicos embustes de Natalie, y siempre se sale con la suya porque tiene la piel radiante y una risa increíble, y Ari bebe los vientos por ella de una forma completamente diferente de los calentones esporádicos que siente por Gabe. Llamadlo ser incapaz de decir «no».

—Un momento. ¿Tú quién eres?

Ari sostiene la pantalla del móvil contra el pecho para ocultársela al tío de la puerta.

—Soy Josh, el novio de Natalie.

No lo entona como una pregunta. Es una afirmación. Una evidencia.

Ari le responde con otra evidencia:

—Nat no tiene novio.

—Sí, sí que lo tiene —replica él con la confianza de quien sabe que dice la verdad. Más o menos—. Soy yo.

Apenas se capta, pero la compañera de piso de Natalie frunce el entrecejo ante la palabra «novio». Josh se enorgullece de reparar en los detalles que a los demás suelen pasarles desapercibidos.

Según sus cálculos horarios, en ocho minutos Natalie debería estar saboreando una copa de Sancerre mientras lo observa preparar supremas de naranja con su cuchillo *kiritsuke* Shun Dual Core. Sin embargo, en vez de eso tiene delante a una extraña con el pelo teñido de rosa, ropa interior de hombre y una camiseta descolorida con las mangas cortadas y la cara de Obama y la consigna «Hope» estampadas.

—Nat no está, llega tarde —dice ella sin abrir más la puerta—. Puedo dejar la comida en la nevera. En la siguiente manzana hay un bar donde puedes hacer tiempo hasta que vuelva.

Los segundos de tiempo perdido resuenan en la mente de Josh, cada vez con más fuerza. Plantado en la entrada del edificio mientras sostiene alimentos perecederos de calidad superior por valor de ciento setenta dólares, piensa en abandonar el plan. En llamar a un taxi. En trasladar la cita a otra noche en que todos los elementos de la idea inicial confluyan sin problemas.

Pero eso significa fracasar.

—Ni hablar —contesta—. Esto requiere treinta minutos de preparación y cincuenta de cocción. Tengo que empezar ahora mismo. Y está lloviendo.

Esa noche, después de la *mousse au citron*, Josh Kestenberg y Natalie Ferrer-Hodges pasarán del estado confuso de «rollo informal, interrogante» al de «relación seria y madura, punto final».

O «signo de exclamación».

No, mejor el punto. Es más elegante.

—Si te hago el favor de dejarte entrar...

—¿El favor?

—... te disculparás por haber sido grosero conmigo y me ayudarás a cubrir el cupo de donativos. —La comisura de sus labios se eleva formando la más sutil de las sonrisas, pero el gesto no se refleja en sus ojos. En su mejilla izquierda se dibuja un hoyuelo—. Necesito que dones cuarenta dólares. Acepto tarjetas de crédito.

—¿De qué narices hablas?

No es habitual que Josh tenga la sensación de estar fuera de juego.

—¡Qué bien que por fin lo preguntes! Gracias al apoyo de los amantes de la naturaleza como tú, The Nature Conservancy está construyendo «el corredor del puma rojo», una zona verde protegida donde los felinos endémicos podrán vivir en libertad y...

—¡¿Eres tú?!

Josh deja la bolsa con la comida en el escalón de la entrada.

—Parece increíble, ¿verdad?

Ahora la cara de Ari luce una sonrisa de oreja a oreja, sin rastro de timidez.

—¿Me estás extorsionando? —Él se le acerca y se inclina sobre ella con toda su altura—. ¿Es alguna clase de timo?

—Sí, finjo que vivo en apartamentos de todo Brooklyn para hacer que los ligues ricos con malas pulgas de mis supuestas compañeras de piso se sientan culpables y hagan donativos recurrentes.

—¿Recurrentes? Fantástico. Formará parte de una lista de distribución el resto de sus días—. ¿Quieres oír los argumentos a favor del lince rojo?

—No.

—Gracias por contribuir a crear un futuro favorable para la proliferación del lince rojo —recita de memoria, y abre un poco más la puerta para dejarlo entrar en el vestíbulo del edificio—. Esto de dejar entrar a un extraño a mi apartamento es como el siniestro inicio de un episodio de *Ley y orden*. Seguro que me atas con un alargo y nos robas los portátiles o algo parecido. Pero ahora ocupas el último puesto de mi lista de colaboradores, así que, si desaparezco, serás el primer sospechoso. —Se detiene para tomar aire al pie de la escalera—. Soy Ari.

—Josh Kestenberg. —Siente el impulso automático de tenderle la mano, pero se reprime—. Tengo mucho trabajo con la cena, o sea que tendrás que atarte tú misma con el alargo.

—Arianna Sloane —añade ella, como si por el hecho de tener apellido gozara de más credibilidad—. Y no me des ideas. —Señala la escalera—. Tú primero. No quiero que me mires el culo mientras subimos hasta la tercera planta.

Josh pone los ojos en blanco y se dispone a cargar con las bolsas por el primer tramo de la escalera. Cuando pasa frente a Ari, nota un tufillo de hierba barata que le recuerda a sus compañeros veganos y quejicas de los seminarios de antropología de Stanford. Sube los escalones de dos en dos con la esperanza de adelantarse y evitar al máximo la interacción, pero ella lo sigue de cerca.

—Si eres cocinero, ¿no deberías estar trabajando a estas horas? —le suelta.

—Soy chef. He pasado los últimos dos años en Europa. Creo recetas. —En dos ocasiones había trabajado como colaborador autónomo en *Bon Appétit*, modestia aparte—. Acabo de volver a Nueva York.

—Creo que nunca he visto a Nat comer nada que no sea un plato paleo o un batido de proteínas —dice Ari.

—Eso es porque aún no ha probado mis recetas.

—¿Cuánto tiempo lleváis de novios? Quiero decir que eres cocinero y...

—Chef.

—... nunca le has preparado un plato. ¿No te parece un poco raro?

—No. —Él retoma la marcha, como si quisiera apartar de sí la acusación. «¿Es raro?»—. Hace seis semanas que salimos juntos.

—¿Y en seis semanas ya dices que sois novios? Yo estuve liada con un tío, Nico, durante un año y medio y no lo consideraba mi novio. Aunque aún tengo su contacto en el teléfono con tres emoticonos de berenjena.

Josh no contesta. Tiene la impresión de que Ari se aprovecha de sus respuestas, así que es mejor dejar de darle cancha. También está un poco fatigado.

—¿Cómo la tienes en la lista de contactos? —prosigue ella—. ¿Como «novia»? ¿Has puesto un emoticono de corazón al lado de su nombre?

—No. —«Joder, seguro que esta tía es de las que les dan conversación a los taxistas y los cajeros»—. No me hace falta ningún dibujito que me refresque la memoria sobre el tipo de relación que tenemos.

¿Por qué resulta tan difícil conocer a mujeres interesantes que estén solteras pero cuesta tan poco atraer a personas que tienen la peculiar habilidad de sacar a colación los pequeños detalles que él ha enterrado a conciencia en la memoria?

Cuando llegan a la tercera planta, Josh da media vuelta para encararse a ella.

—¿Natalie no te ha hablado nunca de mí? —pregunta.

La frase escapa de sus labios y suena desesperada, bochornosa.

—Déjame pensar... —Ari busca la llave en el manojo—. ¿Eres el tío del cuarto de baño de película con la ducha de dos alcachofas?

—No.

«¿Qué tío del...?».

—¡Ah! ¿El de la página de septiembre del calendario The Babes of Bushwick del año pasado?

Lo mira de arriba abajo.

—No sé qué...

Ari empuja con la cadera la puerta del apartamento para abrirla.

Josh se sacude de encima todas esas preguntas hechas para desorientarlo. Está claro que solo intenta cabrearlo. Entra en la sala de estar con paso vacilante tras sortear una pila de zapatos junto a la puerta. Hasta ahora, siempre ha acogido a Natalie en su apartamento, donde no necesita tener en cuenta variables desconocidas, como encimeras que no están bien limpias o compañeras de piso charlatanas y hostiles.

Con el rabillo del ojo, ve una tira de encaje que asoma por debajo del sofá. Ari sigue su mirada.

—¡Ahí están!

Antes de que pueda recuperar la prenda, una puerta interior se abre de par en par y aparece un hombre sin camisa rodeado de una nube de vapor, entonando a voz en cuello una pieza de musical.

—*Bring him hooome! Briiing him home!* —Al momento, interrumpe su interpretación demasiado entusiasta y saluda a Josh con la cabeza de manera cordial y sin inmutarse en absoluto por su presencia—. Eh, hola.

Ari no hace ningún intento por presentarlos.

—¿Me devuelves los bóxer? —le pregunta el hombre—. Bueno, da igual, tengo prisa. —Sigue tarareando la melodía con un fuerte vibrato mientras se pasa una camiseta por la cabeza—. Llámame dentro de una hora por si necesito que me rescates, ¿vale?

—Vale —responde ella sin apenas mirarlo. Está rebuscando en su carpeta de The Nature Conservancy—. Pásalo bien.

Josh lo observa marcharse sin darle un beso de despedida a Ari.

En cuanto se cierra la puerta, ella aparece a su lado sosteniendo en alto la carpeta de los donativos y un bolígrafo.

Después de que Josh deje las bolsas y anote el número de su tarjeta de crédito con clara letra mayúscula, Ari hace un ademán y anuncia:

—Aquí está la cocina. No incendies el apartamento.

Josh estira la cabeza para mirar dentro.

—Joder. ¿Tenéis fogones eléctricos?

Ari mira el viejo electrodoméstico sobre el que ni siquiera hay una campana.

—¿Qué les pasa?

—Pues que no se puede regular el calor, no hay llama y se pierde la sutileza. O te pasas o te quedas corto.

—Seguro que te apañas bien. —Ari se encoge de hombros—. Imagínate que estás en un *reality* de cocina y tienes que ingeniártelas para encender el fuego.

Él la mira con los ojos entornados y empieza a rebuscar en la mochila y a sacar los productos. La encimera de vinilo que imita el granito apenas dispone de espacio suficiente para que organice los ingredientes y los utensilios que ha traído. Cuando levanta la cabeza, le sorprende ver que la compañera de piso de Natalie ha abierto la puerta de la nevera, saturada de imanes. Había imaginado que se escabulliría.

—Yo también voy a preparar la cena —explica Ari, inclinándose para sacar del último cajón del congelador una caja de salchichas vegetales rebozadas con maíz de MorningStar Farms—. Se te nota un poco de acento cuando despotricas de los electrodomésticos —dice mientras deposita dos salchichas en un plato—. ¿Te criaste aquí?

—En el Upper West Side.

Ella tiene un aire pensativo cuando cierra la puerta del microondas.

—Llámame bicho raro, pero siempre he envidiado los acentos peculiares. Me gustan.

Él pestañea sin saber muy bien como tomarse el... Bueno, no es exactamente un cumplido. ¿O sí?

Saca de la bolsa una lista doblada de forma impecable que contiene los tiempos de cocción, y sitúa la tabla de cortar de madera de arce encima de un trapo de cocina blanco e impoluto. Una vez que vuelve a tenerlo todo bajo control, canaliza la energía para transformar zanahorias orgánicas en bastoncitos idénticos.

Durante unos minutos, se las arreglan para ignorarse a pesar de las limitaciones del espacio. Cuando las zanahorias tienen el aspecto de haber pasado por un aserradero en miniatura, Josh coloca sobre la tabla de cortar una pequeña calabaza kabocha y saca el cuchillo para la carne. Quizá sea una exageración, pero la calabaza kabocha tiene la corteza muy dura y no quiere arriesgarse a que delante de Natalie parezca que se le resiste. Además, el hecho de clavarle el cuchillo proporciona una buena dosis de teatralidad. Hace un pequeño corte junto al tallo de la calabaza, cubre el dorso del cuchillo con un trapo de cocina y empuja para introducirlo en la pulpa.

—No has mencionado que traías un cuchillo de carnicero cuando me has pedido que te dejara entrar en el apartamento —le espeta Ari mientras saca la cena del microondas y la deposita en la encimera—. ¿Me dejas probar?

Él respira hondo, pero no tanto como para captar el aroma de las salchichas rebozadas con maíz.

La respuesta inmediata es, obviamente, «no». No había previsto la participación del público. Pero, si le deja el cuchillo, ¿qué puede pasar?

Que se le caiga al suelo. Que estropee la hoja. Que desperdicie la calabaza cortándola como no debe. Quizá tenga que demostrarle como se hace, con movimientos suaves. Y ella tendrá que situarse cerca.

Es una idea horrible.

Para su sorpresa, Josh asiente sin volverse a mirarla.

—Ven aquí. Sujeta el mango... No; así —dice, colocándole bien los dedos a Ari.

—¿Siempre eres así de marimandón? —masculla ella mientras introduce el cuchillo en la corteza y empuja la hoja hacia abajo inclinándose encima con todo su peso—. Lo digo porque no soy ninguna experta, como es obvio.

Por regla general, Josh no permite que otros cocineros toquen sus cuchillos, y ya no hablemos de quienes no son profesionales. No le hace ninguna gracia que manoseen sus trastos, que utilicen las pinzas cuando lo que hace falta es una cuchara o que añadan un pellizco de sal innecesario en un plato a base de proteínas que ya está perfectamente sazonado.

Y, sin embargo..., la forma en que Ari toca algo que le pertenece le provoca una sensación extraña y estimulante en la nuca.

—Nunca he aprendido a cocinar —confiesa. Corta la calabaza en un sinfín de trozos de tamaños y formas diferentes que dentro de unos minutos Josh se verá obligado a retocar. Por lo menos consigue no rebanarse ningún dedo—. Vivía con mi abuela, y sus habilidades culinarias se limitaban al microondas.

Ari mece el cuerpo cada vez que empuja la hoja del cuchillo, y Josh tiene un ochenta por ciento de certeza de que no lleva sujetador.

Se aclara la garganta.

—Así, ¿has venido a Nueva York a trabajar en un plan piramidal que embauca a estudiantes para que formen parte de una estafa comercial disfrazada de esa mierda benéfica?

—He venido para trabajar de humorista. —Josh toma nota mental de no seguir preguntando y arriesgarse a que lo invite a una terrible sesión de micro abierto—. Pero la verdad es que soy una excelente defensora de causas benéficas. Se me da muy bien conectar con los desconocidos. —Levanta la cabeza de la tabla de cortar—. Excepto ahora.

Josh se descubre analizando sus rasgos con detalle. Pómulos redondos y sonrosados y mentón afilado, con un labio inferior significativamente más carnoso que el superior. Su cara trasluce cierta expresión; desconcierto, si la mira con buenos ojos, o una mala leche de la hostia, si es sincero. Pero siempre se le ha dado mejor discutir que flirtear.

Aunque no es que sienta deseos de flirtear con Ari.

Al cabo de una fracción de segundo, ella deja el cuchillo, empuja la tabla de cortar en dirección a Josh y él se descubre exhalando un suspiro.

—Gracias por la lección. —Ari se limpia las manos con un trapo de cocina y llena un vaso de agua del grifo, ante lo cual Josh toma nota mentalmente de comprarle a Natalie una jarra con filtro—. Aunque supongo que es lo mínimo que podías hacer después de fastidiarme la noche.

—¿Yo te he fastidiado la noche a ti?

—Sí. —Ari se coloca debajo del brazo un bote de mostaza de color amarillo y regresa a la sala de estar para dejarse caer en el sofá—. Me esperaban grandes planes para mi noche a solas.

—Pero no estabas sola, ¿no? —Hace una pausa—. Si queríais intimidad, podríais... ¿Haber ido al dormitorio?

—Hace mucho calor. La ventana es demasiado pequeña para instalar un aparato de aire acondicionado. —Alcanza el mando a distancia—. Y ¿por qué tendría que irme a ninguna parte? Estoy en mi casa.

—Pero, a ver: ¿el apartamento no es de Natalie? —Josh coge la sartén por el mango y la agita con movimientos circulares.

—Yo pago la mitad del alquiler —contesta Ari.

Se vuelve hacia la tele con mala cara y hace avanzar la película desde el punto donde la habían dejado con Gabe mientras moja una salchicha rebozada con maíz en un charco gigante de mostaza.

Un par de semanas atrás, acababa de empezar a ver *El gran hotel Budapest* cuando Natalie llegó a casa después de una juerga con amigos, borracha de vino pero no precisamente adormilada. Ari fingió prestar atención a la dirección artística mientras aspiraba el sutil aroma del misterioso producto que le deja el pelo brillante y sedoso a su compañera de piso. Esta, cada vez que se reía, le tocaba el muslo; y, si hacer reír a alguien es la sensación más maravillosa del mundo, hacerlo mientras ese alguien te toca el muslo es... la sensación más maravillosa con un pequeño plus de éxtasis. Y cuando Nat le tocó el brazo casi fue mejor que el orgasmo que le regaló al cabo de diez minutos.

Casi.

Desde entonces, han compartido dos sesiones y media seguidas de esa especie de noche de cine, tras lo cual cada una se retira a su habitación para dormir. O, en el caso de Ari, para tumbarse en su cama destartalada con una sonrisa tontorrona en la cara mientras contempla los restos de estrellitas fosforescentes que algún inquilino anterior pegó en el techo. Quizá ha dado con la relación estrictamente sexual y perfecta: bastante satisfactoria y libre de agitación emocional.

Pero hasta ahora no había conocido a ninguno de los ligues de Natalie. ¿Por qué a este tío le ha concedido de manera automática el estatus de novio mientras ella no pasa de ser un cameo sin reconocimiento alguno? ¿Qué es lo que hace que él le parezca adorable (en serio, ¿cómo es posible?) y Ari solo follable?

El sonido de la afilada hoja de un cuchillo contra la tabla vuelve a sonar detrás de ella en golpes regulares y precisos, como un constante recordatorio sonoro de la presencia de Josh en su espacio vital. De sus suposiciones. De sus opiniones.

—Así, ¿ni siquiera le has preparado nunca el desayuno a Natalie?

—Desayunamos fuera —responde él mientras sigue troceando alimentos—. ¿Por qué? ¿Es que tú invitas a tus ligues a Red Bull y galletas rellenas cuando por fin se levantan de la cama?

A Ari se le escapa un ruido a medio camino entre una risa y un bufido.

—Cuando ellos se despiertan, yo ya hace rato que me he ido.

Los golpeteos del cuchillo sufren un ligero cambio de ritmo.

—¿Qué quieres decir? ¿Te levantas y te vas?

—Me gusta despertarme en mi cama —explica ella mientras da cuenta de la segunda salchicha—. Es más fácil.

—Ah. —Él retoma la tarea de trocear los alimentos mientras pone los ojos en blanco con gesto teatral—. Toda una romántica.

—¿A ti te parece romántico compartir cama con un extraño? —Ari se levanta y lleva el plato al fregadero—. O te despiertas de buena mañana en un sitio raro o tienes que echar a alguien de tu apartamento. En cualquier caso, la industria del romance no va conmigo. —Frota el plato con tanto vigor que termina por rayarlo—. Vuelve a las mujeres dependientes de que un hombre reconozca su valor.

Quizá esa afirmación peque de heteronormativa, pero es probable que Josh también.

Lo observa mientras coloca una porción de mantequilla en un gran cazo y lo pone al fuego. Al escrutarlo mejor, ve que tiene una cara de esas a las que las fotos no les hacen justicia: frente prominente, barbilla poco marcada, ojos oscuros de mirada seria y nariz larga. Dos mil quinientos años atrás, habrían esculpido su perfil en mármol. Resulta guapo desde ciertos ángulos y duro desde otros. La clase de persona con la que te cruzas una vez por la calle y a la que todavía recuerdas cinco años después.

Ari no goza de ese algo, esa cualidad distintiva. La gente la mira y decide que a su izquierda hay alguien más interesante. Ni siquiera teñirse el pelo de un llamativo tono rosa le sirve para no pasar desapercibida en esa ciudad. Justo después de asistir a un festival en McCarren Park, llegó a la conclusión de que, por lo menos, una quinta parte de las mujeres de Brooklyn tienen el pelo rosa.

—¿Te has formado esas opiniones gracias a tu experiencia de vida? —Él toquetea los botones de la temible placa de cocción eléctrica para bajar la temperatura—. ¿O ha sido gracias a un montón de lecturas sobre estudios de género?

—¿Siempre eres así de condescendiente?

—¿Y tú siempre eres tan ingenua?

Él sigue agachado, con los ojos a la altura de la placa de cocción. Ella pasa el brazo por delante para alcanzar un trapo de cocina y le bloquea el acceso a los fogones.

—Así que soy ingenua por no tragarme el anzuelo del mito patriarcal de la monogamia.

—¿El mito patriarcal? —Agarra el trapo colgado del gancho de la puerta del armario inferior y lo arroja en su dirección—. Muévete para que no queme mi Le Creuset con estos putos fogones.

—¿De verdad te crees toda esa historia del alma gemela que quieren vendernos en las películas románticas y los anuncios de joyas horteras? ¿Un hombre sorprende a una mujer con una cajita negra que contiene un anillo y se supone que es un gran logro en la vida?

—Lo del alma gemela no es un invento de las películas románticas —opina él—. Lo único que han hecho es aprovecharlo para hacer negocio. —Josh coloca una tapadera sobre el cazo de agua que hierve a fuego lento y se vuelve de cara a ella—. Si quieres buscar un culpable, habla con Platón.

Ari se seca las manos con el trapo de cocina mientras se debate sobre si seguirle el rollo.

—¿Platón?

—*¿El banquete?* ¿El discurso de Aristófanes?

—Tendrás que refrescarme la memoria. Fui a un colegio público de Arizona.

Josh se acerca a la encimera y le da la vuelta al pulcro papel en el que tiene escrita su lista con los tiempos de cocción, de manera que la cara en blanco queda hacia arriba.

—Platón dice que al principio los seres humanos éramos criaturas redondas con cuatro brazos, cuatro piernas y una cabeza con dos caras, una a cada lado.

Ari observa como el bolígrafo corre sobre la superficie del papel y Josh traza un dibujo que se parece a Violet Beauregarde transformándose en arándano en la fábrica de Willy Wonka. Sin embargo, ese dibujo tiene dos cabezas, ocho extremidades y dos pequeños garabatos encima de las piernas.

—¿Qué es eso? —pregunta Ari, señalando el garabato de la izquierda.

Él mira el papel.

—Los genitales.

—Ah. —Ella observa el dibujo con los ojos entornados—. Vaya.

—Es una representación abstracta —insiste Josh mientras repasa unas cuantas líneas con el bolígrafo—. Podrían tener cualquier combinación de... partes.

—Qué progre. No me imaginaba así la historia.

—¿En serio no lo habías oído nunca? Mi padre siempre me decía que es lo que inspiró las galletas en blanco y negro.

—¿Esas cosas envueltas en papel arrugado que venden en todos los súper? —Se encoge de hombros—. No las he probado nunca.

Josh estira el cuello.

—¡Pero si vives en Nueva York! Forman parte de la cultura básica.

—¡Solo llevo aquí cuatro meses!

Él suspira para aclararse las ideas.

—Uno de mis trabajos en el deli de mi padre era elaborar el glaseado de las galletas en blanco y negro. Nadie más se aseguraba de que la línea quedara recta. A mí me relajaba.

—¿Te comías al menos las que no te quedaban bien?

—No, por Dios. Están demasiado dulces. Es como meterte directamente una cucharada de azúcar en la boca.

Él hace una mueca al recordar el olor empalagoso del *fondant* y el glaseado real.

—¿Tu padre tiene un deli? —Ari observa su perfecta *mise en place*—. ¿Te enseñó él a cocinar?

—Mi padre me enseñó el delicado arte de preparar sándwiches de pastrami y servir la ensalada de col con la cuchara. —Toda la formación profesional de su padre como cocinero había tenido lugar en el deli, donde había ascendido de ayudante de camarero a pinche de cocina y, más tarde, a asador y a carnicero. Jamás había trabajado en otro restaurante, y apenas había preparado nada en casa más allá de abrir botes de sopa—. No es un cocinero de verdad; para eso hay que trabajar en una auténtica cocina, no en Brodsky's.

A Ari le brillan los ojos al reconocer el nombre.

—Espera. ¿Tu padre es el dueño de Brodsky's?

—¿Has oído hablar de él?

—Bueno, es famoso, ¿no? ¿Es el del cartel azul de neón?

En 1977, el padre de Josh, Danny, heredó de su tío el restaurante llamado Brodsky's con la condición implícita de conservar la tradición de cuarenta años. Nadie menciona el negocio sin añadir algún calificativo como «una institución», «un clásico» o «que aparece en la película de...». No hay una sola persona del East Village, de Manhattan y posiblemente de la zona triestatal que desee cambiar Brodsky's en lo más mínimo.

A excepción de Josh.

Su padre y él chocan en todo desde que Josh fue lo bastante mayor para usar los fogones.

De niño, pasaba horas en el restaurante y suplicaba que le dejaran hacer los trabajos más inverosímiles mientras su padre asaba salchichas de Frankfurt o preparaba cantidades industriales de salsa para encurtidos. Se empapaba de todos sus conocimientos secretos («la humedad arruina cualquier *latke* que se precie») y estudiaba la proporción correcta de yemas y claras en una buena ensalada de huevo. Entonces, un día, Danny decidió que Josh era lo bastante mayor para usar los recursos más importantes de la cocina: los cuchillos y los fogones.

El factor peligro desbloqueó algo. Josh empezó a cocinar para sí mismo: experimentó con nuevas técnicas, llegó a dominar recetas difíciles y pidió que le regalaran *Modernist Cuisine* por su decimosexto cumpleaños. Cuando su hermana pequeña, Briar, se negó a comer hígado picado, él le preparó rollitos vegetales para la comida de la escuela. (Fue una forma estupenda de practicar con el cuchillo).

Rebosaba de ideas, sobre todo relativas a cómo mejorar las clásicas especialidades de Brodsky's. ¿Quizá podrían añadir puerro caramelizado al *kugel* de patata? ¿Algo de pimentón en la ensalada de huevo?

La respuesta de su padre siempre era la misma. Señalaba el cartel pintado a mano, ajado por el paso del tiempo, que contenía el lema de Brodsky's desde la década de 1950: LA COMIDA QUE RECUERDAS.

—Y que desearías olvidar —mascullaba un Josh adolescente.

Y, durante muchos años, eso fue precisamente lo que trató de hacer. En vez de pasar las tardes en el deli, Josh se enfrascaba en las materias extracurriculares. Destacó en las competiciones de juegos matemáticos, se sumó al Modelo de las Naciones Unidas y al grupo de debate. Padre e hijo no tenían muchos motivos para intercambiar nada más allá de una conversación fortuita en las raras ocasiones en que coincidían en tiempo y lugar.

Sin embargo, tras tres años cursando el grado de Economía en Stanford, Josh se permitió una cena en The French Laundry. Esa noche volvió a despertársele la pasión latente cuando introdujo la cuchara en unas natillas con una textura espectacular. Se deleitó con la sutil elegancia de la presentación en una cáscara de huevo muy bien cortada, con una enhiesta hoja de cebollino que le proporcionaba una explosión de sabor intenso. No se trataba solo de comida; era toda una experiencia sensorial que ofrecía un abanico de posibilidades completamente distintas al plato de ternera con patata y verduras de su padre, en el que abundaba la sal.

Cuando Josh anunció su plan de dejar Stanford para matricularse en el Culinary Institute of America, Danny sacudió la cabeza de esa forma tan particular con que solo los padres saben mostrar su decepción.

—¿Quieres pagar un dineral para que alguien te enseñe cómo cortar una cebolla a dados? —masculló.

La madre de Josh, Abby, aceptó correr con los gastos bajo el acuerdo tácito de que algún día Josh aplicaría sus conocimientos al hacerse cargo del deli. Pero este no sentía ningunas ganas de heredar un imperio del pastrami en decadencia; tenía planes mucho más ambiciosos. Tras completar los estudios, se marchó a Europa para trabajar en algunas de las cocinas más importantes del mundo.

Desde que Josh volvió a la ciudad, su padre y él no han hablado. Abby actúa de intermediaria.

—Los humanos con dos caras eran físicamente muy fuertes —prosigue—, tanto que representaban una amenaza para los dioses, de manera que Zeus los partió por la mitad. —De repente, dibuja un violento trazo en el centro de la figura circular—. Ahora andan por ahí sobre dos piernas, confusos y afligidos, intentando conectar con su otra mitad.

Ari se inclina hacia delante y apoya el codo en los pocos centímetros cuadrados de la encimera que quedan sin ocupar.

—¿El alma gemela?

—Exacto —contesta él con un único gesto de asentimiento a la vez que se echa el trapo de cocina al hombro.

Durante un segundo, en mitad de la euforia por haberse puesto de acuerdo en algo, Ari ve un atisbo de aquello por lo que Natalie encuentra atractivo a Josh. Su voz es mucho más agradable cuando explica una historia que cuando discute. Y los hombres están de un buenorro que da asco con la camisa remangada y un trapo de cocina al hombro.

—Es una historia bastante tétrica —opina ella mirando la raya que parte el dibujo por la mitad—. No me extraña que Hollywood relanzara la idea en forma de una comedia romántica de Candace Cameron Bure.

La expresión de Josh se ensombrece. Yergue la espalda y hace que Ari se sienta más bajita de su metro sesenta y cinco.

—El alma gemela te aporta la sensación de pertenencia más grande que existe —afirma con verdadera convicción—. Sana tu herida existencial. Es la base del amor en la sociedad moderna.

Seguro que aquel breve indicio de interés por él se debía en un noventa por ciento al trapo de cocina en el hombro.

—¿De verdad crees que hay una única persona en algún sito del planeta capaz de satisfacer todas las necesidades que llegues a tener?

—Sí. Y al final te cansarás de andar buscando tu ropa interior a las dos de la madrugada. —Vuelve a notársele el acento—. Empezarás a interesarte por encontrar a alguien que no te aburra, que se sacrifique por ti aunque no te lo merezcas; alguien a quien querrás abrazar toda la noche haciendo la cucharita hasta que acabes con los brazos dormidos, y que estará obligado por ley a llevarte a la cama una sopa con albóndigas de *matzá* cuando te resfríes. Nadie con un emoticono de berenjena junto a su nombre te cuidará jamás de esa manera.

Ari se queda mirándolo boquiabierta, un poco alarmada por la densidad del monólogo improvisado. Centra la vista en un desconchado de la encimera laminada y se aclara un poco la garganta.

—¿Cómo dices?

—Que te estás engañando a ti misma.

El teléfono de Josh vibra sobre la encimera de la cocina.

Natalie: hola! Lo siento mucho
Se me ha hecho más tarde de lo que creía

Estoy llegando a manhattan
🥺🥺

La voz que Josh oye en su cabeza desata una serie de improperios muy atípicos. El bacalao ya está escalfado. La *sauce vierge* de naranja se convertirá en gelatina dentro de media hora. Cuando Natalie llegue, él estará sudoroso y hecho un asco.

A veces, durante las sesiones de terapia, las emociones de Josh superan su capacidad de contestar a preguntas como «¿Qué estás sintiendo ahora mismo?». No consigue respirar y relajarse, ni visualizar las putas hojas en el río. En un momento así, su terapeuta le aconsejaría, sin duda, que eche mano del anclaje. La idea es fijarse en lo que le rodea físicamente: lo que puede tocar, oír u oler. No le resulta precisamente fácil obligarse a permanecer quieto y concentrarse en los detalles de su alrededor.

Excepto en la cocina.

No hay ningún otro lugar en que los sentidos estén tan interrelacionados. Solo existe presente en el intenso aroma del romero o el suave gorgoteo del agua que arranca a hervir a fuego lento; en el cuchillo que atraviesa sin dificultades la pulpa de una pera en su punto exacto de madurez.

Tiene suerte de encontrarse frente a una tabla de cortar alimentos, sosteniendo un carnoso tomate reliquia para la *panzanella*, cuando llega el mensaje de Natalie.

¿Cuál es la alternativa? ¿Recoger los doscientos dólares en productos a medio cocinar, la tabla de cortar y su Le Creuset y salir del apartamento echando chispas?

Está atrapado en ese espacio sofocante.

—¿Hay algún problema? —pregunta Ari.

—No. —Se frota la frente. «Ánclate»—. Llega tarde.

Ari arquea las cejas y asiente despacio.

—Esta es exactamente la situación en la que yo no me veré nunca. —Le da la espalda y abre el congelador para sacar una bandeja con cubitos—. Si no estuvieras tan pendiente de conservar una relación estable podrías quitarte la preocupación de encima y emplear la noche en cualquier otra cosa en lugar de darle vueltas al asunto.

—No le doy vueltas —se empeña él, aunque nota que se le acelera el pulso.

Ari coge los dos extremos de la bandeja y la retuerce con energía hasta que los cubitos saltan de los moldes.

—No, qué va.

«No hables más con ella. Déjalo estar. Que no te líe. Ánclate».

—¿Cómo vas a entender nada de una relación si obviamente eres incapaz de crear un vínculo con alguien más allá del encuentro sexual más breve que existe? —pronuncia él de una tirada, sin interrupciones ni comas.

Ari entorna los ojos, y casi se alegra de haberlo hecho enfadar.

—Yo no soy incapaz de nada —contesta mientras echa los cubitos en su vaso de agua—. Soy sincera en cuanto a lo que espero de las personas. No pueden herirme y yo no puedo decepcionarlas, así que todos obtenemos lo que queremos.

—Si todo lo que quieres es follar con alguien que no te importa, darte media vuelta, vestirte y largarte, ya tienes la vida resuelta.

—Normalmente, antes fingimos ver una película, pero ¿qué diferencia hay entre vestirme al cabo de diez minutos o de ocho horas? —Ladea la cabeza y da cuatro enormes tragos de agua, como si el esfuerzo de la discusión requiriera hidratarse bien. El vaso aterriza sobre la encimera con un golpe sordo—. Te acostarías conmigo, tendríamos el sexo sin compromiso más apasionado de tu vida, y luego...

—¿Me acostaría contigo?

—Es una suposición —Suelta un bufido—. Luego recogería las bragas del suelo y me escabulliría de la habitación sin despertarte.

—Eso si las encuentras, claro.

Él repara en que Ari tiene una comisura de la boca manchada de mostaza y lo asalta una ligera satisfacción ante esa pequeña desgracia ajena.

—Siempre mando un «gracias» al día siguiente. —Hace una pausa—. A menos que sea alguien que dedica tres minutos poco entusiastas a bajar al pilón pero que espera una mamada increíble treinta segundos después.

No es habitual que alguien deje a Josh sin palabras. Lo que equivale a decir que el hilo de sus pensamientos se traslada a la longitud de los pantalones cortos de Ari. Al intenso minicombate intelectual. Al momento en que le ha dado el cuchillo.

Nota algo especial, una sensación excitante. En algún punto entre la extorsión de la campaña benéfica y el relato de su hipotética relación de una noche, Josh debe de haber decidido —a su pesar— que Ari es atractiva. Aunque lleve el pelo rosa y empiece a estar descolorido. Tiene un comportamiento odioso y se equivoca en todo, pero ese encuentro es el más estimulante que ha tenido en... Bueno, últimamente su vida social no es ninguna maravilla.

—Te pierdes la parte más emocionante. —Josh deja el cuchillo—. ¿No tienes nunca una de esas conversaciones en la cama después de la primera vez que...? —Se interrumpe, como si le pareciera arriesgado usar ciertas palabras delante de Ari—. Es el momento en que los dos os sentís vulnerables, nerviosos y esperanzados porque es posible que sea una noche que recordéis años después. Y la otra persona te dice cosas de ella que de otro modo nunca sabrías. Baja las barreras y empiezas a conocer quién es de verdad.

Ari lo mira con los ojos entornados, como si quisiera captar un color que todavía no existe.

—¿Le has dedicado diez minutos a alguna aplicación de citas? —Tiene la voz un poco rara; quizá sea algo de carraspera por haberse pasado el día gritándole a la gente en la calle—. Te aseguro que no me interesa conocer quién es de verdad la otra persona.

Josh exhala un suspiro que no le aclara nada las ideas. Inclina la tabla de cortar encima de una ensaladera y observa cómo los pedazos de tomate reliquia se deslizan dentro poco a poco.

Ari se inclina sobre el borde de la encimera de una forma que es a la vez un gesto desafiante y un flirteo inesperado.

—Así que resulta que eres el único hombre del planeta al que no le interesa el sexo trivial sin consecuencias.

Él no está seguro de si se trata de una acusación o una invitación.

—Eso no existe —dice al fin—. Lo que pasa es que te vas antes de que la otra persona tenga tiempo de evaluar las consecuencias. —Ari arquea una ceja, da media vuelta y regresa a la sala de estar—. En el mejor de los casos, te pierdes la experiencia del sexo matutino —dice él, siguiéndola—. Y el de cuando aún estáis despiertos a las tres de la madrugada. Y saber qué quiere el otro para desayunar.

—¿Te refieres a ese momento raro en que empezamos a hablar para conocernos mejor?

—¡Si te molestaras en conocerme un poco antes de acostarte conmigo, el desayuno no sería tan raro!

—Por favor. —Se coloca delante del aparato de aire acondicionado y deja que el chorro se cuele por el borde de su camiseta de tirantes—. No es más que pura obligación acompañada de un cóctel mimosa.

—Felicidades. Has descubierto la forma de evitar el más mínimo momento de intimidad que podrías llegar a compartir con otro ser humano—. Las cebollas y el hinojo emiten un chisporroteo demasiado ruidoso, lo que indica que están a punto de quemarse, pero Josh no consigue abandonar la discusión—. Te aseguro que la mejor relación sexual de tu vida no será con un desconocido.

—¡Tienes razón! —exclama ella, dando un paso hacia él—. Seguramente será fruto del odio, con alguien a quien detesto.

Es el turno de Josh de meter cucharada: o le suelta un improperio o un rollo moralizante. Pero, en vez de eso, en su cabeza se reproduce esa última frase, y la conversación que han mantenido pende entre ambos de forma peligrosa.

—O quizá no. —Ari se encoge de hombros—. ¿A que no sabes quién va en los primeros puestos de la lista?

—¿Quién? —dice él intentando aparentar indiferencia, pero teme que la pregunta haya sonado patéticamente honesta.

Ari ni siquiera pestañea.

—Tu novia.

El potente alarido de la alarma antiincendios situada en el techo ahoga la respuesta de Josh.

Tiene el aspecto de alguien que intenta mantenerse en equilibrio durante un terremoto.

Ari coge la escoba apoyada en la pared, se sube a una silla plegable que se cae a trozos y aprieta el botón de la alarma hasta que deja de acribillarle los oídos.

—¡¿Natalie?! —Josh está a la vez consternado y confuso—. ¿Y qué pasa con tu... tu novio?

—¿Mi qué?

—Llevas puestos sus calzoncillos.

Baja la mirada a los bóxer de Gabe y la aparta enseguida.

—¿Gabe? —Ari arroja la escoba contra la pared—. Es solo un amigo.

Josh responde a su afirmación con un bufido sentencioso y, en ese momento, le vibra el móvil.

—Natalie ha cogido un taxi —lee—. Llegará dentro de veinte minutos.

Quizá sea la alusión al factor contrarreloj lo que desata el pánico. La búsqueda de una salida. Por primera vez en toda la noche, a Ari se le ocurre pensar qué pasará si Natalie la encuentra en el apartamento cuando llegue.

Tendrá que aguantar ser testigo de cómo la pareja se saluda con un beso como inicio de su cena romántica (aunque un poco chamuscada). Josh observará con aire de suficiencia cómo Natalie le pide si puede marcharse y dejarlos solos.

Será mejor desaparecer cuando aún puede hacerlo por voluntad propia en lugar de verse humillada.

Ari corre a su dormitorio y se pone los vaqueros que había dejado tirados en el suelo. Recoge sus auriculares, el cargador del móvil y un botellín de agua y lo arroja todo dentro de su bolso de tela.

—¿Te vas? —pregunta Josh cuando pasa por su lado como una exhalación, en dirección a la puerta.

—Sí. —Se detiene antes de salir—. ¿Por qué? ¿Acaso esperabas un trío?

Él la mira con desconcierto unos instantes y, a continuación, pasea la mirada por su rostro, lo cual provoca en Ari un extraño cosquilleo que le recorre el cuero cabelludo, como si con esa mirada estuviera invadiendo su espacio personal.

—¿Y tú? Porque hace dos minutos estabas describiendo nuestra hipotética vida sexual.

—Y hace cuarenta minutos, tú me estabas mirando el culo.

—No es verdad —protesta él con más indignación de la que a Ari le habría gustado. Inclina la cabeza hacia abajo, lo cual hace más evidente su diferencia de estatura—. Ya sé por qué te pones así.

Es como si pudiera ver a través de las cosas: lo de los temas de debate de estudios de género; sus movimientos nerviosos para colocarse bien los bóxer de Gabe; la falsa perorata de quien se siente herido por la posibilidad de otro rechazo después de pasarse el día aguantando que lo eviten.

—No sabes nada de mí —insiste ella mientras busca tras de sí la manecilla de la puerta.

—Le tienes tanto miedo al rechazo que necesitas escudarte en esa mierda de los estudios culturales para justificar tu comportamiento. —Se le nota el acento al hablar—. Pero eso no te convierte en una tipa dura. Si tuvieras un poco de confianza en tu... conexión con Natalie, esperarías a que apareciera y dejarías que ella misma decidiera quién le importa más.

—Si Natalie quiere ser tu novia, ¿por qué me pide que baje al pilón después de haber salido a cenar contigo? —pregunta Ari, y permite que aflore toda la frustración y la ira que lleva conteniendo todo el día.

Josh la mira y hace una mueca.

—¿Quieres que adivine la respuesta? —Ari tiene suficiente experiencia con hombres explosivos para saber que está ideando una frase letal—. Porque le resulta cómodo.

Ella toma la determinación de no mostrarse dolida en lo más mínimo.

—Yo noto todo lo que le gusta —empieza a decir de forma pausada, afilando bien el cuchillo—. Aunque la tenga tapándome las orejas con los muslos.

Josh está como un tomate y se le marca una vena en la sien.

Ari coge la manecilla de la puerta con la esperanza de salir de allí antes de que él discurra una respuesta. No tiene ni idea de adónde irá, solo siente un deseo irrefrenable de escapar. Es mejor ser quien se marcha que a quien dejan.

—Te olvidas las bragas —dice él en el momento en que ella abre la puerta.

—Lo siento, no te oigo. —Ari sostiene el móvil contra la oreja—. ¡Estoy al teléfono, joder!

Tres años más tarde

2

Ari aguarda en la puerta del restaurante mientras hace malabares para sostener con sus dos manos el móvil, un vapeador y un pincho de carne de un puesto ambulante. No es de extrañar que Radhya, su compañera de piso, no haya pasado a recogerla, ya que en el Scodella siguen sirviendo cenas. Radhya trabaja en la cocina y se ocupa de asar a la perfección filetes carísimos de procedencia selecta, bien de cerdo o bien de otras carnes como la de pichón, que es solo una variedad de pollo más sofisticado. Rad es capaz de presionar un filete con la yema del dedo y adivinar con exactitud el tiempo de cocción.

Miércoles, 13 de septiembre, 22:12

Ari: GRAN NOTICIA 🍾👑💰
voy a ir a verte, puedes tomarte un descanso?

Sin que ninguna de las dos haya reconocido explícitamente que la otra es su mejor amiga, a lo largo del verano Ari y Radhya se han convertido en sus respectivos contactos de emergencia después de que la última echara a su marido de su apartamento y empezara a buscar una compañera de piso a quien no le importara dormir en una habitación que sirve de zona de paso de las otras. O sea Ari, que sabía que eso no le supondría ningún problema porque nunca invitaría a nadie a quedarse a pasar la noche con ella.

Estuvieron la mayor parte de julio y agosto fumando maría en el sofá y dando buena cuenta de varios *spin-off* de *The Real Housewives* mientras Radhya le revelaba los peores secretos de su ex (que la había engañado con una azafata, que le echaba kétchup a los perritos calientes y que la había vuelto a engañar con otra azafata). El hecho de escuchar las historias más deprimentes del mundo noche tras noche solo sirvió para aumentar la confianza de Ari en su propia visión del sexo y las citas. (Más de lo primero y lo menos posible de lo segundo, gracias).

Radhya prepara unos deliciosos sándwiches de queso a la plancha a las dos de la madrugada. Ari se encarga de los *brownies* de maría, extraordinariamente fuertes, que provocan los antojos de sándwiches de queso a la plancha. Radhya agradece tener una amiga que no la critica por la ocupación que ha elegido, por los hombres con los que folla (y que suelen ser problemáticos porque mezcla amor con trabajo) ni por la pasta gansa que se gasta en cosméticos. Ari siempre le pide permiso antes de usar alguno de sus productos.

Radhya y Ari forman una buena pareja, mejor de lo que jamás lo fueron Radhya y su marido.

Ari: en la zona de carga? O te veo en Milano's?

Ari se guarda el teléfono dentro del sujetador para poder centrarse en devorar el pincho de cordero. Está famélica. Es por esa sensación de entusiasmo que nota bajo la piel; esa efervescencia extraña e imparable, como un refresco que nunca pierde el gas. Hacer reír a la gente —conseguir que, durante unos minutos, desconecten de todo y se entreguen— es la sensación más maravillosa del mundo. Sí, mejor que el sexo. Los monólogos producen un subidón diferente al de las improvisaciones teatrales y al de las drogas. Sientan mejor cuando la cosa va bien y diez veces peor cuando va mal.

¿Y esa noche? Ha ido bien. Aunque solo era una de las sesiones de micro abierto de Gabe. Aunque la mayor parte del público estaba constituida por aspirantes a humoristas que nunca se ríen de los chistes de otros. Los había para todos los gustos, desde el que se caga encima de puro nerviosismo hasta el que va de sobrado y se considera muy por encima de esa clase de espectáculos.

Pero hoy nada de eso tiene importancia. Porque cinco horas atrás ha oído la providencial campanilla de su móvil. Un e-mail. Asunto: oferta.

Dinero contante y sonante a cambio de un guion. Lleva toda la noche releyendo el texto del mensaje, dividiendo las frases en pequeños fragmentos y tomándolos de uno en uno como si saboreara, poco a poco, el vino de un cáliz.

> KWPS será el Netflix del humor, pero muy cuidado. Solo la flor y nata. Sobran las palabras; bueno, las vocales.

Es una oferta que puede cambiar su carrera. Algo tangible que añadir a su anémica lista de logros profesionales. Trabaja de canguro para una familia que vive en la Sesenta y ocho con Park Avenue. De cajera en una tienda de bocadillos del Rockefeller Center. De asistenta en el teatro LaughRiot de la calle Cincuenta y tres, donde contesta al teléfono, limpia después de las clases y sirve bebidas insulsas y demasiado caras en el bar improvisado antes de las representaciones.

Quizá tras esta noche pueda considerarse por fin una humorista y no sentir cómo una tremenda y vergonzosa oleada del síndrome del impostor se traga sus órganos internos.

Ari siempre se ha sentido un poco bicho raro en relación con la vehemencia de la comunidad de humoristas neoyorkina. A la mayoría les gusta hablar de su trayectoria. Ganaron un concurso infantil de talentos, o colaboraron en la edición de *The Harvard Lampoon*, o se toparon personalmente con el fantasma de Del Close. Ari entró en el mundo del teatro de humor después de enrollarse con el coordinador del grupo de improvisación de la universidad. Su relación fue breve, pero su experiencia en el grupo duró cuatro años. Fue como entrar a formar parte de una asociación estudiantil ñoña y diminuta.

El sentido de camaradería y confianza absoluta la enganchó. Y el sentimiento crecía durante las representaciones. Nunca llegó a recibir mucha atención cuando vivía con su abuela; allí, sin embargo, tenía a un centenar de sus compañeros pendientes de cada una de sus palabras.

Como persona adulta con un empleo remunerado, Radhya es para Ari lo más parecido a un progenitor orgulloso. Para ser justos, la abuela Pauline no pidió ocuparse de otro hijo a sus cuarenta y ocho años, cuando la madre de Ari decidió que «no podía seguir con aquello» y se piró con un roquero y fanático de Phish. Al cabo de los años, su madre volvía a casa de vez en cuando, solo el tiempo suficiente para alimentar las esperanzas de Ari antes de desaparecer en mitad de la noche sin despertarla para decirle adiós.

Radhya, por el contrario, no la ha decepcionado nunca.

Radhya: Entra
Esta noche hay un camarero que está como un tren
Os enrollaréis

Ari: el australiano?

Radhya: neozelandés
Tiene el mismo acento que el buenorro de los Conchord

—¡Radhya! —grita Josh—. Deja ya el puto teléfono. ¿Cuánto le falta al filete?

—Un minuto.

—Un minuto, chef —la corrige—. Vigila bien ese pato. La de la mesa cinco es una patrocinadora de *Eater*. No quiero que empiecen a correr fluidos por el plato cuando el camarero lo corte para servírselo.

Aunque pasan de las diez, aún se oye de vez en cuando el zumbido de la impresora que escupe los últimos pedidos de postres de la noche.

Josh utiliza las pinzas para colocar una hoja de curry encima de un filete de fletán escalfado. El pescado tiene una forma perfecta de diamante y está cubierto con relucientes escamas de calabacín en forma de medialuna que flotan sobre un pequeño lago de fumet de cúrcuma. La semana anterior anotó el plato en su cuaderno y aquí está: bien presentado, impecable, transformado en algo que existe gracias a su voluntad. Es el tipo de especialidad ante la que su padre sacudiría la cabeza y diría: «¿Qué necesidad tienes de exhibirte?». Bueno, eso es lo que le diría si se hablaran. Mientras que Briar y Abby habían ido varias veces a cenar al restaurante, Danny se negó a acercarse a la cocina de Josh ni por asomo. («¡Pero seguro que le encantaría!», había insistido Abby). A él le daba igual; era mejor así.

—El horno no calienta igual en todas partes —dice Radhya mientras desliza dentro la carne de pato cubierta con un glaseado de miel y lavanda—. Lo dejo diez minutos más antes de darle la vuelta.

—Ocho minutos. Es mi receta, y no quiero que el risotto que está esperando en el pasaplatos se transforme en un mazacote grumoso y asqueroso mientras tú cocinas el pato en exceso. —Hace una pausa—. Y se dice «ocho minutos, chef».

Radhya sacude la cabeza. Es capaz de dorar una escalopa a la velocidad del rayo o reproducir hábilmente platos de Le Bernardin o Red Rooster que Josh apenas sabría reconocer. Lo hace todo la mar de bien, como calcular el tiempo que tardarán en cocinarse veinte alcachofas antes de darles la vuelta (treinta y cinco minutos) o el número exacto de granos de sal que hay que esparcir sobre cada rodaja de tomate reliquia (siete). Pero últimamente se la ve descuidada. Olvidadiza. Distraída. Lo peor que puede pasarle a un cocinero de línea. Incluso Danny, al menos, era constante.

De hecho, le pareció oírla lloriqueando en la zona refrigerada la semana anterior, pero cuando apareció de nuevo en su puesto, iba tan bien maquillada como siempre.

Entra un ayudante de camarero para recoger el fletán y el filete y coloca hábilmente los platos en equilibrio sobre su antebrazo.

—En la barra hay una chica que pregunta por Radhya —anuncia—. Dice que se llama... ¿Chichi?

Se oyen unas risitas entre los otros cocineros, que hace tiempo que bromean acerca de que Radhya es lesbiana solo porque se dedica a la cocina de autor, le gusta el fútbol y le pone motes a todo el mundo. Josh tiene el convencimiento de que en algún momento ha mencionado a su marido.

—Los próximos ocho minutos estará ocupada cuidándose de ese pato —le espeta al camarero.

—Diez.

—«Diez, chef».

Cuando Josh se incorporó como cocinero de línea en el Scodella, Radhya tenía más categoría que él. Pero cuando empezó a hacerle la pelota al jefe y lo promocionaron a segundo chef, oyó vagos comentarios de descontento por parte del personal de cocina sobre las circunstancias de su rápido ascenso en la jerarquía. Sus compañeros no prestaron atención alguna a su experiencia como cocinero en prácticas en Dinamarca o Barcelona, pero sí reconocieron el nombre de Kestenberg. Todavía no ha conseguido averiguar de dónde viene la insubordinación sutil y ocasional de Radhya. Seguramente se trate de despecho. Rencor. Celos.

—Voy a comprobar qué tal va todo en el comedor —dice Josh, desatándose el delantal.

Es una buena excusa para escapar del calor y el ambiente sofocante de la cocina. Y para fijarse en el primer plato de la mesa cinco.

Antes, pasa por el despacho del jefe para adecentarse un poco. Examina su reflejo en el cristal. No ha conseguido quitarse nunca de encima la costumbre de dar un rápido vistazo a su aspecto en busca de cualquier fallo. La larga nariz que destaca en medio de toda la cara. Comprobado. Las bolsas de debajo de los ojos debidas a treinta años de insomnio. Comprobado. Nada entre los dientes después de probar decenas de cucharadas de quinoa roja poco sazonada. Comprobado. Claro que no piensa sonreír en medio del comedor y exhibir sus dientes algo irregulares. Está bastante seguro de que menos de media docena de personas en el mundo los han visto.

Saca el teléfono. Ningún mensaje de Sophie. Otra vez.

Desde el domingo, tiene la sensación de que las cosas no van bien. Cuando Sophie salió de su apartamento, él soltó un «te quiero» espontáneo en mitad de su habitual despedida mientras ella se dirigía al ascensor. Sophie se paró y se volvió a mirarlo. En ese momento, Josh se convenció de que iba a correr hasta su puerta y abrazarlo con lágrimas en los ojos. Como es natural, después de eso vendría el sexo en su pequeño recibidor (¿quizá contra la pared?), junto con una confesión exhaustiva de los sentimientos que se profesaban y, posiblemente, planes para pasar un fin de semana en Rhinebeck.

Lo que ella le había respondido, con una sonrisa que podría calificar de cordial en el mejor de los casos, fue: «Muy amable».

A continuación, había entrado en el ascensor.

Josh lleva cuatro días analizando el tono concreto de aquella respuesta. Siempre ha tenido dificultades para evaluar esa clase de ambigüedad. «Amable» es una palabra positiva; aunque no es lo mismo que «yo también te quiero», lo cual, en su opinión, es lo único que uno desea que le contesten cuando pronuncia esa frase. Transitar el espacio que separa las citas esporádicas de una relación formal es todo un arte, y él la ha fastidiado al precipitarse con aquella declaración de amor fruto del clímax. Ese incidente se ha convertido en parte del repertorio de su cerebro antes de que sucumba al ciclo REM.

Se guarda el teléfono en el bolsillo. «Ánclate».

El caos sonoro que reina en el comedor es distinto del de la cocina. Las risas de unos fanfarrones escandalosos que retumban por encima de la música de jazz que el propietario adora y ha seleccionado expresamente con la finalidad de que agrade sin que destaque hasta el punto de resultar intrusiva. El ruido metálico de las cucharillas de postre que rebañan los platos. Las sillas que los comensales empujan hacia atrás para levantarse y marcharse cuando empiezan a notar los efectos de la segunda botella de cabernet sauvignon.

Si el noventa y ocho por ciento del servicio de una mesa consiste en el sudor, los gritos, los cálculos, las presiones y el proceso de emplatado detrás de las puertas de vaivén de la cocina, llegar a la mesa es la vuelta de honor. Claro que una reseña destacada en una publicación especializada es una forma de reconocimiento todavía mejor.

Josh se detiene junto a la mesa cinco y finge de forma convincente no saber quién es la clienta, aunque se presenta cuidadosamente usando su nombre completo. La interroga con amabilidad sobre los primeros platos. Al bacalao frito «le falta un punto», dice ella. La pasta es «interesante».

Es, seguramente, la conversación menos reveladora de esa semana. Bueno, aparte del intercambio con Sophie.

Josh se excusa, pero algo le impide regresar a la cocina: una risotada estridente procedente de la barra con la encimera de mármol.

Solo hay una clienta: la amiga de Radhya. Jace —que de ningún modo puede ser el verdadero nombre del camarero— está flirteando con ella mientras le muestra algo en su móvil. La chica está de espaldas. Tiene el pelo castaño y lleva una camiseta negra. Josh no observa nada destacable pero hay algo que le resulta familiar.

Ella echa la cabeza hacia atrás antes de soltar otra carcajada sin freno, de esas que no pueden fingirse por ser amable. Por lo que recuerda —y recuerda todos sus éxitos y sus fracasos con vívidas imágenes llenas de detalles en alta definición—, el único momento en que él ha despertado esa clase de entusiasmo en una mujer es durante el sexo.

Es su voz lo que la delata: ese timbre tan peculiar y un poco ronco que se le metió en la cabeza tres años atrás. La cosa no tiene otra explicación que el simple hecho de que siempre recordamos con más claridad las situaciones tremendamente embarazosas que los encuentros placenteros.

Josh se acerca a la barra, no por la necesidad de comprobar que la chica es, cómo no, la excompañera de piso de su exnovia. Tan solo necesita saber si en el bar alguien ha pedido más comida. Eso es todo.

Jace levanta la cabeza para saludarlo.

—¿Qué tal, tío?

Josh siempre ha sospechado que su deje arrabalero es impostado.

—«Chef» —lo corrige, asegurándose de no establecer contacto visual con ella.

De momento.

Jace se vuelve hacia su única clienta.

—¿No es lo mejor que te has metido en la boca?

Ari Sloane deja el vaso en la barra del bar. Sin posavasos.

—Está bastante bien. —Se inclina sobre la barra apoyándose en los antebrazos—. ¿Qué más escondes en la manga?

—Muchos otros tatuajes, para empezar. —Jace observa cómo Ari asciende por su brazo con el dedo índice—. ¿Tú tienes alguno?

Ella asiente.

—Pero ahora no puedo enseñártelo. ¿Me lo pides después?

Josh se aclara la garganta.

—A menos que pienses pedir algo de comer, cerraremos la cocina cuando sirvamos la última mesa.

—¿Conoces a la compañera de piso de Radhya? —Jace ladea la cabeza—. Lo siento, ¿me recuerdas cómo te llamas?

—Chichi —contesta ella con un gesto de asentimiento.

Ari lleva una camiseta negra corta. Y gafas. Colgada en el respaldo del taburete hay una cazadora verde militar con una chapa de Bernie Sanders prendida del bolsillo. Y también lleva flequillo, así que apenas se la reconoce. Salvo por el hoyuelo a la derecha de la boca.

Sabe que esa vez lleva sujetador porque ve el perfil de su móvil sobresaliendo por encima de la copa.

—Bonito mote —masculla.

—Bueno, Radhya ya se había puesto el de «Guarra», así que no pude asignármelo. —Se fija en su chaqueta de chef—. ¿Trabajas para ella?

—No —dice, y su voz abandona el tono de indiferencia—. Tengo la cocina a mi cargo. Ella es la asadora.

Ari no da muestras de haberlo reconocido. No frunce en lo más mínimo la frente ni los ojos. Jamás ha habido un semblante más neutro en la historia de las expresiones faciales humanas. Incluso el «muy amable» de Sophie era más denotativo.

—Nos conocemos —anuncia Josh, incapaz de contenerse por más tiempo.

Ella eleva muy ligeramente una de las comisuras de los labios.

—¿Ah, sí? —pregunta, más curiosa que desafiante. Se fija en su cara, quizá tratando de identificar aquella nariz característica sin ser maleducada—. ¿Del cumpleaños de Radhya?

Josh sacude la cabeza.

—¿De Tinder?

—No.

Ari frunce el entrecejo.

—¿OkCupid?

Sí que ha caído bajo.

—Ari.

—¡Ah! ¡Te llevé a casa marihuana medicinal! —anuncia con voz triunfal.

Jace se anima.

—¿Aún te dedicas a eso?

—Lo llamamos «servicio de cánnabis a domicilio» —responde ella—. Así les cobramos un veinte por ciento más a los alumnos de The New School.

—Menuda negocianta —dice Josh, lacónico.

Jace apoya los dos codos sobre la barra mientras pasea la mirada del uno al otro.

—¿Alguna vez habéis...?

Josh se estremece.

—En absoluto.

—Yo me tiraba a su novia —afirma Ari—. Y él desperdició una oportunidad de hacer un trío de las que solo se presentan una vez en la vida.

—Eso no es lo que pasó —insiste el plasta alto del jersey.

Ari mira al tipo de la barra —¿Chase? ¿Jake?— y sus enormes ojos castaños.

—Supongo que no todos los hombres son capaces de desenvolverse en esas situaciones.

Josh suelta un resoplido y se yergue con toda su estatura. Se le ve un poco más mayor, un poco más intimidatorio, con los hombros más anchos. Sus ojos denotan cierta frialdad, distinta del gesto escrutador y necesitado de dos años atrás (¿o eran tres?). Ha cambiado de aspecto; ahora lleva uno de esos ridículos recogidos que le sujeta media cabellera morena en una coleta, con una cinta alrededor de la frente, como si fuera una especie de guerrero de los alimentos que intenta atemorizar a las cebollas y las patatas con su peinado. Al principio Ari no se explica cómo puede estar viéndolo allí cuando el único contexto en el que ha existido siempre es su viejo apartamento (es como encontrarte al profesor de álgebra del instituto en el supermercado comprando una bolsa de Cheetos picantes).

Josh se vuelve hacia el camarero buenorro.

—Era la antigua compañera de piso de mi novia. Pasamos una tarde de pesadilla juntos. —Vuelve la mirada hacia Ari—. Aún recibo correos de The Nature Conservancy.

—Debe de ser porque el lince rojo aún necesita tu ayuda —responde ella mientras sorbe su bebida.

—O sea que sí que te acuerdas —dice Josh, y, poco a poco, su tono se va tiñendo de fastidio. Ari sigue sin admitir nada—. ¿Has vuelto a hablar con Natalie desde que se trasladó a California para la investigación postdoctoral?

—¿Quién?

Chase/Jake desliza por la barra otro whisky sour que a Ari no le hará ningún bien. El alcohol está empezando a ahogar el subidón de dopamina del e-mail providencial y de la exitosa sesión de micro abierto.

—¡Tu compañera de piso!

Josh clava en ella una mirada fulminante que probablemente suele reservar para el personal de cocina.

—Ah, esa Natalie. Sí, a veces hablamos por Snapchat. —Sigue dando sorbos del cóctel con la esperanza de que su tono despreocupado irradie la energía del emoticono de las uñas pintadas—. La tengo en la lista de contactos de desnudos.

Chase estira la cabeza de golpe, el pobrecito.

Josh arranca a toser.

—Y, así, ¿aún sigues acosando a los peatones...

—¿Te refieres a recaudar dinero para causas benéficas respetables?

—... o has encontrado otra ocupación?

La hostilidad sigue latente bajo la superficie, incluso tres años después. Ese tono es para compensar algo. Seguramente, está insatisfecho con su pene.

—He estado… —Ari vacila unos instantes, hasta que recuerda que tiene todo el derecho de decirlo. Sí, ya es un hecho. No necesita aderezos. Nada de «he estado intentando dedicarme al teatro de humor»—. Soy humorista profesional. —Chase, o Jake, ya no le presta atención y está ocupado terminando sus tareas. Una camarera ahoga un bostezo cuando pasa la tarjeta de crédito de la última mesa y sus uñas repiquetean en el protector de la pantalla del sistema de cobro—. He venido para celebrarlo con Rad. Acabo de vender un guion.

—¿Para la televisión? —pregunta Josh, con un ligero tonillo dubitativo.

—Sí. —Ari se aclara la garganta—. Bueno, para una plataforma de streaming. Será el Netflix del humor. —Le sorprenden sus propias ganas de seguir hablando de ello con el plasta alto del jersey. Habla con tanta euforia que casi parece que se lo esté inventando, pero al mismo tiempo es muy clara—. Y esta noche he hecho una actuación fantástica. Ha ido sobre ruedas. Por eso he pensado en celebrarlo con Rad poniéndonos ciegas de alcohol, aunque intentaremos no echar el higadillo en el taxi de vuelta a casa.

«Ya basta». Por Dios. Ari da otro sorbo de whisky sour para evitar seguir dejándose llevar por su entusiasmo.

—Veo que tu concepto de compañera de piso no ha cambiado nada —dice Josh, sacudiendo la cabeza.

—Mi amor con Radhya es estrictamente platónico. ¿No te has dado cuenta de que es una hetero incorregible?

Él parece sorprendido ante esa afirmación.

—No nos dedicamos a profundizar en nuestra experiencia amorosa durante las horas punta del restaurante.

—Así, ¿no le has contado tu historia del alma gemela y las galletas? ¿Qué tal te va, por cierto? ¿Has encontrado otra media naranja a quien prepararle el desayuno?

—Tengo novia. —Josh hace una pausa mientras se plantea cuánta información revelar. Esa charla es una buena excusa para permanecer en el comedor durante el servicio en gueridón del pato de la mesa cinco—. Sophie. Trabaja en una consultoría de gestión de marca y habla cuatro idiomas. Es la mujer más inteligente que he conocido nunca.

—Guau. —Ari apoya la barbilla en la palma de la mano—. Parece que la admiras de verdad.

—Sí —conviene Josh—. Pero el sentimiento es mutuo.

Por el rabillo del ojo, observa cómo el camarero corta el pato. Con movimientos ensayados, como la coreografía de una danza, el cuchillo de trinchar va revelando la carne de ave asada a la perfección.

—¿Cuántas berenjenas? —pregunta Ari.

—Tres... No, cuatro —se apresura a rectificar, y se siente ridículo por usar la escala de berenjenas; pero, curiosamente, tiene un impulso defensivo.

—¡Mientes!

—¿Te mentiría sobre mi novia?

Su novia desde hace dos meses y medio, a la que le gusta responder «muy amable» ante un «te quiero».

Quizá Ari y Jace follen esa noche. Si tuviera que hacer un pronóstico, diría que, como mucho, él se ganará dos emoticonos.

—¿Sabes qué? Yo uso el emoticono del volcán cuando...

Pero la interrumpe un ruido de cubiertos detrás de Josh. Él se vuelve, presintiendo la exclamación satisfecha de la crítica gastronómica de la mesa cinco, que estará más que contenta. En vez de eso, ve que el camarero lo está mirando con expresión de pánico.

—¡El pato estaba crudo de la hostia! —vocifera Josh, estampando la puerta de vaivén de la cocina contra la pared.

Radhya se estremece y levanta la cabeza de la encimera que está fregando.

—¡Dios!

—¡Vuelve a encender la parrilla!

Él va directo a la zona refrigerada y coge dos filetes de falda Wagyu (el plato principal que sabe preparar más deprisa). No tienen tiempo de asar otro pato.

Radhya se precipita detrás de él.

—He seguido tus instrucciones.

—«Tus instrucciones, chef». Es el plato más sencillo del menú. —Josh la aparta para abrirse paso y se dirige al puesto de carne—. ¡Necesito los brotes de helecho y los cebollinos en siete minutos! —les grita a los cocineros de línea.

Radhya alcanza los filetes.

—Los asaré...

—Quítate de en medio —le espeta, apartando la carne de su alcance—. Hoy ya has hecho bastante.

—Estás en mi puesto.

El camarero entra a toda prisa en la cocina.

—La mesa cinco ha pedido la cuenta, chef.

—¡Dile que voy a servirle otro plato! —grita Josh, y se vuelve hacia Radhya—. Te había dicho que dejaras el teléfono y que vigilaras el pato.

—Y yo te he dicho que necesitaba diez minutos de cocción —repone ella, enfadada—. Aunque daría igual que estuviera bien hecho, porque la lavanda y el hinojo juntos saben a rayos.

Josh limpia la superficie que tiene enfrente con movimientos enérgicos y airados.

—Cuando aprendas a asar un pato en condiciones igual que un estudiante de primer curso de restauración, te pediré opinión sobre el sabor de mis aderezos.

La cocina se sume en un silencio incómodo.

—Llevo más tiempo cocinando que tú...

—No pienso advertírtelo otra vez, Radhya.

—Haberte largado un par de meses a Europa no te convierte en Jacques Pépin. —Hace una pausa, como si aún no hubiera decidido poner o no la guinda—. No te diferencia en nada de las otras personas de esta ciudad que han conseguido trabajo gracias a su padre.

Josh siente una clase de rabia muy concreta que le hierve bajo la piel. Los nudillos de la mano con que aún sujeta el trapo de cocina se vuelven blancos.

El resto del personal estalla en susurros de insultos variados en inglés y español y una risita nerviosa generalizada. Todos han interrumpido por completo sus tareas y centran toda la atención en el espectáculo del cara a cara improvisado.

Josh reconoce la fragilidad de la situación. Seguramente hay una parte importante de la plantilla que cree que Radhya tiene todo el derecho de ser la jefa. Cualquier señal de dar marcha atrás y permitir que crezca el desacato supondrá el desastre: una pérdida total de confianza.

Y le queda una baza. O quizá sea una opción desesperada.

Sea como sea, las palabras escapan de su boca antes de que tenga tiempo de pensarlo dos veces.

—Estás despedida.

Ari no presta atención cuando los camareros empiezan a reorganizar el comedor. Jace y su acento la tienen distraída. Él le dice cosas que en inglés americano corriente de clase media no serían nada destacables, pero suenan como poemas de Neruda con ese deje suyo combinado con los cócteles whisky sour que le va sirviendo.

Es el sonido amortiguado de los gritos procedentes de la cocina lo que capta su atención un poco ebria, seguido de las fuertes pisadas de Radhya cuando cruza el comedor con paso firme y la mochila colgada al hombro.

—Nos vamos —anuncia, dirigiéndose a la barra del bar—. Bueno, ponme un tequila. Ya.

Jace corre a coger la botella de licor y un vaso.

—Es... Espera. —Ari coge su bolso y la chaqueta, baja del taburete y tropieza nada más dar medio paso—. ¿Qué problema hay?

—Él es el problema. —Radhya estampa el vaso en la barra y se vuelve a mirarla con los ojos llorosos. Ari no recuerda haberla visto llorar ni siquiera en los momentos inmediatamente posteriores al divorcio—. He cocinado el pato exactamente como me ha dicho. Yo tenía razón, él no, y me ha despedido.

—¿Quién te ha despedido?

Ari empuja el vaso vacío de Radhya hacia Jace para que lo rellene. Su amiga se las ve continuamente en el trabajo con un gran número de machoexplicadores belicosos, de modo que le resulta difícil seguir la pista de cada uno que es motivo de queja por su parte.

Cuando Josh irrumpe en el comedor un segundo más tarde, con la cara roja, Ari empieza a sumar dos y dos.

—¿La has despedido? —le pregunta.

—No puedo trabajar con alguien que no respeta mi autoridad en la cocina.

—¿Tu autoridad? —Radhya retrocede hacia la puerta de salida—. Tienes el puto complejo de inferioridad muy arraigado. —Se vuelve hacia Ari y Jace—. Consiguió este trabajo solo porque el propietario es un cliente regular del deli de su padre.

Empuja la puerta para salir.

—¡Eso es mentira! —exclama Josh, aunque Radhya ya está fuera del restaurante.

Ari se vuelve hacia él, despacio.

—¿A ti qué te pasa? —le pregunta.

—¿A mí? —Da un paso hacia ella mientras gesticula señalando la puerta—. No soy yo quien acaba de montar un numerito.

—¿Tienes idea de cuánto ha trabajado para llegar hasta aquí? ¿De a cuántos cabrones como tú, con la vida solucionada sin haber movido un solo dedo, ha tenido que enfrentarse? —Él abre la boca, pero Ari continúa—. No puedes despedir a alguien por un único plato.

—Un plato servido a una articulista gastronómica puede ser motivo de que el restaurante tenga que cerrar. Aquí no hay sitio para quien no es capaz de seguir las técnicas culinarias más básicas. Lleva semanas descentrada y metiendo la pata. No me he pasado siete meses en la Provenza aprendiendo a dominar el arte de las *sauces mères* para tener que estar vigilando a Radhya mientras la caga con una sencilla receta de pato.

—Tú también estarías distraído si te vieras en un divorcio.

Por un momento, parece que lo ha dejado fuera de juego... e incluso ¿se avergüenza un poco? Pero la reacción no dura mucho.

—Hay cientos de personas como Radhya en esta ciudad, capaces de preparar platos decentes como churros. —Josh se limpia la mano con un trapo de cocina y mira a Ari con aquella expresión de sabelotodo—. No pienso discutir con alguien cuyo mayor logro en la cocina son las salchichas rebozadas con maíz calentadas en el microondas.

Por un momento, no sucede nada. Ella no pestañea, ni se estremece, ni siquiera respira. Ari reconoce esa mirada suya. Josh se cree que ha ganado.

O sea que no es de sorprender que no vea venir lo que ocurrirá a continuación, cuando ella, con un movimiento rápido, coge el resto de su whisky sour de la barra y se lo arroja sobre la chaqueta blanca de chef y la parte inferior de la cara.

Josh se limpia la barbilla con la manga.

Ari deja el vaso vacío sobre la barra con un golpe seco, se aparta el flequillo de la frente de un soplido y se marcha con paso decidido.

De todos modos, sí que ha tenido cosas mejores en la boca.

Dos años más tarde

3

No es así como Josh había pensado pasar la Nochevieja. Si tuviera que ordenar las distintas opciones según sus preferencias, asistir a una fiesta ofrecida por la profesora asociada de la universidad de su hermana no aparecería en la lista.

Plan A: una cena íntima con Sophie, en algún sitio no demasiado común. Uno de los restaurantes «para explorar» de su hoja de cálculo. Tras volver a casa justo antes de medianoche, habrían contemplado los fuegos artificiales de Año Nuevo desde el balcón de su apartamento, con dos respectivas copas de Brut Blanc de Blancs Clos Lanson 2006 en la mano.

Pero Sophie ha decidido quedarse en Vancouver y ha dejado a Josh con un práctico plan B: una receta de *cassoulet* que conlleva ocho horas de preparación y un álbum de Gil Evans girando en el tocadiscos. Podría sacar partido de ese tiempo, después de pasar todas las horas de vigilia de los últimos tres meses concibiendo una meticulosa renovación de Brodsky's y protegiéndose de las personas bien intencionadas que desean refrescarle la memoria sobre Danny.

El padre de Josh murió de forma inesperada durante el otoño, dejando el deli en manos de su familia.

Al principio, Josh no quería hacer nada con él. Pero su madre, Abby, una agente inmobiliaria muy poderosa, estaba completamente resuelta a no vender el edificio. En su opinión, era el momento perfecto para que su hijo cumpliera la vaga promesa que hizo cuando se matriculó en el Culinary Institute. Y, aunque Josh nunca ha tenido el propósito de cocinar tortitas en una plancha metálica, no significa que su hermana de veintiún años, Briar, no pueda responsabilizarse de la gestión de Brodsky's.

De manera que Josh lo pensó mejor. El espacio en sí tenía potencial, podría ser el lienzo perfecto para el panorama gastronómico que imagina... con algunos cambios estéticos. Contrató a un diseñador de interiores para transformar el abarrotado deli de Danny en un espacio diáfano y blanco, hizo retirar la decoración amarillenta de las paredes y trasladó al sótano el desfasado equipamiento de cocina. Según Abby, eso supuso «una aceptación evidente de su duelo inexplorado por la muerte de su padre».

Sin embargo, también es una buena decisión estratégica. Durante al menos veinte años, el modelo de negocio de Brodsky's giró en torno a clientes procedentes de Omaha, Cleveland o Múnich, dispuestos a darse un capricho bajo la apariencia de vieja nostalgia por Nueva York. Josh comprobó cómo establecimientos de barrio, en teoría destinados a perdurar, como el restaurante Odessa, Gem Spa y Angelica Kitchen, luchaban por sobrevivir a la vista de las subidas de los alquileres y unos márgenes de beneficio cada vez más escasos. The Brod es el engranaje perfecto para situar un anzuelo turístico que apenas genera beneficios en el escalafón de las cenas elegantes.

Su visión de The Brod incluye un menú degustación diseñado para complementar una carta de vinos naturales. Los platos se elaboran con verduras lactofermentadas, como los pepinillos *kosher* al eneldo que le dieron fama a Brodsky's.

A lo largo de los últimos meses, Josh ha estado tan pendiente de The Brod que se saltó la cena de cumpleaños de su hermana (para ser justos, desplazarse hasta Fort Greene habría sido una movida) y la fiesta de inauguración de su apartamento (le encargó una estilosa tabla para quesos de madera y mármol sacada de un artículo de *Architectural Digest*). Briar, en consecuencia, no ha aceptado su excusa de «solo en casa con un clásico estofado francés y el maratón de *The Twilight Zone*» como motivo para rechazar una invitación en un festivo nacional.

Para la mayoría de la gente, una fiesta ofrecida por su antigua profesora de la universidad equivaldría a vérselas con una docena de estudiantes de posgrado, amargados e insoportables, sentados en el suelo de un apartamento lóbrego y sin ascensor, sirviéndose vino barato de botellas medio vacías. En el mundo de Briar, en cambio, significa un trayecto ultracaro en Uber hasta un almacén de Long Island City que alguien ha transformado en un espacio con seis habitaciones para vivir y trabajar, «tras una favorable campaña de microfinanciación colectiva».

—Taran tiene una red de amigos impresionante —explica Briar cuando se apean del taxi—. Además, muchos son *influencers*, justo a quienes querrías tener en The Brod haciéndose selfis. Si cuando entre ahí hago esto —se pellizca el puente de la nariz— significa que finjas que no me conoces. Y no volveré contigo a Manhattan. He oído que puede que Nicholas Braun esté en la fiesta.

Josh no se molesta en preguntar quién es.

Tras una contundente puerta doble, el espacio diáfano está inundado de luz de todos los colores del arcoíris. Una pared de bloques de cemento muestra la proyección borrosa de una película de cine independiente. Briar coge los dos abrigos y sube por una escalera metálica que conduce a una especie de altillo. Quizá allí haya un rincón oculto donde Josh pueda escabullirse y llamar a Sophie para saber qué tal va todo; últimamente no coinciden casi nunca en tiempo ni lugar. Le ha enviado un artículo que lleva por título «9 ideas creativas para el intercambio de poder en las relaciones a distancia». Hace dos días, cumplió la número ocho: enviar regalitos con instrucciones explícitas. Según el seguimiento del paquete, Sophie debería haberlo recibido hoy a las 16:13 horas.

Cuando Briar regresa, una joven les entrega sendas barras luminosas con el logo de BetterHelp.

—¿Han conseguido patrocinadores para esto? —pregunta Josh al reparar que en la esquina de la izquierda hay una barra provista únicamente de bebidas refrescantes con alcohol.

—¡Ah! ¡Ahí está Cass! —exclama Briar y saluda a una mujer que lleva una camiseta de tirantes de Sleater-Kinney debajo de una americana conjuntada de forma habilidosamente despreocupada. Si tuviera que ponerle edad, Josh diría que tiene entre cuarenta y cincuenta años. Y una estatura imponente. Briar atrae a Josh hacia el círculo—. Seguro que te acuerdas de mi asesora académica, ¿verdad? Sus sesiones te cambiaban la vida.

Ah, sí. La de las múltiples anécdotas lameculos de Briar.

Josh comprende por qué su hermana cambió la carrera de lengua inglesa por la de comunicación tras asistir al curso de Cass Nichols sobre el nuevo cine *queer* el año anterior. Esa mujer es experta en convertirse en el foco de atención de todo bicho viviente.

Cass sostiene una copa de champán con una mano y un cuaderno Moleskine con la otra, lo cual da a entender que está constantemente a punto de recibir una racha de inspiración que resultaría imposible anotar en un móvil. Tiene el aspecto familiar de quien ha interpretado de forma recurrente a un personaje de un aclamado serial televisivo que algún día Josh debería ver.

—Lo de «asesora» suena a ese rollo hegemónico de las consultorías administrativas. En realidad es una colaboración académica —le suelta Cass abrazando el cuaderno como quien se aferra a un pilar—. Y para mí ese vínculo con los alumnos es muy importante. —Gesticula de una forma exagerada y está a punto de golpear a Josh en la oreja con el pedrusco de su anillo—. Aprendo tanto de ellos como ellos de mí.

Quizá por eso celebra con sus exalumnos una noche como esa.

La rodean tres o cuatro de sus presuntos colaboradores: estudiantes de posgrado, probablemente, que están pendientes de cada palabra que pronuncia. Josh está acostumbrado a echarse un pulso con quienes se creen los más listos de la sala, y suele disfrutar del desafío. En toda su vida, prácticamente no se ha topado con nadie con quien no pueda mantener una conversación en profundidad: profesores suyos, chefs de fama mundial... El mes anterior incluso estuvo charlando alegremente con Stanley Tucci sobre las cualidades del negroni.

Está a punto de ofrecer otra perspectiva y decir algo sobre lo bien que funciona la jerarquía estricta en la cocina de un restaurante, cuando nota en el hombro la presión de una mano que lo empuja suavemente hacia la izquierda.

Le resulta tan inesperado que tensa todo el cuerpo. La persona a quien pertenece la mano pasa por su lado sin que le dé tiempo de volverse para verle la cara. Cruza por en medio del círculo, interrumpiendo la conversación sobre todo aquello que resulta decepcionante en relación con el Festival de Cine Internacional de Toronto, y va directa hacia Cass cual misil termodirigido.

No la saluda. No le dice «Te he estado buscando por todas partes». Se planta delante de ella y exige su plena atención, lo cual no es difícil: lleva puestos unos pantalones negros y un sujetador, como si antes fuese vestida de esmoquin y, simplemente, se hubiera desprendido de la parte superior. Se tambalea un poco sobre los tacones altos, pero aun así es diez centímetros más baja que Cass.

Desde ese ángulo, Josh sigue sin verle la cara; tan solo adivina su perfil oculto en gran parte por el pelo: una melena corta de color rubio platino.

La chica coloca la mano bajo el mentón de Cass y tira de su cabeza para darle un beso con ansia. Se la ve muy relajada mientras mantiene la mano en su cara y la besa con toda su alma, sin el mínimo miramiento por nadie más.

Josh siente una punzada de envidia en su interior, del estilo «esto es vergonzoso e inapropiado pero ¿por qué no me lo hacen a mí?». ¿Cuándo fue la última vez que Sophie lo besó de ese modo o viceversa?

En algún momento (o bien el beso ha durado un minuto entero o el cerebro de Josh lo ha reproducido a cámara lenta), la mujer se echa hacia atrás y se aparta arqueando la espalda. La luz de colores ilumina su perfil.

A Josh se le hiela la sangre en las venas. En esa ciudad hay nueve millones de habitantes; lo lógico es que se trate de otra persona. Sin embargo, Nueva York no opera según las probabilidades estadísticas. Esa ciudad tiene sus propias razones ocultas, y así es exactamente como funciona la vida de Josh. Cada ofensa, cada juicio erróneo y cada cosa que lamenta acaba siempre por reaparecer y pesarle sobre la conciencia. Pero no suele reaparecer más de una vez.

Cass tira del borde de sujetador de Ari y se repone un poco.

—Mi mujer sí que sabe de entradas triunfales.

—¿Tu mujer? ¿Te has vuelto a casar? —exclama con voz de pito una de las jóvenes a un centímetro del tímpano de Ari. Quizá es una antigua alumna. Cass tiene amistad con tantos exalumnos que casi podría considerarse una proeza—. Felicidades. ¡Quién lo iba a decir!

Los acólitos de Cass irrumpen de inmediato en exclamaciones ñoñas, como un grupo de preadolescentes contemplando una camada de gatitos. De pronto, se apretujan demasiado en torno a Ari y la encierran dentro del círculo.

—¿Estás bien, Ar? —pregunta Cass con su voz sexy y gutural, como la de una cantante de country desfasada que ha consumido demasiado whisky y cigarrillos.

—Más o menos —musita Ari mientras vuelve a centrar la atención en su mujer.

La chica que tiene al lado se echa a reír.

—Quiero chutarme lo mismo que ella —susurra.

Ari echa el cuerpo hacia atrás y se apoya en Cass tratando de atraerla para que le acaricie el cuello con los labios, hasta que por fin le roza ese punto detrás de la oreja lleno de terminaciones nerviosas. En ese instante, siente cada centímetro de su piel con más intensidad.

«Mi mujer». Cada vez que alguien lo pronuncia en voz alta, su cerebro repite la frase como para ratificarlo. Parece un mantra sacado de alguno de los libros de autoayuda de Cass, porque resulta escurridizo. En sentido estricto, es así por ley, pero a la vez es un delirio intangible. ¿En serio ha pasado de antimonógama redomada a esposa? Verdaderamente, quién lo iba a decir.

O quizá es el éxtasis, que todo lo intensifica y reproduce la pulsación de la música en las extremidades de Ari. Cass desliza suavemente las uñas arriba y abajo de su espalda con un ritmo hipnótico. Debe de ser lo más placentero que ha experimentado jamás.

Se supone que Ari iba a pasar la noche en Hell's Kitchen, el mismo lugar donde celebró la Nochevieja los cinco años anteriores. Gabe siempre organiza allí un karaoke destinado a recaudar fondos para LaughRiot y Ari siempre se viste con ropa hortera y llena de brillibrilli. Juntos, martirizan a todo el mundo con su versión de *The Boy Is Mine* después de disputarse quién canta la parte de Monica.

En la vida de Ari, las fiestas no están ligadas a muchas tradiciones. Nunca ha regresado a Phoenix por Acción de Gracias ni por Navidad, ni siquiera cuando estudiaba en la Universidad de Arizona y estaba a pocas horas de distancia. Siempre le ha dado más prioridad a cobrar el precio especial de día festivo por las horas de trabajo que a soportar a los nuevos novios de su madre o las opiniones políticas de la abuela Pauline.

La única constante ha sido la Nochevieja con Gabe.

Sin embargo, tres semanas atrás, Cass y Ari se convirtieron en mujer y mujer en la cubierta del Jewel of the Seas, junto al puerto de

Nasáu, y a Cass no le pareció demasiado pedir que su nueva esposa fuese su acompañante durante una fiesta de Nochevieja de la que le había hablado por primera vez una hora antes.

Ari había pasado la mayor parte del 31 de diciembre releyendo un mensaje y autocompadeciéndose mientras pensaba que ojalá las letras cambiaran de orden y formaran nuevas palabras.

El material que enviaste les ha gustado, pero lo del puesto en el equipo de redacción es un no. Tu voz no encaja en el proyecto.
¿Estarías dispuesta a trabajar de secretaria?

Cass reaccionó con sorna.

—Es un insulto. Tú no eres ninguna secretaria.

El rechazo le dolió el doble tras un año en crisis: KWPS quebró menos de doce meses después de pagarle a Ari una modesta suma por su guion, y no se emitió ninguna serie donde lo usaran. En las audiciones a las que se ha presentado tan solo ha conseguido un papel de víctima de acoso sexual en un vídeo de formación corporativa. Varias veces ha trabajado con Gabe y su grupo de improvisación en temporadas de cuatro meses a bordo de un crucero que realiza un recorrido entre Florida y las Bahamas, pero a Cass no le gusta que pase mucho tiempo fuera.

Y en tierra firme el éxito se hace más de rogar.

—Las cosas son como son —había dicho Cass—. Ahora mismo estás en un momento personal maravilloso. —Obsequió a Ari con una de esas afectuosas caricias en el brazo—. Y tu carrera... está estancada. Pero se solucionará.

Claro que, a veces, la forma de solucionar las cosas consiste en meterle al cuerpo pequeñas cantidades de sustancias sintéticas para sumir al cerebro en un estado de placer duradero en el que te sientes bien por todo.

A veces observas las formas que la luz proyecta en una pared de cemento y te permites disociarte mientras tu mujer pronuncia un monólogo sobre su cuenta de Substack y las fuentes de ingresos viables para creativos.

—Ar vio la última película de Terry Malick conmigo —les dice Cass a sus adeptos. Desliza un brazo, cálido y tranquilizador, por la cintura de Ari—. De cabo a rabo.

Mira a Ari como si fuera una diosa viviente. Nadie la ha mirado así nunca; ni siquiera de forma parecida. Con los ojos realmente en forma de corazón.

Cass no solo es profesora en The New School, también es crítica de cine. Se dirige a las celebridades por su nombre de pila, presenta artículos a revistas expresando su opinión, aparece en varios pódcast y tiene un apartamento de dos habitaciones (¡dos habitaciones!) en Queens. La segunda habitación, que es diminuta, la usa como despacho, como una adulta de verdad. Y ahora la mitad es de Ari.

Bueno, vale, sí; el despacho sigue siendo sobre todo de Cass. Pero Ari usa más de la mitad de los cajones de la cómoda. Y, en esta ciudad, cederle a alguien espacio para sus cosas es el mayor gesto de amor.

Entre las muchas sorpresas agradables que Ari descubrió cuando se trasladó a vivir con Cass está la siguiente: dos de los tres cajones de su mesita de noche están llenos de juguetes sexuales; todo un acopio de artilugios de color lila chillón que Ari solo podría haber imaginado en un sueño. Quizá se habría planteado antes lo de las relaciones estables si hubiera sabido que la vida de casada consiste en una eterna fiesta de pijamas con mucho más sexo.

Cass le tira de la muñeca.

—Ar, estos son Briar y su novio, Josh... Mmm, Comosellame.

—Huy, no —dice Briar, y se aparta un poco mientras se pellizca el puente de la nariz.

«Ar» avanza un paso hacia él, y Josh se prepara para que le arroje la bebida en la pechera del traje. Sin embargo, ella no sufre ningún arrebato de ira. Pasea los ojos vidriosos y desenfocados por la sala sin mirar nada en concreto (a lo lejos, más allá de Josh; a su izquierda; al techo...) antes de centrarlos en su cara.

—Te conozco. —Entrecierra los ojos ante la tenue luz y, de pronto, le clava el dedo índice en el pecho acompañando cada sílaba—: ¡El plasta alto del jersey!

Briar observa la escena en un estado de asombro matizado por el alcohol.

—¡¿Qué?!

Josh echa la cabeza hacia atrás unos centímetros al ver que ella se le acerca tambaleándose y le escudriña el rostro. Él pestañea, tratando de procesar la nueva versión de Ari Sloane pasada por un filtro de alto contraste: pelo rubio, pintalabios oscuro y llamativo maquillaje de ojos.

—Ar, vamos, deja de acosarlo —ríe Cass.

Le coloca un mechón de su pelo brillante detrás de la oreja y deja que el dedo le roce el cuello. «Ar» se muerde el labio inferior y hace rodar el hombro hacia atrás con evidente placer.

Sophie dice que, de los cinco lenguajes del amor, el de Josh es más «palabras de afirmación» que «contacto físico». Parece una descripción precisa. Razonable. Adecuada para dos personas que se comunican, sobre todo, por teléfono. Pero al ver cómo las otras personas expresan el cariño, acusa su carencia.

Sophie y él no son la clase de pareja que necesitan estar pegados el uno al otro en su vida social. No comparten ninguna de esas señales obvias de «ayúdame, por favor». Nunca han creado un dialecto propio lleno de bromitas particulares y apodos tontos.

En esas ocasiones —cuando siente una punzada de envidia ante un sutil gesto de ternura—, se recuerda a sí mismo que las relaciones a distancia fomentan un tipo de conexión distinta. Los enredos mundanos de la vida diaria desaparecen por completo y te queda lo importante, no las discusiones sobre quién se ha terminado la mantequilla de almendras.

—¿Seguirás acariciándome el pelo? —pregunta Ari—. Sienta de maravilla.

Pero algo en la otra punta del inmenso espacio capta la atención de Cass.

—¡Dasha! —exclama, mirando a lo lejos por encima del hombro de Josh. Saluda con la mano y se vuelve hacia Ari—. Enseguida estoy aquí.

Tras dirigirles una mirada rápida, se abre paso entre el círculo de personas que la rodean y avanza con decisión hacia un grupo de creadores de pódcast y alguien que, seguramente, hizo de cadáver en dos versiones distintas de *Ley y orden*.

Briar está sentada en el suelo, en un círculo de chicos ricos vestidos de malotes entre los que hay uno especialmente escandaloso que la tiene embelesada.

Qué cagada tan grande ha sido ir a esa fiesta. Josh recorre dos veces la sala con paso lento, sube la escalera hasta el altillo y examina los lomos de los libros de una estantería peligrosamente inclinada mientras va dando sorbos de un merlot de calidad discutible servido en un vaso de plástico transparente y se aferra a su móvil como si fuera su mantita de apego. Teclea en él con mucha frecuencia, como diciendo «estoy tan solicitado y soy tan importante que no me queda otra que contestar el correo a las 23:42 de la noche de Fin de Año».

Durante un rato, Ari se encuentra en el centro de una pista de baile improvisada, y a veces se frota contra desconocidos, algunos de los cuales son muy receptivos. Josh no diría que baila bien, pero se mueve con desenvoltura, sin cortarse ni un pelo.

Tras el segundo vaso de vino, que por algún motivo le sabe peor que el primero, la pierde de vista.

Vuelve a mirar el teléfono.

Josh: Me quiero ir

Briar: Quién es?

Aún no ha recibido ningún mensaje de Sophie. La aplicación de Uber se ha quedado colgada y no termina de cargar la página.

Josh entra en una habitación vacía donde hay una decena de abrigos sobre una cama sin hacer. Cierra la puerta y llama a Sophie. Siente un alivio inmediato al quedarse solo, al poner distancia entre sus oídos y los graves del altavoz. La llamada va directa al buzón de voz. Suspira y pulsa la X de color rojo de su iPhone.

Quizá también esté en una fiesta deprimente. Quizá pasee de un lado a otro de la habitación de algún desconocido buscando refugiarse de la música atronadora del otro lado de la fina pared de cartón yeso.

Quizá, si estuvieran en la misma fiesta, en la misma habitación vacía bebiendo vino mediocre, las cosas serían más... interesantes. Claro que ese no es el estilo de Sophie. Ni tampoco el suyo. Ambos son el tipo de personas que no tocan el mando a distancia de las habitaciones de hotel, de manera que no se imagina requisando la cama de ese extraño para echar un polvo. Pero en las fantasías eso no importa.

Cuando solo ves a tu pareja cada dos meses, la imaginación se convierte en un componente clave para facilitar las relaciones sexuales.

Vuelve a llamarla; escucha su voz en el contestador y su tono profesional hace que lo que está a punto de decir le parezca un poco más transgresor.

Josh se aclara la garganta cuando suena la señal para grabar el mensaje.

—Esta tarde tienes que haber recibido el paquete. Si lees la nota, las instrucciones especifican que tienes que ponerte lo que hay dentro (todo) y enviarme una foto esta noche. Son las 23:53 y no la he recibido. ¿Eso significa que este año no vas a portarte bien? ¿Cuántas veces tengo que decírtelo? Mi polla es solo para las chicas buenas. —Baja la voz—. ¿O prefieres que te folle como a una chica mala?

Se oye un ruido, como un arranque de tos o de hipo, que parece provenir de dentro de la habitación y casi hace que Josh suelte el vaso de plástico con el merlot, ya casi vacío. Cuelga el teléfono, rodea la cama a toda prisa para mirar en el extremo opuesto de la habitación y echa un vistazo a su alrededor. En la habitación no hay nadie, pero oye otro sonido procedente del exterior. No se había percatado de que la ventana estaba abierta.

—Tengo que saberlo: ¿qué hay en el paquete? —Ari apenas es capaz de pronunciar las palabras antes de dar rienda suelta a la risa y, a continuación, a un verdadero ataque de hipo—. Por favor, dime que es un disfraz de payaso.

Josh da unos pasos cautelosos hacia la ventana.

—¿Me estás acosando?

—Yo he llegado primero. —Lleva una parka enorme que seguramente ha usurpado de encima de la cama, y sostiene una botella de vino casi llena que tiene un color rosa que da miedo—. Me estaba asfixiando ahí dentro. Me hacía falta un poco de aire fresco.

—Claro. Tan fresco y limpio como la contaminación de una central de energía limpia. —Saca la cabeza por la ventana, pero no confía lo suficiente en la solidez de la estructura de la escalera de incendios para compartirla—. Así que soy el plasta alto del jersey, ¿no? ¿Es uno de los encantadores apodos de Radhya?

—No —contesta ella, dando un trago de vino directamente de la botella—. Te ganaste el título mucho antes de despedir a mi amiga por una ración de pato.

—No fue solo por la ración de pato. Me faltó al respeto. —Da un hondo suspiro—. Me he enterado de que está trabajando en Frenchette, así que imagino que le va bien.

Ari pone los ojos en blanco.

—A estas alturas, podría ser chef ejecutiva si también tuviera un padre famoso y...

—¿Famoso? —Josh suelta un resoplido de amargura—. Su única fama era echar del restaurante a cualquiera que pidiera kétchup con el *latke*. —Aún se le hace raro hablar de él en pasado. Ari arquea las cejas, como si se hubiera percatado del detalle, pero Josh se alegra de que no le haga preguntas ni le dé el pésame—. Estoy a punto de inaugurar un restaurante de lujo en lo que antes era Brodsky's. Será un local de degustación, con un menú propio; una visión propia. Y sin *latke*. —No sabe por qué siente la necesidad de contarle eso, de dónde viene ese deseo de aprobación—. No tiene absolutamente nada que ver con mi padre.

Ari asiente despacio.

—Has heredado un restaurante y no tiene nada que ver con tu padre, quien, desde luego, no era ningún referente en Nueva York. Estupendo. Son unas reglas del juego muy equitativas. —Ari coge otra bebida—. Lo siento, pero es probable que no esté en la inauguración. Solo voy a restaurantes donde hacen patatas fritas.

—No invitaría a alguien que acosa a un chef en su espacio de trabajo.

Ella se encoge de hombros.

—Le solté un grito a Mario Batali en la Sexta Avenida y casi se cae del ciclomotor.

Josh suelta una carcajada a su pesar.

—¿Quieres vino? —Le acerca la botella—. La he cogido de la barra.

Él examina la etiqueta.

—¿Quién se presenta en una fiesta con un zinfandel blanco Trader Joe's?

—No hables así del productor de vinos del proletariado —masculla Ari.

Josh piensa que debería volver dentro y largarse de allí. Esperar fuera a que aparezca un taxi. No hay ningún motivo para que siga intercambiando pullas con Ari. Pero algo en su interior —fuerza de voluntad, pura tozudez u orgullo— se niega a que ella tenga la última palabra.

Se aclara la garganta.

—Supongo que debo felicitarte por tu cambio radical de ideología sobre la monogamia.

—Has dado por hecho que somos monógamas, claro —responde, y se fija en la brillante iluminación de la fiesta de una azotea distante.

Josh se atraganta un poco con los restos de aquel merlot tan malo, y una de las comisuras de los labios de Ari se eleva y forma un hoyuelo. Y ¿por qué narices tiene que fijarse él en esos detalles de alguien que lo odia mientras Sophie está a más de mil kilómetros de distancia?

Por fin, el símbolo que indica que la página de Uber se está cargando deja de dar vueltas.

—Mierda —masculla Josh—. No me puedo largar de la fiesta hasta dentro de veinte minutos.

Ella se apoya en la pared de ladrillos.

—Ni siquiera es medianoche. ¿Por qué tanta prisa?

—Si la fiesta te parece tan fantástica, ¿qué haces sentada sola en la escalera de incendios?

—Cuando se me pasa el efecto del éxtasis, también dejo de tolerar las conversaciones sobre Lars von Trier. —Ari exhala y su aliento forma una nube en el ambiente frío—. Tu expresiva actuación al teléfono ha sido un extra inesperado.

—Mi novia y yo mantenemos una relación a distancia. Intentamos... que sea emocionante —explica Josh—. No es... lo que piensas.

Ari no sabe muy bien qué piensa.

El alegre subidón de hace un par de horas está empezando a decaer y va camino del inevitable bajón. Detesta esa parte. El mundo ha dejado de tener una reluciente pátina de purpurina. Solo es Queens, con sus calles cubiertas de nieve medio derretida y las hileras de casas adosadas que todavía lucen la decoración navideña. A pocos kilómetros del apartamento de Cass... No, el apartamento es de Cass y Ari. Mira otra vez hacia la fiesta de la azotea, donde hay un grupo de gente abrazada formando una circunferencia irregular. Debe de ser casi medianoche.

—¿Te dedicas a gemirle al auricular mientras ella dobla la ropa limpia? —pregunta.

En ese momento, suena el móvil de Josh. Lo saca y mira la notificación de Uber.

—Estoy seguro de que cuando habla conmigo no hace nada más.

—Yo estaría subiéndome por las paredes —dice Ari—. No sé cómo la gente se las apaña con las relaciones a distancia.

Josh se frota la frente.

—Llevamos tres años juntos. En algún momento volverá y empezaremos a convivir. Y supongo que luego nos casaremos. —Josh juguetea con el teléfono—. Pero por ahora estamos más pendientes de otros temas. Las cosas pasarán cuando sea el momento de darles prioridad.

Ella se vuelve a mirarlo: su traje, su cabello cuidadosamente despeinado. Parece a punto de posar ante las cámaras. Esa versión suya tiene una apariencia artificiosa muy lograda. O quizá sea el último estadio de su evolución progresiva. Cualquier atracción fugaz que pudiera haber sentido años atrás puede, sin duda, achacarse al morbo de observar a un hombre de brazos musculados desenvolviéndose de maravilla en la cocina.

Antes de Cass, Ari nunca había tenido propiamente novio o novia. Nunca le habían dicho «te amo» y, desde luego, tampoco ella se lo había dicho a nadie. A sus veintiséis años, nunca se había despertado junto a alguien sin sentir cierto remordimiento mientras trataba de escabullirse de la cama disimuladamente.

No creía que la otra persona quisiera que se quedara.

Ahora tiene a alguien que desea compartirlo todo con ella. ¿Quién no se lanzaría de cabeza? ¿Quién no querría bajarse del crucero, después de doce semanas de cruceros a Nasáu, y no volverse nunca a mirar atrás? ¿Quién no querría dejar de trabajar como canguro para esos mocosos maleducados, Agnés y Raphael? ¿O en esas actuaciones en Long Island como animadora del *bar mitzvá*, bailando al ritmo de Maroon 5 con adolescentes mientras sigue instrucciones específicas de no asustarlos?

Cass alienta a Ari para que tenga aspiraciones porque sabe que le espera algo más que los cruceros y las clases de técnicas básicas de improvisación en LaughRiot. Le dice que envíe solicitudes a los espectáculos de noche. Que vuelva a probar suerte durante la temporada de episodios piloto. Esa clase de apoyo es una forma de amor igual de válida que cuando baja al pilón.

Y si, de vez en cuando, le toca ver una película danesa interminable o escuchar a Cass mientras pontifica sobre lo monstruoso femenino, le parece más que justo.

—Interesante —dice por fin, más para sí misma que para Josh.

—¿El qué?

Él levanta la cabeza con un matiz un poco defensivo en la voz.

Ari se vuelve a mirarlo.

—Creía que te iba lo de la intimidad, el sexo matutino y el alma gemela. Pero la conversación con..., hummm..., la chica buena me ha sonado muy diferente.

—Tengo muy claro dónde estamos —insiste Josh.

Lo dice más para sí mismo que para Ari.

La verdad es que, cuando Sophie se marcha al aeropuerto, él pasa su lista de comprobación mental para tomarle la temperatura a la relación. ¿Esta visita ha ido mejor o peor que la anterior? ¿Se han aburrido? ¿Han tenido temas interesantes de los que hablar? ¿Cuántas fotos de esos días ha colgado Sophie en sus *stories*?

—Vale —dice Ari—. Tienes el cien por cien de seguridad de que ella está a mil quinientos kilómetros de distancia.

—En realidad, son tres mil ochocientos —responde él.

—¿Y qué hay de lo de dormir toda la noche haciendo la cucharita?

—Sophie siempre ha tenido el sueño muy ligero.

—¿Y de la sopa de pollo con *noodles*?

—No se pone nunca enferma. —Es cierto. Josh ha comprobado que siempre está en perfectas condiciones físicas—. Y es sopa con albóndigas de *matzá*. La de pollo con *noodles* es una mierda.

—Mira, no te tengo en cuenta lo de los gemidos porque reconozco que Sophie es un nombre que se presta a ello. *Sooo-fiii*. —Alarga las dos vocales como si fueran cuatro como mínimo—. Puedes utilizarlo en tu próxima conversación telefónica. En cambio Cass no es un nombre que se preste a gemir. Tiene una vocal demasiado corta. —Ari mira el cielo oscuro y neblinoso antes de esbozar una sonrisa, como si estuviera recordando algo personal—. Claro que rima con «más».

—¿Cómo os conocisteis? —pregunta, y él mismo se sorprende de su curiosidad.

—Yo repartía maría a domicilio y se la llevaba a casa. Al principio pensé que lo nuestro era una forma de superar su anterior relación, porque tuvo un divorcio que fue una auténtica pesadilla. —Ari acaricia con el dedo la boca de la botella de vino vacía—. La cosa se convirtió en la aventura del siglo y yo sabía que en algún momento se terminaría. Pero una noche que intentaba encontrar fuerzas para levantarme de la cama y ponerme los vaqueros para volver a Brooklyn, se acercó a mi lado de la cama, me miró y dijo: «No quiero que te vayas». Y me di cuenta... de que yo tampoco quería irme.

—¿Tú, a quien tanto le horrorizaba imaginarse pasando la noche en la cama de otra persona?

Ari suelta un bufido, pero es un bufido con gracia.

—La primera vez que pasé allí la noche, tuve que ponerme ciega de maría. —Frunce los labios como si no lograra dar con la palabra adecuada—. No sé... Sienta muy bien. De verdad quiere que estemos juntas. Siempre.

—Has... —Josh ladea la cabeza, pensando en cómo expresar lo que quiere decir—. Has evolucionado, desde luego.

—¿No era que los humanos se convierten en una nueva versión de sí mismos cada cuatro años? Y es un cambio total, incluso las células se renuevan.

—Cada siete años —la corrige Josh—. Pero eso es un mito. Ni siquiera se acerca al verdadero ciclo de vida que tiene cada célula por término medio.

—Vale.

Ella intenta dar otro sorbo de la botella vacía.

Detrás de ellos, a través de las finas paredes, se oye cómo los integrantes de la fiesta empiezan a entonar la cuenta atrás.

«Diez..., nueve..., ocho...».

—¿No vuelves a llamar a tu novia para desearle feliz año nuevo? —pregunta Ari.

—En su huso horario aún faltan tres horas. —Se vuelve a mirar atrás—. ¿No quieres celebrar el inicio del nuevo año con tu mujer?

«Cinco..., cuatro...».

—Tenemos toda la vida para empezar años juntas. —Se queda mirando al vacío, como distraída, incluso turbada, ante esa idea—. Unos sesenta —musita—. Joder, eso es mucho tiempo. Y, además, me parece que, ahora mismo, no puedo levantarme.

Ari y Josh observan la celebración de la fiesta de la azotea unos cuantos edificios más allá, la euforia de los abrazos y los besos que intercambian algunas parejas.

Se vuelven a mirarse el uno al otro y el momento es perfecto y a la vez extraño.

«¿Deberíamos? Solo un beso rápido en la mejilla. Algo de amigos». Aunque no son ni amigos.

«Pero quizá...».

A Josh le vibra el teléfono en la mano y está a punto de soltarlo y dejarlo caer por el hueco de la rejilla de la escalera antiincendios.

—Ha llegado el taxi.

Ari asiente.

—Vale.

Josh introduce la cabeza por la ventana y vuelve al dormitorio. Coge su abrigo de la pila gigante que hay sobre la cama y reza porque no se le hayan metido una decena de ácaros en las costuras.

—Bueno, feliz año nuevo —añade—. Nos vemos.

Aunque no imagina en qué otra situación podrían coincidir de nuevo.

—¡Vale! —exclama Ari—. Y la próxima vez podríamos compartir la botella de zinfandel blanco.

Josh mete los brazos por las mangas.

—No, gracias.

Hay un instante de silencio.

—Bueno, ¡pues solo compartiremos a tu novia!

A Josh se le tensan todos los músculos del cuerpo.

—¡¿Qué?!

—Es una broma —grita ella. Y, en voz baja y casi fuera del alcance del oído de Josh, añade—: A menos que...

Tres años más tarde

4

La primera vez que Josh llevó a Sophie a ver el loft, a ella le entusiasmó descubrir que estaba a solo un edificio de distancia de The Smile. La proximidad de uno de sus locales de *brunch* preferidos pesó sobre el resto de la visita y tiñó de una luz más positiva algunos de los aspectos más cuestionables de la propiedad: su forma larga y estrecha, la mugre acumulada en la escalera y el ascensor del edificio, y la imprescindible reforma integral.

Sophie estuvo de acuerdo en que tenía «mucha personalidad».

Con la gran inauguración de The Brod a la vuelta de la esquina, dar el paso de presentarle un espacio con una ubicación tan prometedora le pareció la forma adecuada de decir: «Te quiero. Por favor, trasládate a Nueva York y vente a vivir conmigo».

Josh se imaginaba despertándose los domingos por la mañana junto a Sophie. Resolverían juntos el crucigrama de *The New York Times*. Él rellenaría casi todas las casillas con su pulcra caligrafía mayúscula (y con bolígrafo) y ella, como quien no quiere la cosa, aportaría las palabras que se le resistieran. Después, Josh bajaría al pilón... Borra, borra; ella insistiría en ducharse primero y luego él bajaría al pilón, y luego Sophie le devolvería el favor, pero no haciendo el sesenta y nueve porque «te distraes». A continuación, él encendería la radio y prepararía el desayuno: huevos horneados, o tostadas con aguacate, o tortitas de ricota y limón. Lo que ella quisiera.

Hizo su mejor oferta, para la que empleó la mayor parte de su herencia, y se dirigieron juntos a compartir el que sería su primer y único desayuno en The Smile.

Seis meses más tarde, el crucigrama de los domingos está en blanco y enterrado debajo de un montón de periódicos doblados. Nada de sexo, en ninguna postura. Nada de tortitas de ricota y limón ni reformas en la cocina. Nada de Sophie. Y, sin embargo, justo debajo de la ventana principal, tiene a esa pandilla de hípsteres gozando del puto *brunch* de los domingos, como si se tratara de un asalto planificado. Incluso desde el quinto piso se les oye. Por lo demás, son personas cuerdas que pasan horas del fin de semana arrebujadas en mitad del frío aguardando a que una camarera grite su nombre. Todo por el privilegio de cuarenta minutos de espera hasta que un cocinero resacoso vierte una cucharada de salsa holandesa poco condimentada sobre un par de huevos escalfados mal hechos.

Si hay algo que Josh no soporta es un huevo escalfado que no cumple los estándares. Si se le permite una cosa más, serían las mujeres que aceptan nuevos empleos en Dubái cuando su novio está en el momento culminante de su carrera.

El alarido del timbre resuena en las cavernosas paredes de ladrillo y lo saca del recuerdo pasado por agua de Sophie.

«Por fin». El pedido de Ess-a-Bagel. Aprieta el botón del intercomunicador para abrir la puerta y presta atención al ruido sordo del ascensor en que el repartidor sube hasta la quinta planta.

Cuando para, Briar sale de su interior y le entrega la bolsa de Ess-a-Bagel sin levantar la cabeza de su móvil gigantesco. «Estupendo». Le han tendido una emboscada en su fortaleza de soledad.

—¿Trabajo nuevo? —pregunta cuando ella se abre paso—. ¿Lo de la agencia de marketing digital no ha funcionado? —Echa un vistazo a su abrigo azul de pelo sintético—. Curioso uniforme.

—He estado vigilando el edificio y he pillado al repartidor cuando entraba. Se ha ganado una buena propina y además no ha tenido que arriesgar la vida en tu ascensor de mala muerte.

Josh oye un familiar ruido de tacones contra el suelo de madera que todavía tiene que pulir.

—¡Tráiganlo todo aquí! —exclama su madre, Abby, mientras tres hombres con la camiseta de la empresa de mudanzas sacan del ascensor todo un despliegue de utensilios de restaurante con la ayuda de un carrito y los trasladan a lo que se supone que es la sala de estar de Josh—. ¿Por qué no nos contestas a los mensajes? —pregunta la mujer antes de dar un último sorbo de la taza de café La Colombe. Abby recorre el loft con la mirada de una forma que a un extraño podría parecerle inocua, pero en la que Josh reconoce el trasfondo de crítica bienintencionada—. Nos han hecho otra oferta por Brodsky's. El gestor quiere que volvamos a reunirnos. Tienes que implicarte, Joshua.

—¿De qué va todo esto? —pregunta cuando dos transportistas entran en el apartamento con el rótulo de neón de Brodsky's, que en otra época fue todo un símbolo (y siempre ha funcionado mal).

Josh está convencido de que sus problemas profesionales empezaron en el momento en que lo retiró de la fachada.

—Hemos hecho limpieza del sótano. —Abby saca una cinta métrica de su bolso Goyard y la estira a lo ancho de lo que debería haber sido el despacho de Sophie—. El edificio lucirá más sin la cantidad de trastos que tu padre acumuló allí abajo durante cuarenta años.

Además de servir de almacén para los productos de Brodsky's, el sótano se había convertido en una especie de trastero que hacía las delicias de Danny, donde guardaba toda la porquería que no se atrevía a llevar al apartamento, ya de por sí atiborrado, que la familia ocupaba en el Upper West Side.

—Ni hablar —protesta Josh.

Abby pone un brazo en jarras.

—No pienso pagar ni un centavo por un minitrastero de alquiler cuando aquí tienes casi treinta metros cuadrados de espacio libre. Creía que estabas haciendo reformas.

—He estado ocupado.

Durante la mayor parte del verano, había esquivado habilidosamente los mensajes de su madre con la excusa de que estaba en los Hamptons.

Briar levanta la cabeza del teléfono.

—¿Haciendo qué?

Es una pregunta lógica. Desde la quiebra de The Brod, Josh ha ido gastándose lo que le quedaba de sus ahorros. Pidiendo comida preparada, evitando las obligaciones sociales. Trabajando no, desde luego.

Se acerca a la encimera de la cocina —de fórmica naranja, horrorosa y todo lo contrario a renovada— y saca el contenido de la bolsa de Ess-a-Bagel con aire enfurruñado.

Lo más exasperante es que la idea era sensata. Y, al principio, todo iba sobre ruedas.

The Brod ocupó los puestos más altos de las listas de restaurantes más solicitados de la ciudad. Era imposible hacer una reserva a pocas semanas vista. Pero los críticos, los blogueros gastronómicos y los propios comensales esperaban una versión mejorada, moderna y original del antiguo Brodsky's. Lo que no querían era gastarse treinta y siete dólares en un estofado de girasoles con fumet de tupinambo.

Los vecinos del East Village escribieron críticas airadas en sus blogs. Las valoraciones de Yelp consideraban que The Brod era una traición, e insistían en que Danny Kestenberg debía de estar revolviéndose en la tumba. Cuando apareció un artículo de *The New York Times* que se hizo viral («The Brod es el complejo de Edipo en versión culinaria»), la gente dejó de reservar. Josh tuvo que dar el pasaporte a los empleados al cabo de pocos meses de inaugurar el local.

Briar aparece a su derecha, con aquel ridículo abrigo que le da el aspecto de un Teleñeco testarudo, y se aparta el flequillo de los ojos.

—¿Y si no lo vendemos? Podríamos volver a abrir el deli...

—No.

El emblemático letrero de neón, que ahora descansa sobre su lujosa alfombra de Restoration Hardware, es un incordio que le recuerda constantemente su puto fracaso estrepitoso. No le apetece nada volver a la cocina donde, todos los miércoles por la tarde, su padre se plantaba delante de la mesa de trabajo para preparar exactamente la misma ensalada de huevo desabrida.

Por la noche, cuando intenta sin éxito quedarse dormido en mitad de la corriente de aire de su habitación, Josh oye la voz de Danny, que reverbera en su cerebro con más contundencia que nunca: «¿Por qué tienes que complicarlo todo tanto? ¿Mis platos no eran lo bastante buenos para ti?».

Esa vez, no puede replicar. No puede disculparse. Tendrá que vivir el resto de su vida soportando la certeza de que Danny tenía razón.

Briar se quita el abrigo y se sienta ante la mesa donde Josh no ha invitado nunca a nadie a cenar. Fue Sophie quien la eligió.

—No puedes quedarte otros seis meses sentado en un apartamento horripilante dedicándote a lamerte las heridas —dice—. Es un sector de alto riesgo. Tu intento ha salido mal y ahora tienes que apechugar.

Una afirmación muy audaz pronunciada por una niñata de veinticuatro años que ni siquiera llegó a coger una bayeta en el deli.

Josh desenvuelve el *bagel*, lo inspecciona y lo deposita en un platito blanco. Un *bagel* sin tostar con semillas de sésamo relleno de queso crema y rodajas de tomate.

—Siempre igual, joder. Quería una capa fina; ¡fina! Y van y además me ponen cebolleta. —Empuja el plato hacia Briar—. ¿Has comido? Si no, puedes comerte esto. —Saca de la bolsa otro *bagel* con semillas de sésamo y un recipiente con queso crema. Siempre pide de más porque cuando untan el pan lo hacen como si estuvieran alisando cemento—. Sala el tomate primero. Se han olvidado las alcaparras.

—Que conste que te advertí que no respondieras a esa crítica. —Su hermana pasa un dedo por la montaña de queso crema y lo prueba antes de alcanzar el salero—. Soy profesional del marketing y nunca me escuchas. ¿No está tostado?

—Eres *influencer*...

—Creadora de contenidos y consultora.

—... y eso no era una crítica. —Josh corta el *bagel* sobrante con un cuchillo chuletero. No recuerda la última vez que abrió el estuche de los cuchillos—. Era, directamente, un ataque. Y en esta casa los *bagels* no se tuestan. Es un pecado.

—¡Dios! —exclama su madre desde el lugar de la parte delantera del loft donde está dándoles instrucciones a los transportistas—. A veces hablas igual que Danny.

Josh está a punto de cortarse con el cuchillo. Briar sigue hablando de su nuevo tema favorito:

—Vale, quieres decir que quizá, por culpa de ese artículo, la gente empezó a mirar con lupa el restaurante, cosa que no ocurre tanto con una crítica negativa corriente. De todos modos, siempre es bueno llamar la atención.

—Recibí un e-mail de ese cabrón de Guy Fieri en el que me decía que mantuviera la cabeza bien alta.

Briar saca una botella de zumo vegetal de su bolso, junto con una pajita metálica.

—Ya, pero la parte buena de un fracaso estrepitoso...

—Creía que era un sector de alto riesgo.

—... es que tienes la oportunidad de superarte. —Se inclina hacia delante—. Dale a la gente un motivo para apoyarte. Quédate con esta frase: cágala bien, pero hazlo de forma que resulte más interesante que si tuvieras éxito.

Josh da un enorme bocado del *bagel*.

—No, prefiero tener éxito. —Ve que su hermana necesita con urgencia una servilleta y le lanza una—. Y cuando vendamos la propiedad, podré recuperar mi vida.

Podría trasladarse a Big Sur, o a Miami, o a Lisboa, y empezar de cero sin todo el peso que acarrea.

Cuando pita el temporizador de la cafetera de filtro, Josh vierte el contenido de la Chemex en su tazón mientras deja que su cerebro se traslade hasta una época en que tenía todos los motivos para mirar el futuro con ilusión.

—¿Has tenido noticias de Sophie? —le pregunta su madre.

«Claro». Esa es la segunda razón de la emboscada: poner verde a Sophie.

—Parece que está bien —contesta en tono lacónico.

Abby frunce el entrecejo.

—¿Vendrá al acto de la Sociedad Histórica? Le harán un homenaje a tu padre, así que no puede quedar ni una silla vacía en nuestra mesa.

—Dejó de seguirlo el mes pasado —dice Briar como si estuviera anunciando la hora de la muerte de un paciente en el hospital.

Coge el teléfono y cambia el contacto de Sophie de «EX?» a «EX😔».

Josh esparce la cantidad correcta de queso crema sobre la mitad superior del *bagel* e intenta practicar el anclaje.

—No es por mi culpa —dice, recostándose en la silla mientras intenta parecer relajado—. La han promocionado en el trabajo.

Briar alza la cabeza.

—Como quieras, pero resulta un poco sospechoso que aceptase un empleo en la otra punta del mundo pocas semanas después de decir que se vendría a vivir contigo.

—No es sospechoso. Le surgió una oportunidad profesional.

Su hermana lo mira con los ojos entornados, como si quisiera captar cualquier señal de angustia en su expresión.

Josh no deja entrever nada. Está bien. Ha salido de casa varias veces en las últimas dos semanas. Cuando alguien está destrozado, no va al gimnasio y ejecuta la secuencia de intervalos en la cinta de correr durante una hora con una pendiente del siete por ciento; ni siquiera se levanta de la cama.

—Dios, Sophie tiene unas fotos increíbles en su perfil —susurra Briar mientras pasa en el móvil las imágenes de la ex de Josh, bien seleccionadas y retocadas con filtros, en las que él dejó de aparecer en algún momento del último año.

«Ánclate».

—Bien —dice Abby, que sigue tomando medidas—. Así, ya estás listo para pasar página.

Antes de que Josh tenga tiempo de protestar, Briar interviene.

—Mira. —Sostiene el teléfono abierto por una aplicación de citas que Josh no ha visto nunca—. El mes pasado te creé un perfil, y llevo unos días chateando con esta.

Hay una foto de una tal «Maddie 31», con el pelo largo y moreno, los dientes de un blanco sobrenatural y los labios con una ligera apariencia de pato.

—¿Esta chica ha estado chateando contigo?

—En realidad no sabe que soy yo, pero creo que estáis hechos el uno para el otro. Mira, me parece que esta foto se la hizo en The Brod.

—Forma parte de la Brigada de élite de Yelp —añade su madre, asomándose por encima del hombro de Briar.

—Estupendo. —Josh aparta la mirada de la pantalla—. No tendré que explicar por qué estoy sin trabajo.

Briar no muerde el anzuelo.

—He intentado... cambiar un poco esa actitud de imbécil más tieso que el palo de una escoba.

—¿Actitud de imbécil?

—Las mujeres no quieren salir con un hombre que parece que esté de luto. —Briar mira el jersey y los pantalones negros de Josh..., que son de los que se abrochan y no unos tristes pantalones de chándal; menos mal—. Y tú parece que lo estés casi siempre.

Mentira. En esa época del año, todos los neoyorkinos tienen cara de estar en un funeral.

—Por otra parte, te has convertido en una especie de villano de la restauración en Nueva York —prosigue Briar—. ¡Podemos utilizar eso en tu favor! Y, desde luego, ha llegado el momento de que os conozcáis en persona. Vamos a solucionarlo ahora mismo. ¿Qué tal un té de burbujas y un paseo en bici?

—Ni hablar.

—¡Mírala, Josh! ¡Podría ayudarte a superar lo de Sophie! —Briar casi le pega el teléfono a la cara—. Cuanto más tiempo pases aislado, más te costará salir. Estoy decidida a encontrarte otra novia antes de que acabe el año. Voy a hacerlo realidad.

«Ánclate».

—No pienso salir en bicicleta con una mujer que no se ha dado cuenta de que estaba ligando con mi hermana.

—Podemos elegir a otra —insiste Briar, y hace un gesto exagerado para pasar de pantalla—. Mira, ¿qué te parece Laurel?

Abby vuelve a la mesa para evaluar los gustos de Briar en relación con su futura cuñada.

—¡Me encanta que tenga un nombre tan botánico!

—Yo a mi primera hija la llamaré Zinnia —añade Briar.

—¿Cínica? —dice Josh con sarcasmo.

—Ay, lleva un *piercing* en la nariz. ¡Estamos eligiendo bien!

—No me interesa Maddie, ni Zinnia...

—Se llama Laurel.

—... ni nadie. —Señala el móvil de Briar con la cabeza—. No es así como se conoce a alguien.

—De acuerdo, tienes razón. No es la mejor manera de conseguir que tu historia acabe publicándose en la sección de anuncios de boda de *The New York Times*. —Sin ningún disimulo, Briar desliza hacia la derecha la pantalla de Laurel—. Pero tienes que empezar por algo.

Josh creía que a los treinta y cuatro años estaría prometido. O por lo menos viviendo con alguien. Lo que no imaginaba es que tendría que empezar de cero.

Briar continúa tamborileando con las uñas en la pantalla.

—También te he creado una cuenta en Grindr —añade—. Nunca se sabe.

—¿Noventa y siete dólares por un vibrador? —finge susurrar Radhya a un volumen que supera la música trip-hop de fondo de la tienda—. ¿Es que aguanta tres años sin tener que cargarlo, o qué?

—La verdad es que sería un gran avance tecnológico en los vibradores.

Ari pasa la mano por la balda flotante en blanco satinado y acaricia los objetos del tamaño de la palma de la mano en color rosa vivo, lila intenso y verde turquesa, como réplicas de obras de arte en miniatura.

La etiqueta con el precio no desencadena en Ari su habitual conmoción ante el coste de los productos de primera necesidad porque Cass se empeña en gastar un montón de dinero en accesorios caros.

Bueno, se empeñaba. La mesilla de noche con sus tres cajones ha desaparecido, pero los juguetitos siguen allí, guardados en una caja de Captain Morgan que Ari recogió de la licorería que hay en su misma manzana.

Lo de acudir al *sex shop* fue idea de Radhya, como gesto radical de autocuidado. Aunque a ella no se lo parece. En CreamPot hay demasiadas clientas que, de espaldas, se parecen a Cass. Durante sus dos años y medio de relación, nunca había confundido con su mujer a ninguna desconocida por la calle o en el metro. De pronto, no hace más que toparse con dobles de Cass, con su característico *blazer* negro y el pelo rapado en los laterales, como si salieran de debajo de la tierra.

El año anterior, Cass y Ari asistieron a un taller sobre la ética de las relaciones no monogámicas y completaron más de la mitad del cuaderno de trabajo sobre los celos. Redactaron un documento de Google que establecía los nuevos límites de su matrimonio. Se aceptaba la intimidad física, que no emocional, con terceras personas. ¿Y los tríos? Sí, por favor. Durante nueve meses, lo suyo fue la combinación perfecta de una relación estable con nuevas y emocionantes aventuras.

Y entonces llegó agosto. Cass se trasladó a dos horas de distancia hacia el norte para cubrir una plaza de profesora visitante en Bard College durante un semestre y decidió que el documento de Google no cubría bastantes puntos.

—Podemos liberarnos de la jerarquía que sitúa a la pareja por encima de las otras relaciones —dijo durante una de sus videollamadas, y acompañó la palabra «pareja» con un gesto de comillas voladas.

Mientras Cass hojeaba su cuaderno Moleskin y parafraseaba los principios de la anarquía relacional que había oído en una TED Talk, Ari la escuchaba a medias a la vez que se preguntaba por la intensidad emocional de las otras relaciones de su mujer.

Para ser justos, Cass odiaba la jerarquía.

—El amor es un bien abundante —la tranquilizó Cass—. El mundo rebosa amor.

Sin embargo, un mes más tarde, se quedó, al parecer, sin amor para Ari.

Nunca la había dejado. No de ese modo.

Las últimas semanas han sido como vivir bajo el agua: todo le parece confuso, distorsionado. Ni siquiera se acuerda de haberse puesto esta mañana los vaqueros que peor le sientan y esa vieja sudadera con capucha. No se acuerda de haber subido al metro ni de haberse reunido con Rad en la zona de carga del restaurante después del turno del almuerzo.

Ari tenía la intención de ponerse a trabajar la noche anterior y acabar los textos que le han encargado como *freelance*. Sin embargo, en vez de eso se ha despertado a las cinco de la madrugada en un colchón de aire casi deshinchado, con la almohada manchada de babas, desorientada por las paredes desiertas y con una frase sin sentido a medio escribir en un documento de Google.

Lleva todo el día haciendo intentos, anotando chistes mediocres en el teléfono antes de borrarlos.

Lo del texto fue idea de Gabe; es uno de sus muchos trabajitos. Se trata de una plataforma para emprendedores creativos llamada NeverTired donde personas desconocidas pagan a actores profesionales para que escriban brindis de bodas, discursos para el *bar mitzvá* e incluso sermones.

¿Ha escrito algún chiste para sus monólogos? No. ¿Cuántos documentos de los guiones que tiene a medias ha abierto? Ninguno. ¿Y encargos de textos puntuales, de los que comen mucho tiempo y por los que se cobra lo justo para generarse la ilusión de que el esfuerzo ha valido la pena? Diecisiete en dos semanas.

Además, no tiene necesidad de salir del apartamento.

De lo que más le cuesta olvidarse es de las pequeñas cosas. Esos detalles que apenas notas cuando compartes la vida con alguien requieren, de pronto, llamadas y papeleo para dejarlos sin efecto. ¿Qué suministros están a nombre de Cass? ¿Mantendrán el plan familiar de Verizon? ¿Seguirán compartiendo el usuario de Comcast de su madre? El lazo que antes las unía se ha convertido en un enredo monumental.

—¿Todavía le mandas mensajes? —pregunta Radhya mientras sostiene un arnés sobre las caderas—. Te dije que la bloquearas. —Se coloca el arnés y ladea la cabeza—. Por favor, dime que no le has mandado otra foto desnuda...

—Estoy intentando acabar este discurso de una dama de honor —le suelta Ari, lo cual es completamente cierto y no una forma de negar que, de hecho, la noche anterior le mandó una imagen la mar de favorecedora captada en el espejo del baño.

Rad se estremece.

—No sé cómo puedes escribir sobre amor eterno estando en pleno divorcio.

Ari examina una cosa que parece una llave inglesa con forma de medialuna y una lengua al final.

—¿Por qué los hacen todos lilas? ¿En qué momento se convirtió en el color oficial de los juguetes sexuales?

—Bueno, ¿le sigues escribiendo a Cass, o solo os comunicáis a través de los abogados? —pregunta Radhya.

—¿Podemos no hablar de eso delante de este cacharro?

—Necesitas desconectar del todo. Cortar. —Radhya pone la mano recta y la baja de golpe como si fuera una guillotina—. Pon tu energía en algo positivo en lugar de pasarte las horas muertas en un apartamento vacío compadeciéndote de ti misma.

Es su forma de decir «pasa ya al siguiente punto de la lista de cosas pendientes del divorcio». Radhya es la clase de persona capaz de resolver la cuestión del proveedor de internet en dos minutos con una fulminante llamada al servicio de atención al cliente. Y cuesta contradecir a alguien que se ha visto en esa misma situación.

A Ari tampoco le gusta verse así. Pero revolcarse en el barro es a la vez pesado y reconfortante. Como una manta antiestrés.

Radhya sacude la cabeza y repite el movimiento de la guillotina.

—Corta ya. ¿Te acuerdas de todos los fines de semana que tuviste que pasar con sus amigos insoportables?

Sin llegar a darle muestras claras de su rechazo, los amigos de Cass hacían que Ari se sintiera como si estuviera transmitiéndoles mensajes de «no soy de los vuestros, no tengo talento, esto es temporal».

Para ser sincera, la aversión era mutua. A Radhya no le emocionó precisamente la forma en que Cass anduvo detrás de Ari durante una de sus actuaciones de crucero y se le declaró públicamente en la piscina de olas. Ni cómo le estuvo insistiendo para que dejara ese trabajo «no tan malo» para buscar oportunidades de más categoría.

Radhya busca el móvil dentro del bolso.

—Mierda. Me ha llamado el asador. Tengo que volver al trabajo. —Es segunda del chef en un restaurante neoamericano del West Village mientras intenta que los ocasionales encargos de catering se conviertan en una serie de restaurantes efímeros gracias a los contactos de Ari en el sector—. ¿Quieres quedarte a dormir en mi sofá? No tienes por qué estar sola. Podemos aprovechar para avanzar con lo de la cadena: probar recetas, elegir la decoración, ver varias temporadas de *Bajo cubierta: Mediterráneo*...

Ari niega con la cabeza.

—Estoy bien. Tengo el colchón hinchable. Y esta semana hablaré con el responsable de la cervecería.

Rad coloca las manos sobre los hombros de Ari.

—Quiero que sepas que no me importa que vuelvas a acostarte con él a cambio de que nos deje usar el local.

—Agradezco tu apoyo.

—Ya que estarás sola en el apartamento, deberías elegir algo ruidoso. —Radhya le entrega un dispositivo de silicona granate con forma de S—. ¿Qué te parece esto?

—Es para usarlo en pareja —dice Ari con un hilo de voz, intentando no impartirle dramatismo al momento—. Teníamos uno así. Estoy convencida de que Cass también se lo llevó.

Después de que Abby y los de las mudanzas le dejaran con el apartamento lleno de trastos viejos con olor a moho, Josh accede a acompañar a Briar a pie hasta su apartamento de Tribeca solo para evitar ver todo eso durante una hora. Camina junto a las hordas de turistas del Soho mientras escucha las aburridas anécdotas de Briar sobre su cita con «cierto actor del Universo Cinematográfico Marvel». De todos modos, no tiene nada mejor que hacer un domingo por la tarde. No tiene que prepararse para servir cenas y nadie espera que vaya a ningún sitio ni haga nada.

—Si Maddie es demasiado básica... —empieza a decir Briar—, he estado chateando con una tal Norah que...

—Te advertí que lo dejaras estar.

—... está a punto de acabar la residencia como ortodoncista.

Josh se frota las sienes y tropieza con alguien que se está haciendo un selfi en una de las calles que aún tienen pavimento de adoquines.

—Vive en Jersey City.

—No.

—Solo hay que cruzar el río y...

—Es otro estado.

De repente, Briar se detiene enfrente de un establecimiento anodino, con la fachada de ladrillo y acero inoxidable y un escaparate pequeño y muy poco práctico.

—¡Oh! Siempre he querido visitar esta tienda. ¿Podemos entrar un momento?

La tienda en cuestión tiene cierto aspecto de farmacia, similar a los comercios minoristas de productos de lujo para el cuidado de la piel que Sophie disfrutaba visitando durante su viaje a Seúl.

No hay nada expuesto. Ninguna promesa de rejuvenecimiento. Solo un rótulo pequeño y discreto con una palabra grabada: CREAMPOT.

—Te espero aquí fuera —dice Josh.

Hace un año, quizá habría invertido en un suero hidratante, pero ¿qué mierda le importa ahora el tamaño de sus poros?

—Tienes que entrar. Quiero que me hagas una foto para mi *feed*. ¡Puede que me acaben pagando por patrocinar los productos! Además, los hombres cisgénero solo pueden entrar si van acompañados por una mujer o una persona de género no binario —añade—. Estás de suerte.

Al otro lado de la pesada puerta de cristal, el espacio es de un blanco absoluto, como una Apple Store pero sin huellas dactilares grasientas. Sobre una peana de hormigón, se exhibe una pequeña escultura de un atrevido tono fucsia que se parece un poco al juguetito que Sophie guardaba en la mesilla de noche.

Josh se detiene.

—Creía que era una tienda de productos para el cuidado de la piel.

—Chloë Sevigny está convencida de que este sitio obra milagros.

Briar empieza a hacer fotos del local desde varios ángulos. Josh mete las manos en los bolsillos. Es mejor no arriesgarse a tocar algo y tirarlo al suelo o darle sin querer a algún botón de encendido.

—No pienso quedarme aquí contigo como si estuviéramos yendo de compras juntos.

De repente, Briar cambia completamente el foco de atención.

Josh sigue la línea de su mirada hasta una mujer con un chaquetón de cuadros, situada bajo un expositor con el rótulo CONSOLADORES REALISTAS escrito con una tipografía de buen gusto.

Le vienen a la cabeza algunas imágenes, como si alguien estuviera hojeando un montón de instantáneas a medio revelar. Hay fragmentos importantes de los últimos ocho años que se han borrado completamente de su cerebro, pero tiene grabada a fuego cada mínima interacción con esa mujer. Jamás ha conseguido sustituirlas por nuevos recuerdos.

Ari sostiene un objeto con forma fálica, y al darle la vuelta en sus manos dirige la mirada hacia Josh sin prestar atención. Tiene el pelo más largo que la última vez, de nuevo de color castaño, y le cae suavemente sobre los hombros por debajo de un gorro de invierno sin forma definida. Es la calidez personificada, a pesar del estéril panorama que la rodea.

—¿La conoces? —susurra Briar, propinándole un codazo en el pecho.

—Es la que se casó con tu profesora.

—Guau. ¿Es ella? —pregunta cuando cae en la cuenta—. Ay, Dios. Viene hacia aquí.

Briar se esconde detrás de una hilera de estanterías blancas.

—¿Adónde vas?

De forma instintiva, se pone a buscar un lugar donde esconderse él también cuando...

—¿Josh?

Da media vuelta. Ari se encuentra a poco más de medio metro de distancia.

—Eh...

Ella se señala el pecho con un consolador con forma de tentáculo en vidrio de color coral.

—Ari.

—No, si ya lo sé. —Josh observa cómo Briar se larga de la tienda sin hacer ruido—. Estaba...

—¿Comprando un vibrador? —pregunta ella con las cejas arqueadas.

—... a punto de irme. ¿Qué haces tú aquí?

Ella se encoge de hombros y coloca el consolador de nuevo en posición vertical.

—Radhya acaba de marcharse.

Qué alivio. No sería de extrañar que intentara noquearlo con un objeto fálico.

—¿Cómo estás? —pregunta después de varios segundos de incómodo silencio cambiando el peso de un pie a otro.

—Estupendamente —se apresura a responder Ari—. Sí, la mar de bien. —Asiente y mira por encima del hombro de Josh—. Bien.

—¿Cómo está... tu mujer?

Una extraña expresión cruza el rostro de Ari. Se cambia el tentáculo de mano.

—Está en el norte del estado, trabajando de profesora visitante durante un semestre. Está... bien. —Tensa la boca en una fina línea antes de esbozar un amago de sonrisa—. Por lo que he visto en Instagram.

Durante un momento, Josh se queda de veras desconcertado. No es tanto por la aparente ruptura; eso no le sorprende en absoluto. Es porque a Ari le tiembla la voz, y eso es algo muy poco propio de ella.

—Lo siento —dice, y habla en serio—. ¿Qué ha pasado?

—Hace dos semanas se presentó en casa con «una joven profesora adjunta que es una eminencia» a la que había conocido en Bard College. Katya. Al principio no sospeché nada porque practicábamos la anarquía relacional.

—¿Anarquía relacional?

—Sí, nos liberamos de las expectativas sociales de una relación a largo plazo. —Al decirlo, Ari asiente muy convencida, pero Josh observa el movimiento de su campanilla cuando traga saliva—. De pronto, me encontré con que los de las mudanzas estaban envolviendo los muebles con plástico de burbujas y me di cuenta de que esa mujer con el título de doctora y las tetas enormes no estaba allí para que hiciéramos un trío.

«Mierda».

Josh piensa que Ari está al borde de las lágrimas por culpa de su intento patoso de entablar una charla amable, y... ¿cómo narices se evita una conversación sobre el divorcio?

—Yo...

—Me imagino que ahora practica la anarquía relacional con Katya. —Ari se mece adelante y atrás sobre sus botas con nerviosismo—. Quiero decir que esa tipa tiene veintiséis años, cría cabras en una pequeña granja, y a Cass siempre le han gustado las rubias. —Escupe las palabras con rapidez—. ¿Por qué no iba a empezar de nuevo con una mujer todavía más joven?

—Eso es...

—¿Irónico? No. O quizá sea una clase de ironía como la de la canción de Alanis Morissette. Las cabras son unos animales muy monos.

Cass cuelga muchas fotos en Instagram. —Ari da un suspiro enorme y se encoge mucho de hombros, pegándolos a la cabeza. Josh está a punto de alargar la mano y tocarle el brazo. ¿No es eso lo que la gente hace para darse ánimos? ¿Es tomarse demasiadas confianzas? ¿Es un gesto demasiado íntimo?—. En fin. Ya te he contado mi drama. ¿Tú cómo estás?

Josh pestañea mientras intenta procesar lo sucedido en los últimos dos minutos. Ha pasado mucho tiempo desde la última vez que mantuvo una conversación con alguien que no intenta emparejarlo con una víctima de engaño en las redes.

—Bien —miente.

—¿De verdad?

Ari pasea la mirada por la cara de Josh, y es justo esa observación de cerca lo que él lleva evitando durante meses.

—¿No te lo parece?

—En realidad, nunca me ha parecido que estuvieras muy fino —dice soltando una pequeña carcajada. Estira la mano derecha (la que no sostiene el consolador con forma de tentáculo) como si estuviera a punto de tocarle el brazo. Josh se abraza a sí mismo, preparándose para el momento, pero en el último segundo Ari desplaza la mano y coge algo que parece una lengua gigante de color lila—. ¿Quieres que lo hablemos? ¿Nos tomamos esa botella de zinfandel blanco que tenemos pendiente?

Eso suena a medias entre una pregunta y una propuesta terminada en puntos suspensivos.

—No. —Josh hace una pausa de medio segundo, lo suficiente para que Ari muestre su decepción y asegurarse así de que la invitación iba en serio—. ¿Y si en vez de eso nos tomamos una copa de verdad?

5

—El artículo de *The New York Times* no fue una simple reseña, fue una bomba de relojería. De pronto, todo el mundo se me echó encima solo porque mi padre regentaba un deli.

Ari está sentada junto a Josh en el bar de un hotel *boutique* situado nada más doblar la esquina de CreamPot, con un vaso de Jim Beam y una copa de malbec respectivamente. Esos últimos días, Josh tiene un aspecto menos cuidado. Anda con los hombros hundidos, como si no quisiera ocupar tanto espacio en el mundo. Una barba irregular le cubre la mitad inferior de la cara y enmascara los sentimientos que lleva escritos.

—La frase «solo porque mi padre regentaba un deli» no genera simpatías, precisamente —observa Ari.

En el local se respira la calma del momento que sucede a un *brunch* tardío y precede a una cena temprana. Es un alivio que estén sentados codo con codo y no a lado y lado de la mesa, desde donde Josh vería todos y cada uno de los cambios en la expresión de Ari, por mucho que fuesen microscópicos.

—Ese puto artículo hizo que la gente huyera del restaurante como de una central nuclear. Yo intentaba insuflarle nueva vida al negocio, y de pronto, todos esos clientes que, seguramente, llevaban años sin acercarse a Brodsky's me acusaban de no respetar la memoria de mi padre. —Deposita la copa sobre el posavasos con demasiada energía—. No soy el heredero de ningún gran legado gastronómico. En opinión de mi padre, cualquier plato condimentado con algo que no fuera *schmaltz*, sal y pimienta no tenía lugar en el menú. Tengo derecho a querer algo más que eso. Se supone que iba a crear algo importante y que, a estas alturas, tendría una estrella Michelin.

—Quizá para algunas personas un sándwich de pastrami con la proporción correcta de mostaza es más impresionante que un premio de una fábrica de neumáticos —observa Ari. Josh se queda mirando la copa de vino, poco convencido, y ella se aclara la garganta y se estruja los sesos para cambiar de tema—. Bueno, por lo menos tienes a... ¿Sarah?

—Sophie.

—Eso. —Se inclina hacia delante—. Tu «chica buena».

Josh pone los ojos en blanco.

—No te acuerdas de su nombre, pero de eso sí, ¿eh?

—Se me quedó grabado a fuego en el cerebro —dice ella tamborileándose con el dedo en la sien—. ¿Qué? ¿Al final ha resultado ser la otra mitad de tu galleta en blanco y negro con los brazos, las piernas y esa especie de pene pequeñito y raro?

El camarero los mira.

—Ese dibujo no era un autorretrato. —Da otro sorbo de malbec y sacude la cabeza—. Sophie solo me había visto en mi mejor momento, y fue con esa parte de mí con la que se comprometió, no... con esta. —Se señala con un gesto impreciso—. ¿Sabes qué es lo que más me molesta? He dado la mejor época de mi vida por esa relación. Hace dos años, aparecí en *Chopped*. Me dedicaron un suplemento especial en *Food & Wine*. Me invitaban a festivales y eventos gastronómicos. Recibía mensajes de mujeres. Una en concreto me llamó «el tío más grande» y me animó a hacerle lo que yo quisiera.

Ari está a punto de escupir los ocho dólares que vale el trago de whisky. Posiblemente, es la primera vez en toda la semana que no fuerza la risa.

—Ahora, en cambio, cuando una mujer me busca en Google, lo primero que encuentra es...

Se interrumpe, sin saber muy bien qué término usar.

—¿Un *gif* de un contenedor en llamas? —propone Ari.

—Un artículo de *Eater* donde me describen como un niñato petulante que ha destrozado el legado de su padre al añadirle ralladura de naranja a una receta de *blintz*.

Suelta el aire y da la impresión de que su pecho vaya a descomponerse.

—Bueno, pero saldría con un hombre que sabe preparar *blintz*. Sigues sabiendo cocinar —señala Ari, porque, por algún motivo, los problemas de los demás siempre tienen una solución evidente.

No ha tenido razones para cargar con las penas de nadie desde que Cass se marchó; y no es que eso la haga sentirse bien, pero es una forma peculiar de dejar de estar hundida en su propia miseria.

Josh se queda mirando los posos de vino de la copa mientras sus hombros suben y bajan al compás de su respiración profunda.

—No tengo ningún interés en poner los pies en otra cocina, claro que tampoco hay quien quiera contratarme. —Ari nunca lo había oído hablar con una voz tan débil. Resignada. Como si el halo de tipo iracundo y sabelotodo que solía rodearlo hubiera desaparecido y hubiera dejado solo una piltrafa de hombre—. Todas las mañanas me levanto y me acuerdo de que no tengo planes ni nada que esperar con ilusión.

—Bueno, eso no es cierto. —Ari traga saliva y busca en su cerebro la forma de atajar el tono sombrío de la conversación, aunque a ella le ha pasado exactamente lo mismo cuando se ha despertado a las cuatro de la madrugada en el colchón hinchable—. Acabas de gastarte ochenta y seis dólares en CreamPot.

—No necesitaba para nada comprarme un dispensador de lubricante de manos libres —observa.

—Es práctico e higiénico. —Ari se echa a reír y nota que el escozor del último trago de whisky aún le baja por la garganta—. Me lo agradecerás la próxima vez que lleves a una mujer a casa y no tengas que estar rebuscando en la mesilla de noche.

Josh se termina el vino.

—No seas amable conmigo. Hace que me sienta incómodo. Y no me lo merezco.

El Jim Beam provoca que Ari tenga ganas de estirar la mano y estrecharle el brazo o algo. Pero, seguramente, tanto contacto humano en un momento así lo destrozaría.

—Creo que prefiero esta versión tuya. Estás de un melancólico que no hay quien lo aguante, pero, por una vez, no te comportas como un imbécil que se cree con todos los derechos.

Josh pone una cara que resulta difícil de catalogar, como si estuviera ofendido y complacido a la vez. Cuando sus ojos se encuentran, es como si él pudiera ver más allá de la sonrisa forzada que Ari ha convertido en su expresión permanente.

Ella baja del taburete y descuelga del gancho de debajo de la barra la bolsa de la tienda llena de vibradores de lujo que exceden su presupuesto.

—Además, los hombres se recuperan rápido —añade—. Dentro de un mes o dos estarás metido hasta el cuello en una relación con algún alma gemela y te olvidarás de que hemos tenido esta conversación.

Ari mira por la ventana y observa a los transeúntes que avanzan por Greene Street y se encuentran con amigos en la puerta de un restaurante o corren a casa para reunirse con sus seres queridos.

A ella no la espera nadie en ninguna parte.

Señala la calle con la cabeza.

—¿Te... apetece dar un paseo?

—Por lo menos tú no tienes que divorciarte —dice Ari.

Josh la observa enrollarse al cuello una bufanda de punto con los colores del arcoíris mientras caminan en dirección al norte con el piloto automático vagamente orientado hacia Washington Square Park.

—A Sophie las bodas le parecían una horterada. —Hace una pausa—. Las describía como «un rollo patatero». Yo siempre había pensado en una ceremonia en el ayuntamiento; algo sencillo.

Un trío de turistas lo roza al pasar por su lado arrastrando tras de sí las bolsas de su compra en Zara.

—Nosotras nos casamos mientras yo estaba trabajando en un crucero. Llevé un dos piezas de rayas. —Ari saca el móvil y busca entre, aproximadamente, diez mil fotos, varias de las cuales tienen un tono *nude* que distrae—, hasta que selecciona una y se la muestra a Josh.

Él intenta centrarse en la sonrisa deslumbrante de Ari y no en el bikini. Tiene la nariz un poco arrugada, como si estuviera a punto de estallar en una carcajada junto a Cass. La imagen no se ve nada artificial ni retocada.

—¿Tienes guardada esta foto en el móvil?

—Ya lo sé, ya lo sé. —Vuelve a arrojar el móvil dentro de su gran bolso y sacude la cabeza—. Radhya me dice que lo borre todo, pero a veces..., cómo lo diría..., me reconforta. Es una prueba tangible de una época feliz. Cada vez que recibo un mensaje... el corazón me da un brinco porque creo que podría ser la disculpa del siglo. —Ari entierra un poco más la barbilla en la bufanda arcoíris—. No puedo creer que acabe de contarte algo tan humillante.

«Lo que daría yo porque Sophie me enviara un mensaje», piensa Josh, y descruza las manos frías y entumecidas.

—Pero aún tienes el apartamento, ¿no?

—Sí, pero llevo un estilo de vida minimalista, y no por voluntad propia —sigue diciendo—. Para comer, me siento en el suelo. Y todas las noches tengo que inflar el colchón.

—¿Se llevó los muebles?

—Bueno, creo que casi todo era suyo. —Se le forma una arruguita encima del puente de la nariz—. Cuando me trasladé a Nueva York, solo tenía un juego de cacharros de cocina y mi termo de agua. Al cabo de un par de días, me compré un cuenco para uso particular en Pearl River Mart. Era blanco, con una línea de color azul en el borde y un dragón en el fondo. Me pareció muy bonito. Y lo veía como algo típico de Nueva York.

Él asiente.

—Es un motivo clásico.

—Nunca he tenido nada más allá de lo que puedo llevar arriba y abajo en una bolsa de viaje, pero lo que hay en la bolsa es mío. Como mínimo, aunque tenga que vivir en un apartamento cochambroso, siempre sé que cuento con lo básico para prepararme un bol de cereales. —Su tono se vuelve un poco nervioso—. Cass siempre usaba el cuenco y a mí me parecía tierno. Ella tenía montones de trastos, pero esa era mi contribución simbólica al espacio común. Cuando se fueron los de las mudanzas, entré en la cocina y abrí todos los armarios para buscarlo.

—¿Y no estaba?

—Había dado por hecho que lo tendría en cuenta y no se lo llevaría. —Su voz suena un poco histriónica, y Josh se teme que esté otra vez al borde de las lágrimas, hasta que le cambia la cara y su expresión se vuelve despreocupada—. Por lo menos, me dejó la cachimba. —Ari se echa a reír, pero su risa tiene un trasfondo de dolor y deja a Josh con la sensación de que el cuenco representa la parte visible de un daño más profundo que late bajo la superficie.

Toman uno de los caminos circulares que recorre el parque. Las hojas crujen bajo sus botas y siguen la ruta sin que ninguno de los dos guíe al otro. La luz rosa y anaranjada de la puesta de sol se filtra a través del Arco de Washington Square hasta la superficie del agua de la fuente y crea un telón de fondo ideal para unas cuantas parejas que se están haciendo selfis.

Ari se queda mirando a una formada por un hombre y una mujer. Él la rodea por los hombros y ella tiene el brazo derecho extendido para sostener el móvil.

—¿Cómo crees que será la ruptura de esos dos? —pregunta.

—¿Ruptura? —Josh ladea la cabeza para mirarlos—. Se les ve muy felices.

Llevan sendos jerséis de lana de L. L. Bean en discretos tonos tierra.

Ari le dirige una mirada como diciendo «vamos, por favor».

—En esa fase es fácil ser feliz. Pero, al cabo de unos meses, él empezará a sospechar que ella lo engaña con su compañero del alma. La verá sonreír ante un mensaje enviado a altas horas y le mirará el teléfono mientras está en la ducha. Se dirá a sí mismo que lo hace para demostrarse que se equivoca, que ella es completamente inocente. Pero, en vez de eso, descubrirá que su intuición había dado en el clavo. Hace meses que está liada con el colega.

—¿Es tu nueva afición? —pregunta Josh mientras busca las señales invisibles de futura infidelidad que ella capta tan bien.

—Es más bien una aptitud innata. —Ari emprende el camino de nuevo y se envuelve bien con el abrigo—. Lo curioso es que no pude prever el fin de mi propia relación. Supongo que siempre pensamos que a nosotros no nos pasará.

Algo en su expresión abatida despierta la empatía de Josh y le revela un resquicio de algo que tienen en común. Carraspea.

—La primera vez que nos vimos, fui...

—¿Un imbécil redomado?

Ari mantiene la mirada fija al frente mientras pasan por debajo de un tramo con andamios.

Él suspira y recapacita. Las disculpas nunca han sido su fuerte.

—Un poco arrogante.

—¿Y te has vuelto un chico tierno? —Le da un suave codazo en las costillas y él nota una reacción que está seguro de que ella no pretendía provocarle.

Se produce una pausa, una oportunidad, pero la dejan pasar.

—La verdad es que no sé si es bueno o malo.

—También dijiste que estabas convencidísimo de que la mejor relación sexual de mi vida no sería con un desconocido.

Qué curioso que recordara esa frase palabra por palabra. También él tenía esa conversación bien grabada en el hipocampo, por supuesto.

—¿Y... qué pasó? ¿Fue con un desconocido... o...?

—Siempre me gusta pensar que aún tengo que correr mis mejores aventuras. —En su rostro se dibuja una sonrisa—. Nunca mejor dicho.

Se planta delante de él cuando llegan al semáforo en rojo de la esquina. Están tan cerca el uno del otro que ella tiene que levantar la cabeza y... «Mierda». Josh echa de menos ser el centro de atención de alguien. Pasan mucho rato mirándose, demasiado, hasta que la luz que da paso a los peatones emite su destello. Los adelantan transeúntes con correas de perro, mochilas sobrecargadas y falsos bolsos Louis Vuitton. Todo el mundo tiene adónde ir.

Menos ellos.

Llevan casi tres horas hablando. Josh piensa que, si sigue, está tentando la suerte.

Ari da un suspiro hondo.

—Bueno, tendría que...

—Mi apartamento está en esta misma manzana —le espeta Josh, sorprendiéndose a sí mismo—. ¿Te apetece subir?

Ella entorna los ojos como si quisiera leer la línea inferior de una tabla optométrica.

—¿Subir?

—Podemos ver una película.

Habla con un hilo de voz, lo que implica que está desesperado por no volver a quedarse solo.

—¿En serio? —pregunta Ari, arqueando una ceja.

—¿Por qué no? —insiste Josh sin esperar ni un segundo, por muy humillante que resulte.

—Creo que nunca me he sentado en un sofá con alguien a solas y he visto una película más allá del minuto catorce sin...

Pasan unos instantes mientras Josh intenta procesar esa afirmación. Hace años que no se ve en la tesitura de tener que decodificar frases con esa clase de matices semánticos.

—No, no he querido decir... —Traga saliva y empieza otra vez—. Es... solo como amigos.

Ella pone cara de sorpresa.

—¿Netflix y sofá, pero con la intención de ver la película? ¿En silencio?

—Seguro que tú eres de comentar la película mientras la ves, ¿a que sí?

—¿Y tú? ¿Eres de los que se quedan hasta el final de los créditos por respeto a los artistas?

En su defensa, Josh piensa que no es muy elegante parar la película en cuanto empiezan a salir los créditos.

—La cuestión es que... —empieza a decir Ari— tengo la sensación de que me derrumbaré a la primera de cambio. —Es posible que a Josh también le ocurra, pero por motivos diferentes—. Espero que los vibradores me ayuden —añade, sosteniendo en alto la bolsa con la compra.

Ari vuelve a ajustarse el chaquetón al cuerpo, luchando contra el frío, y él no se ve capaz de marcharse y dejarla de esa forma. Se siente tentado de ofrecerle su abrigo, pero, seguramente, es un gesto demasiado íntimo. En ese momento, echa mano de la única frase sabia que Danny Kestenberg le enseñó a su hijo: siempre que estés parado en una esquina con otra persona y no sepas qué hacer a continuación, solo hay una sugerencia adecuada.

—¿Te apetece una pizza?

Ari alegra la cara de inmediato ante la idea.

—La verdad es que me muero de hambre. —Josh inclina la cabeza en dirección sur hacia Lafayette, y emprenden la marcha de nuevo—. Creo que el título de mis memorias sería algo así: *Esperaba que los vibradores la ayudaran, pero tenía un apetito voraz: la historia de Arianna Sloane*.

Él suelta una risita.

Ari se vuelve a mirar el edificio donde vive Josh.

—Oye —dice en un tono más suave, casi vacilante—, solo para que lo sepas: si estuviera en cualquier otro momento de mi vida y no me sintiera como una inmundicia humana, seguramente te pediría que me llevaras a tu apartamento ahora mismo.

Esboza una discreta sonrisa ladeada y se le forma un hoyuelo en la mejilla izquierda. Josh no se había dado cuenta de que sus ojos tienen esa clase de color avellana que cambia de tono según la hora del día. De pronto, se descubre tomando nuevas instantáneas mentales para sumarlas a las que no han dado su brazo a torcer y se han negado a borrarse de su memoria.

—Para que te quede claro —dice—: no hace falta que esperes a que te invite para subir a mi apartamento. Ven siempre que quieras.

—Dios —responde ella, y exhala un enorme suspiro—. Estoy demasiado triste para follar. No sabía que eso fuera posible.

—Ese título me lo adjudico yo: *Demasiado triste para follar: retrato del joven Josh Kestenberg*.

Eso le arranca a Ari una gran carcajada, de las que obligan a echar atrás la cabeza, y Josh experimenta un ligero entusiasmo, como una pequeña victoria. Jamás en su vida se había sentido tan confuso con una mujer. Esperan a que el semáforo de la esquina cambie a rojo.

—¿Podemos ser amigos, en plan compañeros de fatigas? —pregunta.

—Vale —responde ella—. Amigos. Pero te advierto una cosa: no tengo el mejor récord de la historia en las relaciones...

—¿De amistad?

—Sin sexo. Lo que quiero decir es que es bastante más difícil hacer un amigo nuevo que encontrar a alguien a quien tirarse. Para mí esto representa una gran oportunidad de crecimiento.

—No recuerdo la última vez que hice un amigo nuevo.

—También se me da muy bien emparejar a gente. —Ari le coge la mano y lo obliga a apuntarle al hombro con el dedo índice—. Si buscas a alguien que te saque de tu estado de letargo.

—Lo tendré en cuenta —dice—. ¿Y tú? ¿Qué necesitas?

—Muebles. Quizá una cama de verdad... en la que no me acostaré contigo. —Suspira hondo—. Bueno, ¿los amigos se pelean por elegir la pizzería?

6

Dedicarse a limpiar el suelo del lavabo unisex de LaughRiot no es la carrera de humorista que Ari había imaginado cuando se bajó del avión en LaGuardia ocho años atrás. Por lo menos, no creía que siguiera limpiando el lavabo después de pasarse toda su vida adulta formándose, actuando y dando clases en ese teatro.

Pero LaughRiot es una cooperativa, lo cual es un eufemismo para decir que todos atienden la taquilla y el bar, comparten tareas de mantenimiento y dominan el arte de los trabajitos de subsistencia. Seguramente no existe una carrera de humorista que no incluya limpiar la bruma de moléculas de pis de los azulejos de un lavabo público.

Llegados a ese punto, Ari prefiere limpiar lavabos que volver al escenario y tratar de que la gente se ría.

Desde una de las filas de la platea, Gabe canta a voz en cuello la última frase de *Giants in the Sky*, y su potente vibrato retumba en las baldosas.

La puerta que da a la platea se abre.

—Dios, me encanta la acústica de este sitio.

—El ruido de la cadena del váter para rematar es todo un logro —dice Ari restregando los restos de jabón del viejo lavabo de porcelana.

Él vuelve a tararear la melodía y, sin su permiso, coge a Ari de los brazos y empiezan a dar vueltas. Gabe siempre anda con una sobredosis de cafeína, hablando a gritos y a punto para sacarse de la manga una historieta de gracia discutible, tanto en inglés como en español. Tiene una sonrisa de loco y unos dientes enormes. En 2012, hizo de Gastón en Tokyo Disneyland durante la mayor parte de la temporada. Radhya aún lo llama por ese nombre, y él lo considera todo un cumplido.

Gabe se acerca más al espejo y examina una mancha diminuta que tiene en la frente.

—¿Te he contado alguna vez que interpreté al príncipe de Rapunzel en una producción de *Into the Woods* en ese café teatro de las afueras de Minneapolis? —Sí que lo ha hecho; un montón de veces—. Me enamoré de un camarero. El camarero me engañó y empecé a hacer monólogos para conseguir controlar mis sentimientos hacia él. —Mira el reflejo de Ari en el espejo—. Las historias de desamor dan para mucho en el escenario.

O sea que esto no es solo un trabajo de limpieza; es una verdadera lección de vida.

—A mí no me han engañado nunca —dice Ari, concentrándose de nuevo en el lavabo.

Él desvía la mirada del espejo y Ari tiene la sensación de que se le viene encima un monólogo.

—Somos actores porque estamos desesperados por recibir alabanzas y aprobación y somos personas muy atormentadas, y te desafío a que cojas toda esa pena que tienes, la saques de dentro y la conviertas en material que haga reír y a la vez provoque emociones intensas.

—No acepto el reto.

Aunque tiene razón. Cuando sufres una tragedia personal, lo suyo es convertirla en un gag, usarla de inspiración para un número o un chiste que esperas que se haga viral en Twitter. Pero Ari no es capaz de hacerlo.

—No te has presentado a los ensayos de Harold desde hace semanas —le recrimina.

Vale, puede que se haya perdido algunas sesiones del grupo de improvisación del que forma parte desde hace seis años.

—No es que esté triste —dice ella, frotando la porcelana—. Estoy bien, solo un poco ocupada con mis cinco trabajos y los guiones para NeverTired.

—El grupo no funciona igual si tú no estás. —Él arruga la frente—. La cosa se está desmoronando. La mitad del equipo se está planteando mudarse a Chicago para dar clases de improvisación en The Second City. Así es como piensan hacer dinero; ya ves. Unos oportunistas.

—Te estás poniendo dramático.

Por desgracia, esa clase de reprimenda no hace mella en un actor.

—Vale. ¿Qué te parece si actúas en Therapy esta noche? ¿Siete minutos?

Therapy, a diferencia de lo que su nombre sugiere, no es un despacho con vistas al jardín donde una mujer muy agradable te mira con la cabeza ladeada y te pide que le cuentes tu vida. Ari está segura de que jamás querrá volver a verse en esa situación. No; en el mundo de Gabe, Therapy es el bar de la esquina donde los jueves se encarga de organizar un espectáculo de humor y donde de viernes a miércoles se dedica a flirtear con aspirantes a actores de Broadway.

El teatro siempre ha sido la forma de Ari para evadirse de sus problemas. En el escenario, con sus amigos, se encuentra más a gusto que en ninguna otra parte. Pero la semana después de que Cass se marchara tuvo unos cuantos fracasos estrepitosos durante las improvisaciones. Sentía que las neuronas no disparaban a tiempo. Se quedó en blanco. Dos noches después, arruinó (lo que se dice arruinar) un monólogo entero. Más muestras de su fracaso personal. Lo último que necesita es subirse a un escenario. Por el momento, es mejor que permanezca en el anonimato o que la ignoren. ¿Para qué darle a todo un auditorio de personas desconocidas la oportunidad de juzgar los pensamientos tóxicos que su mente está fabricando? Es mejor que se dedique al catering y otros trabajitos de *freelance* donde la gente no la castigue con su silencio sepulcral solo porque está «un poco preocupada por la forma en que su mujer la ha dejado en un apartamento vacío después de decidir que no le debe nada a nadie excepto a sí misma».

Ari suspira. Acaba de cargarse la capa superficial de barniz blanco del lavabo.

Mete un montón de toallas de papel limpias en el dispensador y lo cierra de golpe.

—Ya te lo he dicho. En este momento no me veo capaz de ser graciosa. Estoy demasiado ocupada escribiendo panegíricos por encargo a quince dólares cada uno.

Él entorna los ojos.

—¿Tanta cara larga por una mujer que solía decirle a la gente que te había encontrado como por arte de magia entre tintes de fantasía, *piercings* para los pezones y pipas de agua de segunda mano?

—Eso es más bien un cumplido. —Ari rocía el espejo con un chorro de limpiacristales y empaña su reflejo—. Además, no estoy poniendo cara larga.

—En Therapy hay una camarera muy mona. —Gabe se acerca al espejo, examina su barbilla y se da unos toquecitos debajo en busca de signos de flacidez—. Tiene un culo increíble y nunca lleva sujetador. —Hace una pausa—. Con gafas.

Ari intenta hacer acopio de entusiasmo. Se imagina guiando a una camarera miope y sin sujetador hasta el callejón de detrás del bar. Imagina que nota otras manos en su pelo. La húmeda pared de ladrillos contra su espalda. Su boca recorriéndole el hombro, la clavícula, el pezón cubierto por la fina tela elástica de la camiseta de tirantes. Las nubes que forma su aliento en el aire frío de las dos de la madrugada. Cómo ella la empuja hasta que se arrodilla. Pequeños gemidos apenas audibles sobre el fondo amortiguado del bajo cuyo ritmo sordo procede del interior. Solo de imaginarse una experiencia así, debería sentir latigazos de pura energía por todo el cuerpo.

Sin embargo, la sensación de vacío que nota en la boca del estómago no da paso a nada más.

—Esta noche no puedo.

Después de lo que sin duda serán varias horas con la mente nublada, sirviéndose merlot barato en una inauguración del Whitney Museum, tiene grandes planes de irse a casa y esforzarse por no mirar el Instagram de quien pronto será su exmujer. Se imagina fotos de Cass y Katya abrazadas en una hamaca en las Catskill Mountains bajo el título NUEVOS COMIENZOS seguido de alguna cita de Brené Brown.

—Te estás aislando. —Gabe se vuelve a mirarla—. Deberías pasar página dejándote seducir por una camarera. O dos. Al mismo tiempo.

—No pienso dejarme seducir por nadie. —Le da una última pasada al espejo con el trapo y capta en el reflejo su expresión desprovista de todo entusiasmo—. Además, ya sabes que la que seduce soy yo.

Jueves, 13 de octubre, 18:26

Abby: El asesor financiero llegará al restaurante dentro de siete minutos.
Está en la 55.
Tenemos un reservado al fondo.
Trae el portátil.

19:10

¿Piensas venir?

19:28

Te hemos pedido salmón.
Te gusta el ponzu, ¿verdad?

20:00

Tienes que tomar partido en esta decisión, Joshua.
Tenemos que hacer frente común.
Te envío por mail un resumen de las ofertas.
Si seguimos adelante, soy partidaria de esperar hasta después del acto de la Sociedad Histórica.
Da mejor imagen.

Josh se abraza para protegerse del frío viento de octubre que sopla en Great Jones Street. Además de seguir su rutina en el gimnasio, ha empezado a salir a correr por las tardes. Pasar la cuarta parte de las horas de vigilia en el Crunch Fitness de Bowery Street es una forma perfectamente aceptable de emplear su tiempo. Mucho mejor que las reuniones con el calvo sin sentido del humor encargado de presentarles las ofertas por Brodsky's, todas de promotores que quieren convertir el espacio en tiendas conceptuales de moda deportiva con glamur o en locales para minar bitcoines.

Dentro de su edificio, el viejo ascensor da unas sacudidas antes de pararse y abrir las puertas directamente en su apartamento de la quinta planta.

Las luces fluorescentes tardan dos segundos enteros en cobrar vida y revelar el caótico espacio, cortesía de su madre. En lo que se supone que debería ser su sala de estar, hay un banco de reservado que su padre nunca llego a retapizar, una batidora industrial, sartenes y rejillas dispares procedentes de hoteles, los viejos libros y discos de su padre y unas máquinas para montar un gimnasio en casa de utilidad discutible. Un testamento palpable de la negativa absoluta de Danny Kestenberg a deshacerse de las cosas. Ahora su piso se ha convertido en un trastero de ciento diez metros cuadrados.

En algún momento, Josh arrancará las horrendas baldosas de color pistacho del suelo del cuarto de baño, retirará los armarios de cocina desportillados y acabará de tirar todas las paredes que no sean muros de carga. Pero no piensa molestarse en hacer las reformas que había planeado con Sophie. Que venga otro con los electrodomésticos Miele, las sillas Herman Miller y se encargue de crear la versión más popular de un hogar de ensueño en Manhattan, con esposa y bulldog francés incluidos.

Lleva seis meses repitiéndose ese mensaje. Su único progreso consiste en una serie de boquetes hechos a fuerza de golpes de martillo tras un episodio especialmente intenso de odio hacia sí mismo. En lugar de echar el ancla, la ha arrojado contra la pared.

Se ha vuelto un poco mirón a través de las redes sociales: sigue inauguraciones y cierres de restaurantes en *Eater* y navega por las cuentas de todos los chefs con los que ha trabajado. Todos los ganadores de los James Beard; los concursantes de *Top Chef*. Se supone que esa forma de masoquismo ha de darle un empujón, pero solo sirve para que los sentimientos de amargura vuelvan a aflorar.

Se despoja de la camisa y regresa al cuarto de baño para iniciar los múltiples pasos que preceden a llenar de agua caliente la antigua bañera de patas con forma de garra. En su apartamento todo está medio roto. Josh echa de menos la ducha de vapor a ras de suelo de su anterior vivienda. Echa de menos a Sophie en la ducha de vapor. O quizá echa de menos la idea de Sophie en la ducha de vapor, porque solo hicieron el amor allí una vez. (Ella dijo que era raro y, posiblemente, peligroso).

A veces, ese sentimiento se convierte en una mezcla desbordante de hostilidad e ira: un anhelo de que ella lo llame a la vez que se imagina a sí mismo rechazando la propuesta de reconciliación. Se pregunta cuándo será la próxima vez que tenga otra experiencia sexual más allá de su mano y su arsenal de porno.

Por eso, cuando, de repente, el móvil le vibra sobre esa misma mano, la conclusión lógica es que ha atraído un mensaje de Sophie con el poder del arrepentimiento y la autocompasión. Se concede medio segundo para imaginar su mensaje avergonzado y pesaroso antes de mirar la pantalla.

Pero no aparece el nombre de Sophie.

Ari se acurruca en el colchón hinchable —todo lo que una puede acurrucarse en una gran pelota de plástico— con los dedos suspendidos sobre el teclado, a punto de escribir la última línea de otro discurso de dama de honor en NeverTired.

Ha descrito su apartamento como «vacío», pero eso no es del todo cierto. Está lleno de montones: montones de ropa, montones de libros, montones de porquería variopinta que nunca ha hecho el esfuerzo de guardar en su sitio y que solía tener encima de la mesilla de noche... antes de que esta desapareciera también.

Varias veces, ha sentido el impulso de ocuparse de esos montones por si Cass vuelve a casa tarde y se tropieza con ellos en la oscuridad.

Pero a esa casa ya no vuelve nadie.

Nadie le envía mensajes con una hora de llegada a casa tremendamente inexacta, rematada con el emoticono del beso.

Nadie se levanta en mitad de la noche para preparar sándwiches tostados de *kimchi* y queso cuando a Ari le entra la gula.

Tampoco nadie compra los ingredientes. Sigue una dieta estable de palomitas de microondas, comida para llevar y cuencos de cereales. De cocinar se ocupaba Cass. Ari se trasladó a su apartamento y se integró en su vida, que ya estaba en marcha.

Quizá lo que le da agallas es la sensación de vacío de la habitación. Ari se pasa la camiseta por la cabeza y se hace un par de selfis. «De muy buen gusto», decide tras revisarlas. «No tengo pinta de desesperada». Entra en la aplicación del chat para desbloquear a Cass, envía el selfi y vuelve a bloquearla.

«Ya está». La especie de duendecillo travieso que lleva dentro se ha quedado a gusto.

Ari disfruta imaginando que Cass responde con frases como «Sí, por favor» y «Más». O quizá tan solo con el emoticono de la lengua. Pero, puesto que la ha bloqueado, esas respuestas habitan en una zona liminal. Son mensajes de Schrödinger.

Se conecta a Netflix —Cass aún no ha cambiado la contraseña— y deja que el cursor permanezca sobre el tráiler a medio cargar de una de esas comedias románticas de Navidad. La idea de verla sola mientras se zampa un paquete entero de galletas saladas y bebe vino directamente de la botella le parece insufrible de tan triste, aunque seguramente es así como la gente ve esas películas casi siempre.

A ella solo le parecen divertidas si hay alguien cerca para apreciar sus comentarios sarcásticos.

Jueves, 13 de octubre, 22:03

Ari: Despierta???
Quieres ir de tiendas y ver la 4.ª de Un príncipe de Navidad?

22:11

Radhya: Bruja, me toca asar pez espada una hora más 😭
Alguna novedad sobre la cervecería?

Ari: Sí!
Tu restaurante efímero abrirá el 15 de enero 🎉
(y ni siquiera he tenido que intercambiar favores sexuales)
La semana que viene podemos acercarnos para hablar de los maridajes
Dice que no nos quedemos cortas con la sal

Radhya: Gracias, Chichi 😘

Ari: De nada, Guarra 😎

Ari se recuesta sobre la almohada y el colchón de plástico emite un gemido que hace eco en las paredes desnudas.

Suspira. El sonido rebota.

Desplaza el pulgar por la pantalla de los contactos y traza dos círculos alrededor de «El tío más grande» antes de pulsarlo. ¿Por qué no, qué hostias?

Jueves, 13 de octubre, 22:13

Ari: Te apetece ver conmigo una peli mala?

Josh: Creía que las pelis estaban prohibidas dada tu tendencia a quitarte las bragas en cuanto ves el logo de Netflix.

Ari: sí. Para salvaguardar mi virtud, no estaremos en la misma habitación
Ponemos la peli a la vez y la vemos juntos mientras nos mandamos mensajes

Su teléfono se ilumina con una llamada entrante.

—Tío —dice—. Qué obsesión tienes con hablar por teléfono. La gente ya no llama.

—No pienso pasarme todo el tiempo que dura una película escribiendo en una pantalla aún más pequeña. ¿O es que piensas hablar tanto que no podré escuchar los diálogos?

—Es mejor que no los escuches. —Ari se incorpora en el colchón hinchable—. Vamos a ver *Los mercenarios* y...

—Ni hablar.

—Es la peli perfecta para nuestro tremendo aislamiento y el miedo a morir solos. Solo el título ya me inspira. —Se recuesta en la almohada y el colchón gime a modo de protesta—. Y podré seguir el argumento mientras doblo la ropa limpia.

—¿Tienes dónde guardarla? —pregunta él.

—No, pero al final del semestre conseguiré una cómoda gratis. Los nenitos de la Universidad de Nueva York siempre bajan a la calle trastos en perfecto estado.

—No puedes guardar la ropa interior en un mueble que ha estado en la calle y luego ponértela. Te ayudaré a buscar una cómoda nueva. Podemos ir a CB2.

—¿Con qué dinero? —le suelta. Le ha prometido a Radhya que este mes irán a Ikea—. ¿Qué peli quieres ver?

Oye el sonido amortiguado de los pitidos que indican que Josh está consultando la selección en la pantalla del televisor.

—El árbol de la vida. Birdman. Blue Valentine. Réquiem por un sueño...

—No pienso dejar que sigas. He estado tres años conviviendo con una crítica de cine de la generación X. Mejor vemos algo que no me obligue a cortarme las venas.

No es que Cass expresara su desaprobación de manera directa. Era la ceja apenas arqueada que actuaba en consonancia con el resto de su cara para dar a entender su ligero sentimiento de decepción. El «hum» pronunciado de forma evasiva seguido de unos pasos y el sonido apresurado de la puerta de su despacho al cerrarse.

Josh suspira.

—De acuerdo. *La princesa prometida.* Algo que complace a las masas y que no comporta ningún riesgo. Una película que a todo el mundo le gusta pero que no es la favorita de nadie. Los Foo Fighters del cine.

—No la he visto nunca.

—¿Cómo es posible? —se extraña, y su voz suena distorsionada a través de la línea—. Forma parte de la cultura básica.

—Pero yo soy joven —insiste ella—. Y no estoy en disposición de ver nada que incluya la palabra «prometida» en el título.

—La historia es tan obvia que no te dará ni pena. Además, en el gimnasio oí a dos estudiantes citando el guion de forma equivocada y diciendo que es una película de carcas, y aún estoy molesto.

—No —responde ella con contundencia—. Nada de historias de amor. Me da igual que el humor contrarreste lo romántico. No quiero sentir nada.

Ari se fija en la lámpara. Tiene un remate en color bronce oscuro que le recuerda a un pezón. O quizá solo sea porque echa de menos a Cass.

—¿Pero sí que te parece bien obligarme a ver *Los mercenarios*?

—Si la veo con alguien, por lo menos socializo. Si no, seré una chica triste y aislada del mundo que ve sola una película coral de acción sentada en un colchón hinchable de segunda mano mientras espera el divorcio.

—Tienes razón —dice—. No se trata de eso.

—Ah, y si me callo un ratito será porque alguien me ha encargado que escriba un panegírico.

7

Sábado, 22 de octubre, 13:32

Ari: no encuentro los colchones

Josh: ¿Dónde estás?

Ari: He doblado la esquina en los muebles de exterior y me he perdido, y además quiero comprar la mesa para el sofá

Josh: Te espero donde las camas.

Ari: eso ya me lo han dicho otras veces
Vale, estoy en medio de un laberinto de escritorios
Grita PENE y seguiré tu voz

—Todo está un poco pegajoso —dice Josh, y pone cara de asco.

—O es helado o es la salsa de las albóndigas. —Ari se incorpora para sentarse en el colchón de exposición en el que estaba tumbada—. Si no salgo de aquí con una caja de piezas de aglomerado para montar junto con sus instrucciones y un tarro de mermelada de arándanos rojos, la misión habrá sido fallida.

—Me niego a comer las albóndigas de una cadena de muebles baratos. —Josh mira el plano de la tienda—. ¿Y una mesilla de noche?

—Ya tengo una caja de cartón que me sirve.

—Vale. Hemos venido a buscar una cómoda.

Ari se cruza de brazos.

—Tengo un montoncito de ropa limpia y un montonazo de ropa sucia. Es un buen equilibrio.

—Muy bien. Arriba. —Josh se ha plantado delante de ella con los brazos en jarras, como un profesor de ciencias políticas enfadado que está como un tren—. No puedes tener el apartamento manga por hombro. ¿Por qué dejaste que se lo llevara todo? —Su voz recuerda al tono del adolescente con pretensiones de superioridad moral que debió de ser en su día; un niñato que creció con la certeza de que podía exigir lo que le viniera en gana.

Ari se pone de pie.

—No es exactamente mi apartamento. Además, ¿qué querías que hiciera? ¿Que me tirara encima de una mesita auxiliar de West Elm de ocho años de antigüedad? —La voz de Ari tiene un matiz de nerviosismo que, en cierto modo, refuerza su actitud defensiva—. ¿Sabes lo patética que me sentí, viendo cómo los de las mudanzas forcejeaban para pasar la cama por la puerta? Me escondí en el baño, ¿vale?

Se prepara para la cara de lástima con la que la gente la mira cuando explica los detalles de ese día que tanto la avergüenzan y pierde el control de sus emociones.

Josh mueve la mandíbula, como si no acabara de encontrar la respuesta adecuada. Están parados delante de una cómoda con seis cajones que vale trescientos veintinueve dólares. El hilo musical reproduce *Red, Red Wine*.

—¿Me has pedido que te ayude con las compras porque querías a alguien que asienta, sonría y cierre el pico mientras tú te niegas a ayudarte a ti misma? —pregunta—. Porque si es así no pienso hacerlo.

—No; era para que probaras las albóndigas.

Se quedan mirando el uno al otro unos segundos mientras una pareja sostiene una cinta métrica a lo ancho de la cómoda. Josh arquea una ceja, a la espera de algo más. Ari traga saliva.

—Vas mucho al gimnasio, o sea que sé que puedes cargar cajas pesadas. Y eres alto, o sea que llegas a las estanterías de arriba de todo del almacén.

Él conserva la expresión seria. Preocupada. Se niega a aceptar sus chistes como verdaderas respuestas.

—Ari.

—¿Qué?

Él se cruza de brazos.

—¿Por qué me has pedido que te acompañe?

Ante su insistencia, ella sonríe, se acerca a una cómoda de pino con acabado natural y finge examinarla.

—¿Porque he pensado que podrías ayudarme a elegir sartenes?

—No vas a cocinar en sartenes de Ikea ni de broma. Tendrías el mismo resultado si usaras un molde de papel de aluminio. Para eso iremos a Sur La Table. Prueba otra vez.

Ella abre el cajón de arriba y mira dentro. En el fondo hay un burdo dibujo de un pene. Es una grata sorpresa, como encontrarse un cuarto de dólar en el suelo.

—Supongo... que me gusta más estar contigo que conmigo misma. —Respira hondo y levanta la cabeza. Josh tiene una forma especial de fijar la mirada en su cara, con cierto magnetismo—. ¿Por qué has venido?

—Por las albóndigas. —Quien no lo conozca diría que tiene una expresión neutra, pero Ari nota que se está divirtiendo—. Está claro.

Viernes, 28 de octubre, 17:27

Briar: ¿Has mirado alguna de las ofertas de los promotores?

Josh: ¿Ahora mamá te manda a ti para que me persigas?
Me dan igual las ofertas. Es una finca de lujo en la Avenida A.
Vendedla al mejor postor.
Vendedla por partes.

Briar: Tienes que venir a mi clase de estiramientos de yoga.
Hay una instructora nueva guapísima.

Josh: Ya tengo mi propia rutina en el gimnasio.

Briar: ¡Apunta maneras de cita seria!
¡No puedes aparecer sin acompañante en una gala de homenaje a tu familia!
Es muy triste.

Josh: Mamá me dijo que tú ni siquiera irás.

Briar: Lo siento. ¡Tengo alquilada una yurta de lujo desde hace más de un año!
Estaré en Joshua Tree, acampando bajo las estrellas.

8

—Seguro que estoy pillando algo —dice Ari a toda voz, sobresaltando a Josh, en el momento en que se abre paso por la puerta de vaivén de Duane Reade, en la esquina de Broadway con la calle Cuatro—. O es un resfriado o es difteria.

—Lo que tienes es normal después de varios tequilas y de llamar al timbre de mi casa a las dos de la madrugada —dice Josh, y la sigue cuando pasa junto al guardia de seguridad aburrido, los antitusivos y un pasillo con tarjetas de felicitación.

Pero no ha querido subir. De hecho, Ari no ha estado nunca en su apartamento, aunque ya han visto seis películas y media al teléfono, han tomado café juntos cuatro veces, han compartido dos pizzas de Arturo's y esta es su segunda —no, su tercera— salida de compras.

No es que lleve la cuenta.

—¿Dónde dices que encontraste su ropa interior? —pregunta ella, arrastrando un poco la voz.

—En la cesta de la ropa sucia. Allí estaba —prosigue mientras la guía hacia las bebidas frías—, mi ropa blanca y de colores claros.

—Ah, ¿tienes ropa que no es negra? —Se planta delante de la nevera y coge un paquete de seis Coors Light—. Tira eso enseguida.

Si permites que las cosas de tu ex sigan en tu casa, te envenenarán poco a poco, como el Anillo Único.

Josh, que se ha quedado sin palabras, le quita de las manos el paquete de cervezas y lo sustituye por una botella de agua. Ari apenas se da cuenta y sigue andando.

—¿Te he contado que Cass se tomó la molestia de examinar los libros uno a uno y llevarse todos los que le pertenecían? Pero se olvidó una pila. Y estoy segura de que lo hizo a propósito. —Se detiene enfrente de otra nevera y cambia el agua por un Red Bull—. *Sal de tu mente, entra en tu vida. El poder de ser vulnerable.* Son las mierdas que la profesora de yoga lee durante la relajación final, cuando solo quieres dormir. Está claro que tengo que deshacerme de ellos. Los quemaré o algo así.

—Los libros no se queman —protesta Josh—. Los llevaremos a The Strand y los venderemos.

Ari asiente muy seria.

—Es menos violento pero más rentable.

—Intenta mantenerte sobria cinco segundos y centrarte. —Josh le quita la lata de Red Bull cuando intentaba abrirla—. ¿Crees que tengo que enviarle la ropa interior? Me gasté doscientos dólares en un triángulo de tela diminuto y ahora se mofa de mí.

—¿Lo compraste tú? —Ari cambia de pasillo de forma repentina—. ¿Te he explicado que Cass es una maniática de las bragas de algodón de color liso? —Arquea las cejas como si con eso él tuviera que adivinar qué quiere decir—. No quería que me pusiera otra cosa. Coge un paquete de diez bragas corrientes de la estantería y se lo muestra. —¡Tengo un cajón lleno de cosas de estas que me compré en Costco! —Tira al suelo el paquete de ropa interior y Josh lo recoge—. Vale. Te toca. Dime algo de Sophie que de verdad te molestara.

Josh devuelve las bragas a la estantería.

—¿Por qué?

—Esa mujer te dejó plantado en un momento en que necesitabas apoyo y tú nunca hablas mal de ella. ¿Qué hacía? ¿Dejaba el último trocito de papel higiénico y no cambiaba el rollo? ¿Se tiraba pedos en cuanto salías de la habitación pensando que no la oías? ¿Tiene criptomonedas? ¿Le dan puntos raros o arrebatos inconfesables con Zack Snyder?

Josh busca entre las anécdotas de Sophie alguna que llame la atención pero que no sea bochornosa. Su debilidad por el rioja, el hecho de que siempre se le olvidara cargar el Kindle, lo mucho que le gustaba hacer el amor con el antifaz de dormir puesto...

—Sophie tiene que escuchar un pódcast en concreto para... —Josh hace un gesto poco comprometedor con las manos—. Ya sabes.

—¿Tener un orgasmo? —grita Ari.

Él le hace señales para que se calle mientras mira alrededor de la tienda.

—¿Qué es? —Ella se le acerca como si fuera a hablarle en un tono bajito pero sigue gritando con voz de borracha—. ¿ASMR? ¿Cuentos eróticos?

—Eso es lo peor. —Espera a que otro cliente pase de largo—. Es de tecnología.

Ari asiente despacio.

—¿Sabes qué deberías hacer? —Lo coge de la solapa del abrigo y a Josh le llega el olor de José Cuervo y su perfume cítrico. Los labios de Ari dibujan una sonrisa maliciosa—. Deberías conseguir que otra mujer se pusiera las bragas para hacerle una foto y mandársela a Sophie.

Josh la mira entre impresionado y ligeramente intimidado.

—Joder, me alegra no tener que romper contigo nunca.

Ari le suelta el abrigo y sigue andando por el pasillo con la cabeza en el siguiente tema.

—¿Por qué no tienes en casa ningún medicamento para el resfriado? ¿Cómo sobrevives?

La voz de Ari suena como los neumáticos de un camión sobre la grava.

—Con clonazepam. —Josh coge la caja azul del fármaco que Ari tiene en la mano—. No tendrías que tomar medicinas estando borracha.

—¡Tonterías! Es el mejor momento para... —Ari se para en seco y casi tropieza con él—. Ay, Dios.

—¿Qué pasa? ¿Qué tienes?

Se precipita hacia un expositor de cartón del final del siguiente pasillo y coge una caja.

—Josh. —Aferra la caja contra el pecho—. ¿Serías mi chico Dust Daddy?

Él se ruboriza un segundo hasta que ella le da la vuelta a la caja y le muestra el nombre del producto. Es una especie de accesorio con forma fálica para el aspirador que anuncian en la tele, y Ari está a punto de montar un numerito.

—Te pido por favor que no lo conviertas en mi próximo apodo.

—Es para limpiar, tu pasatiempo favorito. Ah, y puedes introducirlo en ranuras y orificios diminutos. —Estira el brazo para sostener la caja en alto y que ambos puedan leer lo que pone—. «Tubos flexibles de potente succión». ¿Cómo puede ninguna mujer competir contra eso? —Se muerde el labio—. ¿Lo compramos? ¿Se convertirá en mi nueva pareja? —Ari deja la caja del producto de nuevo en el expositor—. ¡Ah! ¡Tengo una idea genial!

Josh hace gestos desesperados para que se calle, pero ella parece incluso más animada.

—¿Tiene que ver con una botella gigante de Gatorade y una aspirina?

—Tiene que ver con la perversión.

—¡¿Qué?!

Él nota que vuelve a ruborizarse, aunque ella no está en disposición de apreciar esa clase de detalles. Seguro que toda la tienda le parece un gran cuadro expresionista.

—Hay objetos que en su uso cotidiano son normales pero que pueden sexualizarse en el contexto adecuado. Si compramos varios de esos juntos, parecerá que nos estemos preparando para una escena de *kink* barato. Por ejemplo... —cierra los ojos un momento— pinzas de la ropa y una cuerda de saltar.

—No.

—Sí —insiste ella—. Te reto a un duelo de objetos «pervertibles». Hamilton contra Burr.

—¿Es una especie de juego de improvisación que obligas a hacer a tus alumnos el primer día de clase?

—¡No! Eso, seguramente, se considera acoso sexual. —Ari coge una barra de desodorante de un expositor, le quita el tapón e inhala con fuerza la potente fragancia—. Suelo hacerlo con las personas a las que intento llevarme a casa.

Es justo una de esas afirmaciones tan ambiguas que exasperan a Josh y hacen que su cerebro se dispare en cinco direcciones distintas a la vez.

Por otra parte, lo más probable es que, al día siguiente, Ari no recuerde para nada esa conversación.

Josh suspira.

—No nos marcharemos hasta que te salgas con la tuya, ¿verdad?

Si su forma de sobrellevar la situación es pasarse horas enteras en el gimnasio, al parecer, la de Ari es esa.

—Tres cosas, chico Dust Daddy. —Camina hacia atrás dando traspiés, en dirección a la pila de cestas de plástico de la entrada—. Tenemos un minuto. ¿Pones el temporizador?

—Vale —accede él, y convierte un minuto de Ari la Borracha en cinco de los de las personas normales—. Si también compras una botella gigante de agua.

—Espero que tengas un plan. —Le tiende una cesta—. Esto se me da muy bien.

—Yo siempre tengo un plan.

—Y... ¡ya! —grita, lanzándose por el pasillo hacia los productos de cocina sin aviso previo, ni «tres, dos, uno» ni nada—. ¡Libera al pervertido que llevas dentro!

Después de tres minutos, veinte segundos y dos versos del musical *Hamilton* cantados a voz en cuello, Ari corre hacia la caja, donde Josh ha estado esperando, paciente, con su cesta.

—¡No me creo que haya terminado antes de agotar el temporizador! —Josh sofoca la risa mientras ella alcanza sus productos—. Vale, esto es lo que tengo —coge aire entre jadeos—: una espátula. —La estampa en el pecho de Josh con un ruido sordo que le resulta muy satisfactorio—. Es una herramienta de impacto. Un estuche para cepillos de dientes, con relieve, claro. Y plástico de cocina superadherente. —Mira la cesta de Josh, aún sin aliento—. Es tu turno.

—Un cepillo para el pelo. Unos guantes de látex. Aceite de bebé.

Ari se queda callada y lo mira. Vuelve a mirar los objetos de la cesta y de nuevo a él.

—¡Josh! Hoy en esta tienda ha ocurrido un milagro. Eres... ¡un puto pervertido! —dice a gritos.

Y, sin aviso previo, se lanza hacia él y lo envuelve en un abrazo gigante. Bueno, o mediano, teniendo en cuenta su estatura. Él nota que una oleada de calidez le recorre el cuerpo. Nunca ha tenido tanto contacto con ella, y le parece que hace meses de la última vez que alguien le estrechó la mano. Inseguro, levanta los brazos para corresponderle (por una vez el movimiento parece más automático que forzado) justo en el momento en que ella se separa y deja la cesta encima de la cinta de la caja. Él intenta disimular su decepción. Y su erección.

—Felicidades, compraremos todos tus productos para celebrar este momento —afirma—. Dios, ¡un cepillo grande y plano! —cloquea—. Deberías añadir esa cualidad en tus perfiles de redes sociales.

—No —contesta él muy convencido.

La expresión de Ari se transforma en una de pánico.

—Ay, mierda. ¡Nos hemos olvidado el Dust Daddy!

Josh evita el contacto visual con el cajero de aspecto aburrido, que suspira mientras escanea los productos uno a uno. Cuando llega al aceite de bebé y a los analgésicos, parece que consigue encajar las piezas.

El hombre los mira.

—No pierden el tiempo, ¿eh?

—¿Otra? —pregunta Ari cuando aparecen los créditos de *Niños grandes 2*, la novena película mala que han visto juntos al teléfono en las últimas dos semanas.

Se está convirtiendo en una rutina: *Cómo estar más solos que la una, pero juntos*.

Josh apaga la tele y deja que sus ojos se habitúen a la oscuridad.

—Creía que habíamos agotado toda la filmografía de Adam Sandler la semana pasada.

—Qué va. Ese hombre es una fuente inagotable de recursos, siempre hay otra película suya. Pero si te rindes, cuelgo y me dedico al trabajo.

—¿Qué clase de trabajo? —pregunta él, incorporándose.

Comprueba que tiene bien puesta la alarma a las seis menos cuarto, lo que debería darle tiempo suficiente para ducharse y completar su ritual de higiene matutino antes de acudir a la clase de estiramientos de yoga a la que Briar le ha obligado a apuntarse. Bueno, no es tanto que lo haya obligado como que le ha estado enviando capturas de pantalla no solicitadas de la página de Instagram de la instructora, en la que muestra su pasión por el *fitness*, su flexibilidad y su magnífico gusto para la ropa deportiva.

—¿Te niegas a reírte de mis chistes sobre Rob Schneider, pero saco un tema aburrido y, de repente, te interesa? De acuerdo. ¿Me ayudas a escribir un brindis divertido a la vez que conmovedor para el padre de la novia, o tal vez un ensayo sobre el motivo crucial por el que los productos de higiene menstrual deben ser gratuitos? —Suspira—. Eso último es para el discurso del padrino, claro.

—¿Y por qué no escribes material tuyo? —pregunta Josh, abordando el tema con cautela.

Quizá, así como quien no quiere la cosa, ha estado siguiendo a @ari.snacks69 y ha visto algunos de sus vídeos de monólogos e improvisaciones.

Hay otra pausa de un segundo, lo bastante larga para que Ari empiece a tamborilear.

—Perdón, pero ese material es mío. Te aseguro que no me dedico a visitar ningún blog con el nombre *Noventa ejemplos jocosos de discursos para damas de honor* y me copio los chistes.

Josh vacila, consciente de que debe de estar tocando un tema sensible.

—He visto algunos de tus vídeos.

Ella contiene la respiración.

—¿Los has visto?

Josh no sabe muy bien cómo continuar la conversación. Tiene muy pocas pistas sin poder verle la cara.

—Es...

Busca en su cerebro el adjetivo apropiado.

—No me digas «interesante».

—... impresionante.

—¿En serio?

Su tono denota cierto orgullo. A Josh se le había olvidado lo bien que sienta hacer cumplidos.

Y sí que lo dice en serio. En circunstancias normales, encontrarse entre el público de un espectáculo de improvisación le atraería tanto como asistir al concierto de una coral universitaria que interpreta *a capella* una mezcla de temas de los ochenta. Pero los vídeos le han permitido asomarse a una versión diferente de Ari: alguien que se protege con una coraza al sesenta por ciento en vez de al noventa.

—En serio.

—Me gustaba mucho —dice ella—. Solía salir de allí tocando el cielo. Pero la última vez que me subí a un escenario, tenía un nudo en el estómago, sudaba y el corazón me iba a cien. No eran los nervios normales, era un bloqueo total. Me fui del escenario, y eso en los espectáculos de improvisación es un pecado mortal. Nunca tienes que dejar el escenario; no dejas colgados a tus compañeros.

Josh vacila. Él se siente colgado en general, con la vida en suspenso.

—Pero en algún momento querrás volver a hacerlo.

La frase es mitad pregunta, mitad sugerencia.

—No estoy segura. —Hace una pausa—. Cuando me casé, no tenía que servir aperitivos ni pasear perros. Cass me mantenía, de modo que me podía dedicar a enviar propuestas de monólogos, actuar y presentarme a audiciones. Puse toda la carne en el asador y sigo estando exactamente donde empecé. ¿De qué me ha servido? Por lo menos con los proyectos de NeverTired, si fracaso, queda en privado —prosigue—. Imagínate contratar a una persona que se está divorciando y que creció sin padre para que escriba un discurso de brindis para la boda de tu hija. Alguien que hace eso es porque odia al novio.

—En ese caso, quizá tendrías que advertirle que no siga adelante.

—«Rachel —dice Ari, imitando la voz de un hombre de cierta edad—, si le concedes unos minutos a este hombre de cincuenta y cinco años divorciado dos veces, quiero darte un consejo. Cuando te enamoras de alguien, todo es de color de rosa. No tienes ni idea de las dificultades a las que tendrás que enfrentarte en unos años. Ahora piensas: "¡Es él!" Porque Caleb te hace feliz. Pero la verdad es...».

—Que la felicidad es una puta mentira —suelta Josh con voz grave, en consonancia con el discurso de Ari.

—Madre mía. Qué celebración más divertida. Pobre Caleb.

—«Nadie debería casarse con la persona que le hace feliz —prosigue Josh—. Cásate con la persona que quieres que esté a tu lado en el peor de tus momentos».

—«De verdad, Rachel —apostilla Ari con la voz del hombre gruñón—. Imagínate a Caleb comiendo galletitas de queso para cenar, viendo *Niños grandes 2* mientras escribe discursos de boda para completos desconocidos en las horas libres que le deja su empleo de camarero. ¿Aún quieres casarte con él?». —Ari se ríe de sí misma y luego se queda callada—. Creo que estoy tirando piedras contra mi propio tejado.

Josh se aclara la garganta. Siente el apremio de transformar ese sentimiento en algo más alegre.

—«Si de verdad estás dispuesta a pasar años viendo como Caleb la caga mientras se convierte en la persona que sabes que puede llegar a ser, entonces sí: cásate».

Ari no dice nada. Ante el tiempo muerto, a Josh lo invade brevemente el pánico. Ese es el problema de la inmediatez del teléfono: toda falta de respuesta podría ser un sutil indicio de que el interlocutor está a punto de pulsar el botón de colgar. Sophie siempre le decía cosas como: «Bueno, tengo que dejarte» o «Huy, qué tarde es ya en la Costa Este» al primer momento de silencio.

—Mierda —contesta Ari por fin—. Es casi la una. Ha llegado la hora de ponerme un sangriento pódcast de *true crime* que me salve de las pesadillas.

Por lo menos sabe disfrazar una amable despedida de comentario insustancial.

—A lo mejor deberías ampliar tus horizontes y aprender algo más allá de cómo matar a alguien y dejarte atrapar en el intento.

—¿Qué me propones? —pregunta ella—. ¿Un pódcast de tecnología?

—No si quieres dormir. Por lo menos, eso dicen.

Se producen quince valiosos segundos de silencio que Josh no siente ninguna presión por llenar. Solo se oye la respiración de Ari y el sonido intermitente de los neumáticos recorriendo la calle de adoquines cinco pisos más abajo.

—¿Sabes qué? —empieza a decir—. Todas las noches estoy en la cama sola y pienso: «Mañana me despertaré y me sentiré en paz conmigo misma». Tiene que haber un momento en que las cosas cambien, ¿no? ¿Has tenido alguna vez la sensación de que estás llegando al final de una etapa chunga pero parece que nunca consigues pasar la última página? No hay ninguna frase conclusiva. La historia sigue y sigue.

En la mente de Josh se acumulan fragmentos de ideas, observaciones y experiencias dolorosas, pero no es capaz de pronunciar nada. Es probable que Ari necesite que la consuelen, y eso no es precisamente un fuerte en su repertorio de respuestas.

—Vaya, tendría que colgar. —Ari estalla en una risa que parece forzada antes de añadir—: Siento darte la turra... Estoy... Sí, vale.

Si los teléfonos fueran como antes, por lo menos oiría el tono de la línea, pero no hay nada a lo que Josh pueda cogerse para poner fin al momento cuando Ari corta la llamada sin darle tiempo de responder.

9

—¿A quién le escribes? —pregunta Gabe cuando suena el teléfono de Ari, y estira el cuello para mirar la pantalla en el momento en que llegan al cuarto piso del edificio donde vive Radhya.

—Aparta —suelta ella, y le da un tortazo en el pecho mientras avanzan por el pasillo.

Martes, 22 de noviembre, 21:23

Josh: Ayer pude dormir.
Desde medianoche hasta las 6:00 según la aplicación.

Ari vacila medio segundo antes de llamar a la puerta con los nudillos.

—¿Estás visible? Si no, tampoco importa.

Tiene llave desde hace cinco años, pero desde que comparten ese piso, en el que las habitaciones son a su vez zonas de paso, se han acostumbrado a llamar a la puerta antes de entrar.

Ari: caray! qué bien que me dejes ganar la partida del insomnio 🏆

La puerta de Rad se abre con un fuerte chirrido. Un hombre alto y narigudo de pelo castaño claro lo bastante largo para flotar al compás de sus movimientos pasa junto a Ari y Gabe con aire evasivo y los saluda con una leve inclinación de cabeza. Lleva agarrados su abrigo y una camisa azul claro con botones en el cuello que, indiscutiblemente, forma parte del uniforme de los camareros del restaurante donde Radhya trabaja en la actualidad.

Gabe lo sigue con la mirada cuando cruza el recibidor.

—Radhya tiene prisa por celebrarlo.

Gracias en Acción es una comunidad laxa de aspirantes a humorista y personas con títulos de máster que se han dado cuenta de que un empleo de camarero en un restaurante o un bar durante «la época más mágica del año» les reporta el doble de ingresos que sus sueldos miserables en el mundo de las artes escénicas. Durante el siguiente mes y medio, trabajarán más horas que un reloj mientras los turistas llegan a la ciudad y los oficinistas se atavían con su mejor indumentaria de cóctel para asistir a un buen número de fiestas peculiares con motivo de la celebración de Acción de Gracias.

Ari dobla su chaquetón de cuadros. Hacía semanas que no ponía los pies en Brooklyn. No es que no quiera ver a Radhya, pero quizá, desde el momento en que Cass se marchó, su amiga se haya pasado un poquito dándole consejos e insistiendo en cosas que le dice con todo el cariño y por su bien. Durante el último mes, una vez superado el impacto inicial, no ha encontrado la manera de volver a hacerle un hueco en su vida. Y Rad no puede parar de hacerle preguntas del tipo: «¿Has llamado al abogado que llevó mi divorcio?».

Josh: ¿Te han ayudado los... artículos que compraste?

Ah, sí. Sus actos radicales de cuidado personal están enchufados en la regleta de adaptadores múltiples —ya que, por algún motivo, cada uno es de una clase distinta— del rincón del suelo del dormitorio que antes ocupaba su mesilla de noche.

Ari: ahora estoy probando a usarlos por la mañana
en teoría, sirve para mejorar las habilidades matemáticas

Josh: Por lo menos tienes un motivo para despertarte.

—¿Quién era ese? —le pregunta Ari a Radhya.

—El ayudante de camarero —contesta ella desde el dormitorio—. ¿A que es mono? Oye, ¿me llamas al móvil? No lo encuentro.

Ari busca su contacto en el teléfono. Una voz automática con acento británico contesta a través de los altavoces bluetooth: «Llamando a Ra-dhy-a Am-ba-ne, mujer, cocinera, piel mestiza».

Le da un codazo a Gabe.

—¿Sabes qué tengo que hacer para que mi teléfono deje de anunciar cada llamada que hago como si tuviera dentro un mayordomo en miniatura? Una vez cambié la configuración para poner música en una fiesta y ahora, cada vez que estoy en este piso, se conecta a los altavoces automáticamente. Imagínate que se me abre una página porno por accidente.

—¿Desde cuándo a ti las páginas porno se te abren «por accidente»?

Radhya sale del dormitorio con unas botas de tacón bajo el brazo.

—Prefiero ignorar el contexto de esa conversación.

Levanta los cojines del sofá para buscar el aparato cuando se oye un ruido sordo procedente de debajo del sillón. Radhya recoge del suelo unos vaqueros cuyo bolsillo trasero está iluminado.

—¡Ajá!

Interrumpe la llamada y saluda a Ari con un abrazo.

—Me alegro de que hayas venido. Hace siglos que no apareces por aquí.

Ari aplana un cojín y se deja caer en el sofá con un chirrido de los muelles.

—He tenido que hacer un gran esfuerzo para dejarme tiempo libre en la agenda, llenísima de compromisos para fregar suelos en silencio.

Ari: tú tenías una relación a distancia.
casi siempre dormías solo

—O sea que eso es lo que te tenía ocupada. —Radhya mira el teléfono de Ari con suspicacia, y ella tiene la ligera sensación de estar haciendo algo malo por escribirle a Josh desde su apartamento—. ¿Aún sigue en pie el plan de ir a Ikea el próximo fin de semana?

—Ah. —«Mierda»—. Ya he ido —dice con cautela, sintiéndose un poco culpable.

Radhya frunce el entrecejo.

—¿Tú sola?

—Ahora, aunque sigo estando hundida en la miseria, disfruto de poder apoyar las lumbares —contesta Ari para evadir la verdadera pregunta—. Puedo presumir de que tengo una estructura de cama de madera de pino sin barnizar, de fabricación precaria y montaje chapucero.

—Necesito un edredón de plumas nuevo. —Radhya suelta las botas y estas aterrizan en la alfombra con un ruido sordo—. ¿Por qué no me avisaste?

—Te has librado de ayudarme a montar muebles con esas diminutas llaves Allen.

No es que Ari mantenga en secreto expresamente la identidad de su acompañante, es que no ha surgido en la conversación de forma natural.

Un estridente sonido de campanilla procedente del móvil suena a través del altavoz bluetooth: «¡Ding!». Ari se deja caer en el sofá ya en orden y mira el mensaje.

21:26

Josh: Sí, pero la compañía estaba implícita.

La expresión de desconcierto de Radhya cambia al modo detectivesco. No le ha pasado por alto que Ari la está evitando. Intenta distraerla.

—Estás hecha un pibón con ese vestido —dice Ari para desviar la conversación—. Radhya lleva puesto uno de esos vestidos de punto sueltos pero femeninos que a Ari siempre le quedan como si le hubiera caído encima una tienda de campaña. Mira sus vaqueros y su camiseta—. Y yo parezco la canguro a la que has contratado para cuidar de tu hijito con clase.

—¿Quieres que te preste algo? —le pregunta mientras se coloca unos enormes pendientes dorados.

—Si le dejas ropa, te aseguro que cuando te la devuelva tendrá un manchurrón que apestará a whisky —le advierte Gabe.

Ari: lo mejor es tener toda la cama para uno solo precisamente tú tendrías que estar agradecido de no encontrarte pelos en las sábanas

Josh: O migas.

Ari suelta una risita involuntaria. Gabe y Radhya se miran.

—Vale, desembucha —le exige su amiga—. ¿Por qué le sonríes al teléfono? ¿Con quién te has liado?

Ari se obliga a adoptar una expresión neutra.

—No me he liado con nadie, por Dios.

—¿Es el camarero? —pregunta Gabe.

Radhya sigue insistiendo.

—¿Fuiste a Ikea con él?

—¡No! —protesta Ari con más vehemencia de la que requiere la pregunta—. Tengo amigos, ¿vale?

Rad se sienta a su lado.

—Nadie hace amigos nuevos tras una ruptura. Ya es bastante difícil que la gente te vea interesante cuando estás feliz.

—Es alguien con quien puedo mostrarme triste.

—O sea que sí que hay alguien —puntualiza Gabe.

Ari se pone de pie.

—¿Por qué me estáis interrogando?

—Porque tienes una sonrisita tonta en la cara. Porque escondes el teléfono.

Radhya introduce el pie en una de las botas con aspecto de instrumento de tortura y hace una mueca.

—Vale, un momento, que pongo la cara de bruja habitual —suelta Ari, y se pasa la mano por delante de la nariz.

«¡Ding!».

Josh: ¿Te puedo llamar?
Tengo que pedirte opinión sobre la conversación con la instructora de yoga.
No sé si sabría transmitirte los detalles en un mensaje.

Radhya se sube la cremallera de la otra bota.

—Si otra vez has desbloqueado a Cass, voy a tener que interven...

Quien interviene es el pequeño mayordomo:

«Llamada de... —Ari empieza a soltar improperios mientras toquetea el teléfono para silenciarlo— Josh Tostón-berg emoticono de caniche».

Al principio, no pasa nada. Radhya y Ari se quedan mirando la una a la otra y ya está.

Quizá, con el acento británico, el nombre resulta irreconocible. Quizá no lo ha oído. Quizá...

—¿Es una broma? —Da la impresión de que la cara de Radhya aún no ha encontrado una manera de expresar fielmente esa traición particular—. ¿Es un nombre en clave que usas para alguien que no es ese tóxico gilipollas?

—Espera. —Gabe parece estar intentando resolver un problema matemático en el aire—. ¿Qué dice de un caniche?

—No te pongas así —dice Ari con la voz teñida de cierto pánico—. Hace unas semanas me topé con él y...

—¿Hace unas semanas?

Radhya se vuelve hacia Gabe como si quisiera confirmarlo.

—... nos pusimos a hablar de nuestras miserias, y..., no sé, a veces quedamos.

—¡¿Que a veces quedáis?! —Radhya se levanta del sofá, tambaleándose un poco sobre las botas—. ¿Con el puto Kestenberg? —Vuelve a mirar a Gabe—. ¿Es con ese con quien está hablando?

Gabe las mira de forma alternativa.

—Espera, ¿con quién?

—Ya no es tan cabrón, está en otra etapa —dice Ari—. Creo que si...

—Lo de ser cabrón no era una etapa, Ari. —Radhya niega con la cabeza—. Me he dado cuenta de que a todos los chefs que resulta que son hombres blancos con mal carácter se les ofrecen segundas y terceras oportunidades, pero no creía que fuera a redimirlo precisamente mi mejor amiga.

—Seamos justos —tercia Gabe, levantando las manos en el aire—. A Ari siempre le han ido las personas marimandonas que se creen que lo saben todo.

—Tú no te metas, Gastón —le espeta Radhya con una mirada intimidatoria.

Gabe se aleja de la sala de estar y entra en la cocina para observar la pelea desde una distancia prudencial.

—No. —Ari no da con las palabras apropiadas lo bastante rápido. Es más fácil no tener en cuenta el feo que Josh le hizo a Radhya cuando solo es una voz extrañamente cautivadora al otro lado de la línea telefónica—. No es eso.

—Pues entonces, ¿qué es? —Radhya ladea la cabeza hacia la derecha—. ¿Qué quieres decir con «a veces quedamos»? Porque estoy convencida de que yo soy tu única amistad sin derecho a roce.

—¡Solo somos amigos! ¡Sin derecho a roce! —Por lo menos en ese caso la verdad no ofende—. De verdad, Rad...

—¿Por eso no te dejas ver? ¿Sabes lo humillante que es esto? Yo sí soy tu amiga, Ari. Él no.

—¡Pues entonces escúchame!

Por primera vez en su vida, Ari piensa momentáneamente que ojalá aquella noche Josh y ella hubieran follado en vez de compartir una pizza. Una hora más tarde, se habría escabullido, Radhya no habría tenido por qué enterarse y ellos dos habrían dado por concluida su primera relación sexual tras la ruptura sin que se montara un gran alboroto.

—Si quieres que te escuche, ¿por qué me has estado ocultando esto durante semanas? —protesta Radhya.

—¡Seguramente porque sabía que pasaría esto!

Ari se levanta del sofá.

—Siempre haces lo mismo —prosigue Radhya—. Te desentiendes y evitas enfrentarte a las cosas hasta que te explotan en la cara, y entonces desapareces.

«¡Ding!».

Josh: ¿Estás ahí?
Dice que es entrenadora personal.
¿Crees que me está tirando los tejos o quiere pescarme como cliente?

Radhya mira el teléfono que Ari tiene en la mano.

—¿Te vienes a lo de Gracias en Acción o no?

Ari se dirige a la puerta y se echa el chaquetón por la espalda.

—Me vuelvo a Queens.

—¿Por qué? ¿Para poder escribirle en privado?

—Para poder revolcarme en el barro a solas. —Sale y da un portazo. —¡Feliz Acción de Gracias! —se oye en el pasillo con voz amortiguada.

En la calle, el viento le azota la cara. Las discusiones con Radhya siempre calan hondo en su estado de ánimo. El silencio con que la castigaba Cass o el fracaso en las audiciones son sinsabores que ha podido soportar porque tienen un espacio bien delimitado en su cerebro. Sin embargo, cuando Radhya se enfada con ella es como cuando vuelca un camión. Un accidente grave. Desastroso. Incontrolable.

Ari exhala una bocanada de aire cálido y avanza por la calle hasta la pequeña bodega de la esquina. Si no se emborracha a base de cócteles baratos con los amigos, por lo menos se comprará un cartón de vino y se lo beberá sola, con una pajita, sin decir ni mu.

El gato de la tienda, una bola de pelo que vigila la entrada desde el otro lado de la puerta de cristal, penetra en la mente de Ari con una mirada de desaprobación que le llega al alma y hace que, por vergüenza, descarte la opción de decantarse por un simple rosado.

Saca el teléfono del bolsillo mientras las palabras de Radhya ocupan el fondo de su mente de forma recurrente, como un carrusel.

Ari: los planes de esta noche se han ido al traste

Josh: ¿Vemos una peli?

Ari: tardaré una hora en llegar a casa desde brooklyn

Josh: Por eso nunca salgo con mujeres que no viven en Manhattan.

Y si puedo elegir, mejor que vivan por debajo de Madison Square.

Ari: por eso no te acuestas con nadie
si quieres, puedo ir a tu casa

Josh: ¿Y ver una peli juntos en persona?

Ari: no, solo cenar y hablar de la instructora de yoga
quedamos en el sitio de los tacos

Josh: ¿Cuál?

Ari: donde te sirvieron aquello con la cosa encima

Josh: ¿El sitio de la cebolleta o el del huarache con carne de cerdo?

Ari: el del camarero buenorro y el lavabo limpio

10

—Vale. Lo he pensado durante el camino y esto es lo que vas a hacer. —Ari da un paso con cuidado para salir del temible ascensor y entra en el loft de Josh tendiéndole una bolsa de papel grasienta—. Cuando acabéis la clase, tómate un momento para limpiar la esterilla y pídele información sobre algún estiramiento que te ayude con los abductores. Confía en mí; siempre funciona. Las clases de yoga son un buen sitio para conocer a mujeres. —Va vestido con unos vaqueros negros y un jersey oscuro que seguramente vale más que toda la indumentaria de Ari, incluyendo los zapatos y el abrigo—. ¿Llevas vaqueros para estar en casa? ¿Con la bragueta de botones? ¿Eres un psicópata?

—Son cómodos.

Ella sacude la cabeza, pasa de largo y se fija en el apartamento.

—Joder. Esto es de película.

—Se vería mejor sin los trastos. —Josh va a la cocina para poner la mesa—. Me pillas en plena reforma.

A ojos de Ari, la entrada del apartamento no tiene aspecto de reforma, sino más bien de que alguien ha esparcido el contenido de un desván por toda la superficie, ha empezado a poner orden y lo ha dejado a medias. Ella, que está acostumbrada a rebuscar en la basura, no puede evitar pasearse entre las pilas de tesoros: un fortalecedor de muslos depositado sobre un antiguo radiocasete medio roto, unas lámparas con base de porcelana y unas pantallas gigantes de color *beige* y los restos del enorme rótulo de neón de Brodsky's. Olor de libros viejos y discos de vinilo llenos de polvo.

Su mirada recae en algo que le resulta familiar.

—No puedes deshacerte del banco de musculación, es uno de los mejores sitios que existen para tener sexo. —Ari corre hasta el aparato y tira de la mancuerna para probar la estabilidad—. ¿Tienes algún mosquetón?

Josh tiene una expresión seria mezclada con cierto pánico. Cuesta tan poco incomodarlo que a Ari le parece casi injusto. Se cuelga del aparato con las piernas cruzadas.

—Para dejar las cosas claras, no existen ningunos pantalones más cómodos que no llevar pantalones. Yo me los quito en cuanto entro por la puerta.

—O sea que cuando vemos películas, ¿no llevas pantalones?

—De hecho, estoy totalmente desnuda.

Ari se da impulso para levantarse del banco y va hacia la mesa junto a la que Josh se detiene para depositar los envases con la comida.

—Perdona, te estoy tomando el pelo otra vez. No puedo ver películas desnuda, me da vergüenza. Soy una chica clásica, de las de ropa interior y camiseta.

Él no la mira.

—¿Como esa que llevas, que ni siquiera es tuya?

—Sí que es mía —protesta ella con un deje de indignación.

—¿De verdad? Bikini Kill es un poco anterior a tu época. —Arquea una ceja mientras espera—. Le pega más a... una profesora de comunicación de la generación X especializada en cine.

—Para ser justos, la camiseta es medio mía —afirma—. ¿Qué debería hacer? ¿Tirarla?

—Te recuerdo que tú me dijiste que tirara todo lo de Sophie. Eres una hipócrita.

Ari suelta un pequeño bufido.

—¡Es cómoda! No tiene nada que ver con guardarte la ropa interior de otra persona y lo sabes.

—¿En serio?

—He tirado todo lo demás. ¿No puedo quedarme una cosa tan tonta como esta camiseta? —Se sorprende al comprobar que casi se le quiebra la voz. Josh opta por callarse, y es una suerte, porque Ari no tiene fuerzas para enzarzarse en otra discusión después de la reciente bronca con Radhya—. ¿Cenamos?

Josh señala la mesa, que está puesta como si fuera a dar una cena de gala. Ari no puede evitar fijarse en que es lo bastante grande para darse un revolcón: un auténtico lujo en Nueva York.

—El hecho de usar platos y no los envases de la tienda te conecta con tu lado humano —afirma Josh—. Eso dice mi terapeuta.

—Pues entonces yo soy un animal. —Ari se sienta. Josh tiene la cocina hecha un desastre: viejos armarios y encimeras con electrodomésticos nuevos, algunos aún con la protección de plástico—. Creía que te encantaba cocinar —observa.

Josh coloca los tacos en un plato con cuidado.

—Me niego a emplear mi tiempo libre en algo que me recuerda a mi fracaso.

Mientras Ari está formando una montaña de triángulos de maíz en su plato, en la pantalla de bloqueo de su móvil aparece una notificación de una aplicación de citas.

> Uno de tus match puede ser la persona de tu vida.
> Haz clic aquí y descúbrelo.

—Uf —exclama ella, arrugando la nariz ante el mensaje—. ¿Cómo le digo a esto que no quiero encontrar a la persona de mi vida? Ni siquiera me siento preparada para el sexo intrascendente. —Ari se aclara la garganta y lee el perfil—. «Adam, treinta y ocho. Tiarrón blanco. No Circuncidado y bien dotado. Por qué una polla no circuncidada no va a merecerse una buena mamada?». —Deja el móvil encima de la mesa, indignada—. Esto es lo que tienes que aguantar cuando sales con hombres.

Josh le coge el móvil y observa el selfi de ese tío con cara de pan sentado ante el volante de su coche. Tiene una de esas caras que nunca parece relajada. Es como si sus ojos estuvieran permanentemente escudriñando algo, buscando más información.

—No ha puesto el interrogante inicial. ¿Y por qué ha escrito «Circuncidado» con mayúscula?

—¿Eso es todo lo que tienes que decir? —Ari se limpia la mano grasienta con una servilleta sucia del sitio de los tacos—. Es evidente que tú tienes la suerte de disponer de un montón de perfiles de mujeres simpáticas y normales.

Él la mira con los ojos entornados.

—Y, entonces, ¿por qué ahora mismo no estoy con una mujer simpática y normal?

—Seguramente, porque las has descartado a todas por nimiedades. —Por lo que Ari sabe sobre su ex y sus relaciones previas de las que no conoce el nombre y de las que él le ha hablado brevemente, parece que, en efecto, ha salido con mujeres encantadoras que tienen un trabajo de verdad y leen *The New Yorker* sin dejar que las ediciones se acumulen durante varios meses antes de ojear solo las críticas de cine y las tiras cómicas—. ¿Qué es lo peor que puede pasar?

—Podría verme atrapado durante horas en un restaurante mediocre con alguien que no respeta las reglas gramaticales.

—Siempre que me veo atrapada en un restaurante con alguien que no me gusta, aparece mi amigo Gabe y me acusa de estarlo engañando. Eso hace que la otra persona eche el freno de golpe y anula cualquier posibilidad de contacto en el futuro.

—Lo tendré en cuenta si algún día me animo a volver a las citas.

—Necesitas que alguien más objetivo haga la selección. —Coloca la palma de la mano abierta delante de él y le hace señales para que le entregue el móvil—. Te enseño el calvario que me espera con mis futuras citas si tú me enseñas las tuyas, ¿te parece?

Josh abre una aplicación y empuja el teléfono por encima de la mesa a regañadientes. Ari mira en la página de Raya el perfil de una tal Lauren, que es una apasionada de los viajes pero también muy casera. Desliza el dedo sobre una tal Hannah que hace de modelo de ropa deportiva a tiempo parcial.

—¿Pero a ti solo te aparecen bellezas con éxitos o qué?

Cada pocos segundos, Josh desliza el dedo hacia la izquierda mientras, con la otra mano, se frota la barba incipiente.

—¿En serio piensas quedar con esta gente?

—Me arriesgaré si tú también te arriesgas —dice Ari mientras examina la foto de otra Lauren, que nunca le hace ascos a una aventura—. Pero, a ver, ¿has hablado con la instructora de yoga?

—Dos veces esta semana, después de la clase.

—¿Has ido a clase dos veces? —pregunta Ari, un poco avergonzada por su extraño tono de voz.

Josh entorna los ojos ante la pantalla y desliza el dedo otra vez.

—¿No hay ningún gordo? ¿En serio? Este imbécil tiene un pez en la mano.

Ari se incorpora un poco en el asiento y estira el cuello para ver lo que Josh está haciendo con su móvil.

—¿Te has asegurado de seleccionar todos los géneros?

—Te garantizo que me estoy fijando en todas las criaturas humanas disponibles de la zona triestatal. Es el control de calidad. A menos que quieras acabar con alguien que se hace un selfi en el cuarto de baño para ponerlo en el perfil.

Vuelve a observarla con esa mirada especial, la que hace que se sienta expuesta.

Ari vuelve a centrar la atención en el móvil de Josh a la vez que toma conciencia de cómo esa conversación les ha procurado una animada evasión de la vida real, y desliza el dedo a la derecha sobre una tal Ashlyn, que se dedica a la gestión de programas y utiliza bien los signos de puntuación en las aplicaciones de citas.

11

En circunstancias normales, Ari le mandaría un mensaje a Radhya, quedaría con ella en la zona de carga del restaurante en el que estuviera trabajando en ese momento y se tomarían una copa —o cinco— en el primer bar de mala muerte que encontraran. Ella estaría eufórica después de actuar en uno de los locales de comedia menos conocidos de MacDougal Street, bien por el subidón del éxito o bien por la borrachera tras el bajón.

Pero las circunstancias ya no son normales. Llevan más de una semana sin decirse nada por el chat. Y hace varios meses que Ari no actúa.

Aun así, Ari entra en un estrecho callejón donde el ambiente está cargado del hedor de la basura de varios restaurantes —un coreano, un pub irlandés y el neoamericano donde Radhya trabaja como segunda chef. Rad es un animal de costumbres, de manera que la encuentra justo donde esperaba: sentada sobre una caja de cartones de leche, con la espalda apoyada en la pared de obra vista. Con el móvil en una mano y un cigarrillo en la otra.

—Hola, Guarra.

Lo normal sería que Rad respondiera exclamando «¡Chichi!» con voz cansada pero alegre. Sin embargo, tras una mirada de sorpresa que apenas se molesta en ocultar, prácticamente no aparta la vista del brillo de la pantalla.

—Solo quiero saber por qué —dice su amiga en el mismo tono cansino con que se responde a un sobrino pelma que necesita dinero para pagar el alquiler.

No hace falta preguntarle a qué se refiere.

—Me gusta hablar con él —contesta, midiendo muy bien las palabras.

—Eso no le gusta a nadie. Prueba otra vez.

—No me juzga ni quiere cambiarme.

Radhya se da impulso para levantarse de la caja.

—Ah, ¿y yo sí?

—Yo no he dicho eso.

—Me buscaste en el primer momento después de la ruptura, cuando no querías estar sola en el apartamento, y antes, siempre que te hacía falta despotricar por cómo te trataba Cass. Tú también estuviste para mí cuando todo se me vino abajo. —Es verdad, pero ser su persona de apoyo era mucho más fácil. Ser quien la ha cagado en la relación de amistad le resulta agotador—. Y ahora vas y te lías con...

—¡No estamos liados!

—... mi peor enemigo.

Ari entorna los ojos.

—Creía que tu peor enemigo era el jefe de cocina de Marea.

Un tipo sudoroso con un delantal manchado abre la puerta de la cocina, observa el lenguaje corporal de Radhya y se escabulle al momento.

—Casi preferiría que fuera solo sexo —dice Radhya, y vuelve a sentarse en la caja de leche—. Se supone que a mí me lo cuentas todo.

—Pero como tienes un pasado con Josh, no me pareció tan fácil como descolgar el teléfono y decirte: «Oye, mira, que quiero hablarte de un tío que conozco».

—Ah, claro, era más fácil quedar con él a escondidas, ¿verdad?

Radhya aspira otra vez el cigarrillo. Ari abre la boca para protestar por su interpretación de los hechos, pero, en vez de eso, le suelta un ejemplo muy poco original.

—Es como si me hubieran empujado al agua. Pero no es ninguna piscina relajante y climatizada, no. Aquí no se hace pie. Me han tirado por la borda del Titanic.

—Haz el favor de llamar a las cosas por su nombre. Quien te empujó fue Cass. Haz el favor de empezar a llamar a las cosas por su nombre.

—Me he estado esforzando para mantenerme a flote y estoy muy cansada. —Ari aspira una bocanada de aire cargado del callejón—. Tanto, que no soy capaz de agitar las manos y gritar para pedir ayuda.

—Y resulta que yo estoy aquí, me ofrezco a ayudarte ¿y tú vas y esperas a que te rescate Kestenberg?

—No —protesta Ari con convicción—. Él también se está hundiendo y nos hemos agarrado al mismo salvavidas cochambroso.

—O sea que, según tu metáfora, estás pereciendo en alta mar al lado de alguien que me hundió la cabeza en el agua y no se volvió a mirar atrás. —Radhya exhala una nube de humo—. No hagas como DiCaprio. No le cedas esa puta puerta.

—No hago como DiCaprio. —Ari no ha visto nunca *Titanic*, pero conoce la referencia por los memes—. Más bien... está pasando por un mal momento y tiene muy mala opinión de sí mismo. —Siente un ligero alivio al quedar fuera del punto de mira y centrar el foco de atención en Josh y Radhya—. Ya ni siquiera cocina. Creo que le gustaría disculparse contigo. —Mientras pronuncia la frase, piensa que, de hecho, no recuerda que él haya dicho eso.

Radhya aplasta la colilla.

—No me interesa colaborar en su desarrollo personal —refunfuña como si tuviera veinte años más de los que tiene, y se pone de pie otra vez—. Tengo que volver al trabajo. —Vacila un poco mientras sostiene la puerta entreabierta—. ¿Llegaste a hablar con el abogado de mi divorcio, por lo menos?

Ari siente que los nervios forman un nudo extraño en la boca de su estómago.

—¿Cómo de grave crees que es mandarle a tu ex una foto haciendo *topless* desde el lavabo del bufete de un abogado matrimonialista? Te lo pregunto porque le ha pasado a una amiga.

Radhya se vuelve a mirarla.

—Dile a tu amiga que enviar fotos de desnudos sin consentimiento de la otra parte es... de muy mal gusto.

—Ya me estoy automedicando.

—¿Quedamos en Johnny's dentro de una hora? —Ari asiente y da un suspiro gigante que forma una nube de vaho en el aire frío—. Pagas tú, Chichi.

—¿Cómo es posible que lleves ocho años viviendo en esta ciudad y nunca hayas estado en The Frick? —pregunta Josh con un susurro que expresa a la vez exasperación y reverencia—. Forma parte de la cul...

—Cultura básica. Ya lo sé. Soy una plebeya.

La luz del atardecer se cuela por las cristaleras de The Fragonard Room e ilumina las esculturas doradas, los jarrones de porcelana y una serie de obras pictóricas de gran formato que, según el rótulo, son «exuberantes representaciones del amor». Josh y Ari llevan dos horas paseando por el museo. Bueno, lo de pasear es quedarse bastante corto. Es más exacto decir que Josh la ha persuadido y, en algunos momentos, incluso la ha arrastrado de sala en sala.

—A ver —dice Ari, echando un vistazo a los retratos de personas que, sin duda, se dejaron la cabeza en la guillotina—, no me interesan los barones ladrones, el colonialismo ni nada que sirva para celebrar miles de años de sexismo.

—¿Hay algo que no te resulte problemático?

—¿Me estás diciendo que no debería haberme desabrochado la sudadera delante del guía para que no viera mi camiseta con el eslogan a favor de Killmonger?

Josh se detiene delante de una chimenea con un espejo gigante y busca la mirada de Ari en la imagen reflejada.

—Es uno de mis sitios preferidos de la ciudad —revela—. No ha cambiado en..., no sé, ¿cien años? No pienso disculparme porque, en su época, un industrial adinerado comprara una alfombra persa.

—¿Que la compró? —Ari carraspea de forma intencionada—. El privilegio del hombre blanco.

Vuelve a carraspear un par de veces, pero Josh no la escucha. Se detiene delante de un cuadro enorme en el que aparece una dama torturada por un corsé con mirada embelesada ante un peripuesto caballero con peluca. Hay un corrillo alrededor de un hombre corpulento que lleva una gorra de béisbol con el logo de Nike. El hombre se arrodilla y sostiene una cajita frente a una joven vestida con vaqueros y una sudadera de Florida State.

No es que Ari le envidie a nadie la fantasía de vivir ese momento especial. Pero los ceremoniales de boda le evocan las secas conversaciones telefónicas con los abogados y un apartamento vacío y silencioso en lugar de recordarle a muchachas que arrojan pétalos de flores y a pasajes de Corintios.

Esa clase de finales tiene la facultad de eclipsar los comienzos.

La mujer asiente entre lágrimas y abraza al tipo de la gorra Nike. Josh no deja de observarlos mientras los integrantes del pequeño grupo aplauden y hacen fotos de los recién prometidos a quienes no conocen de nada. De pronto, se vuelve hacia Ari con una mirada críptica, y ella fuerza una especie de sonrisa porque le parece la respuesta apropiada tras ser testigo de una petición de mano. Sin embargo, al cabo de diez segundos, siente la imperiosa necesidad de huir de los confines impuestos por la galería, de los halagos bienintencionados y del olor de sudor de los turistas con sus abrigos de invierno. Josh la sigue hasta el vestíbulo de la entrada, tan de cerca que Ari capta el sutil aroma botánico de su loción.

—¿No dices nada? —le pregunta cuando salen al frío atardecer de la calle Diecisiete.

—Bueno, a cambio de dieciocho dólares, yo le habría escrito una petición de mano digna de recordar. —Ari se abrocha los botones del abrigo mientras piensa—. Se casarán, tendrán dos hijos y, una mañana, la chica de Florida State se levantará, leerá las bonitas frases motivadoras de su escritorio y se dará cuenta de que no desea seguir atrapada en una cárcel doméstica con el de la gorra Nike durante los siguientes cincuenta años.

—O sea que es otra relación destinada a la muerte prematura —responde él con cierto deje cansino en la voz.

—Me refiero a que no veo qué sentido tiene casarse. —Cruzan la Quinta Avenida y dan un rodeo hasta Central Park. Es más fácil seguir andando, como si el movimiento le permitiera eludir toda esa conversación—. Parece que en la vida no haya otros caminos.

—O sea, que tú no quieres repetir.

Las hojas caídas crujen bajo las botas de Ari.

—¿Es una pregunta trampa?

—No. —Josh aminora la marcha ante un gran arco construido con ladrillo y piedra—. Es muy simple. —Ari contempla las hojas desnudas de los árboles que forman redes increíblemente complejas recortadas contra un cielo de acuarela en tonos rosas y naranjas. Prefiere no volverse a mirarlo en mitad de un paisaje de postal mientras hablan de matrimonio—. Y, en realidad, ha sido una afirmación.

—Pues, en realidad, no es eso lo que he dicho —le aclara—. Dejarse miles de dólares en el negocio de las bodas no tiene nada que ver con conseguir que una relación funcione a largo plazo.

—Ponerse de pie ante familiares y amigos y declarar: «Amo a esta mujer y quiero que sea mi esposa» no tiene por qué implicar al negocio de las bodas.

La frase «quiero que sea mi esposa» pronunciada por Cass da vueltas en el cerebro de Ari, hasta que se convierte en algo indescifrable. Se la quita de la cabeza y da media vuelta para ponerse a caminar de espaldas frente a Josh y pasar por debajo del arco. El aire frío con olor de humedad le llena los pulmones. Durante los nueve segundos que tarda en atravesar el arco, el mundo le parece distinto.

—¿Desde cuándo te gustan los actos con familiares y amigos?

—Buena observación —conviene.

Cuando salen al otro lado, Ari señala con la cabeza un banco en el extremo de un camino. Se sientan sobre la madera ajada con una distancia prudencial entre ambos, como si cada uno estuviera encerrado en un campo de fuerza protector.

—Con Cass fue... —Se interrumpe mientras trata de recordar por qué creyó necesario casarse—. Ese papel, en cierta forma, certificaba que me había elegido a mí. Sin eso, me convertía en parte de una crisis de la mediana edad y nada más. —Toquetea el botón suelto de su abrigo—. Pero resulta que, incluso con un documento oficial, las crisis de la mediana edad se terminan algún día.

—Deberías encender unas velas antes de pronunciar algo tan romántico.

Ari mira a Josh. La puesta de sol crea un bello efecto dorado que le recorre la cara y capta su atención. Él se cruza de brazos con firmeza.

—Tengo un anillo que es una reliquia familiar por parte de mi padre. Cuando Sophie estaba en la ciudad, lo llevaba conmigo a todas partes por si en algún momento sentía esa certeza iluminadora. No quería pedirle matrimonio sin estar completamente seguro de que me respondería que sí. Pero no sucedió nunca.

Ari se sienta a lo indio en el banco.

—¿Aún quieres casarte? —le pregunta, aunque resulta incómodo plantear la cuestión abiertamente.

Josh da con un punto a media distancia en el que fijar la mirada.

—En teoría, sí —contesta por fin.

Resulta totalmente previsible y hasta un poco decepcionante. Ahora se ve obligada a imaginarse que, cuando queden para cenar, Josh acudirá con su hipotética... mujer. Seguramente se llamará Lauren. Y los verá reírse de sus bromitas en un idioma particular que ella no conocerá. Se pelearán por tonterías y el sexo de reconciliación que vendrá después será alucinante. Josh le preparará a su mujer un desayuno saludable a base de lo que ella prefiera. Irán al mercado de Fairway y comprarán alimentos ecológicos mientras empujan un cochecito de bebé de última generación con tecnología bluetooth.

Vivirá su vida junto a su mujer, tal como les ocurre a las personas cuando están comprometidas, y los amigos pasarán a ser esas personas a las que a duras penas les haces un hueco en la agenda porque todo tu mundo gira en torno a tu alma gemela.

A Ari se le encoge el corazón solo de pensar en Josh como alguien que, inevitablemente, también acabará por dejarla.

—Pero no creo que me declare en un sitio público, delante de un Fragonard. Es un poco ordinario —añade, y se levanta del banco, ajeno al bucle de pensamientos de Ari.

Ella exhala un suspiro y se siente como si hubiera abierto una válvula de escape en la conversación. Agita las manos entumecidas y se enrosca una bufanda al cuello para defenderse del frío mientras sigue a Josh, que ha echado a andar en dirección al sur. Lo alcanza y le da un pequeño codazo.

—¿Por qué no paramos en el carrito de halal y nos compramos algo de cenar?

Josh se queda petrificado. Tiene una expresión entre graciosa y abochornada que Ari no ha visto nunca.

—Eh... Es que tengo planes.

—¿Planes?

Él levanta la mirada hacia los árboles para evitar el contacto visual.

—La instructora de yoga.

—Ah. —A Ari le arde el pecho por dentro, pero consigue hablar—: ¿El bomboncito? Creo que estoy celosa.

Sí, sin duda está celosa, pero no sabría decir si de Josh o de ella.

—Solo es una cena.

¿Está haciendo una mueca o intenta reprimir una sonrisa? Ari aferra el móvil con fuerza.

—Guau. Una cena, ya el primer día. ¿Ni siquiera la has invitado a tomar algo para ver si tenéis química? —Ari da unos pasos para separarse de él—. Esta podría ser la primera noche del resto de tu vida y yo apenas sé cómo gestionar la cercanía emocional del *sexting*.

Pronuncia la frase con cierto grado de acritud sin pretenderlo.

—Creía que tú también tenías previsto buscar pareja otra vez.

—Claro que sí. —Se distancia un poco más—. Desde luego. —«¿Y si lo de hoy le sale bien?»—. Bueno... Tendría que dejar que vuelvas a casa. —Ari hace un gesto con las manos sin señalar nada en particular y retrocede—. Supongo que te cambiarás de ropa y te pondrás algo negro, para variar.

«¿Y si se acuestan?».

Se le forma un doloroso nudo en el estómago al pensar en esa posibilidad. Y al notar que el tema la pone nerviosa, el estómago aún le duele más.

—¿Te llamo luego?

Ella está ya tan lejos que Josh tiene que gritar para que lo oiga.

—¡Genial! —le responde Ari, también a gritos.

«¡Cómo no! ¡Estoy impaciente por saber si acabáis en la cama!».

Acelera el paso en dirección a la Quinta Avenida y cambia de rumbo hacia el este aunque tenía intención de seguir hacia el sur. Se vuelve a mirar atrás y ve que Josh se está frotando la nuca. Es la primera vez que siente la necesidad de interrumpir una conversación con él. ¿No le dijo que se le daba muy bien emparejar a la gente?

«¿Qué pasará si Josh y la instructora de yoga desayunan juntos, y la cosa se alarga hasta el lunes, y van juntos a Crunch Fitness para la clase de las seis de la mañana, y ella le demuestra (otra vez) lo flexible que es mientras realiza una serie de posturitas propias de una cuenta de Instagram con la etiqueta *#objetivoyoga*?».

Cuando se encuentra lo bastante lejos para sentirse a salvo, cojeando por culpa de unos calambres en la pierna derecha, saca el móvil del bolso. Se ha estado reservando esa jugada para un momento crítico en su vida sexual, como ese cristal que hay que romper solo en caso de verdadera emergencia.

Al parecer, el momento ha llegado.

Ari actualiza el perfil de las aplicaciones de citas que tiene activas a «soltera», «busca pareja».

—Joder —masculla, y edita el nombre de usuario para incluir emoticonos de unicornio adicionales.

Si Josh puede quedar con una persona, ella puede quedar con dos.

12

Sábado, 10 de diciembre, 20:47

Josh: Dijiste que las clases de yoga eran un buen sitio para conocer a mujeres.

Ari: y lo son
con tanta posturita, tanto ejercicio y tanto sudor...
no va bien la cita?

Josh: No es solo instructora de yoga, quiere venderme un superprobiótico en polvo.

Ari: o sea que está más ocupada que tú con el trabajo
tendrías que conocer a mi cita
mis citas

Josh: ¿Qué?

Ari: algo de última hora con una pareja con la que hice match

Josh: ¿Una pareja?

Ari: él tiene barba y ella lleva un piercing en la nariz
viven en Red Hook
avísame si ya conoces la historia

Josh: Quedar con una persona es demasiada intimidad
¿pero con dos no hay problema?

Ari: buscan un unicornio
para intimidad ya se tienen el uno al otro
seguro que luego se duermen haciendo la cucharita y no quieren que me quede
Bingo!
no sé cómo no se me había ocurrido antes

20:59

Josh: Estupendo. Su propuesta para la segunda cita es una sala de haloterapia.
Dice que me hace falta limpiar las vías respiratorias.

Ari: le van las mujeres? 👀
por cierto, dónde estás?

Josh: Un bar de ostras que es «copropiedad de Zach Braff».
Se ha traído su propia comida.
¿Y tú?

Ari: en Burp Castle
parece que los hombres necesitan demostrar que les gusta la cerveza negra
si no, no es una cita de verdad

Josh: Me gusta ese sitio. Es tranquilo. Se puede ir a leer.

Ari: si fuera por ti, en los bares los empleados irían vestidos de monjes y harían callar a los clientes
aunque el camarero es muy mono. tiene un aire de Jason Mantzoukas pero habla bajito 😅
dios, qué voz

21:07

Josh: Su práctica se basa en una «perspectiva mente-cuerpo-alma».
Necesito largarme de aquí.

Ari: usa tu material sobre Platón!
le encantará

Josh: ¿De verdad vas a acostarte con una pareja?
¿Y si su matrimonio se resiente?

Ari: son ellos los que me han buscado a mí!
está claro que no lo has probado con cuatro manos
👋👋👋👋

21:16

Ari: oh, no
ay, dios
lo que más le gusta al tío son... ¡las nOcHes de tRiViaL!

Josh: Joder.

Ari: y resulta que hoy es noche de trivial
en el bar que está a tres manzanas 😞
me han liado sin mi consentimiento explícito

21:37

Ari: ay, dios, se cree gracioso y está haciendo pinitos 🆘🆘
por qué la gente se cree que esto es el primer paso para dedicarse a hacer monólogos? POR QUÉ?
cómo lo aguanta su mujer???

Josh: Quizá es uno de los que dedica más de tres minutos a bajar al pilón con gran entusiasmo.

Ari: lo dudo

21:41

Ari: sabías que el nombre de pila de Rembrandt era Rembrandt??

Josh: Eso lo sabe todo el mundo.

Ari: Rembrandt Rembrandt?? 🤔🤔
he salido a fumar

Josh: Tú no fumas.
Van Rijn. Rembrandt van Rijn.

Ari: creía que era como cher 🤷
vale, voy a darme el piro
ya me ha tocado aguantar bastante a los hombres en el teatro. hasta aquí se ha dicho

21:52

Josh: Lo mío ya está.
Creo que no me ha gustado sin la ropa de yoga.

22:02

Josh: ¿Te apetece quedar? ¿Nos ponemos al corriente?

22:12

Josh: ¿Hola?

Domingo, 11 de diciembre, 1:25

Ari: lo siento, me he quedado sin batería volviendo de Brooklyn

Josh: ¿Has ido a su apartamento?

Ari: no. he vuelto a Burp Castle
me he montado una fiesta con el camarero y su mujer en su casa 👌
y... eh... en casa no habla bajito

1:29

Josh: Creía que apenas sabías «cómo gestionar la cercanía emocional del sexting».

Ari: no hemos desnudado nuestras almas precisamente

1:31

Josh: Me presto a conocer a una de las víctimas de tu engaño en las redes.

Briar: fantástico!
mañana por la mañana te abriré otra conversación con Maddie en Raya

así no parecerás tan desesperado
tiene potencial de cita seria!

Josh se queda mirando su copa de vino, cuya base tiene la mancha de una huella que está desesperado por borrar. Se está tomando un respiro después del contacto visual prolongado con Maddie, alguien que se define a sí misma como una «*influencer* de la alimentación saludable pero tolerante» y que en ese momento está hablando sin tregua sobre los chefs de YouTube a los que más le gustaría tirarse.

Josh deja vagar la mente, fijándose en los clichés decorativos de The Smith: bombillas Edison, techos panelados de madera y paredes con azulejos de estación de metro. Es una copia de la copia de un bistró de Nueva York. Cómo no, esa puta cadena va viento en popa y, en cambio, el negocio que él diseñó al detalle como un establecimiento único acabó estallando por los aires.

Jueves, 15 de diciembre, 20:23

Ari: qué haces?
yo estoy jugando al beer pong con gabe en hell's kitchen y me aburro
dónde estás

Josh: Estoy con una cita.
En The Smith, en la Sesenta y tres.

Ari: vaya, estás cerca...

Josh: Hay 27.000 restaurantes en esta ciudad ¿y una sibarita va y elige The Smith?

Ari: me alegro de que esta vez no te pongas criticón 👏👏👏

—Qué ironía —dice Maddie, y Josh está seguro de que lo que dirá a continuación no es ninguna ironía—, creía que me gustabas mucho, pero solo le di dos estrellas a The Brod.

Josh: Llámame y finge que es una emergencia.

Ari: por qué??
espera
voy a hacer algo mejor

Josh coge el cuchillo y el tenedor mientras escucha a medias el monólogo de Maddie sobre su exnovio, que nunca la apoyó con el blog y a quien tiene «más que superado». Por suerte, la acústica del restaurante es tan mala que su voz se funde con la algarabía general. La pareja de la mesa de al lado está disfrutando de una cena encantadora sin necesidad de fingir interés por las anécdotas de las citas primerizas del otro.

¿Con Sophie también fue así de sencillo? ¿O se pasó la noche hecho un manojo de nervios?

Mira disimuladamente el reloj por detrás de la mesa justo cuando llegan los platos: su filete y la ensalada de Maddie con cinco ingredientes cambiados. Ella hace una foto del plato, que no tiene nada de especial. Han pasado quince minutos y no ha recibido ninguna llamada de emergencia. ¿Se habrá despistado Ari? ¿Se habrá olvidado? ¿Se habrá ido a casa con los contrincantes del *beer pong*?

Maddie estira el cuello para mirar por la ventana que Josh tiene detrás: en el exterior suena una especie de tamborileo brusco e insistente.

Josh se vuelve, pensando que será alguna exhibición rara, de las que solo se ven en Nueva York, ante un despliegue de multitud que avanza por la calle Broadway. Pero allí solo hay una persona, a un centímetro de la ventana, con una mueca horrenda que expresa indignación.

—¿Qué hostias es esto, Joshua? —grita Ari al otro lado del cristal insonorizado, y crea una nube de aire condensado en la ventana.

Josh se queda helado y se estruja los sesos en busca de una explicación.

—¿La conoces? —pregunta Maddie, incorporándose en la silla.

Antes de que pueda contestar, su visión periférica capta la imagen borrosa de un chaquetón de cuadros.

—¡Lo sabía! —exclama Ari tras cruzar la puerta a toda pastilla y pasar frente al puesto del recepcionista—. ¡Embustero!

Solo tarda unos segundos en dejar atrás cinco filas de comensales y plantarse delante de su animada mesa para dos. Josh adopta de inmediato una postura encorvada, pero no hay ningún sitio donde esconderse.

—Con que saldrías tarde del trabajo, ¿eh? —Tiene los ojos vidriosos por el *beer pong*—. ¡Todo mentiras! ¡Me estás engañando!

—Yo...

Josh no consigue cerrar la boca, y pestañea mientras permite que los sentimientos de sorpresa y confusión se disputen la predominancia.

Ari da un manotazo en el tablero de madera pulida. La pareja de la mesa de al lado finge no estar mirando.

—¡Y en nuestro restaurante favorito!

—Nuestro rest...

Josh aprieta la mandíbula y lucha contra la emoción que puja por darse a ver, sea cual sea. No sabe si está a punto de echarse a reír o si Ari le provoca verdadero pánico.

—Espera —dice Maddie—. ¿Tienes novia?

Está a punto de balbucir algo para negarlo cuando Ari se inclina delante de él, con la cara a pocos centímetros de la suya.

—Soy su mujer.

La acompañante de Josh echa hacia atrás la cabeza de golpe, como si acabara de recibir un pelotazo tremendo.

Josh no suele quedarse sin palabras, pero algo le provoca un cortocircuito entre el cerebro y las cuerdas vocales cuando Ari lo mira con una expresión de cólera absoluta teñida de cierta picardía que, prácticamente, nadie más notaría.

—Ma... Maddie, esto no es... —Suelta un suspiro—. No es real.

—¿No es real? —Ari sacude la cabeza despacio—. ¿No es real? —Josh coge el vaso de agua y da un trago—. Pues a mí sí que me lo pareció cuando me perforaron los pezones con unos aros porque decías que era «más íntimo que un anillo de boda». ¡Tardaron un mes en curárseme!

Maddie se queda con la boca abierta y Josh escupe un poco de agua en un arranque de tos.

Ari deja el bolso en el suelo y se sienta al lado de Josh en el banco, de modo que él no puede escapar. Su cuerpo queda pegado al frío tejido de lana y poliéster del abrigo que Ari lleva desabrochado y que huele a cerveza barata.

—¿Estáis casados? —pregunta Maddie, escamada, inclinándose hacia él.

Ari se lo queda mirando, con las cejas tan elevadas que parece una caricatura, mientras lo reta a que le siga la corriente.

Josh hace un cálculo rápido. Nunca se le ha dado bien improvisar, pero Ari no le deja muchas opciones.

—Bueno. —Coge aire mientras examina la cara de Ari—. Supongo que llevamos mucho tiempo evitando la realidad. Dejándonos llevar.

Maddie ahoga un pequeño grito. En cualquier momento cogerá el abrigo y se largará.

El hoyuelo diminuto que Ari tiene junto a la comisura del labio se curva hacia arriba de forma casi imperceptible.

—¿O sea que el sexo telefónico era solo una forma de dejarte llevar? —A Josh le arde la nuca. Mira a Maddie—. Hace unos ruidos horribles, ¿sabes? —Ari se inclina sobre la mesa—. Una vez me pidió que me vistiera de payaso.

—Jesús, qué tóxico es todo esto —masculla Maddie, y empuja la cesta de pan hacia Ari.

El punto achispado de Ari va muy bien para dar credibilidad a la idea de que se ha tomado tres copas de pinot noir en el apartamento que, teóricamente, comparte con Josh, antes de dirigirse a la esquina de la Sesenta y tres con Broadway para enfrentarse a un marido mentiroso.

—Cuando nos conocimos —empieza a decir Ari a la vez que coge dos porciones de *focaccia*— fue como si nunca se cansara de estar conmigo. Después de la segunda noche juntos, me dejó un cajón para mis cosas.

—Eso es una bandera roja clarísima. —Maddie asiente sin mostrar ninguna intención de marcharse—. Pero también romántico, ¿no?

Ari mira a Josh.

—Me dijiste que me querías y que te daba igual que fuera pronto. Y yo estaba asustada porque nunca le había dicho a nadie una cosa así. —Le posa la mano en la mejilla y él está seguro de que nota su pulso acelerado a través de la piel—. Pero lo hice. Te lo dije porque sentí... —La voz le tiembla un poco— que estábamos hechos el uno para el otro. Te dejé entrar en mi vida. Bajé la guardia. Utilicé el cajón y tú... te cansaste de mí.

Josh traga saliva. Si acaba de inventarse ese monólogo, no cabe duda de que tiene grandes dotes para la improvisación.

—¡Menudo cabrón! —exclama Maddie, que tiene el corazón destrozado de pura empatía—. Lo siento mucho.

Las dos mujeres miran a Josh con aire acusatorio y él, por un momento, se siente culpable por perpetuar esa pantomima sobre un falso delito sentimental.

Ari desliza una mano frente a él, alcanza su plato y se corta un trozo de filete. Después de comerse la mitad de su cena, terminarse el vino e indicarle al camarero que les sirva otra botella, se vuelve hacia la perpleja mujer del otro lado de la mesa.

—Disculpa, ¿cómo te llamas?

—Maddie —responde ella, sorprendida de formar parte del drama—. Hola. Pero no soy... —Se interrumpe—. Era nuestra primera cita.

Ari se vuelve de golpe hacia Josh.

—¿Cuántas relaciones me has ocultado, Joshua?

—¿No vas a disculparte siquiera? —le pregunta Maddie mientras sacude la cabeza en señal de no dar crédito.

«Estupendo». O sea que Ari no solo es capaz de engañar a la gente con situaciones inventadas en el teatro, sino también en la vida real.

Se corta otro trozo de filete.

—Está muy rico —masculla, y de algún modo consigue fingir que está verdaderamente destrozada mientras disfruta de lo lindo con la comida.

Josh y Ari se miran un instante. El ruido atronador del restaurante —las risas junto a la barra, el tintineo de los cubiertos, la música de Le Tigre a través de los altavoces...— pasa, de pronto, a un segundo plano.

—Lo siento —dice él en tono serio. No suele disculparse, y en el momento en que lo hace, aunque sea por un motivo falso, siente una intensidad extraña—. No he sido del todo sincero contigo. —Da un suspiro—. Porque no creo que quieras saber la verdad. —Ari deja de masticar y arruga la frente de forma casi imperceptible—. Daría pie a una conversación que podría acabar con nuestro... matrimonio. —Cuando ella lo mira, Josh ve que está segura de algo al ochenta por ciento. El veinte por ciento restante seguirá manteniéndolo despierto por las noches—. Te he ocultado cosas, sí. —Mira a Maddie y de nuevo a Ari—. A ti, que eres mi mujer.

Quizá el instante podría haber durado más, pero el camarero aparece junto a la mesa para preguntar alegremente si Ari piensa seguir comiéndose el filete.

Es evidente que sí. Pero al hombre no le pasa por alto su sonrisita cuando le quita la servilleta del regazo a Josh y finge enjugarse los ojos con ella.

—Dios. —Maddie observa su ensalada altamente personalizada como si estuviera leyendo los posos del té—. Me estoy replanteando la ruptura con Kevin. Empezamos a salir juntos en la universidad, cuando teníamos poco más de veinte años, y pensaba que me había perdido un montón de experiencias de sexo desenfrenado, pero...

—¿Eh?

Ari se anima y suelta la servilleta.

—... estar soltera es una mierda —dice Maddie, y da un sorbo de chardonnay—. No es por ofender, pero mirándoos ya no tengo claro si es peor esto de las citas o acabar en una relación de pesadilla como la vuestra.

Josh arruga la nariz ante la crítica.

Ari coge otro trozo de *focaccia*.

—Bueno, cuéntame lo de esas experiencias de sexo desenfrenado —le dice a Maddie la falsa mujer de Josh en un tono no exactamente inocente mientras desliza el pan dentro del cuenco con aceite de oliva sin romper el contacto visual.

13

—Recuérdame por qué hemos decidido ir a The Strand el día más frío de lo que llevamos de año —gime Ari al salir del ascensor, encorvada bajo el peso de la mochila que carga.

—Quizá ayudaría si invirtieras en un abrigo de verdad —replica Josh—. Ese chaquetón que llevas no merece ni llamarse así.

—Tal como me van las cosas, solo espero que lo que me den por los libros me sirva para pagar un plato de *pierogi* en Veselka. —Deja la mochila sobre la mesa del comedor. Saca *El poder de ser vulnerable* y lo sostiene en alto mientras examina la contraportada—. ¿Por qué todo el mundo se empeña en que lea este libro? Quizá no me apetezca mostrarme vulnerable. A lo mejor prefiero no arriesgarme a salir de mi cueva y revolcarme en el barro. —Se dirige a la nevera, mira dentro y saca una botella de San Pellegrino, tras lo cual se toma un segundo para examinar la pila de fiambreras idénticas, todas con su etiqueta y la fecha escrita con la pulcra caligrafía de Josh. Cosas de chef—. ¿Revolcarse en el barro no da poder? *El poder de revolcarse en el barro.* Alguien debería escribir ese libro.

Josh busca dentro de la mochila.

—¿Te dejó toda la colección de Brené Brown?

—Espera, no mires ahí dentro. Tengo una sorpresa. —Ari corre hacia la mesa y derrama un poco de agua de la botella—. Antes de que abras la boca, ya sé que no celebras la Navidad —dice, y le da una palmada en la mano para alejarlo de la mochila—. Es un regalo aconfesional para celebrar la temporada de invierno. —Saca una caja grande envuelta con papel de uno de los periódicos gratuitos que dan en las estaciones de metro. Quizá Cass también se llevó los papeles de regalo. —Felicidades. Espero que estés preparado para ser padre.

Tras rasgar el papel de periódico, lo primero que ve es el logo que indica «anunciado en televisión». Encima de la caja, Ari ha pegado el dibujito del personaje de Dust Daddy junto con una antigua foto de perfil que apareció en *Saveur* dos años atrás.

—No te estoy tomando el pelo —le asegura—. Ya sé que no te gustan las migas. Esto es como cuando Aragorn recibe la espada gigante de los enanos.

—Eso no te da permiso para comer *crackers* encima de mis muebles —le advierte Josh, dándole la vuelta a la caja—. Y fueron los elfos los que forjaron de nuevo la espada, no los enanos.

—Ya lo sé. —Sonríe y se despoja del chaquetón de cuadros—. Pero cuando te tomo el pelo, se te queda una cara como esta...

Frunce el ceño y se forma una pequeña arruga encima de su nariz.

Es un regalo informal pero que evoca un momento y un lugar concretos con un significado especial para ellos, y por eso Josh cree adivinar lo que es a la vez que saca el regalo que compró para Ari dos semanas atrás. Lo ha envuelto a la manera típica de las telecomedias: solo hay que levantar la tapa de la caja.

Debe de haber visto muchos tutoriales.

—¿Es el cachorro de golden retriever que te pedí?

Agita la caja cerca de su oreja antes de levantar la tapa. Su sonrisa se desvanece. Mira dentro de la caja y frunce el entrecejo.

—En Pearl River Mart aún los venden —se apresura a explicar Josh—. Ya sé que no es tu cuenco, pero es el mismo modelo con el borde de color azul y el dibujo del dragón. Quería que... —Ella lo mira con las comisuras de los labios curvadas hacia abajo, como si estuviera conteniendo algo en su interior— pudieras volver a comer cereales.

Tras unos segundos, Ari consigue transformar el gesto en una sonrisa ladeada. Coge el cuenco. Valía tres dólares con cincuenta, menos de lo que se habrá gastado en el papel de regalo. Seguramente es el obsequio más barato que Josh ha comprado jamás.

—Joder —exclama ella en voz baja—. Te lanzas directamente a la yugular, Tostón-berg.

—Bueno, es... —empieza a decir él sin tener ni idea de cómo acabar la frase—. Sobre todo, lávalo antes de usarlo.

—Gracias.

Ari acaricia el borde con el dedo índice.

—Tengo segundas intenciones. —Aspira aire como quien se está preparando para inflar un globo—. ¿Qué haces en Nochevieja?

—Gabe organiza un karaoke con finalidades benéficas todos los años. Cantamos canciones horrorosas vestidos con algo ridículo que pretende ser elegante, y recaudamos dinero para LaughRiot. —Él la mira al oír eso—. Cass nunca quiso ir. ¿Quieres acompañarme? Podrías cantar una versión espantosa de *Piano Man*.

—¿Hay versiones buenas de esa canción? —replica Josh automáticamente.

—Yo soy más de *We Didn't Start the Fire*. —Ari ladea la cabeza—. ¿Qué tienes pensado hacer en Nochevieja? Ya has ido a la marisquería de Zach Braff. ¿Vas a retar a una aspirante a actriz a una partida de *ping-pong* en el bar de Susan Sarandon? ¿O llevarás a una *influencer* del *fitness* al restaurante cajún de Jeremy Renner?

—¿Hablas en serio?

—Tienes razón —asiente—. Es más bien un sitio para celebrar el 14 de Julio.

Josh vacila. Cuando piensa en lo que está a punto de decirle, se siente un poco abochornado.

—En Nochevieja, la Sociedad Histórica de Nueva York le hace un homenaje a mi padre durante la cena de gala.

—¿De verdad?

—Inauguran una exposición sobre comida judía —explica como quitándole importancia—. Hace un par de años, le hicieron varias entrevistas a mi padre. Seguro que se vio obligado. Mi madre donó algunos de los objetos más significativos de Brodsky's a la sociedad, y esperan que la familia asista al evento.

—¿No puedes saltártelo?

Josh sacude la cabeza.

—Briar ha convencido a mi madre de que será una buena forma de quitarme de encima la etiqueta de «hijo que se cargó el tan valorado deli de su padre».

Ari asiente.

—Es una mierda tener que cargar con eso. Lo entiendo.

—Mientras tanto, Briar estará en el desierto, en un viaje de *influencer* con los gastos pagados, mientras mi madre se pasa toda la noche echándome la bronca por haber sido tan borde con los promotores inmobiliarios amiguitos suyos. Servirán pecho de ternera ahumado a la parrilla, y alguna joven promesa cantará un par de canciones de Stephen Swartz. Y si me encuentro con algún conocido, tendré que explicarle por qué Sophie no está conmigo... —Josh deja la frase en el aire mientras mira a Ari con las cejas arqueadas de tal modo que su pregunta queda clara sin que tenga que formularla.

—¡Ah! —exclama ella, entornando los ojos y asintiendo despacio. Se deja caer en una silla de la cocina—. La cuestión es que no se me da muy bien hacer de acompañante en las fiestas de alto copete. Cass me pidió que fuera con ella a unas cuantas. Nadie me encuentra divertida y no sé bailar.

—Y en los museos te comportas como una niña malcriada —añade él.

—Casi me has convencido. Sigue así.

Josh se sienta en la otra silla, de modo que vuelven a estar a la misma altura.

—Si vienes y dejas que mi madre te acapare durante dos horas, podrás quejarte todo lo que quieras.

—¿No pensará que somos pareja?

—Le dejaré claro que solo somos amigos.

Ari entorna los ojos, y Josh no sabe si es una buena señal o no.

—Vale, pero si me presto a eso, me debes un favor, ¿de acuerdo?

—Vale —conviene él—. ¿Necesitas que te alcance algo de un estante demasiado alto?

—El mes que viene, Radhya montará un restaurante efímero en Bohemian Garden. Tiene pensado ofrecer platillos guyaratíes. —Hace una pausa—. Por fin tendrás la oportunidad de disculparte.

—¿Disculparme? —Josh se levanta de la silla y se cruza de brazos—. No.

—¡Supone el diez por ciento del esfuerzo de pasar la noche más romántica del año en una gala con tu madre!

—Radhya no me querrá por allí.

Josh sabe que tiene razón, y Ari también. Ella suspira con evidente decepción, se levanta y estira el cuerpo.

—¿Tienes libros para vender? Creo que cierran a las ocho.

—¿En serio no piensas guardarte ni un libro de cocina?

Ari está observando cómo Josh empaqueta una pila de ejemplares impecables de tapa dura cuando una ráfaga de viento hace temblar la gran cristalera frontal del loft.

—El objetivo es deshacernos de todo lo que nos recuerde al pasado.

Josh tiene cara de estarle diciendo «por favor, no insistas más en el tema», de manera que Ari lo deja estar y mira por la ventana.

—Uf, qué viento.

—Ven. —Josh se acerca al ropero de la entrada y saca una parka acolchada de color negro—. Te la presto.

Cuando Ari se la pone y se mira en el espejo tiene la impresión de que todo su cuerpo ha quedado engullido por varios metros de Gore-Tex altamente aislante.

Josh reprime la risa.

—Estás...

—¿Más ridícula que tres mocosos con una gabardina?

—Mona. —Él mismo se sorprende de lo que ha dicho—. Mona y, seguramente, calentita.

—De hecho, estoy sudando.

Es probable que el relleno de pluma de oca no sea la causa del rubor de sus mejillas. No es que Josh se prodigue mucho con los cumplidos, y Ari se sorprende de lo agradable que le resulta recibir uno. No, dos.

Fuera, los cúmulos de nieve, densos y húmedos, empiezan a derretirse sobre la acera. Las calles están en silencio cuando ascienden por Lafayette, hombro con hombro, a lo largo de la estrecha franja peatonal junto al bordillo cubierto por los montículos. Josh señala Chase y Citibank, en cuyos locales antes había establecimientos con personalidad: tiendas de partituras o almacenes de productos para restaurantes. Ella le cuenta una anécdota sobre una vez que se quedó encerrada en el lavabo del Kmart que había enfrente de Cooper Union.

Pasan frente a una tienda de comestibles, y Ari insiste en comprar una galleta en blanco y negro «para preservar la cultura básica». La parte por la mitad de tal manera que los dos tienen una parte de vainilla y otra de chocolate.

—Sigue pareciéndome demasiado dulce —opina Josh tras el primer bocado—. Siempre le decía a mi padre que haría falta combinarlas con un sabor menos intenso. Un toque especiado o cítrico.

Al verlo comerse su mitad de la galleta —que en opinión de Ari tiene la cantidad perfecta de azúcar—, se le ocurre que su amistad existe dentro de la burbuja perfecta y frágil del momento presente. Si Josh fuera un cinco por ciento menos quisquilloso, ya tendría otra novia. Y si la nebulosa que envuelve a Ari desde el fracaso de su relación se disipara al día siguiente... Bueno, lo más seguro es que ella no estuviera saliendo con nadie de la misma forma, pero sería una persona normal que no necesita estar horas al teléfono varias noches por semana hasta quedarse dormida.

Se imagina a Josh entrando en Pearl River Mart; la secuencia mundana de empujar la puerta, bajar la escalera y buscar entre la enorme selección de vajillas. Revisar todos los modelos de cuencos en blanco y azul hasta dar con el suyo.

Le despierta cierta sensación... ¿quizá se pasa de sentimental? Al aceptar ese gesto, pequeño pero significativo, tiene la impresión de estar cometiendo un fraude. Un engaño. ¿Por qué no ha sido capaz de hacerlo por sí misma? ¿Por qué le cuesta tanto sustituir un cuenco, comprar muebles o un buen abrigo de invierno? Se está acostumbrando a que sea Josh quien haga esas cosas y así seguirá hasta el momento en que él se reponga lo suficiente para pedirle una segunda cita a una buena chica.

Entonces desaparecerá bajo el cálido manto de una relación sana y nunca más volverá a saber de él.

Ari le da una patada a un pequeño montículo de nieve, lo cual le sirve para liberar una minúscula parte de su frustración, y de debajo sale una rata del tamaño de un *calzone*.

Ari suelta un chillido y arranca a correr, hasta que lleva recorrida media manzana y tropieza con el bajo de aquel abrigo demasiado largo que le impide avanzar.

—¿Cuánto tiempo llevas viviendo aquí? —grita Josh desde atrás en el momento en que se para—. Por eso nunca tienes que saltar sobre los montoncitos de hojas en Central Park. Debajo podría haber cualquier cosa.

—No me acostumbraré nunca a las ratas.

—Son los verdaderos neoyorkinos —dice él cuando le da alcance.

—Mira, me parece bien que se instalen en las vías del metro en plan macarra, pero ese bicharraco es tan grande que me podría arrancar la media galleta de las manos, sobre todo porque las tengo como el hielo y ni me las noto.

Ari, desafiante, levanta la mano derecha para mostrar el pedazo restante de galleta en blanco y negro.

Josh repara en ello mientras avanzan por Broadway hacia Union Square. Quizá es por el subidón de azúcar del *fondant* de la galleta. Quizá, el hecho de haber resuelto su problema de Nochevieja haya cambiado algo en la configuración predeterminada de su cerebro. La cuestión es que, de pronto, se da cuenta de que cualquiera que se cruce con ellos por la calle dará por sentado que son pareja. Seguramente es porque destilan esa sutil confianza en su forma de relacionarse imposible de alcanzar en una primera o segunda cita, que es el límite al que ha llegado Josh en sus recientes experiencias. No lleva puestos los guantes, y las manoplas de Ari asoman por encima de su bolso de tela. Con cada paso que dan, los dorsos de sus manos se rozan un poquito. Claro que si fuesen, en realidad, dos personas cualquiera en plena historia de amor, aprovecharían ese contacto fugaz para entrelazar los dedos de forma repentina. Podría tratarse de un gesto casual o estar cargado de significado.

Puesto que no son dos personas cualquiera ni están iniciando una relación amorosa, ninguno coge la mano del otro.

Pero tampoco se separan hasta que están cerca de la puerta de The Strand.

La planta baja de la librería está llena de turistas; la gente se arremolina junto a las mesas de las omnipresentes ediciones de bolsillo de los éxitos de ventas y elige estuches, bolsas y puntos de libro que llevan estampado el logotipo de la tienda.

—Es un sitio perfecto para una primera cita —dice Ari mientras serpentean por los pasillos atiborrados de clientes—. Porque es muy fácil perderse y subir a otra planta.

Josh no ha ido nunca a esa tienda en una cita. Pero, entre las altas estanterías y los rincones menos poblados, la librería está tan llena de posibilidades románticas que siente que Ari y él han aterrizado por error en el escenario de la historia de amor de otra pareja. Todo lo sucedido durante la tarde tiene ese trasfondo nuevo y vibrante, como si la confianza mutua que sienten estuviera adquiriendo otra identidad.

—Guau.

Ari mira el teléfono mientras esperan frente al mostrador.

—¿Va todo bien?

—Creo que esto es un codo. —Entorna los ojos frente a la pantalla—. ¿O es una rodilla?

Josh se asoma por encima de su hombro. Siente demasiada curiosidad para resistirse.

—¿Te están enviando fotos sin consentimiento?

—No, sí que tienen mi consentimiento. —Desbloquea el móvil y agranda la imagen—. Tendría que haberme puesto el unicornio en el perfil hace años. Cambia mucho las reglas del juego. Es imposible que esas parejas me rechacen. Da muchas garantías.

Él pone los ojos en blanco.

—¿Os dejo solos a los tres?

—¿Te parece sospechoso que él sea mucho más activo que ella en el chat? Creo que ha copiado y pegado uno de esos artículos con consejos para el *sexting*. Mira.

Le entrega el dispositivo: «¿Qué bragas llevas?».

—¿De Cotsco? —Examina los globos de texto de colores vivos—. Has respondido «no llevo».

Ha etiquetado a su interlocutor como 💏 **Hombre Canoso + Rubia Explosiva** 👠.

Josh sigue leyendo.

—«Eres muy guapa, pero aún lo estarás más cuando te meta la lengua». —Le devuelve el teléfono sin mirarla—. ¿Esa es la clase de gente con la que quieres compartir tu tiempo?

—Claro que no. ¡Ni siquiera dicen de quién es la lengua!

El dependiente le entrega a Ari un total de un dólar y treinta y cinco centavos en un vale de la tienda, a pesar de que el ejemplar de *El poder de ser vulnerable* de Cass lleva una dedicatoria («Para Cass, porque sin ti jamás me habría atrevido a mostrarme vulnerable. B.»).

A él le dan más por los libros de cocina, pero a Josh le traen sin cuidado los siete dólares con setenta y ocho centavos. Lo que cuenta es el hecho. No necesita que David Gang y Grant Achatz lo provoquen desde las cubiertas de sus memorias.

Ari coge una cesta de la tienda e introduce media docena de libros de las estanterías de la planta principal. Josh se separa y pasa unos minutos en la sección de lingüística hasta que, paseando, quizá accidentalmente o quizá no, llega a la de cocina.

Las cubiertas brillantes —en las que chefs sonrientes presentan platos elaborados con arte— le recuerdan a una vida que ahora le parece un falso recuerdo. La comida en sí tiene buen aspecto, aunque todo es producto de los focos y la cosmética. Apenas recuerda qué parte de ese mundo le atraía.

Desciende por la escalera hasta la planta más baja, donde Ari lo espera apoyada junto a la barandilla del rellano.

—¿Ves? Hace diez minutos que podría haberte dado esquinazo. —Está un peldaño por debajo encima de él, de modo que casi se encuentran a la misma altura—. Pero aquí me tienes.

Quizá sea porque la ve desde un ángulo más cercano, o por la forma en que ella se ha animado tras deshacerse de las últimas pertenencias de Cass. O por los leves churretes que tiene alrededor de los ojos por llevar máscara de pestañas no resistente al agua bajo la nieve.

—Seguramente es porque te has dado cuenta de que necesitas los siete dólares que me han dado por los libros para pagarte los *pierogi*.

—En realidad, lo que necesito son tus brazos musculosos. Toma —dice, y le entrega una cesta llena de libros tan pesada que casi le disloca el codo—. Que se note que vas al gimnasio.

—¿Pretendes que lleve todo esto hasta mi apartamento?

Suena el timbre del ascensor.

—Sí, porque acabo de prestarme a pasar una importante festividad charlando con tu madre. —Señala con la mano la puerta del ascensor de color rojo vivo—. Segundo motivo por el que The Strand es el sitio perfecto para una cita: tiene unos rincones fantásticos para el sexo.

—¿Te dedicas a enrollarte con tus citas en los ascensores? —pregunta Josh cuando accede al interior—. Son solo cuatro plantas. Espero que no tengas en mente ninguna postura demasiado complicada.

—Me refería a la sección de libros raros. Pero me gusta como piensas. —Permanecen hombro con hombro mientras observan cómo se cierra la puerta. El ascensor se desplaza hasta la siguiente planta—. Además, el que hace yoga eres tú.

Ari se vuelve a mirarlo y le roza el abrigo de cachemira con la parka (que, de hecho, también es de él).

—¿Me estás pidiendo que te haga una demostración?

Él pasea la mirada por su cara y se fija en los pequeños detalles que solo son visibles en las distancias cortas: la pequeña cicatriz de la frente, el amago de sonrisa, el hoyuelo. Ari está apoyada en la pared del fondo del ascensor en actitud relajada. ¿Demasiado? Josh no sabría decir si le está siguiendo la corriente o si detrás de eso se vislumbra cierto potencial. Si se hubieran conocido en ese sitio hace ocho años —o cinco, o tres— sin ningún contacto previo, quizá las cosas serían muy diferentes.

—Depende —responde ella. La puerta se abre frente a la sección de libros raros, pero ninguno de los dos se mueve a pesar de que hay alguien —una figura alta con gafas y un *blazer*— esperando al ascensor mientras lee un folleto—. ¿Eres uno de esos que dedica tres minutos poco entusiastas a bajar al pilón pero que espera una mamada increíble treinta segundos después?

Antes de que Josh sea capaz de pensar una respuesta a... eso, la figura alta levanta la cabeza.

—¿Ar?

14

Ni Josh ni «Ar» vuelven la vista de inmediato, como si ninguno de los dos quisiera que la magia que los ha hechizado se rompa al reconocer el elefante metafórico que tienen a tan solo tres pasos.

—Madre mía. —Cass avanza un poco—. ¿Cómo estás?

Ari extiende la mano izquierda y Josh siente que sus músculos se tensan ante la posibilidad de quedarse encerrado en una caja de acero mientras observa cómo se abrazan. Pero, de repente, Ari cambia el rumbo de la mano y aprieta repetidamente el botón de CERRAR PUERTAS con cara inexpresiva.

Ese gesto parece confundir al ascensor, que emite un escandaloso zumbido como si quisiera ahuyentarlos. Cass frena la puerta con el brazo para evitar que se cierre. No tienen más remedio que entrar en la sección de libros raros.

—Bien —dice Ari con los brazos tensos contra el cuerpo cuando su exmujer la envuelve en un extraño abrazo forzoso. Su voz suena hueca—. Estoy bien.

Cass tiene un aspecto renovado. Radiante. Josh piensa para sí que debe de ser cosa del bótox.

Lleva un *blazer* oscuro (probablemente, más caro que el de la última vez) sobre una camiseta de Hole con aspecto algo envejecido. Gafas de montura transparente y botas Blundstone. Coloca las manos sobre los hombros de Ari mientras se fija en ella: se le ha corrido el maquillaje de ojos, lleva el moño medio deshecho y una parka de hombre que le queda enorme. Desde el punto de vista objetivo, no es así como alguien desearía toparse con su ex.

Y, sin embargo... Josh no puede evitar preguntarse si Cass cree que Ari y él están juntos. ¿Está mal sentir cierto placer por el pequeño enfado que eso pueda causarle?

Cass mira a Ari y pasea la mirada arriba y abajo por su cara.

—¿Has programado la cita con mi agente inmobiliario para hablar de cuándo dejas el apartamento?

—Hummm, estoy en ello. —Ari sigue inmóvil. No se remueve ni cambia el peso de pie—. Ya buscaré un día.

Ari no le ha hablado a Josh en ningún momento de un agente inmobiliario ni de que tenga que dejar el apartamento.

Cass suelta a Ari.

—Bien —dice con muy poca convicción. Mira a su alrededor como si estuviera buscando a alguien—. Qué raro se me hace verte aquí. He quedado con la directora de eventos.

—¿Vas a... dar una charla? —pregunta Ari, todavía con esa mirada inexpresiva que Josh no había visto nunca en ella: parece contemplar otra realidad a través de un umbral.

—No, de hecho...

—¿Has visto los camerinos, nena? —La voz pertenece a una joven con un amplio abrigo sin abrochar en color rojo cereza que Josh detecta en un ángulo periférico de visión. Cass coge a la mujer de la mano y la atrae hacia delante. Ari da muestras de estremecerse antes de conseguir recobrar la compostura—. Ah, hola, Ari. —La mujer la saluda con un gesto de la cabeza, lacio y extraño—. Katya Kulesza —se presenta a Josh a la vez que se acurruca junto a Cass.

Se hace un silencio en el momento en que las dos mujeres centran su atención en Josh. Él espera que Ari diga algo: que lo presente o anime la conversación con algún tema para sacarlos de ese punto muerto.

Pero no se mueve. No respira.

Él le da un suave codazo.

Sigue sin moverse. Apenas es consciente de su presencia.

—Josh —dice él por fin, tendiéndole la mano a Cass a pesar de que es lo último que le apetece hacer—. Ya nos conocemos.

—¿Ah, sí?

Cass lo mira con una impertérrita expresión de acero y ladea un poco la cabeza mientras eleva una comisura de la boca para esbozar un amago de sonrisa casi imperceptible. Da un paso adelante como para demostrarle que son casi de la misma estatura y le agarra la mano con firmeza. Josh nota la incómoda presión de su enorme anillo.

—Mi hermana fue alumna tuya —añade—. Briar Kestenberg.

—¡Ah, Briar! ¡Claro! —asiente, aunque es evidente que no se acuerda de ella para nada—. Esto en ti es toda una novedad, Ar.

Evalúa a Josh con una mirada cargada de escepticismo y lástima, acompañada de una discreta elevación de cejas.

Ari parece despertarse de un trance.

—Ah, no estamos junt...

—Nena —dice Katya—, tenemos que preguntar si podemos cambiar las sillas plegables. —Se vuelve hacia Josh y Ari—. Estamos tanteando locales. —Bajo el abrigo, lleva un *blazer* y una camiseta retro. Parece una versión de Cass en joven y con más curvas—. Para la fiesta de compromiso.

Ari se sonroja de golpe. Está petrificada y mira a las dos mujeres que tiene delante con la boca abierta un par de centímetros, las rodillas bloqueadas y los músculos rígidos de pura tensión.

Algo capta la atención de Katya en el otro extremo de la sala.

—¡Disculpe! —le grita a la mujer peinada con una coleta que debe de ser la coordinadora de eventos, y a continuación se despide de Ari con un «se te ve genial».

Lo dice sin malicia, lo cual hace que la situación sea aún más insultante.

Quizá Josh debería alejarse con la excusa de estar buscando algún libro, pero no es capaz de cederle terreno, físico ni figurado, a la ex de Ari. En vez de eso, coge la cesta del suelo y planta bien los pies en el suelo.

Cass, impasible, posa la mano en el hombro de Ari —otra vez— y empieza una conversación privada entre ambas.

—Ar, ya sé que esto es muy raro. —Habla con un hilo de voz, pero Josh nota que lo hace con ternura—. De todas formas, esperamos que firmes los documentos esta semana. Será mucho más fácil para todos si no ponemos trabas. ¿Le devolverás las llamadas al agente?

—Vale —contesta Ari en un tono apenas audible.

Agarra el asa de la cesta con tanta fuerza que casi rompe el plástico mientras espera a que estalle la bomba. Tiene la opción de contar hasta tres y decirle a su ex que se vaya a cagar.

Cass aún aprieta el hombro de Ari con los dedos, como si tuviera algún derecho sobre ella, como si algo la autorizara a seguir allí.

—Espero que estés bien. Si necesitas cualquier cosa...

«Tres...».

«Dos...».

—Sí que está bien —le espeta Josh.

Las dos se vuelven a mirarlo con aire acusatorio, como si hubiera interrumpido un momento que les pertenece a ellas.

¿Qué pasa cuando Ari necesita algo? ¿A quién llama? ¿Quién se ha dedicado a recoger los putos pedacitos? «A la mierda esa impertinente...».

—En ese caso —empieza a decir Cass, volviéndose hacia Ari—, deberías dejar de enviarme mensajes. Se han acabado... las fotos, ¿vale?

Su forma de pronunciar la palabra «fotos» hace que a Josh la cabeza se le dispare en diez direcciones distintas.

Ari asiente, derrotada. No mira a ninguna parte.

Cass le estrecha el hombro por última vez y se aleja. Josh está a punto de soltar el aire que ha estado reteniendo cuando Cass da media vuelta, se le planta delante y él tiene que soportar ver cómo la cabeza le sobresale un par de centímetros por encima de la suya. Debe de ser por los tacones.

—Ah, Josh, te daré un consejo. Comértela debería ser el plato principal, y no tres minutos de preliminares.

La media docena de réplicas que se estaban formando en su mente no terminan de materializarse. Pestañea, sin palabras, mientras la ve marcharse.

Ari estira el brazo, pulsa el botón del ascensor y este se pone en marcha desde la planta inferior con un gemido.

No ha habido ningún estallido de ira, ninguna discusión. Se ha tragado con pasividad todo lo que ha salido de la boca de esa mujer: su hipocresía al consolarla, su falsa amabilidad, incluso su juicio.

—Vámonos —dice en ese tono de indiferencia impostado que tanto lo saca de quicio.

La conmoción que ha causado el encuentro se transforma en algo funesto. Ha dado cierta impresión de que... a Ari le molestaba que la vieran con él.

—¿Y los libros que querías comprar?

—¿Para qué los quiero? —le suelta. Tiene las mejillas encendidas—. No tengo estanterías, y encima me quedan cuatro días para trasladarme.

—Te los puedo guardar...

—¡No! —exclama Ari sin mirarlo. Tiene la vista fija al frente y la cara muy roja—. No quiero tu ayuda. No quiero los libros. Quiero irme a casa. —Por fin, la puerta del ascensor se abre con un chirrido—. Y, encima, mi casa me recuerda a... esa.

Josh deja abandonada la cesta en el suelo de la sección de libros raros y entra en el ascensor detrás de Ari.

—Pues vamos a Veselka. Te apetecía un plato de *pierogi*.

Ella suelta un suspiro de exasperación que Josh interpreta como un «sí». Si sigue el plan punto por punto y propone actividades normales, como las que hacen siempre, es posible que consiga estabilizar la situación.

Están en la misma posición de antes, pero a su alrededor todo ha cambiado, como si el ascensor fuera un aparato de tortura capaz de teletransportar emocionalmente a quienes viajan en él. Quizá en la planta baja se encuentre a Sophie charlando con el fantasma de su padre.

Cuando la puerta vuelve a abrirse, hay una pareja de desconocidos esperando para entrar. Están cogidos de la mano y se ríen de algo que solo les hace gracia a ellos. Permanecen encerrados en su propia burbuja, ajenos al desastre que acaba de ocurrir tres plantas más arriba.

Josh oye que Ari tamborilea con el pie en el suelo sin seguir ningún ritmo en concreto, a pesar de que esa noche en Veselka hay mucho jaleo. Ella le da la vuelta varias veces a la hoja plastificada que contiene los platos de la carta.

—¿No vas a pedir *pierogi*? —le pregunta.

Son las primeras palabras que intercambian desde que han salido de la librería. En todo el trayecto no han compartido ninguna galleta ni se han rozado las manos. Solo ha habido silencio y el sonido de las botas contra el pavimento mojado de la calle.

Ella se encoge de hombros mientras deja de nuevo la carta sobre la mesa y evita deliberadamente el contacto visual. Los rodean varias parejas, pero Ari no hace ninguna predicción sobre cómo se producirá la ruptura cercana en el tiempo.

Cuando vuelve el camarero, Ari pide una triste ensalada y, por algún motivo, a Josh se le antoja el mayor desprecio de toda la tarde.

Ya no les sirve la excusa de tener que mirar la carta, pero siguen sentados en silencio: Josh mira a Ari, y ella lo mira todo menos a Josh, y esa negativa a comunicarse hace que a él le hierva la sangre.

Hay algo que roza la falta de respeto en su apariencia frágil dentro de aquel ambiente casero y sin pretensiones impregnado en el familiar aroma de la comida reconfortante y rica en hidratos de carbono. Esa cena es como una cálida manta ucraniana.

—¿Hablamos de lo que acaba de pasar? —pregunta él tras haberle concedido un razonable margen de dos minutos para que fuera ella quien sacara el tema.

—Si tú quieres... —dice Ari.

«Si tú quieres». Como si a él le beneficiara en algo.

—¿Estás bien?

Josh habla en un tono sereno y desprovisto de emoción. Podrían tomarlos por dos chatbots que intercambian cumplidos.

—Ah, sí, perfectamente —responde ella, y deja que una gota de sarcasmo se cuele por la especie de tamiz que está usando para depurar su expresión de las emociones—. Llevo meses conteniendo la respiración a la espera de que ocurriera lo que acaba de ocurrir. —Sigue repiqueteando con el pie en el suelo—. Me he topado con mi mujer y...

—Tu exmujer.

—... tengo pinta de rata zarrapastrosa. Pero está bien. Yo estoy bien.

—Desde luego que lo parece.

—Sí.

Tamborilea con más fuerza al no poderse escudar en nada: ni en la carta, ni en la comida. Al cabo de un momento, él cambia de estrategia.

—Estar enfadado no es malo.

—Ah, ¿tengo tu permiso? —Empuja la esquina de la mesa y levanta la cabeza—. Pues qué suerte, porque estoy enfadada contigo.

—¿Conmigo?

Josh se yergue en el asiento.

—¿Por qué te has comportado así delante de Cass?

—Podría hacerte la misma pregunta a ti. —Desenrolla la servilleta de papel y limpia las manchas secas de agua de los cubiertos uno a uno—. Te has comportado como si no me conocieras de nada. Me podrías haber tirado por el hueco del ascensor mientras ella estaba delante, habría sido más sutil.

Ari arquea las cejas tanto que parece una caricatura.

—¿Por eso estás cabreado? ¿Porque he entrado en pánico y no os he presentado amablemente? Siento haberme distraído dos minutos con la persona que me ha hecho pedazos el puto corazón.

El camarero elige ese preciso momento para servirle a Josh la sopa con albóndigas de *matzá* y a Ari la ensalada, y deposita los platos en la mesa con estrépito.

—Intentaba ayudar —dice Josh tanto para sí mismo como para Ari.

—Nunca te he pedido ayuda, así que deja de empeñarte en hacer realidad la fantasía de que soy tu novia.

La palabra permanece en el aire como el humo de un disparo.

—¿Cómo dices? —le espeta él, abalanzándose hacia una línea fronteriza que hasta ese momento ignoraba: la que marca el final de la zona desmilitarizada de la amistad—. Prácticamente me estabas pidiendo a gritos que te besara tres segundos antes de que apareciera tu ex.

Ari se queda boquiabierta.

—¡Estábamos de broma! Y has empezado tú. Has sido tú quien me ha presionado.

—¿En qué te he presionado? —Josh tiene la sensación de que ha tomado demasiada cafeína y apenas controla lo que saldrá de su boca a continuación.

—¿En serio? —Ari ladea la cabeza hacia la derecha—. ¿Qué haces aquí comiendo sopa en vez de estar con la Lauren de turno en una vinatería argentina que no conoce ni Dios? ¿Por qué no le plantas ese abrigo enorme a tu instructora de yoga y la ridiculizas delante de su mujer?

—Exmujer. Te he dado el abrigo porque no quería que se te helara el culo, ¡porque resulta que me importas, joder!

Ella se lo queda mirando sin decir nada.

La pareja de mediana edad de la mesa de al lado interrumpe su conversación para intercambiar unas miradas tremendamente obvias que vienen a decir «mira a esos dos».

La adrenalina que hace unos instantes corría por el cuerpo de Josh da paso a un sentimiento de temor, frío y parálisis.

Ari baja la vista a su plato y pincha unos trozos de lechuga con el tenedor. Sus hombros empiezan a agitarse. Cuando por fin levanta la cabeza, tiene los ojos anegados de lágrimas.

—¿Valgo algo más allá de una cachimba y unos *piercings* en los pezones?

—Ari. —Josh modula la voz para hablar con delicadeza—. Esa pregunta es ridícula.

—Se suponía que era su musa —dice en un tono que ha perdido cualquier vestigio de humor.

—Pues a ella debías de venirle muy bien, pero tú no eres un amor de conveniencia. No eres un personaje sin carácter que solo existe para que otra persona se sienta deseada. —Josh coge la cuchara—. Esa no eres tú.

—Tienes razón. Se supone que soy más feliz sola que acompañada.

—Si eso fuera cierto, ahora no estarías aquí —señala él.

A Ari se le hincha el pecho y no es capaz de ahogar el sollozo.

—¿Cómo es posible que estén prometidas? —Tras dos sollozos más, empiezan a caer las lágrimas—. Cuando amas a alguien, no lo borras así como así...

Se le demuda la cara y, al cabo de un segundo, se pone a berrear encima de la ensalada.

Josh la ha visto varias veces debatiéndose al borde de las lágrimas, pero hasta ahora siempre había logrado contenerlas.

—Ni... ni siquiera estoy segura de que quisiera casarme. Lo hice por ella, porque quería oficializar el compromiso. Alguien me amaba, y por fin sentí que formaba parte de ese universo. —Se le entrecorta la respiración y las frases empiezan a brotar como un torrente—. Intenté convertirme en lo... en lo que ella esperaba de mí porque me sentaba muy bien que estuviera orgullosa. Toda esa mierda de la anarquía relacional y de liberarse de la jerarquía no tuvo nada que ver con la ruptura: me dejó porque ya no me quería. —Ahoga un sollozo—. Y me odio a mí misma por ello. Me siento muy sola, y no quiero llorar porque, si empiezo, no pararé. Yo ya sabía que no funcionaba; entonces, ¿por qué... —Aspira con fuerza como si necesitara llenar los pulmones de aire—. Yo no lloro. Yo n... no...

Respira entrecortadamente, sin soltar el aire.

Ari aparta la ensalada a un lado y apoya la cabeza sobre los brazos para seguir llorando.

En un plano de realidad diferente, Josh alarga instintivamente el brazo y le coge la mano. Enseguida, se levanta y corre al otro lado de la mesa. Le abraza los hombros encorvados y le susurra al oído las típicas palabras de consuelo.

Sin embargo, en esa realidad sigue sin saber muy bien hasta qué punto pinta algo allí. Se recoloca en la silla de tal modo que roza suavemente la bota de Ari con el pie. Ya no tamborilea en el suelo.

Poco a poco, desliza el cuenco con la sopa por la mesa hasta situarlo delante de ella.

Cuando Ari levanta la cabeza, tiene la cara roja, las mejillas húmedas y los restos del lápiz de ojos formando churretes en las sienes. Lo mira con el ceño fruncido, como si no comprendiera bien el motivo por el cual él sigue allí. Pero inspira con fuerza, coge la cuchara y divide la albóndiga en dos.

—Gracias —musita mientras se limpia los ojos con el dorso de la mano.

Él le acerca un montón de servilletas.

—No seas amable conmigo. —Se suena la nariz—. Hace que me sienta peor.

—Eres la única persona del mundo con quien soy amable. Si no te tuviera cerca, perdería la capacidad de enmendarme.

Ari se enjuga las comisuras exteriores de los ojos con una servilleta.

—No te deseo que tengas que presenciar esto. Voy a llorar hasta deshidratarme, luego me fumaré una cachimba y me quedaré dormida con la mano dentro de una bolsa de Takis. Forma parte de mi recuperación, y llevo muchos años perfeccionando el proceso.

Parte la otra albóndiga de *matzá*. Josh la observa engullir otra cucharada de sopa. ¿Cómo es posible sentirse tan decepcionado con alguien y, a la vez, desear que cierre los ojos y apoye la cabeza sobre tu hombro?

—Es la penicilina de los judíos —dice—. Lo cura todo.

—¿También el mal de amores? —pregunta, sorbiendo el caldo—. ¿Y el odio hacia uno mismo?

—No. —Josh coge otra gruesa pila de servilletas—. Para eso hay que pedir *borsch*.

15

Sábado, 31 de diciembre, 21:13

Josh: ¿Hora de llegada?
Está en la 77. La Sociedad Histórica de Nueva York.

Ari: ay, no

Josh: ¿Qué pasa?

Ari: malas noticias. estoy en la puerta de la Sociedad Histórica de Staten Island
la buena noticia es que hay una exposición increíble sobre los wu-tang
estoy a cuatro pasos, he tenido que pasarme por Gray's Papaya

Josh: Pero si tenemos una cena.

Ari: ya, pero hay zumo de papaya?

Josh: No.
Nadie toma zumo de papaya.
¿Puedes darte prisa?
Cuanto antes empiece esta ceremonia en honor al negocio familiar que yo me cargué, antes podré largarme.

Ari: qué alegría que me hayas invitado!

Al cabo de diez minutos, Josh ve un abrigo abultado de color gris que avanza por la calle Setenta y siete. Ari, encaramada sobre los tacones, camina con paso algo inestable por la nieve medio derretida. El pelo le cae suelto formando unas suaves ondas; lo tiene más largo de lo que creía. O no. No recuerda la última vez que la vio sin que lo llevara recogido en una coleta o un moño despeinado. Ni con los labios pintados. No es una transformación espectacular... pero la última vez que estuvieron juntos ella tenía los ojos como un mapache tras haberse topado con su exmujer. Además, está claro que se ha esforzado, y Josh lo encuentra... conmovedor. Incluso con el enorme vaso de Gray's Papaya en las manos.

—¡Eh, Dust Daddy! —Se acerca un poco más e invade el espacio personal de Josh. ¿Se supone que tienen que abrazarse? ¿Dar un beso al aire?—. He actualizado tu contacto.

—¿Ahora soy Dust Daddy?

—Oye, ¿cómo me tienes tú a mí en tus contactos? ¿Con mi nombre y apellido? —Ari intenta arrebatarle el móvil, pero él lo aparta rápidamente de su alcance. Acaban por chocar y ella pestañea mientras retrocede—. Madre mía. Te has afeitado.

Ari saca la mano caliente del bolsillo del abrigo, se la planta en la cara y le acaricia la fría mejilla con el pulgar.

—¿A ti qué te parece?

Hace tanto tiempo que nadie lo toca con cariño que se siente tentado de inclinar la cabeza y apoyarla en su mano.

—Aún estoy haciéndome a la idea —dice Ari, y retira la mano—. Me gusta verte la cara.

Él se recompone, traga saliva y comprueba el móvil.

—Llegas tarde. Son más de las nueve y med...

—Era imposible que llegara a tiempo con estos taconazos. —Ari da un paso atrás—. Además, me he comprado un abrigo, ¿ves? Es como un saco de dormir con mangas y estaba de rebajas por un precio igual a lo que me pagan por cinco brindis del padrino en NeverTired. —Ari da una vuelta completa—. ¿Estás contento?

Josh se toma un segundo mientras trata de separar el sentimiento de estar contento de la nebulosa de emociones que borbotean en su interior y pujan por abrirse paso desde la tarde en The Strand y en Veselka y la no cita que, sospechosamente, le pareció serlo más que las que ha tenido en el último mes. Fue como lo mejor y lo peor de una relación que empieza después de que los dos integrantes hayan pasado la fase de las conversaciones de cortesía.

Ari lo mira con las cejas arqueadas mientras sigue esperando.

—Ah —responde él—. Sí, muy bien.

Eso lo obliga a preguntarse qué debe de llevar debajo.

¿Por qué no han hablado de la ropa? ¿Ari tiene algún vestido para una cena de gala?

—Vamos a idear una estrategia. Si me haces esta señal desde el otro lado de la mesa —imita una felación con el puño y la lengua contra el interior de la mejilla—, nos largamos corriendo, ¿vale?

Él señala con la cabeza la puerta del museo.

—Vamos.

—¿Lo quieres? —pregunta Ari, acercándole el zumo de papaya.

La pajita tiene restos de pintalabios. Él coge el vaso sin pronunciar palabra y lo tira a la papelera de la esquina.

En el vestíbulo, una joven muy seria que sostiene un iPad —y a la que no le hace ninguna gracia que Ari le diga que sus nombres son Dust Daddy y Una Más— los envía al guardarropa.

Ari se quita el abrigo abultado y revela un vestido de seda vaporoso con un corte que le llega hasta medio muslo. Mira a Josh durante una fracción de segundo, pero él, antes, detiene la mirada en su espalda porque..., bueno, el vestido la deja al descubierto salvo por dos tiras finísimas que se cruzan solo en un punto. De hecho, es la primera vez que ve esa parte de ella: sus sutiles curvas y los músculos que se marcan cuando entrega el abrigo por encima del mostrador. Sigue mirándola —¿ha dicho algo la persona a cargo del guardarropa?— cuando ella se vuelve y le pregunta si le gusta el vestido.

—Llevo una chaqueta de punto en un bolsillo por si es demasiado...

—¡No! —responde Josh con excesiva urgencia—. Es... —«Las tiras son demasiado finas. Si gira el hombro de repente...»—. Está bien.

—Se me ha ocurrido que podríamos ir a por todas y vestirnos de invitados a una boda gótica —dice—. He hecho una apuesta arriesgada pensando que quizá tú también irías de negro.

Josh se permite volver a mirarla. El escote forma una V vertiginosa. También esa información visual es nueva. Sus pechos quedan cubiertos por dos pequeños triángulos de tela que se sujetan gracias a las finísimas tiras, de manera que resulta muy evidente que debajo no puede llevar sujetador.

—Me gusta.

—Hace tiempo que lo tengo —explica ella mientras juguetea con su pendiente de oro. Josh entrega su abrigo y recoge el resguardo, sintiéndose un poco decepcionado al saber que el vestido corresponde a la época en que estaba con Cass—. ¿Podemos ir primero al bar? —Josh señala el ascensor, contento de retrasar el momento de la conversación con su madre—. Tú también estás muy guapo —añade Ari.

Mientras caminan, Josh siente que su mano derecha se empeña en aposentarse en la parte baja de la espalda de Ari, de manera que cierra el puño y lo aprieta.

El bar está ubicado en una especie de galería que parece una caja de CD de color oscuro, bordeado por lámparas antiguas de estilo Tiffany que lo bañan de una luz dramática.

—¿Por qué son tan exclusivas y caras estas fiestas si el objetivo es recaudar dinero? —pregunta ella, tras detenerse frente a la escalera traslúcida en mitad de la tribuna y volverse a mirarlo.

Tiene la cara iluminada por el brillo tenue que produce el cristal de colores.

—Supongo que te di carta blanca para que te pases la noche quejándote.

Ella se detiene a mirar un cartel situado junto a una vitrina.

—Ajá. Resulta que no fue Louis Comfort Tiffany quien diseñó esto. Fue una mujer a quien, como suele ocurrir, no se le reconoció su trabajo.

Josh echa un vistazo al texto.

—Aquí dice que ella y su equipo fueron bien recompensados —señala.

—Sí, claro, pero en la puerta de la galería no pone «Clara Driscoll». Sus parientes no gozan de los beneficios de una riqueza heredada por varias generaciones.

—Mira, se acabaron los museos contigo.

—¿Voy a ganarme un rapapolvo o un polvo, chico Dust Daddy? —dice en voz alta en el momento en que una pareja de pelo cano pasa por su lado.

Josh se siente vibrar, pero, en realidad, es su teléfono el que está vibrando. Y él un poquito también.

21:47

Abby: ¿Dónde estáis?

Josh: Tomando algo.

Abby: La cena empieza en diez minutos.

Josh: Ari quería ver las lámparas.

Abby: ¡Ah! ¿Tu acompañante? ¡Dile que disfrute y se tome el tiempo que quiera!

Después de tomarse más tiempo del necesario para pimplarse otras dos copas, suben tranquilamente al lugar de la cena.

Enseguida divisan a la madre de Josh; está en el centro de la sala, en medio de un semicírculo de filántropos bien vestidos que le prestan toda su atención.

Abby va directa hacia Ari cual misil termodirigido antes de que Josh tenga tiempo de abrirse paso entre la multitud y ajustar las expectativas. Tenía pensado presentarla como una amiga. En vez de eso, observa cómo su madre posa las manos en los hombros de Ari y la separa un poco como si estuviera examinando un jersey en unos grandes almacenes para gente con pasta.

—Si se me acerca otra mujer con un atuendo de Nicole Miller y finge que admira mis Louboutin para aprovechar y preguntarme si es un buen momento para poner a la venta un apartamento de dos habitaciones, me va a dar algo. Menos mal que estás tú aquí.

Lo que Ari creía que sería un atento apretón de manos con Abby se transforma en un abrazo de bienvenida que da paso a un prolongado estrujón maternal. Se tensa ante la inesperada expresión de ternura. Muchas veces, no es consciente de la completa carencia de amor parental en su vida hasta que se topa con esa clase de muestras de cariño. Y eso aún le hace sentir más el vacío.

—Un placer, señora Kestenberg —dice Ari mientras aún siguen medio abrazadas.

No menciona que Cass quiere poner a la venta un apartamento de dos habitaciones, pero, por lo que le ha contado Josh, Queens no se ajusta del todo a su mercado.

—Llámame Abby. Y mi apellido es Cohen, no Kestenberg, por cierto. Decidí conservar mi apellido cuando aún no era habitual. En los ochenta, las mujeres no hacían esas cosas. ¿Tú conservarás el tuyo?

—Ah, hummm —vacila Ari, que no estaba preparada para esa clase de preguntas. Josh está en algún lugar de la sala, atrapado en una conversación con alguien—. Pues nunca me lo he planteado, la verdad.

Y es cierto. Con Cass, no llegaron a hablarlo.

Ari se distrae mirando la sombra de ojos de Abby, cuya gracia consiste en la imperfección a la hora de aplicarla. En ese momento, la madre de Josh baja la cabeza con aire conspiratorio:

—A Josh nunca le ha gustado presentarnos a sus novias, o sea que cuando me dijo que iba a venir acompañado...

—Ah, yo no soy esa clase de acompañante —protesta Ari. A trescientos metros de distancia, Josh se abre paso entre los invitados, con expresión de pánico—. Solo somos...

—¡Joshua! —Abby suelta a Ari y le da un cauteloso beso en la mejilla a su hijo sin llegar a rozarle la cara—. Antes de que nos sentemos, vamos a hacernos una foto delante del panel publicitario. Creo que tenemos tiempo antes del aperitivo.

Josh pone los ojos en blanco.

—Esto no es ningún baile de graduación. No me apetece llamar más la atención haciéndome fotos.

—Sí que deberíamos hacernos una foto —propone Ari, dejando que su costumbre de parlotear para salvar la situación tome las riendas. Con aire discreto, se recoloca el vestido para asegurarse de que la teta derecha queda bien oculta detrás de un pedacito de seda negra que se le antoja de lo más endeble. Es evidente que ha cometido un error al elegir algo descaradamente sexy sabiendo que iba a conocer a la madre de Josh—. Nos pondremos en la clásica distribución escalonada, así sobresaldrás un metro por encima de mí. No lo he hecho nunca. —A Abby se le ilumina la mirada, y aunque seguro que es porque se está imaginando a sus futuros nietos, Ari se siente valorada—. ¿Fuiste al baile de tu graduación?

—No, no fue —responde Abby—. En fin, la mitad de los presentes en esta sala están vetados en las redes o señalados por el movimiento Me Too. No eres el único de aquí que intenta influir en la opinión pública.

—A mí no me han vetado en ninguna parte —masculla Josh, pero Abby ya los está empujando hacia donde está el fotógrafo, y una vez allí insiste en probar distintas poses con Ari y Josh, que acepta a regañadientes.

—Vamos a hacernos una nosotras dos solas —le dice a Ari, rodeándola por los hombros como si se conocieran de toda la vida. Como si esa mujer, que es... ¿Qué es? ¿Una poderosa agente inmobiliaria? ¿Una restauradora muy respetada? ¿Una amiga de la condesa Luann? Como si tuviera algún motivo para posar frente al logo del Departamento de Asuntos Culturales de la Ciudad de Nueva York con la amiga de su hijo mal vestida que escribe en el anonimato discursos picantes para damas de honor—. Bueno, Ari, ¿a qué te dedicas?

—Es humorista —tercia Josh.

—¡¿En serio?! —exclama Abby con entusiasmo genuino—. ¿Y qué sueles hacer?

—¡De camarera! —salta Ari, y la madre de Josh prorrumpe en unas carcajadas mucho más desmedidas de lo que el chiste merece. Ari empieza a estrujarse el cerebro en busca de nuevas formas de conseguir la dosis de dopamina que implicaría que Abby volviera a partirse de risa—. Los «humoristas» no necesitamos distinciones de género porque la comedia ya es un género en sí.

—Tienes razón —conviene la mujer, asintiendo con gesto serio. Se acerca un poco a Josh y le susurra—: Aún podrías ser el David Chang de los sándwiches de pastrami, ya sabes.

A través de los altavoces, alguien anuncia el inicio de la cena. Ari intenta no pensar qué empresa de catering se habrá hecho cargo del evento, ni en que esa noche podría haberse ganado una paga extra para las vacaciones si estuviera llenando las copas en lugar de vaciarlas.

—Tengo la sensación de estar en la iglesia —dice, fijándose en las vidrieras de colores y los techos de quince metros de altura que rodean el espacio.

—Aquí celebran unas bodas preciosas —interviene Abby. Es imparable—. Un banquete de sábado noche solo cuesta veinte mil dólares.

Una mujer que lleva un peinado con volumen y unos toques de relleno en los labios no especialmente favorecedores toca el hombro de la madre de Josh para felicitarla por una operación. Abby levanta el dedo para interrumpirla.

—Ari, ¿te sientas a mi lado? Quiero saberlo todo sobre tu trabajo y cómo os conocisteis. Joshua siempre es muy reservado, pero tomarte interés por la vida de tu hijo no es entrometerte.

No espera respuesta y se aleja un paso de la mesa para escuchar las quejas de la mujer sobre la junta de propietarios.

Ari se vuelve hacia Josh y este retira la silla de enfrente de la suya.

—¿Quieres describir el consolador con forma de tentáculo o lo hago yo?

—Mi madre se cree que puede conseguir que las cosas pasen solo porque ella lo desea —susurra sobre el ruido de fondo con la boca muy cerca de la oreja de Ari, tanto que le provoca un cosquilleo—. Ya me encargaré de dejarle las cosas claras.

Se sientan en el momento en que un camarero les ofrece rellanarles las copas de champán. Un conservador de la Sociedad Histórica sentado en el lado izquierdo de la mesa parlotea sobre la selección de fotografías que su equipo hizo para la exposición, sin dejar de mirar a Ari, con los ojos clavados a un palmo de su cara. Se presenta como el doctor Davison. No dice cuál es su nombre de pila, probablemente para que todo el mundo tenga que llamarlo «doctor». Ari se muere de ganas de ponerse la chaqueta.

Abby vuelve a ocupar su asiento junto a Ari y retoma la conversación donde la habían dejado.

—¿Has compartido escenario con alguien que conozca? Me encanta Amy Schumer.

Ari disimula un ataque de risa y sacude la cabeza.

—No lo creo. Aunque creo que una vez hice de telonera de un tío que había estado limpiando mesas en el Comedy Cellar antes de un número de Amy Schumer.

—Me parece fascinante. —Abby centra toda su atención en ella y le produce una sensación que está a medio camino entre el calor de un rayo de sol y el foco de una sala de interrogatorios—. Se necesita mucho temple para plantarse delante de un grupo de desconocidos y hacerlos reír.

—Mi amigo Gabe suele decir que quien se sube a un escenario es porque le va el masoquismo o porque le ponen los elogios. —Ari nota que se le encienden las mejillas. Debería haber buscado otras palabras, pero Abby suelta una carcajada—. La improvisación es una experiencia única en el teatro. —Hace una pausa al pensar que, quizá, la madre de Josh solo quería romper el hielo. Sin embargo, la mujer la escucha muy atentamente, con la barbilla apoyada en la palma de la mano—. Formas parte de un equipo en el que es necesaria mucha confianza. Con los compañeros adecuados y un buen público, sientes un cosquilleo bajo la piel y la sensación es trepidante. Tú tienes el control, pero solo hasta cierto punto, y tienes que estar abierto a aceptar las sorpresas. Es esa clase de momentos que sabes que nunca se van a volver a dar del mismo modo, y no puedes retenerlos. Es imposible repetirlo. Puedes contar el mejor chiste del mundo y sabes que no volverá a suceder. Es mágico.

Abby asiente.

—Así es justo como me siento cuando alguien ingresa un depósito de garantía.

Ari prosigue sin apenas parar para respirar.

—Y ya es el colmo si consigo hacer reír a otro humorista o que un compañero se tronche en el escenario. A la mañana siguiente me despierto pensando en eso y reviviendo la escena en mi cabeza. La sensación puede durarme días enteros. ¿Qué otra profesión proporciona un subidón igual después de estar siete minutos diciendo tonterías en público?

—¿La política? —suelta el conservador libidinoso.

Ari no se había dado cuenta de que todos los comensales la estaban escuchando. Sonríe y se centra en su ensalada, ya mustia, sintiéndose acomplejada por el monólogo.

—Me cae bien, Joshua. —Abby da un gran trago de su bebida—. Me cae muy bien.

Aunque la gala pretende celebrar, sin lugar a duda, la gastronomía neoyorkina icónica, Josh considera que la cena póstuma es previsiblemente insulsa, incluso para los estándares de su padre. Quizá Danny Kestenberg no tuviese un paladar muy osado, pero nunca sirvió un *latke* reblandecido. Mira la bandeja cuadrada de color negro que tiene delante y piensa que ojalá fuese uno de los gruesos platos blancos de su padre con unos trozos de pecho de ternera de jugosidad perfecta acompañados por una salsa que siempre tenía un punto demasiado dulce.

Tras la cena, asisten a una presentación interminable sobre la próxima exposición del museo, una primicia sobre las catástrofes marítimas de Nueva York con más víctimas mortales, y, para terminar, una breve actuación musical. Esa debería ser la gran sorpresa de la noche, pero es la tercera gala benéfica a la que Josh asiste en cinco años en la que el artista invitado es John Legend.

Observa que unas cuantas parejas se miran como diciendo «¿bailamos?» y deciden dejar sus asientos después de que John Legend invite al público a salir a la pista durante una versión lenta de *Open Your Eyes*. Con un movimiento que es imposible que a Ari le pase desapercibido, Abby se vuelve para lanzarle a Josh una mirada fulminante. Él no aparta la cara, se limita a apretar la mandíbula y la ignora deliberadamente. Si su madre pudiera darle una patada por debajo de la mesa con Ari sentada en medio de los dos, lo haría.

Antes de que Ari pueda pronunciar ninguna frase embarazosa, el insufrible conservador aparece detrás de ellos. Josh se prepara para escuchar alguna otra anécdota sobre la recaudación de fondos para la exposición.

—¿Bailamos? —pregunta, tendiéndole la mano a Ari.

Josh pestañea, petrificado. En su pecho arden sendas llamaradas de celos e indignación al presenciar el repentino descaro del tipo.

—Estoy demasiado sobria para bailar —responde ella.

—Son, cómo máximo, tres minutos de tu vida.

—No eres el primer hombre que me dice lo mismo.

El tipo se desternilla.

Con un gesto que Josh interpreta como extrema reticencia, Ari coloca la mano sobre la del conservador.

—Sabía que me tocaría bailar —susurra Ari al oído de Josh cuando se levanta de la silla.

Josh la observa seguir al hombre hasta la pista de baile. Le está preguntando por qué no han empleado el dinero en la restauración de piezas históricas en lugar de gastárselo en John Legend.

—¿Por qué no se lo has pedido tú? —lo amonesta su madre, apenas fuera del alcance del oído de Ari—. Es la última canción. Es casi medianoche.

—No quiero bailar —responde Josh, y su boca se tensa en una estrecha línea que, seguramente, pretende ser una mueca de enfado.

—Mientes muy mal —observa Abby, y mira su teléfono, que está vibrando—. Y eres muy tozudo. Como tu padre. —Tiene la capacidad de meter el dedo en la llaga en el peor momento—. A veces tienes que dejar de lado tu orgullo. Si alguno de los dos hubiera...

Josh desconecta del dictamen que su madre está haciendo sin que nadie se lo haya pedido. Observa cómo Ari da vueltas en la pista llevada por el conservador. No es que tenga mucha gracia, pero se le da bien divertirse con estupideces como esa, mientras que Josh es incapaz. Vuelve a apretar la mandíbula mientras se pregunta cuántos vestidos se habrá probado Ari antes de elegir precisamente ese. Si está en una de esas situaciones de la que le gustaría que él la rescatara.

Tras otro enérgico viraje, bajan el ritmo. Ari ve que los está mirando y mueve la boca para articular «ayuda». O, por lo menos, Josh está convencido de que lo ha hecho.

—¿Por qué sigues ahí sentado, Joshua?

No está seguro de si Abby ha pronunciado las palabras o si su mente saturada de champán ha hecho que lo imagine.

Sea como sea, Josh se da impulso en la mesa para levantarse.

Lo piensa cuando está a poca distancia de Ari y su compañero de baile: no tiene ni puta idea de cómo robarle la pareja de baile a alguien sin parecer un bicho raro y torpe.

Por suerte, tener pinta de bicho raro y torpe hace que los conservadores insufribles retrocedan y suelten a la acompañante que otra persona ha llevado a una lamentable cena de Nochevieja. Quién lo iba a decir.

Permanece en silencio mientras el resto de los bailarines giran a su alrededor, como si no fuera más que un pequeño obstáculo. Un gigantesco cono naranja en mitad de la acera. Ari está a un paso de distancia. Mirándolo. Sola. Con ese vestido.

Josh tarda un instante en recordar qué está haciendo ahí.

—Estaba aprendiendo una lección sobre el sistema neumático de recogida de basura de Roosevelt Island. —Ari da un paso diminuto hacia él—. Muy oportuno.

—Será nuestra primera vez.

Y, de repente, no saben dónde poner las manos.

Por algún motivo, Ari acaba rodeando a Josh por la cintura y él le pone la mano derecha en el hombro izquierdo, como si fueran unos alumnos que acaban de empezar la secundaria a los que han obligado a formar pareja en una clase de gimnasia.

—Yo acostumbro a bailar con mujeres —observa ella—. ¿Cuál es tu excusa?

John Legend entona una canción que habla de un lugar solitario. De lamentarse por un amor que ha terminado y de encontrarlo de nuevo en la persona adecuada.

En la mesa, Abby encara el teléfono para hacer una foto espontánea, y a Josh le daría más rabia de no ser porque está disfrutando de una compensación por el baile, ya que resulta que el lugar donde debe posar la mano derecha es la parte baja de la espalda de Ari.

Ninguno de los dos pronuncia palabra mientras se mueven adelante y atrás. Josh no acaba de pillar el ritmo, pero siente la respiración de Ari. Ella mira por encima del hombro de él a las parejas que hacen un *box step* y que se abrazan con más naturalidad.

—A pesar de todos tus alegatos, tu madre parece convencida de que somos... —mira alrededor como si esperara encontrar la palabra adecuada en uno de los focos que proyectan colores en las paredes— pareja.

Josh está lo bastante cerca para captar el olor de su champú... ¿de uva? Un aroma sutil que desea seguir aspirando.

—Una cosa son los deseos y otra la realidad.

Por fin Ari lo mira a los ojos. Tiene las mejillas encendidas.

—¿Los deseos?

¿Tenía que sonar una estrofa sobre abrir los ojos en ese preciso momento?

Decenas de parejas dan vueltas a su alrededor: son más mayores, matrimonios de segundas o terceras nupcias, según le parece. Todos han pasado por ese momento en que tuvieron que sopesar el riesgo de otro fracaso ante la posibilidad de un «para siempre».

—Josh...

Ari se pasa el dorso de la mano por la frente, y él no sabe discernir si su tono es el de rechazarlo con sutileza o el de confesar que también ella está hecha un lío con sus sentimientos.

Desear que la relación vaya a más es un acto egoísta. Pero en Josh eso no es ninguna novedad.

Rumia varias posibles respuestas, entre las que destaca «Se me acaba de ocurrir que, justo ahora, tienes la altura perfecta y si bajo un poco la cabeza...».

—¿Podemos... irnos antes de que den las doce? —Ari inspira con fuerza, como si no hubiera oxígeno suficiente en la sala—. Antes de los besos.

Ari levanta la cabeza para mirarlo con gesto afligido y Josh aparta de sí la incómoda certeza de que bailar con él le ha chafado el ánimo.

—No tenemos que besarnos.

—Es que... —Ve el brillo del sudor en su frente. A pesar del ritmo aletargado de la música, su respiración es rápida y agitada—. Necesito aire.

—Oh. —Mierda—. Claro. Vamos a salir de aquí —dice él con la esperanza de poder hacer algo para que no sucumba a un ataque de pánico inducido por el romanticismo. Mierda, mierda, mierda—. ¿Quieres volver a casa?

—No puedo. He puesto el apartamento en alquiler en Airbnb. Me quedo en casa de Gabe.

—Vale. —Josh hace un rápido reconocimiento geográfico de la zona mentalmente—. Creo que ya sé adónde podemos ir.

—Felicidades —dice Ari. Josh va unos pasos por delante en el camino pavimentado, porque anda más deprisa de lo que a ella le permiten los tacones—. Eres el primer y último hombre al que sigo hasta un parque mal iluminado cuando faltan diez minutos para medianoche.

Si queda algún resquicio de la timidez que sentían cuando han abandonado repentinamente la gala, Ari está decidida a hacerlo desaparecer. Ayuda el aire gélido del exterior, que le enfría la cara y el cuello. En la biblioteca, o el salón de baile, o lo que fuese aquel lugar, hacía un calor tropical. Y ha inhalado un exceso de Chanel Nº 5.

—Ahí arriba hay un buen sitio, justo pasada la curva —asegura Josh.

Avanzan por un camino que recorre Central Park trazando círculos y zigzags. Pasan junto a un sorprendente número de peatones bien abrigados que entran al parque desde la calle Setenta y dos en dirección al sur.

—Nunca había visto a tanta gente aquí por la noche —confiesa Ari, que se tambalea sobre los tacones al agachar la cabeza para pasar por una barrera provisional que corta el paso hacia West Drive—. ¿Han venido para ver los fuegos artificiales?

—Todos los años se celebra el maratón de Año Nuevo de los New York Road Runners. —Josh la guía por Oak Bridge hacia algo que parece un muro de piedra con un estrecho arco, situado entre dos afloramientos de rocas gigantescos—. Dan el pistoletazo de salida justo a medianoche y mil participantes recorren seis kilómetros y medio por el parque.

—Es un compromiso admirable con la forma física, teniendo en cuenta el viento tan frío que hace. —Ari camina con cuidado, sosteniéndose en equilibrio sobre los dedos de los pies—. Me parece algo típico de ti: escaparse de una fiesta para hacer ejercicio.

—Yo no salgo a correr —responde Josh—. Se obtienen mejores resultados en un entorno controlado. La rutina me ayuda a concentrarme y mantener un buen ritmo.

—... en la cama —añade Ari un paso por detrás de él—. ¿Tú no haces eso con las galletas de la suerte? Si añades «en la cama» al final de las frases, tienen más sentido.

Josh sacude la cabeza.

—Las galletas de la suerte siempre están reblandecidas y son insípidas.

Parece que su exigencia con respecto a las galletas es igual que con las citas.

Aunque los árboles están desprovistos de hojas, crean una barrera muy efectiva para silenciar el bullicio que a Ari le trae recuerdos de otras celebraciones de Nochevieja.

Se asusta cuando uno de sus zapatos de tacón de aguja resbala en el pavimento cubierto por una fina capa de escarcha.

—¡Josh! —grita, y está a punto de perder el equilibrio—. No puedo bajar por la montaña con estos zapatos.

Él da media vuelta y sopesa el aprieto en el que se encuentra Ari.

—¿La montaña? ¿Te refieres a esta ligera pendiente adaptada para sillas de ruedas?

—Eso lo dices porque tú nunca te has puesto tacones. Dame la mano, por lo menos. —Josh exhala un hondo suspiro, como si lo que le estuviera pidiendo fuese la más ardua de las tareas. Ari le coge la mano, da un paso para tantear el terreno y se resbala otra vez—. Mierda. —Levanta la cabeza—. Voy a tener que quedarme a vivir aquí.

Josh sacude la cabeza, se agacha para colocar el hombro a la altura de la cadera de Ari y la levanta del suelo con un movimiento rápido.

—¿Qué hostias haces? —grita Ari cuando Josh se la carga al hombro cual bombero, y se lía a darle puñetazos en la espalda al sentirse atrapada en una posición tan humillante.

—Primero, no me fío de que no me arrastres contigo si te caes —dice Josh mientras baja por la pendiente—. Segundo, por fin les veo utilidad a todos los ejercicios de pesas que he estado haciendo en el gimnasio: me sirven para cargar con cestas de la compra y con mujeres que llevan zapatos muy poco prácticos.

—¡Eh! —exclama Ari—. A ver dónde pones la mano. Aunque lleve este abrigo, lo noto todo.

—Cuidado con la cabeza.

Josh se agacha para pasar por debajo del arco, y Ari capta el suave aroma de su producto para el cabello.

—No es la cabeza lo que me preocupa.

—A la vuelta, dejaré que me lleves tú. —Josh se toma su tiempo para depositarla en el suelo con un gruñido a causa del esfuerzo. Ari intenta colocarse bien el vestido sin quitarse el abrigo. Es muy probable que sus tetas hayan escapado a esa sujeción tan poco consistente—. El maratón no pasa por aquí —explica—. Y cerca hay una cueva con la entrada tapiada.

En circunstancias normales, Ari se habría echado a correr montaña abajo para dar con la cueva, pero en ese momento la asalta otra necesidad más apremiante.

—¿Te importa si me fumo esto?

Saca un porro del pequeño bolso de mano. Le parece que tiene más clase que el vapeador. Josh sacude la cabeza y retira un poco de tierra de encima de una gran roca antes de sentarse.

—He tenido la sensación de que... —Hace un ademán nervioso con la mano— en la fiesta pasaba algo.

—Ya me he dado cuenta —responde él.

Ari enciende el mechero y, poco a poco, consigue prender el porro haciéndolo rodar entre los dedos por encima de la llama, tras lo cual hace una pausa para dar una pequeña calada. Seguramente debería hacer eso mismo, inhalar con fuerza, aunque sin fumar; pero, ¿desde cuándo eso funciona en mitad de una crisis?

Da otra calada más larga antes de ofrecérselo a Josh.

Él se lo piensa unos segundos, pero Ari se sorprende gratamente cuando coge el canuto. Se apoya en la fría pared de piedra del arco y lo observa tragarse el humo.

—Es malo para el paladar —afirma él—, pero ¿a quién le importa eso ahora? No corro el riesgo de servir ningún confit de pato demasiado salado.

Ari está a punto de soltarle una réplica, pero ¿quién es ella para convencer a nadie de que no abandone?

—Tu madre les ha dado un buen repaso a mis caderas para evaluar qué capacidad tengo de traer hijos al mundo.

—Lo tiene grabado a fuego en la amígdala cerebral. —Josh le pasa el porro con cuidado y sus fríos dedos se rozan durante un segundo. En la mente de Ari se forma una imagen momentánea: él con la mano apoyada en la parte baja de su espalda veinte minutos atrás. Luego la entrelaza con su pelo y le echa la cabeza hacia atrás. Eso no forma parte de ningún recuerdo, es... otra cosa. Quizá el producto de demasiados cócteles—. Mi madre no puede evitar intentar arreglarme la vida.

—Eso está muy bien. Me refiero a que entiendo que sea reconfortante que alguien quiera eso para ti.

El contraste entre el gélido aire de diciembre y el calor del humo le provoca una impactante sensación en los pulmones.

—Cuando mi padre y yo no nos hablábamos, ella era el mensajero. Y creo que aún se cree que puede reparar la relación a pesar de que él ya no está. —Da otra calada y le pasa el canuto a Ari a la vez que se apoya en las rocas—. Joder, esta mierda siempre me pone el corazón a cien.

Ari levanta la cabeza hacia el cielo nocturno. Las ramas de los árboles forman una techumbre que tapa la vista de las estrellas.

—Odio pensar todavía qué debe de estar haciendo Cass esta noche —dice, y deja que las palabras broten—. Odio no ser capaz de cepillarme los dientes ni mear sin acordarme del día en que me encerré en el baño mientras ella vaciaba el apartamento. Odio ser una indeseable que aún le manda esas fotos para provocar su reacción y demostrarme a mí misma que hubo una época en que le gustaba. —Josh abre mucho los ojos—. Estoy completamente segura de que nunca más dejaré que alguien... tenga ese poder. Solo quiero que me hagan sentir bien durante una hora y no me líen haciéndome creer que hay algo más.

Ari espera a que él la contradiga o la tranquilice. Le parece que pasa un minuto entero antes de que responda.

—Conque una hora, ¿eh?

La mira entre parpadeos.

—¿Te parezco demasiado optimista? Bueno, pues media.

Ari da una última calada y apaga el porro con cuidado antes de tomar asiento junto a Josh. Deja que el THC y los cócteles enmascaren el ruido de las celebraciones ajenas. En ese momento, no le parece que en el parque haya millones de personas como ellos.

—Has tenido una mala experiencia —dice él.

Ella sacude la cabeza.

—De eso se trata, la relación tenía cosas muy buenas. Si todo hubiera sido malo, no me dolería tanto, lo superaría y ya está.

No se oye nada salvo algún crujido de hojas ocasional o la sirena de algún coche de policía en la distancia.

Se produce una larga pausa.

—¿Ponemos música? —sugiere Ari, que no quiere arriesgarse a que Josh se quede dormido en Central Park en pleno diciembre.

Él se saca el teléfono del bolsillo y se incorpora un poco.

—*¿Auld Lang Syne?*

Ari niega con la cabeza.

—Pon algo emotivo pero no tan típico de Año Nuevo.

Él frunce el entrecejo, suspira y teclea algo en Spotify. Al cabo de unos segundos, la potente vibración de los acordes iniciales de *Don't Dream It's Over* suena desde su iPhone.

—Esta puta canción es perfecta —dice Josh en el momento en que entra el bajo—. Así es justo como Neil Finn quería que se escuchara: con un altavoz del tamaño de un guijarro.

—¿Neil qué? Creía que era de Miley Cyrus. —Ari sonríe con aire inocente y se regodea con la cara de exasperación de Josh. Se levanta y el dolor de los zapatos de tacón la tortura de inmediato—. Oye, si nos ponemos debajo del arco, el sonido rebotará.

—Se llama reverberación.

Ella da un paso adelante y le tiende la mano.

—¿Quieres?

—¿Bailar?

Él la mira a los ojos, no muy seguro de que esté hablando en serio.

—Mira, a los dos nos hace falta práctica, y en la gala me he pasado casi toda la canción intentando que el conservador no me viera los pezones. —Exagera el gesto—. Aunque si esperas que te me cargue al hombro, olvídalo.

Josh le coge la mano y ella lo estira para ayudarlo a ponerse de pie. Entran en el estrecho espacio del arco.

Las paredes curvadas amplifican el sonido y los envuelven en un eco misterioso, con el suelo bañado por el estridente rayo de luz de una farola. Deciden no repetir la posición que antes les ha salido tan mal. Ari le echa los brazos al cuello y Josh la rodea por la cintura con el teléfono en la mano, de modo que ella nota en la espalda la suave presión del dispositivo a través del plumífero. Se balancean de un lado a otro sin seguir exactamente el compás de la música.

—Nunca he sabido discernir si esta canción es melancólica o esperanzadora —dice Josh, mirándola (¿o, quizá, contemplándola?) de esa forma suya tan intensa que da la sensación de que puede ver en su interior.

No es por diversión. No son ganas de juego, ni enfado, ni frustración, ni ninguna emoción de las que han experimentado en los últimos dos meses, con sus altos y sus bajos.

—¿No podría ser las dos cosas?

Ari apoya la cabeza en su hombro, quizá para huir de la intimidad del contacto visual ininterrumpido, quizá porque se siente acunada por la música y el balanceo.

O quizá es el resultado de los cócteles y la marihuana.

Seguramente se trata de eso.

Con la oreja contra su pecho, nota el ritmo acelerado e irregular de sus latidos. Josh ha dicho que era uno de los efectos que le provocaba el porro, ¿verdad?

En algún lugar, más allá de esa arboleda, se oye algún que otro «¡Uooop!» de celebración seguido de los brindis y las carracas.

—Es casi medianoche —observa Ari.

Una fuerte ráfaga de viento se cuela por el arco y las capas del plumífero sintético que Ari se compró el día anterior. A pesar de todos sus esfuerzos por invocar la sensación de calidez y ligereza del champán, tiembla visiblemente.

Por eso se acurruca contra Josh.

Él la atrae más hacia sí e intenta que su abrigo los rodee a ambos. No termina de conseguirlo —y la sombra que la luz de la farola proyecta en el suelo parece la del monstruo de Frankenstein—, pero es un gesto bonito. Ari espera que se separe unos centímetros, pero no lo hace.

Ni ella tampoco.

—Este año ha sido horrible. —Lo mira y aguarda a que le dé la razón. Él sigue observándola de esa forma—. Pero me alegro de haberte encontrado otra vez. Tu amistad es lo mejor que me ha pasado en mucho tiempo. —Nota que está empezando a perder el control; la marihuana y el alcohol se han compinchado y están tomando las riendas.

Él aprieta la mandíbula como si quisiera reprimir las ganas de decir algo, y Ari siente tanta curiosidad como pavor.

—Ari, yo...

—Porque eres muy importante para mí. No tienes ni idea de hasta qué punto. Eres lo mejor que me ha pasado en mucho tiempo.

—Eso ya lo has dicho.

Josh pasea los ojos por su rostro.

—Ah, ¿sí?

De la impresión de que el arco los meza hacia delante y hacia atrás como un balancín. Ari vuelve a posar la cabeza en el pecho de Josh y cierra los ojos. Mejor así. Neil Finn canta acerca de contar los pasos hasta la puerta de tu corazón.

El confuso bullicio de los juerguistas de Central Park West se vuelve más sonoro. Un ruidoso grupo se detiene en el puente que forma el arco, justo encima de donde están Ari y Josh.

—Me parece que casi es medianoche —dice ella, y levanta la cabeza.

En la distancia, la algarabía va en aumento.

—Eso también lo has dicho ya. —Los amigos no se miran así, con los ojos posándose en los labios del otro tan a menudo—. Eres tan...

—¿Vamos a...? Ya sabes... —Ari se interrumpe y nota la respiración de Josh a través del esmoquin, profunda y regular—. Hummm... Cuando den las doce.

—Sí.

La canción parece ganar sonoridad, y los graves del estribillo hacen eco en el arco de piedra que hay sobre sus cabezas.

En los edificios del otro lado del parque, unas voces entonan la cuenta atrás.

«¡Diez!... ¡Nueve!...».

Ari traga saliva.

—¿Nos daremos un beso en la mejilla o...?

—No.

«¡Ocho!... ¡Siete!...».

—¿En los labios? ¿Un pico?

—No.

«¡Seis!».

—Solo quiero saberlo...

«¡Cinco!».

—... para no hacer algo raro, porque...

«¡Cuatro!».

—... solo hay una oportunidad.

«¡Tres!».

—Sí.

Ari nota que Josh desplaza la mano por su espalda hasta la nuca, y, Dios, ese abrigo deja pasar todas las sensaciones. Dejan de moverse al compás del balanceo indolente, aunque la canción no ha terminado todavía. Josh entrelaza un poco los dedos en su pelo.

«¡Dos!».

Seguro que el escalofrío que Ari siente en la nuca se debe a que el viento ha cobrado vigor. No tiene nada que ver con que Josh le haya echado la cabeza un poco hacia atrás y la esté mirando de esa forma que la hace sentirse completamente expuesta por mucho que vaya envuelta con una gruesa capa de fibra de poliéster y relleno sintético. Cierra los ojos.

Deben de haber gritado «¡Uno!», pero ninguno de los dos lo ha oído.

Ari ladea la cabeza hacia la derecha y nota que el labio inferior de Josh le roza el suyo. Ese mínimo contacto le enciende algo en el pecho. Ari lo coge de las solapas para acercarlo y separa un poco los labios, tentadora. Él, complaciente, vuelve a acercarse con cierta precaución.

Nota el contacto suave y vacilante de sus labios, y el roce los llena de calidez bajo el aire invernal. Josh se separa un momento, lo suficiente para escrutarle el rostro. Tiene la expresión decidida, pero espera algo. Ari deja escapar un suspiro entrecortado y asiente.

Él sigue sin moverse.

—Josh... —Está a punto de volver a tirarle del abrigo cuando, de pronto, él baja la cabeza y le roza la mejilla izquierda.

Ari contiene la respiración cuando Josh se le acerca a la parte trasera de la oreja y posa allí los labios. Vuelve a tirarle del pelo, esta vez para inclinarle la cabeza hacia la derecha y poder acceder mejor a su cuello. Ari siente que todo su cuerpo se estremece cuando él provoca con sus labios la respuesta simultánea de un millar de terminaciones nerviosas diminutas. Se le tensa el estómago. ¿Cómo lo consigue? ¿Cómo hace para saber por instinto dónde y cómo quiere que la toquen?

Algunos primeros besos son apresurados: un extraño enredo de manos y narices.

Josh, sin embargo, se toma su tiempo, animado por los pequeños gemidos que Ari no logra contener, se desplaza con lentitud por su cuello y le llena de besos la línea del mentón hasta que vuelven a encontrarse cara a cara.

Es el punto en el que podrían parar; y deberían hacerlo.

Pero no lo hacen.

La algazara de celebración de un millón de desconocidos se convierte en un simple ruido de fondo. Ari pronuncia el nombre de Josh con un murmullo justo antes de bajarle la cabeza para que sus labios vuelvan a encontrarse. Josh suelta algún resorte de su autocontrol y desliza la lengua dentro de la boca de Ari con un apremio que la deja sin aliento. Le acaricia la zona de la clavícula, con los pulgares apoyados en la base de la garganta.

Ese es el segundo punto en el que no paran.

El tercero es cuando las manos de Josh se abren paso por debajo de su abrigo acolchado y se pasean por la piel desnuda de su espalda, hasta que las desliza bajo la sedosa tela del vestido. Cuando las posa en su trasero, ella no puede evitar gemir contra su boca, y a él le sería muy fácil avanzar un paso y ponerla contra la pared.

Hay una parte de la mente de Ari que tiene ese momento precintado con la señalización de peligro. La barrera que marca el límite de su estricta relación de amistad se está saliendo de su sitio y amenaza con desmoronarse de forma inminente.

Pero tampoco paran ahí.

Porque hay algo que les dice que es absolutamente perfecto. Ari nota un agradable dolor en el estómago, y una intrincada red de emociones pujan por abrirse paso. Además, ¿a quién narices le importa la amistad cuando puedes sentir eso en vez del aturdimiento habitual?

Ella levanta los brazos para entrelazar los dedos en su pelo —algo que siempre ha querido hacer, a decir verdad— cuando un tremendo crujido rasga el frío ambiente de la noche y los saca a ambos de la febril neblina que los tiene envueltos.

Retroceden. Ari se pega a la pared trasera y Josh aparta las manos como si un maestro de la vieja escuela acabara de golpeárselas con la regla.

En algún lugar, hacia el sur, estalla un clamor prolongado.

Lo que finalmente los hace parar y evita que cometan una falta menor es el pistoletazo de salida del maratón de medianoche de New York Road Runners.

Se quedan mirándose el uno al otro durante lo que les parece un minuto entero; ambos esperan que el otro haga algo. Sería muy fácil volver a acercarse. Ari podría morderse el labio. Josh podría encogerse de hombros y bajar la mirada al suelo. Esa vez lo retomarían con cierta timidez, con más conciencia.

Pero cuando pasan dos, cinco, diez segundos, la extraña electricidad que los envolvía se disipa como una vaharada en el aire frío.

Quizá no ha sido el pistoletazo de salida del maratón. Quizá ha sido un trueno lanzado por una diosa que responde al nombre de «Por el amor de Dios, no tiréis esa amistad por la borda».

A Ari le quema en la garganta la necesidad de explicar por qué ese beso no debería ser el inicio de ningún romance épico. Pueden dejarlo en el punto en el que está. O en el que estaba el día anterior. Si les falla otra cosa importante en su vida, no podrán soportarlo.

Pero el mundo sigue girando un poco, como si acabara de bajarse de un carrusel.

—Ha sido...

Se interrumpe sin saber muy bien qué iba a decir. En el momento en el que están, la simple amistad le parece una certeza muy confortable. Como una manta antiestrés. Una vela con un sutil aroma de vainilla.

Y la alternativa es un cursor gigante que parpadea sobre un documento en blanco. A veces tiene la sensación de que Josh ya ha estado en esa página. Ha escrito párrafos y luego los ha borrado antes de que ella esté lista para abrir el documento.

La expresión de él se vuelve algo sombría.

—Ha sido solo un beso de Año Nuevo —dice él después de una eternidad de cláxones sonando y versiones desafinadas de *Auld Lang Syne*—. Y la hierba.

—Claro —es todo cuanto ella se siente capaz de responder.

Al parecer, toda su habilidad retórica ha quedado enterrada bajo la combinación de sustancias psicoactivas, la adrenalina y el deseo no satisfecho.

—No tiene por qué... significar nada —dice Josh con voz decidida, aunque su cara cuenta otra historia.

Debe de estarle transmitiendo algún mensaje en clave, pero Ari no es capaz de descifrarlo. Una intensa ráfaga de viento se cuela por su abrigo desabrochado. Josh se vuelve hacia la pendiente que conduce a Central Park West.

—Tendríamos que pasar antes de que cierren la calle por la carrera.

Atraviesa el arco sin esperarla, sin vacilar cuando ella no lo sigue de inmediato.

Ari permanece inmóvil durante unos segundos, preguntándose si Josh debería parar y volverse a esperar a que ella lo alcance. Pero sigue andando y ni siquiera aminora la marcha.

Se da impulso para separarse de la pared y corre tras él.

Quizá así está bien. Quizá es así como la gente normal afronta los errores; simplemente, siguen adelante. Ari se recuerda a sí misma que tiene que respirar hondo, pero el aire helado le hace daño en los pulmones.

En cuanto llega al punto en que la colina empieza a ascender, sus bellos y poco prácticos zapatos de tacón de aguja resbalan otra vez en el pavimento cubierto de escarcha, y el pánico la sacude por dentro aunque consigue mantener el equilibrio.

—¡Josh! —Se coloca de lado y empieza a arrastrar los pies con pasitos diminutos y la sensación de estar haciendo el ridículo—. No puedo subir por la pendiente.

—Pues tendrás que quedarte a vivir ahí —grita Josh, volviendo la cabeza.

Se toma su tiempo para volver a buscarla.

16

Miércoles, 4 de enero, 23:24

Josh: Ya he elegido la peli para esta noche.
¿Te parece bien Donnie Darko?
En mi época de adolescente frustrado me parecía el no va más del cine.

23:34

Ari: lo siento, esta noche no puedo
estoy muy ocupada

Josh: ¿A las 23:34?

Ari: no me dijiste que tenía que volver a salir?
hablamos luego?

Lunes, 9 de enero, 21:57

Josh: ¿Hola?
¿Sigues ocupada?

22:26

Ari: hola
estaba sirviendo canapés en la zona triestatal

Josh: ¿Sirves canapés en domingo?
En Film Forum hay una de Buster Keaton.

Ari: no puedo
voy a ayudar a Radhya con el restaurante

Josh: Vale.

Domingo, 15 de enero, 10:23

Número desconocido: ¡Ari! Soy Abby Cohen.
He tenido una idea brillante y me gustaría hablarlo contigo.
¿Quedamos mañana para un café rápido sobre las 9?

El interior de Bohemian Garden tiene cierto encanto sin pretensiones. El olor de la cerveza derramada y las salchichas asadas ha penetrado en los oscuros paneles de madera durante cincuenta años. Ese día, como excepción, Radhya lo ha enmascarado con cúrcuma, cardamomo, cilantro y tamarindo. Ari y ella han decorado los carteles de cerveza con detalles que han tomado prestados de la boda de la prima de Radhya: gruesas guirnaldas de claveles de la India artificiales en rojo y amarillo, sombrillas que cuelgan del techo y largas tiras de borlas y pompones.

—Repasemos los hechos. —Gabe, con mucha práctica, extiende un mantel con un estampado en serie sobre una mesa para cuatro—. Salís. Os pasáis el día enviándoos mensajes.

—Qué va —dice Ari mientras coloca una caja de acero inoxidable con especias en cada mesa.

No es ninguna mentira porque en las últimas semanas apenas han intercambiado más de cuatro saludos.

Por suerte, sus múltiples trabajitos siempre le proporcionan alguna excusa nueva: «Esta noche no puedo, me toca servir el vino / tengo que servir canapés de gambas / paseo a cinco perros / tengo un montón horrible de papeles del divorcio para firmar / estoy escribiendo un discurso para un *bar mitzvá*».

Y si contestas al mensaje, es que no estás evitándolo.

Además, Ari está saliendo más que nunca (jamás había experimentado tanta popularidad en las aplicaciones de citas), pero saber moverse dentro de la dinámica del sexo, los límites y los niveles de comodidad con dos desconocidos en vez de uno la deja agotada. Al ver a las parejas de novatos que navegan por primera vez en las aguas inestables de las relaciones abiertas, Ari siente el profundo alivio de poder alejarse de cualquiera de los dos en cualquier momento.

Y la marca indeleble de Josh está oculta detrás de todas las nuevas conversaciones.

—Os pasáis horas al teléfono por la noche, hablando de Dios sabe qué...

—De películas.

Para buscar una distracción, Ari reparte en pequeños cuencos la mezcla especiada de *papadam* y frutos secos que ha preparado Radhya.

—Pues resulta que sé que Ari Sloane nunca termina de ver las películas.

—Sí que las veo —insiste.

—Tendrías que habértelo tirado enseguida y quitártelo de la cabeza. —Gabe disfruta poniéndose dramático y se dirige a la siguiente mesa prácticamente con pasos de baile—. Has dejado que la cosa se enquiste y se pudra.

—¿Puedes no utilizar esa palabra?

—Pasaste de largo la fase del sexo sin pretensiones y fuiste directa a una cita formal en Nochevieja. Y ahora él se cree que sois pareja.

—No es cierto. —Está bastante segura de ello—. Somos amigos. Lo hemos dejado muy claro.

«Sí, ¿verdad?».

—Vale, pero ese tío sí que sabe. —En la cocina se oye un ruido que subraya la afirmación de Gabe—. Por lo que he visto, tiene ese morbo de los feos.

—¿Puedes parar de hablar así de él? —Ari deposita un juego de tres velas decorativas en la larga mesa comunitaria—. Es de mala educación.

Estupendo, ahora no puede dejar de darle vueltas a si está de acuerdo en que Josh es un feo con morbo o sencillamente tiene morbo, y a si la diferencia tiene alguna importancia.

—¡Es un cumplido! —Gabe desdobla más manteles de colores vivos—. No finjas que no te gusta.

Ari ha pasado las últimas dos semanas alternando entre dos modos mentales: por una parte, ha intentado borrarse de la cabeza el recuerdo del incidente en el Ramble de Central Park, y por otra, ha recopilado cuidadosamente en un álbum imaginario todas las sensaciones del momento, decorándolas con rótulos de bella caligrafía y cinta adhesiva de colores. Da igual cuántas veces cierre el álbum de golpe y lo meta en un cajón; al cabo de veinte minutos está otra vez acariciándose el labio inferior con el pulgar mientras piensa y recuerda.

Mierda. «Mierda».

—¿Habéis terminado ahí fuera? —grita Radhya desde la cocina—. Se supone que abríamos hace tres minutos.

Ari se dirige a la entrada principal y se asoma al ventanuco con la esperanza de ver una masa de gente aguardando en la cola para probar las delicias guyaratíes de Radhya. No hay ninguna cola, pero alguien con una parka negra está apostado a la izquierda de la puerta, y de vez en cuando levanta la cabeza como si estuviera esperando a su acompañante en una primera cita.

Gabe continúa preparando las mesas.

—Es el peor momento del año para implicarse por accidente en...

—Ay, Dios.

Ari vuelve a asomarse.

—... una relación. Tienes que solucionar este tema hoy mismo...

Josh va vestido en distintos tonos de negro y espera de brazos cruzados en el exterior de Bohemian Garden. No parece nervioso. No se mantiene ocupado mirando el móvil mientras observa a los transeúntes. Es, más bien, un mensaje telegráfico de fastidio. Se le ve alto, imponente. No hay el mínimo riesgo de que esboce una sonrisa.

Ari pega la espalda a la pared de la entrada, aunque es imposible que Josh la vea desde ese ángulo.

—... o veo que llegará San Valentín y estarás igual. ¿De quién te escondes?

—Está ahí fuera.

Gabe arquea las cejas y se asoma al exterior descaradamente.

—Anda, mira por dónde.

No hay motivos para estar nerviosa. Los dos están de acuerdo en que se dejaron llevar por la emoción de la Nochevieja. No tiene más importancia. Todo va bien.

Y llevan catorce días sin volver a hablar de ello.

—Yo te ayudaré a salir de esta —se ofrece Gabe—. Ponte las pilas.

—No. Las cosas... están en un momento delicado.

Gabe se aclara la garganta.

—Se supone que las relaciones por despecho no son delicadas. Ni complicadas.

—No es ninguna relación por despecho. En esta situación no hay despechos que valgan. Solo algo para calentar motores en Bumble, alguna cita especial en Tinder y alguna que otra pareja cachonda en Feeld.

Lo mejor es volver atrás y marcar bien los límites. Si en la última semana ha aprendido algo es la importancia de no cagarla con Josh. Hasta qué punto es primordial que las cosas vuelvan a la normalidad.

Gabe abre la puerta y Ari se siente como si estuviera embarcando en el zepelín Hindenburg.

Hace mucho tiempo de la última vez que Josh estuvo esperando en el exterior de un edificio, pasando frío. Cualquiera que lo vea pensará que lo han convocado allí para una cita a ciegas.

Ah, no. La última vez que estuvo en la puerta de un local fue hace dos semanas, aguardando a que llegara la misma tardona a la que espera ahora.

Comprueba su último mensaje, en el que ella le decía claramente que estaría en Bohemian Garden a las tres en punto. Y, aunque no ha vuelto a invitarlo formalmente a la inauguración del restaurante efímero de Radhya, ha pensado que el hecho de presentarse allí le daría un aire de magnanimidad.

Es mejor eso que seguir enviándole mensajes y recibir respuestas poco entusiastas y evasivas.

Es de una lógica aplastante que cuando dos personas se besan como ellos se han besado, tras muchos meses deseándolo con todas sus fuerzas, están obligadas a mantener como mínimo una conversación seria sobre lo que ha significado.

La Nochevieja ha dividido su amistad en un claro antes y después, y Josh está empezando a comprender en qué consiste ese «después».

En ese «después», Ari y él no han hablado desde que la acompañó a casa de Gabe tras la caminata por el Ramble. Pasó el primer día del año dándole vueltas a la cabeza, atrapado en la disyuntiva de la embriagadora experiencia al rememorar el beso y la forma tan decepcionante en que se desvaneció.

Y preguntándose si Ari y Gabe siguen viendo películas juntos, con todo lo que implica.

Son las pequeñas cosas las que no consigue quitarse de la cabeza: sentir por primera vez el tacto de su pelo, la suavidad de sus mejillas heladas y teñidas por el rubor, oírla susurrar su nombre... Es una nueva perspectiva de esas cosas que le son tan familiares.

Pero durante las dos últimas semanas, la confusión que se generó cuando pasó el momento ha teñido el recuerdo de Año Nuevo con una pátina oscura y viscosa.

Mira el reloj. Las tres y cinco.

Nunca es puntual, joder. ¿También es igual en sus trabajitos? ¿Se presenta tarde a las reuniones? ¿Y a las visitas? ¿Y a las citas? ¿Se va de rositas porque siempre aparece en plan divertido, soltándote un mote o sorbiendo ruidosamente de un vaso gigante?

Cuando se abre la puerta, Ari está plantada en la entrada, dándole un codazo en las costillas a un hombre que a Josh le resulta familiar. ¿Por qué ha dado por hecho que estaría sola? Seguramente, ellos también tienen bromas y motes privados.

Al observarlos mejor, se da cuenta de que se sienten muy cómodos el uno con el otro; demasiado como para acabar de conocerse. Ver a Ari tan cariñosa con otra persona hace que se le haga un nudo en la garganta.

Lo peor es que su incomodidad con Josh es evidente cuando por fin lo saluda con un «¿Qué estás haciendo aquí?».

—Briar quería venir —miente él, que ha tenido que suplicarle a su hermana para quedar con ella allí.

Josh se queda mirándola un momento, sopesando su expresión. Esperando a que deje entrever alguna pista sobre sus sentimientos ante esa aparición sorpresa. ¿Qué siente? ¿Alivio? ¿Satisfacción? ¿Un ligero entusiasmo?

No ve nada excepto el pánico mal disimulado. Tras un instante, se inclina hacia delante y le da un abrazo sin muchas ganas.

Un abrazo. ¿Desde cuándo se abrazan? Una vez sí que se abrazaron en Duane Reade, un día en que ella estaba borracha y él sostenía un aceite para bebé. Josh lo recuerda con claridad.

Y, por supuesto, también recordará ese segundo abrazo tan raro como el día en que Ari tuvo que demostrar que tenían una relación normal de amistad delante de su verdadero amiguito, al que seguramente abraza todo el tiempo.

«Mierda».

Planta bien las botas en la acera y se ancla todo lo que es posible hacer cuando ya se está de pie.

—Gabe Mendoza —se presenta el tipo, y le tiende la mano.

«Bien». El amiguito es Gabe. Josh siente una oleada de alivio antes de acordarse de que fue con él con quien Ari decidió pasar el resto de la celebración de Nochevieja, después de besar a Josh.

—Creo que ya nos conocemos.

Josh examina la cara de Gabe. Verdaderamente, sus ojos tienen un brillo especial. Y tiene una sonrisa que o bien ha estado sujeta a una ortodoncia prolongada o goza de la gracia de un magnetismo que, sin duda, la de Josh no tiene.

—La gente me reconoce por el anuncio de Geico —dice Gabe—. O el de T-Mobile. O por *Godspell,* la producción de Off-Off-Broadway.

—Creo que fue un día en que salías del apartamento de Ari sin calzoncillos, hace siete años.

—Ocho —masculla Ari, y abre de golpe la pesada puerta para que unos cuantos clientes entren en el local.

Lleva un vestido corto, negro con flores rosas, y Josh se tortura con la idea de que se ha arreglado para otra persona. ¿Una cita?

Desde que en Nochevieja volvió solo a su apartamento, su mente no para de dar vueltas. Imagina diferentes escenarios. Trata de identificar los pasos en falso.

¿Y si esa noche le hubiera propuesto a Ari que durmiera en su casa en vez de en la de Gabe? ¿Se habría impuesto la realidad bajo la luz irritante y los olores peculiares del metro de la línea B? ¿Habrían visto una película juntos? ¿Se habría quedado en el sofá? ¿Le habría pedido prestada una camisa?

¿Y si a ella le hubiera dado por asomarse a su habitación y le hubiera pedido permiso para acostarse con él en la cama? ¿Habría llamado a la puerta con suavidad? ¿Habría entrado a hurtadillas? Quizá no habría ocurrido nada parecido. A lo mejor él la habría cogido en brazos, asiéndole firmemente el trasero mientras ella cruzaba las piernas alrededor de su cintura, y luego la habría empujado contra la pared que hacía varias semanas tenía intención de pintar de color gris elefante.

Las opciones se extienden como las ramas de un árbol y dan pie a suposiciones infinitas.

Ese día Ari se comporta con evidente incomodidad: evita el contacto visual, coloca a Gabe en medio de ellos dos y le presta demasiada atención a la decoración del vestíbulo. Resulta muy frustrante la forma en que lo obliga a comportarse como ella necesita, sin tener en cuenta para nada lo que él quiere ni cómo se siente en relación con todo.

Para apartarse un poco de Ari, acompaña a su amigo al bar para tomar algo (de hecho, Gabe lo llama «una copichuela», y a Josh se le antoja un nombre más bien vulgar). Gabe parlotea demasiado, pero al menos no es esa nueva versión de Ari que ni siquiera lo mira a la cara.

Mientras esperan a que les sirvan los *boulevardier* aromatizados con pomelo, el amiguito de Ari se las apaña para entablar conversación con una guapa pelirroja que sostiene en las manos un gin-tonic al final de la barra.

—¡Chichi! —exclama Radhya, saliendo de la cocina a toda prisa—. ¿Puedes hacerte pasar por una clienta? De día se nota más si el local está muy vacío.

—Pero se está llenando —dice Ari, y acerca un pequeño cuenco con *papadam* cubierto de chile que tiene al alcance de la mano, aunque ya ha acumulado más de las calorías habituales en una comida porque no ha parado de atacarles a las tortitas crujientes mientras se preparaban—. El menú es perfecto para que la gente consuma mucha bebida. Todo el mundo tiene sed. Quizá podría conseguir que el propietario se comprometa a cedernos otro fin de semana el mes que viene.

—Esperemos que sí.

Radhya se coloca bien la chaquetilla de chef. Tiene una pose confiada que parece decir «Estoy donde me corresponde. Estoy dando los pasos adecuados». Es como un Super Mario que salta con valentía sobre los abismos para alcanzar el siguiente nivel.

A veces Ari se siente como un Luigi que deambula por el nivel inicial hasta el inicio del juego en busca de setas alucinógenas.

Radhya desvía la atención a la barra, donde Gabe está muy ocupado hablando con Josh y una mujer que se sostiene en equilibrio sobre un taburete desvencijado. No está claro con cuál de sus dos acompañantes está flirteando; posiblemente con ambos.

Ari capta el momento exacto en que Radhya vuelve a posar los ojos en la figura alta. Se queda helada y sacude la cabeza despacio.

—¿Me estáis tomando el pelo o qué, joder? —Pone énfasis en cada una de las sílabas—. ¿Has tenido que traerte a Kestenberg? ¿Justo hoy?

Ari echa hacia atrás los hombros.

—No sabía que iba a venir. A lo mejor solo quiere demostrarte su apoyo.

—Seguro que sí. —Radhya levanta los brazos y se ata más fuerte el nudo del pañuelo que lleva alrededor de la cabeza. Sus ojos castaños se posan alternativamente en Ari y en Josh, y se percata de que esa forma de ignorarse el uno al otro denota que, sin duda, hay algo que no pueden ignorar—. Te has acostado con él.

—¡No! —Ari retrocede como si acabara de recibir el impacto de una bola de *paintball*—. ¿No merezco ni siquiera la deferencia de que lo plantees como una pregunta?

—Vale, bueno, ahora te comportas como si hubieras cometido un delito, lo cual no es raro para nada.

—¡Yujuuu! ¡Ari! —Alguien cuyas uñas lucen una brillante manicura tamborilea en el hombro izquierdo de Ari. Esta se vuelve y ve una cara sonriente enmarcada por una melena larga y reluciente. Cree recordar que nadie le ha presentado nunca a Briar oficialmente, pero tiene claro que de mayor quiere ser como ella—. Vi tus fotos con Josh en Nochevieja, ¿sabes, corazón?

Radhya sonríe con aire de suficiencia.

—A mí no me has enseñado ni una puta foto.

Pone mucho énfasis en las palabras «puta» y «foto».

—Mi madre me mandó estas espontáneas. Son preciosas —prosigue Briar.

Saca el teléfono y busca una foto en la que Ari y Josh están bailando muy mal pero se les ve encantadores. La imagen solo sirve para poner en evidencia lo incómodo que resulta todo en ese momento.

Radhya arquea una ceja.

—¿Eres su hermana?

Briar asiente con entusiasmo y obsequia a Radhya con dos besos en las mejillas al estilo europeo.

—Estoy en todas las redes sociales como «A-Briar-Commitment». ¿Te importa si cuelgo algunas *stories* sobre el restaurante? ¿Tienes alguna etiqueta? Conozco a muchos *influencers* gastronómicos. Voy a colgar algo ahora mismo. ¡Ah! ¿Podemos filmar en la zona privada? —pregunta Briar, que ya se dirige a la cocina.

—Tú siéntate aquí y haz ver que la mesa está llena —grita Rad mientras se aleja, dejando a Ari sola enfrente de una gran mesa redonda—. Abre mucho las piernas, por ejemplo.

Ari se deja caer en una silla de madera y se lleva un puñado de frutos secos especiados a la boca. Tras unos minutos, Briar le envía por AirDrop las ocho fotos que dan fe de las últimas horas del año anterior. Ari las mira, y al fijarse en la mano de Josh sobre su hombro desnudo, el recuerdo de una sensación le produce un cosquilleo en la piel.

Se permite desviar la mirada hacia la barra. No hay motivo para que Josh no hable con la gente.

Para que no hable con mujeres.

Mujeres que llevan un jersey ajustado y tienen una brillante mata de pelo cobrizo.

Ari mira los mensajes del móvil y hace caso omiso de la notificación que anuncia el bajo nivel de la batería. La pareja con la que estuvo la semana anterior está dispuesta a quedar para tomar algo (o para lo que sea) más tarde.

Hombre Canoso + Rubia Explosiva : mi mujer tiene muchas ganas de volver a verte

Vuelve a guardar el móvil en el bolso y se anima momentáneamente, aunque se siente un poco intranquila porque, por algún motivo, nunca es la mujer la que envía los mensajes. Al menos este no utiliza el emoticono del pulgar hacia arriba, como la mayoría de los hombres de mediana edad.

Al cabo de un minuto, Gabe deja cuatro vasos y una jarra llena de cerveza pale ale sobre la mesa.

—Tu amigo ya ha conseguido el número de teléfono —dice en un tono de voz demasiado alegre que resulta estridente.

¿Cuál sería la respuesta de chica relajada ante esa afirmación? «¡Qué interesante! ¡No me había dado cuenta de que a los dos nos gustan las tías con las tetas como naranjas!».

Josh coloca una servilleta debajo de cada uno de los vasos. Tiene más rubor en las mejillas del que Ari ha notado antes, pero tiene la expresión tirante, como si se estuviera esforzando para no delatar ninguna emoción.

Ari, en silencio, coge otro puñado de frutos secos mientras Gabe sirve la bebida y llena las copas hasta el borde.

Sostiene la jarra sobre la cuarta copa.

—¿Esperamos a alguien?

Ari se permite medio segundo de contacto visual con Josh.

—Briar está aquí. Pero ha ido a la coc...

—¡Hostia! —Unas gotas de cerveza salpican el dorso de la mano de Ari. Gabe deja la jarra en la mesa de golpe y se vuelve para mirar atrás—. ¡Llevo años siguiéndola!

Ari vuelve la cabeza y ve que Briar está de camino a la mesa con el teléfono en la mano y el abrigo colgado en el brazo.

—Puedes encontrarla en Instagram con el nombre «A-Briar-Commitment».

Gabe fulmina a Ari con la mirada.

—¿Por qué no me lo habías dicho?

—Espera un momento. Yo a ti te conozco —dice Briar, señalando a Gabe a la vez que intenta recordar quién es—. ¿Cuál es tu nombre en las redes?

—Soy «Bye-Bye-Bi-Boy».

Extiende los brazos y casi le da una bofetada a Josh.

Se oye un chillido de los que perforan los tímpanos y Briar corre al otro lado de la gran mesa comunitaria para abrazar a su alma gemela en las redes sociales.

—¡Ay, madre mía! Me has tenido enamoradísima. —Briar se cubre la boca con la mano—. ¿Está bien decir eso?

—Joder, pues claro. —Se abrazan como si fueran viejos amigos que no se han visto en mucho tiempo, balanceándose adelante y atrás—. Pero mejor dilo en presente.

Ari siente que su mirada se desvía hacia la otra persona de la mesa que no está implicada en el abrazo. No puede evitarlo. Josh tiene una cara que está pidiendo a gritos que la sometan a un escrutinio. También él la está mirando, pero la forma en que lo hace más bien la incomoda.

—¿Os conocéis? —pregunta Josh.

—¡Es «Bye-Bye-Bi-Boy»! —exclama Briar, como si fuera una referencia evidente para todo el mundo—. Hace años que nos seguimos mutuamente. Ven, Josh, siéntate al lado de Ari y así estaremos en igualdad de condiciones.

¿Josh retira la silla a regañadientes o solo lo parece? ¿Está enfadado? Ari da tres grandes tragos de cerveza cuando él toma asiento a su lado. Parecen los raritos de una cita grupal improvisada.

Deben de haber pasado tres horas mientras Briar y Gabe hablan muy animadamente sobre lo mejor del álbum *Folklore* de Taylor Swift e intercambian cotilleos sobre actores de los que Josh no ha oído hablar nunca. Más allá de intuir su sensación de incomodidad, no consigue dilucidar qué le pasa por la mente a Ari. Josh finge no darse cuenta de que, cada dos por tres, Radhya asoma la cabeza por la puerta de la cocina con aspecto de estar más y más agobiada a medida que los seguidores de Briar se acumulan en la zona del comedor.

Sin embargo, cuando de pronto se planta junto a la mesa, Josh nota que una repentina oleada de ansiedad le oprime el pecho. Ella tiene la expresión muy tensa, como si estuviera a punto de soltarle un sermón que lleva mucho tiempo conteniendo.

—Me he quedado sin *roti* —susurra, agachándose junto a Ari—. Necesito que me ayudes a preparar más. Por favor. Es más o menos como derretir queso en la plancha.

Ari ya se está levantando de la silla cuando Briar exclama:

—¡Espera! ¡Lo hará Josh!

Radhya retrocede.

—Por Dios, no...

—Ni hablar —suelta Josh en ese mismo instante.

—¡Es todo un profesional! —exclama Briar con una sonrisa de oreja a oreja—. No te ofendas, Ari.

Josh le lanza una mirada de advertencia nada sutil, pero ella finge no darse cuenta. El último lugar donde quiere estar es en la cocina, y menos en la de alguien que le guarda rencor desde hace años.

Por la cara que pone, se diría que Radhya preferiría desaparecer antes que aceptar la ayuda de Josh, pero aprieta los dientes (literalmente) y señala la cocina.

Josh aparta la silla, y al hacerlo arrastra las patas contra el entarimado del suelo. Sigue a Radhya hasta la cocina y se prepara para lo peor mientras pasa junto a las otras mesas, sintiéndose en evidencia a pesar de que no conoce a ningún otro cliente.

Se nota que están en una cervecería, porque en la cocina hay muchas freidoras y varios cacharros que a Josh no le suenan demasiado. Da la sensación de que todas las superficies están cubiertas por una fina bruma grasienta.

—Pon doscientos veinticinco gramos de harina integral de trigo en esta bandeja —dice Radhya de mala manera, y empuja hacia Josh un gran plato metálico—. Luego añade agua templada, poco a poco.

Josh pestañea varias veces ante el recipiente, aliviado de poder emplear la jerga de cocina en lugar de tener que pronunciar una disculpa muy incómoda. Se lava bien las manos en el fregadero.

—¿Cuánt...?

—Ciento veinte mililitros, pero tienes que incorporarla poco a poco. Fíjate en cómo preparo la primera tanda, antes de que la cagues.

Radhya humedece un poco la harina de su bandeja y la mezcla con la otra mano hasta que se convierte en una masa esponjosa. Introduce la mano en agua y empieza a trabajar la masa, aunque tiene los dedos más separados de lo que Josh recuerda haber aprendido en la escuela de cocina.

—¿Tienes idea de lo humillante que fue ver tu cara de tío estúpido y petulante el año pasado en *Bon Appétit*? —le suelta sin volverse, concentrada en sus tareas de preparación del pan indio.

Ha ido directa al grano. Muy bien.

—Quiero arreglar...

—No, no puedes arreglar nada. Esto no son los doce pasos para una vida mejor. Me importa una mierda tu desarrollo personal. —Radhya se vuelve por fin a mirarlo sin dejar de trabajar la masa—. Quiero seguir resentida contigo. Me sirve de motivación.

—Fue un calentón —dice él mientras coloca la harina en la báscula con la ayuda de una cuchara—. Los dos nos pasamos de la raya.

—Estuve meses torturándome, recordando aquel momento una y otra vez. Y cada vez que me entrevistaban para otro trabajo, tenía ese jodido runrún en la cabeza. El síndrome del impostor. El complejo de inferioridad porque no había ido a una escuela de cocina ni había trabajado en el extranjero.

—Nunca dije que tu técnica fuera mala.

—Sí, sí que lo dijiste, hostia. Me dejaste en ridículo delante de todo el personal de cocina por una puta receta de pato en el peor momento de mi vida.

—Créeme —empieza a decir Josh—, sé muy bien lo mal que se pasa cuando te humillan.

—No. —Radhya se acerca—. Tú y yo no nos parecemos en nada. Me pasé diez años aguantando la mierda de tíos como tú en la cocina —dice, apartando de sí la masa porque necesita concentrarse en la discusión sin distracciones de por medio—. Hombres blancos a los que vi subir como la espuma y de quienes tuve que aguantar de todo, desde microagresiones hasta acoso sexual. Tuve que ser el doble de buena que ellos y no contaba con el lujo de que me ofrecieran una segunda oportunidad.

Seguro que hay una buena respuesta para eso, pero Josh no la tiene entre su repertorio.

—Me alegro de que por fin podamos hablar —es todo cuanto logra decir.

—¡Guau! ¿Después de cinco años? —Radhya da un gran trago de su botella de agua—. Sí que has tenido prisa.

—La cosa se nos fue de las manos —conviene él.

—Eso no me suena a disculpa.

—¿Perdón?

Clava el dedo índice en el pecho de Josh.

—Veo que ya vas aprendiendo. Vuelve a decirlo, y esta vez ponle más sentimiento.

—Vale. —Josh respira hondo el aire con olor a fritanga—. Perdón. —Suelta un suspiro—. Hasta cierto punto, probablemente fue porque... me sentía inseguro en mi cargo de chef. Intentaba controlarlo todo y estaba... a la defensiva. Y no era consciente de que te acababas de divorciar. —Josh hace una pausa mientras intenta descifrar la expresión de Radhya, que denota incredulidad y exasperación al mismo tiempo—. Lo cierto es que me alegro de que estés con esto de los restaurantes efímeros. Eres una cocinera con mucho talento y la comida está... espectacular.

Ella no responde, pero asiente con la cabeza antes de retomar la tarea de amasar mientras él intenta imitar sus movimientos. La masa está esponjosa y le produce una sensación curiosa y agradable. Introduce los pulgares hasta el fondo y le da vueltas y vueltas.

—¿Dónde trabajas ahora? —le pregunta Radhya.

—Hace casi un año que no afilo los cuchillos.

Siguen con la tarea en silencio durante unos minutos. A Josh no le molesta. Esa situación lo calma, igual que cuando se concentra en trocear los alimentos a la perfección. Quizá esto es menos violento.

Ella lo observa y añade un poco más de agua a la masa.

—Hace mucho tiempo que conozco a Ari...

—Yo también.

—No, tú no —le suelta antes de ahondar en su argumento—. ¿Cuánto tiempo hace que la conoces? ¿Unos meses? Y la has pillado en una época baja. —Coge un rodillo fino y lo hace rodar sobre bolas de masa espolvoreada con harina para formar unos discos planos y perfectos—. A lo mejor ya te has dado cuenta.

—¿Cómo que «a lo mejor»? —Si no tuviera las manos manchadas de harina, haría aspavientos—. ¿Quién te crees que ha sido su paño de lágrimas? ¿Quién se ha pasado horas al teléfono con ella? ¿Quién la ayudó a montar los muebles de Ikea con esas llaves Allen diminutas?

—¡¿Fuisteis a Ikea?!

—¿Quién vio cómo le flaqueaban las rodillas delante de su ex de los cojones? No recuerdo que estuvieras presente.

Radhya deja de amasar. Se le nota en la mirada que está herida.

—Muy bien. La estás hundiendo más en la miseria.

—¿Cómo dices?

Radhya sacude la cabeza y sigue empujando el rodillo con movimientos controlados y regulares.

—Quiero que entiendas una cosa. —Hay cierta voluntad de trascendencia en el modo en que Radhya hace una pausa y lo mira a los ojos. Insinúa que lo que Josh ha dicho es injusto—. Ari es una persona que se anda con pies de plomo, ¿vale? Antes de Cass, no tuvo ninguna relación seria. Y entre ellas se estableció una dinámica que no era precisamente sana.

Josh se dio cuenta de eso en el primer momento, prácticamente nada más conocer a la ex de Ari: la dinámica de la relación no era sana para nada. Le da cuatro vueltas más a esa idea y, de pronto, todas las piezas del puzle encajan con una facilidad gratificante.

—No cuenta con muchas personas en las que pueda confiar. —Radhya espolvorea harina sobre una torta de pan indio y la aplasta con la mano—. Hace falta tiempo para recuperarse después de que te traicionen y te dejen en la estacada. —Josh nota que está apretando el puño de forma repetida—. Tiempo y espacio.

—¿Por qué me cuentas eso? —pregunta, aunque sabe muy bien adónde quiere ir a parar.

—Cuando te enamoras de un amigo, las cosas siempre acaban...

—No estamos enamorados. —Habla con un hilo de voz y nota que la masa se le está quedando seca entre las manos—. Tanto ella como yo salimos con otras personas.

Es cierto. No puede decirse que no lo sea.

—... por descompensarse. Y pueden terminar muy mal.

—¡Me besó! —Un pedacito de masa sale volando por accidente—. Bueno, nos besamos. —Baja la voz y yergue mucho el cuerpo—. Sí, fuimos los dos. Ahí no hay descompensación que valga. —Radhya no tiene ni idea de hasta qué punto la cosa estuvo compensada. Solo faltaba la estatua con los ojos vendados y la balanza—. ¿No te lo ha contado?

Los ojos de Radhya dejan traslucir de nuevo que está herida.

—No. —Deja escapar un suspiro como si acabara de completar la última tarea de una lista de diez páginas, y calienta una plancha de hierro fundido colocándola sobre uno de los quemadores—. Ari se lo guarda todo dentro hasta que explota.

—Conmigo no es así —dice Josh encogiéndose ligeramente de hombros, y en el gesto deja traslucir cierto aire de superioridad; de chulería.

No puede evitarlo, hace demasiado tiempo que convive con esa sensación de estar pagado de sí mismo.

Le pasa su parte de la masa a Radhya.

—No fuerces las cosas. —Introduce el dedo índice tres veces en la bola y le añade un poco de agua—. Ari te ha tomado por su salvador, o algo así. Si piensas seguir siendo amigo suyo, pues sé su amigo y punto. Pero no se trata de seguir por ahí para llegar a algo más.

—No estoy forzando nada.

Vale, de acuerdo. La frase ha sonado como una evidencia de que, en efecto, sí que está forzando las cosas. ¡Pero no es verdad! Ari le dio un beso. Lo que pasó, pasó. Y Radhya no es quien para convencerlo de lo contrario.

—Ari necesita tiempo. —Coge una bola de masa y forma un círculo casi perfecto—. Sé bien de lo que te estoy hablando.

El tiempo se la había jugado bien jugada un par de veces.

—Ahora los brazos son como antes los muslos —asegura Briar a la vez que acaricia los bíceps de Gabe—. Quiero decir que tan importante es el trapecio como la escápula o el antebrazo. Pronto veremos más máquinas de remo en los gimnasios, salas llenas de barras para desarrollar la musculatura.

Se la ve cómodamente sentada con las piernas encajadas debajo de una silla de madera minúscula.

—¡Sí! —exclama Gabe, estampando la mano en la mesa, que apenas tiene estabilidad y hace que la cerveza rebase el borde del vaso de Ari—. Acabo de colgar un tuit sobre por qué, en mi opinión, las barras de mono serán el siguiente gran éxito de los gimnasios, y el *runner* de *The Bachelorette* me ha retuiteado. Dice que va a formar un grupo para ir a correr una vez por semana a Central Park.

—¡¿Ryan?! —exclama Briar—. ¿El *influencer* de *fitness*? Ay, ¡es el soltero de oro! Todo el mundo bebe los vientos por él...

Hace media hora que han excluido a Ari de la conversación salvo para pedirle que les haga fotos con sus respectivos teléfonos. De vez en cuando, Ari mira hacia la cocina esperando oír gritos o que alguien salga por la puerta echando chispas.

Pero cuando Josh aparece, tiene una expresión reflexiva, como si estuviera intentando revelar el misterio de los teoremas de incompletitud de Gödel. Se sienta en la silla sin decir nada.

—Tu novio ha vuelto —anuncia Gabe con voz cantarina.

—No es mi...

—No soy su novio —ratifica Josh, y lo dice en voz muy alta.

Muy, muy alta.

Se miran un momento antes de apartar la vista. Ari empieza a apilar los platos vacíos en un intento desesperado de tener las manos ocupadas. Nota que, a su lado, Josh mueve la rodilla con nerviosismo.

—«Me parece a mí que la dama protesta demasiado» —le suelta Gabe a Briar. Ari le lanza una mirada furibunda para advertirlo de que pare, y él levanta las manos en el aire en señal de rendición—. Vale, ya paro.

Ari ha visto a Gabe borracho bastantes veces como para deducir que, probablemente, no lo hará.

—¿Cómo os ha ido en la cocina? —pregunta Briar, y se incorpora un poco para abandonar la postura un poco acurrucada junto a Gabe.

—Pues... —Josh retuerce la boca, escogiendo las palabras con cuidado—, ha sido interesante.

—¡Radhya y tú tendríais que montar algo juntos!

—Y yo creo que Ari y tú... —Gabe hace un gesto con los dedos índices que podría interpretarse de varias maneras— tendríais que dejaros llevar de una vez. Ya os habéis besado. La cosa ya no tiene vuelta atrás.

Menos mal que había dicho que iba a parar.

—¡Madre mía! —Briar se queda boquiabierta—. ¿En serio os habéis besado? ¿Por eso pasas de todas mis opciones en Raya? —Vuelca una copa vacía al extender el brazo hasta el otro lado de la mesa de madera para cogerlos a los dos por las muñecas—. Tíos, yo lo veo. —Mira a Josh muy fijamente—. ¿Cuándo pasó? ¿Por qué no me lo has contado? ¿Cómo fue?

Gabe hace sonar la copa de cerveza con un tenedor, como si quisiera anunciar un brindis por los recién casados en un banquete de boda.

Ari tiene la sensación de que la han atado en el asiento del acompañante de un coche que está completamente fuera de control. Estira el brazo para apartarse de Briar. ¿Por qué la gente tiene tantas ganas de enterrar una amistad verdadera bajo el peso de una relación romántica?

—¡Fue una tontería! —Lo grita más fuerte de lo que había previsto, y un grupo sentado en la mesa contigua interrumpe la conversación para mirarla—. ¡Todo el mundo se besa para celebrar el Año Nuevo! —Ari se vuelve hacia Josh para que confirme lo que ella dice, para demostrar que hacen frente común, pero él pone cara de que acaba de clavarle un puñal entre las costillas—. Es una tradición. —«Cierra el pico»—. No fue nada más. No tiene ninguna importancia. —«Para. ¡Para ya!»—. Así que haced el favor de dejarlo estar.

Ninguna de las personas sentadas a la mesa abre la boca. De hecho, a su alrededor todo el mundo ha dejado de hablar. Ari nota que el corazón le aporrea el pecho.

En su mente suena una voz: «Esto está mal, esto está mal, esto está mal». Josh la mira con una mezcla desesperada de confusión y... alguna otra cosa. Mierda. «Mierda».

Gabe se aclara la garganta. Briar dice algo que Ari no alcanza a oír. A Josh le vibra el móvil y pasa mucho tiempo leyendo lo que parece un mensaje corto.

Ari parpadea para ahuyentar las lágrimas mientras observa cómo Briar y Gabe retoman su abrazo de embriaguez como si fuera lo más sencillo del mundo.

¿Por qué las cosas ya no son fáciles?

Josh no dice nada cuando su teléfono vuelve a vibrar. Deja la servilleta, muy arrugada, en el plato vacío que tiene delante, arrastra la silla hacia atrás y se levanta, cerniéndose sobre el grupo.

—Me esperan en otra parte —anuncia.

17

A Josh no lo esperan en ninguna parte.

Hace aproximadamente ocho meses que no lo espera nadie en ningún sitio.

Lo que pasa es que no puede seguir allí sentado junto a Ari.

En el momento en que introduce los brazos en la parka, la que le prestó a ella hace unas semanas, Ari también se levanta de la mesa.

—Espera —dice—. Tengo... cosas que hacer. Yo también me voy.

Lo sigue hasta la salida y echa a perder el intento de Josh de abandonar el local en su nube de enfado, silencioso y estoico. Él la ignora y deja que la pesada puerta se cierre tras de sí. Sin la protección de su barba irregular, el viento le araña la cara.

Las bisagras chirrían, y Josh aprieta el paso para cruzar la calle con la firme intención de no mirar atrás.

Al cabo de diez segundos, oye unos pasos el doble de rápidos que los suyos que se le acercan por detrás.

—¡Eh! —grita Ari—. Espera. ¿Adónde vas? —Él no aminora la marcha, pero aun así consigue alcanzarlo entre jadeos. Lo mira expectante, como si no hubiera motivo para no seguir su camino juntos—. ¿Al metro?

Josh se devana los sesos en busca de una alternativa que no encuentra —porque ¿adónde narices va a ir si no en Astoria?— y asiente con un gesto lacónico.

—Yo también —dice ella, y se pone las manoplas que asegura que abrigan más que los guantes. ¿Qué hace una adulta con manoplas? ¿Es esa la persona por la que está perdiendo la cabeza?—. He quedado con aquella pareja en Chelsea. El tío canoso que tiene una mujer que está como un tren.

Claro, cómo no. Claro que se ha vestido así para alguien. Ni siquiera lleva el abrigo nuevo, a pesar de que hace un frío que pela. Es como si no quisiera correr el riesgo de que algo le recuerde a él. Prefiere congelarse con su chaquetón sin forrar de las rebajas de T.J.Maxx.

—El fin de semana ha pasado muy deprisa —prosigue Ari.

¿Desde cuándo hablan de banalidades como esa? Debería preguntarle qué hizo el día anterior para que el tiempo le haya pasado tan rápido, pero prefiere no saberlo. Seguramente acompañó a casa a algún desconocido, o varios, y salió de su apartamento al cabo de cincuenta minutos.

Josh está demasiado nervioso para anclarse. Joder. La tormenta emocional ha dado al traste con el barco.

En completo silencio, avanza con zancadas aún más grandes cuando doblan la esquina de la calle Treinta y uno, como si así fuera a dejar atrás cualquier posible conversación.

Pero Ari le sigue el paso.

—Estaba buena la tía de la barra, ¿eh?

—Sí —conviene él.

Eso debería sentarle como si le clavaran un puñal y se lo retorcieran en la herida, pero es una victoria pírrica. Una garantía de destrucción mutua.

—Gabe dice que le has pedido el teléfono.

Josh gira frente a la amplia escalera que conduce al andén del metro.

—Sí.

Examina la cara de Ari en busca de alguna señal que indique que se siente herida, pero, si la hay, es tan sutil que resulta frustrante. Tiene los labios apretados en una fina línea, pero no consigue captar nada que pueda etiquetar como «prueba visual de los verdaderos sentimientos de Ari».

—Bien.

Cada respuesta monosílaba se le clava en mitad del pecho. Ari sube los primeros escalones y vuelve a colocarse la plácida máscara de absoluta indiferencia.

Por eso, precisamente, tiene que animarse a dar el siguiente paso; se lo debe a sí mismo: tiene que salir con esa chica tan agradable de Connecticut —¿o era Filadelfia?—, la de los grandes ojos castaños y los labios carnosos, y convertirlo en una cita lo más al uso posible. Una cena o una copa. Un beso un poco torpe en la puerta de su casa. Será una experiencia sin mayores altibajos. No tendrá ningún nudo en el estómago ni sentirá una agonía lenta.

Y es mucho mejor así. Es más sano. «Es lo que me merezco».

Sube los escalones de dos en dos y deja atrás a Ari.

Ari rebusca en su bolso para encontrar la tarjeta de transporte mientras Josh cruza deprisa el torniquete de acceso.

Ha intentado entablar con él una conversación banal. Le ha seguido la marcha. Ninguna táctica parece servir para enmendar lo que se ha roto.

Pasa la tarjeta por el punto de acceso, pero topa contra la barrera. «Saldo insuficiente». Joder.

Seguramente, Josh está rezando para que el tren se lo lleve de allí antes de que Ari tenga tiempo de recargar el título de transporte. Volverá a Manhattan, donde se siente seguro, y seguirá adelante con su vida con la grata certeza de que ha esquivado una bala.

Ari hace muchos aspavientos para que él se dé cuenta de que tiene que ir a la máquina expendedora, con la esperanza de que dé media vuelta y le ofrezca usar su tarjeta. No es para ahorrarse el precio del viaje, aunque los dos dólares con setenta y cinco centavos equivalen a media hora de trabajo en NeverTired.

Necesita algo a lo que aferrarse; un gesto que le asegure que la brecha que los separa no se hará más y más grande.

Cuando aprieta el dedo índice contra la pantalla táctil para seleccionar la tarifa mínima de cinco dólares con cincuenta, ve que Josh avanza un poco en la otra dirección y pasa frente a las personas apiñadas que esperan el próximo tren de la línea N con destino a Manhattan.

En el momento en que pasa la tarjeta de metro recargada y cruza la barrera de acceso, ve que Josh se está colocando unos AirPods en los oídos.

Le molesta.

No, no solo le molesta. Le duele. Es la misma clase de trato mezquino a que la sometía Cass condenándola al silencio siempre que no estaba dispuesta a ceder y disculparse por algún supuesto agravio contra la relación. Como una advertencia de lo que le espera a continuación.

Lo que significa que no puede permitir que se salga con la suya. Tiene que vengarse un poco.

Le da unos golpecitos en el hombro.

—¿Estás haciendo pinitos con la táctica pasivo-agresiva en vez de agredirme con la táctica común?

—¿Qué?

Josh se quita los auriculares de las orejas y hace un mohín con tanta sutileza como un actor de cine cómico.

—Desaparecer de la vida de una amiga sin dar explicaciones cuando su pareja acaba de abandonarla es un comportamiento de cabrón.

Por una vez, Josh se mantiene inexpresivo.

—No entiendo qué quieres de mí, Ari.

—¡Deja de evitarme!

No han discutido nunca; por lo menos, durante el tiempo que han sido amigos. Nunca han tenido una verdadera discusión. Como no viene ningún tren..., se lo pueden permitir.

—¿Que yo te evito? ¿Lo dices en serio? —Avanza solo medio paso, como si no tolerara estar más cerca de ella—. Llevas dos semanas fingiendo que aquí no ha pasado nada, joder.

Ari nota que algo pequeño, vivo y punzante palpita entre sus costillas.

—Yo no estoy fingiendo —protesta—. Pero tenemos que evitar que la cosa se salga de quicio. —Se quita la bufanda que siente que le oprime el cuello—. Fuiste tú quien dijo que no había tenido importancia, que había sido «solo un beso de Año Nuevo. Y la hierba». Esas fueron tus palabras exactas.

—Pues claro que fui yo, porque tú no dijiste nada. —Baja la mirada al andén. La cara de Josh siempre expresa dolor, como si no hubiera aprendido a esconderlo—. Y, por lo que parece, sentiste un gran alivio cuando yo... —hace una pausa para respirar— le quité importancia.

—Me dejé llevar por la emoción del momento —dice Ari—. Había bebido mucho, me sentía sola.

Es lo que no ha parado de repetirse durante las últimas dos semanas, pero en su cabeza no suena con tanta convicción.

—Qué gran descripción de nuestra supuesta amistad. —Josh echa a andar de nuevo—. Resulta que yo estaba cerca cuando te sentías así de desgraciada.

—No he querido decir eso.

—No. —Josh sacude la cabeza—. Acabas de explicarme perfectamente lo que sientes. Me has aguantado porque estás deprimida y no quieres estar sola, y parece que soy la única persona de esta ciudad con quien tienes muy claro que no vas a echar un polvo.

—¿Ahora resulta que quieres que echemos polvos? —Sienta bien poder acusarlo de algo—. ¿Es eso lo que siempre has querido? La mitad de las personas con las que me acuesto ni siquiera me gustan.

—Porque prefieres echar un polvo con alguien a quien odias que con alguien a quien amas.

—¿Quién ha hablado de amor?

—Tú seguro que no —le espeta—. Porque tendrías que dejar de lado la fachada de que nada te importa. Te vi hecha un mar de lágrimas. Esa es tu verdadera vida. —A Ari le entran ganas de salir corriendo, y gira sobre los talones de las botas Ugg de imitación, dispuesta a escapar, pero Josh la alcanza—. No quiero volver a oír hablar de los tríos, ni de la cabrona de tu ex, ni de las compañeras de piso con las que te acostabas. ¿Quieres tener a alguien entretenido? Pues súbete a un escenario, pero a mí no me llames más.

Josh da media vuelta otra vez con la intención de dejarla con la palabra en la boca, pero Ari no puede permitirlo.

—Pues vamos a hablar un momento de tu verdadera vida —dice, dándole alcance—. Has decidido quedarte sentado en casa de brazos cruzados. Mides a todas las mujeres con las que sales según un estándar de perfección ridículo, pero tu relación más íntima es con el plato de ducha del gimnasio.

Por fin Ari ve asomar las luces del tren de la línea N que se dirige al sur desde la estación de Ditmars.

—Pues hace una hora he conocido a alguien.

Tiene la voz ronca y débil, y el tren está tan cerca de la parada que se oye mucho ruido de fondo.

—Pero no te acostarás con ella, ¿verdad? La llevarás a cenar a un sitio carísimo, descubrirás que no es perfecta en algo y me escribirás para contármelo.

Hay por lo menos diez personas mirándolos.

—¡Sabes muy bien por qué nos dimos ese beso! —Josh habla prácticamente a gritos ante el ruido creciente—. Hace dos semanas que sabes la verdad, y finges que no la ves, pero está ahí. No puedo seguir mirándote a la cara mientras espero a que reconozcas que, verdaderamente, lo que pasó fue la leche. No puedo.

Josh se pasa la mano por el pelo y suelta un suspiro. También a ella le cuesta un mundo mirarlo.

—Yo... —Se le atascan las palabras en la garganta—. Yo no...

El andén tiembla bajo sus pies.

—La próxima vez que eche un polvo, no será porque estoy desesperado por quitarme a mi ex de la cabeza —grita él, pero sus palabras quedan ahogadas por el rugido del tren que pasa frente a ellos a toda velocidad. Ari contiene la respiración. Si no suelta el aire, el tiempo se parará en ese preciso instante—. No me he acostado con nadie porque la única persona...

—Josh, por favor...

El tren frena con un chirrido y anula sus voces.

Las puertas se abren con un quedo siseo mecánico, como si todo fuera la mar de normal y Ari no acabara de sentir que el estómago le ha dado un vuelco tan enorme que la ha catapultado a la acera de la calle Treinta y uno. Una voz enlatada y siempre alegre anuncia: «Astoria Boulevard. Tren de la línea N con destino a Manhattan. Próxima parada: Avenida Treinta».

Josh entra al vagón de espaldas. Ya está. Esa es la última imagen de Josh que Ari mantendrá grabada en su cerebro.

—Te deseo —dice él.

Ari emite un sonido indescifrable, pero no es una palabra. Tiene la certeza de que esa frase, con esa entonación tan seria, se repetirá por siempre en su memoria. Como la mejor parte de una canción. El trozo de *Hey, Jude* que culmina con los «na-na-na-nanana-na». La que te pone los pelos de punta.

—Es que... —se oye decir a sí misma— no quiero que esto cambie. —Señala el espacio vacío entre ambos—. No puedo permitirme perder esto.

—No vamos a perder nada.

Él le tiende la mano, y su mirada de esperanza se vuelve resignada a medida que la gente empuja para pasar y Ari permanece allí, paralizada.

El tramo entre el vagón y el andén se le antoja un abismo insalvable. Podría ignorarlo. Se le da muy bien tragarse los sentimientos inconvenientes. Pero los que tienen que ver con Josh siempre flotan en la superficie.

«Atención: cerrando puertas».

Las puertas se desbloquean con un movimiento brusco y empiezan a deslizarse, y el único pensamiento que martillea en la mente de Ari como el redoble de un tambor es que no puede quedarse en el andén y ver cómo el tren se aleja. No puede permitir que también Josh la deje.

Le aferra la mano y él la introduce en el vagón en el último momento.

18

El tren arranca con una sacudida y lanza a Ari contra Josh. El encontronazo no es nada sexy, a pesar del nuevo..., hummm..., contexto que se ha establecido dos segundos atrás. Un extremo suelto de la bufanda arcoíris de Ari se engancha con un cierre del abrigo de Josh.

Seguramente, deberían besarse apasionadamente o, como mínimo, mirarse a los ojos. Pero Ari se coloca de tal modo que quedan el uno al lado del otro, de espaldas a la puerta. Le resulta imposible mirarlo a la cara. Es como verse obligada a salir al escenario sin saberse el papel.

Menudo miedo estúpido para una actriz de improvisación. Pero eso es diferente.

Por lo menos, él tampoco la mira, y eso la alivia un poco.

El tren avanza dando tumbos, y Ari cuenta para sí las paradas restantes: «Broadway... Treinta y seis... Treinta y nueve... Queensboro Plaza...».

Josh pone una cara que le recuerda a la expresión que tenía durante la cuenta atrás de Año Nuevo, pero la luz de los fluorescentes le da otro aspecto. Más transparente; más obvio. Como subrayado con un rotulador rojo brillante. Sin dejar opción a preguntas en el aire.

Claro que, hasta ese momento, su relación ha sido un gran interrogante, de modo que ¿qué pasa cuando por fin tiene la respuesta? Ahí mismo. Un «te deseo» mirándola a la cara. Literalmente.

Josh no dice nada, pero Ari nota que mueve la mano para entrelazar los dedos con los de ella. Le acaricia el interior de la muñeca con el pulgar y... «¿No vamos a hablar de esto?». El vagón se vacía y se llena varias veces. Ari efectúa ese trayecto todos los días, pero esta vez se le hace interminable y, al mismo tiempo, parece estarlo viviendo a cámara rápida.

«Próxima parada: Times Square. Correspondencia con...». Nota que Josh la coge más fuerte, como si tuviera miedo de que se bajara.

Entra una familia con bolsas gigantes de la tienda M&M's y satura el vagón, por lo que Ari se ve obligada a acercarse más a Josh.

Van muy apretados. No circula nada de aire. Hace mucho calor.

«Vale. Piensa». Cuando hay mucha presión, es necesario dejar salir el vapor. Es lógico, mecánica pura. Incluso puede que sea beneficioso para reforzar su amistad. Hay que ir a por ello y sacarse la espinita cuanto antes. Y quizá recuperen su condición de amigos.

Claro. Eso es. Con Gabe siguen siendo amigos.

—¡Es la hora del espectáculo!

—Mierda —masculla Josh, y da un paso atrás cuando un grupo de bailarines se cuela en el vagón.

De pronto, suena una música a todo volumen, y los turistas se unen con gusto a ese ritmo de palmadas sin ton ni son que solo una familia del norte de Minnesota es capaz de producir. Los neoyorkinos ponen automáticamente mala cara y se pegan a las paredes del vagón cuando empieza la exhibición de gimnasia acrobática.

A Ari le caen bien los bailarines de «la hora del espectáculo». Son los recolectores de donativos del metro de la ciudad de Nueva York, solo que un poco más propensos a darle en las narices a algún transeúnte al impulsarse en el techo de un vagón en movimiento durante la ejecución de una pirueta.

Cuando una zapatilla deportiva pasa a un centímetro de la cabeza de Ari, Josh la estira para colocarse delante de ella y la protege encerrándola en el rincón de la puerta. Es un gesto caballeroso a la vez que útil para que lo mire a la cara. Bueno, desde su altura, más bien le mira el pecho.

Si Ari se ha sonrojado, es porque nunca se siente cómoda de espaldas a una puerta. Seguramente Josh no conoce el motivo, ya que a ella le cuesta confesarlo por miedo a que la tachen de excéntrica. Radhya se dio cuenta después de que llevaran viviendo juntas un par de meses. Ari lo atribuyó al Feng Shui, pero Radhya dijo que eso eran sandeces y cambió los muebles de sitio sin volver a mencionar el tema.

Sin embargo, Josh eso no lo sabe, y se le hace raro explicárselo en ese momento, de manera que mira al frente, a su camisa, que asoma entre la parka sin abrochar de grueso tejido aislante. El estómago de Ari forma un nudo prieto y gigantesco.

—Qué caliente estás.

La voz de Josh apenas se oye con el estruendo de la música de fondo. Parece que tenga el dorso de la mano de hielo en contraste con la mejilla de Ari.

Ella asiente, y él baja la mano hasta su chaquetón y empieza a desabrocharle los grandes botones uno a uno. Sus dedos le rozan la pechera del vestido a medida que ella se encoge más y más. Eso no ayuda nada. Todas las fantasías que ha llegado a tener con Josh se reproducen en su mente y, por como la mira, parece que él también visualiza las imágenes.

Le resbala una gota de sudor por la espalda; está segura.

—¿Josh? —lo llama, casi gritando—. ¿Vamos a hablar de esto en algún momento?

—¿Qué? —contesta él, también a voz en grito.

Aún la tiene cogida de la solapa del abrigo abierto.

Ella se saca el móvil del bolsillo e ignora el aviso de que la batería se está agotando.

Domingo, 15 de enero, 17:16

Ari: vamos a hablar de esto?

Josh saca su dispositivo, y Ari estira el cuello para mirar un anuncio de una nueva marca de colchones que promete «los mejores mimos de tu vida» sobre una foto de dos pares de pies entrelazados que sobresalen por debajo de un suave edredón gris.

Traga saliva cuando su pantalla se ilumina.

Josh: Llevamos meses hablando.
Nos lo hemos dicho todo menos lo que queremos de verdad.

Ari: y tú qué quieres?

«Atención: cerrando puertas».

El grupo de bailarines sale del vagón entre aplausos y el tren vuelve a ponerse en marcha. Hay un poco menos de gente. Se sientan y dejan que sus rodillas se toquen. En otro momento Ari ni siquiera lo habría notado pero, ¿ahora? El roce de los pantalones de él en los muslos le resulta... evidente.

Josh: Vamos a mi casa.
Te quitaré todas las capas de ropa que llevas encima.

Ella se pasa los nudillos de la mano derecha por los labios mientras recita para sí las paradas de la línea: «Calle Veintitrés, Union Square, Calle Ocho...». Quizá solo lo ha dicho para hacer una gracia y la cosa no irá más allá.

Josh: Probablemente en el ascensor.

Aunque Ari nota que otra gota de sudor traza la curva de la parte baja de su espalda, saca la bufanda arcoíris del bolso y se la enrolla alrededor del cuello, tapándose la mitad inferior de la cara.

Josh: Ponte encima de mi cama, de la mesa de la cocina o de la superficie que prefieras.
Haré que te corras durante toda la tarde.

Ari se muerde la parte interior del labio con tanta fuerza que le sale sangre.

Sería más inteligente echar el freno de inmediato y darse un poco de espacio para respirar.

Pero en su cerebro solo aparece una frase: «Te deseo». La repite mentalmente una y otra vez, tratando de recordar si Josh ha puesto el énfasis en «deseo» o en «te». Él no se está fijando en otra persona ni juzgando nada. Está tirando de un hilo suelto en su interior que no llegó a quedar bien rematado después de lo de Cass.

Ari traga saliva. Los pulgares de Josh parecen decir «a la mierda el espacio para respirar», y aprieta el acelerador.

Ari: la superficie que prefiero es tu cara

«Calle Veintitrés. Tren de la línea N con destino a Brooklyn».

Mira a Josh, que ahora esboza una sonrisilla de satisfacción. Solo dos paradas. Ya queda poco para llegar.

Cuando esa mañana Ari se ha preparado el bolso y lo ha equipado para una noche de sexo por si se daba la ocasión, no pensaba que la ocasión se daría con Josh.

Él, de pronto, tiene un subidón de energía: avanza a todo trapo, impasible ante las frías ráfagas de viento que soplan en Great Jones

Street, y llega ante su puerta cinco pasos por delante de ella, con las llaves ya en la mano. Da la impresión de que sus dudas se disipan más y más a cada paso, mientras que las de Ari son como un bofetón en la cara.

Bajo la fría luz del fluorescente del rellano del ascensor, tiene la impresión de que ha metido la pata con el último mensaje. No es que no sea cierto; lo que pasa es que esa forma de comunicación no permite matices. Lo que debería haber escrito es: «Mira, siempre he querido sentarme encima de tu cara, pero ahora mismo sufro un gran estrés emocional y es mucho más fácil que me siente encima de caras de gente que no conozco».

Por lo menos eso sería más específico.

Entran en el ascensor. Josh pulsa el botón del quinto y se vuelve de cara a ella. Los nervios que Ari nota en el estómago le recuerdan a los del ascensor de The Strand, pero esto es diferente. No hay tanto juego. Es más serio.

Todo lo que durante el trayecto a pie se movía a cámara rápida ahora se mueve a cámara lenta. El ascensor sube a un ritmo que deja entrever que tiene sus propias dudas sobre la cuestión. Ese margen de tiempo permite que Ari se plantee los distintos resultados que podría tener la cosa. ¿Acaso están a punto de cargarse a martillazos, ladrillo tras ladrillo, la amistad que tanto les ha costado construir? ¿O más bien están utilizando esos ladrillos para reconstruir la relación y formar algo nuevo?

¿Acabarán teniendo su propio repertorio de bromas privadas? «¿Recuerdas que lo hicimos una vez, cuando aún no sabíamos cómo apañarnos con la diferencia de estatura y te enfadaste porque te ensanché los calzoncillos de algodón egipcio? Emoticono de cara llorando de risa».

Pero cuando él tira de la solapa de su chaquetón y le inclina la cabeza hacia atrás, le queda claro que se trata de algo muy distinto a sus habituales rollos frenéticos. Que ahora tienen todo el tiempo del mundo y quiere besarla —despacio—, y acariciarla, y ver todas las partes de ella que aún no ha visto, y... eso no ha salido en la conversación del metro, ¿verdad?

Ella se vuelve para esquivar el beso y tira de la manga del abrigo de Josh. Siempre se le ha dado muy bien cambiar de ángulo, moderar el ritmo, hacer que las situaciones sean más asimilables para su cerebro. Le coge la mano, la mete por debajo de la falda del vestido —«esto, aquí, ahora»— y guía sus dedos hacia el interior de la cinturilla de las medias. Él está más que dispuesto a complacerla. Ari debe de estarle retorciendo la manga del abrigo, porque «¡joder!». Tiene las piernas tensas, a pesar de que está acostumbrada a esa parte del repertorio: una pequeña demostración para que su pareja del momento sepa lo que le gusta. Pero Josh no pone esa mueca de «estoy concentrado, tengo que memorizar esto» con la que Ari suele toparse. Otra vez la está mirando, observándola. Y ella, por una vez, no dice nada.

Lo que no significa que esté callada. Se sorprende al oírse gemir, con un sonido patético que le confirma lo fácil que sería perder el control. Ari baja la vista al pecho de Josh cubierto por la parka, porque si se miran de esa forma mientras pasa lo que está pasando, será... excesivo.

Cuando los engranajes chirrían y el ascensor para de golpe en la quinta planta, Ari y Josh se precipitan al interior del apartamento. Ella aprovecha el momento para reajustar las expectativas. Si se entretienen mucho en esa fase, será imposible quitarle importancia al día siguiente.

—Esto fuera —le ordena, tirando de la parka mientras recobra un poco la compostura—. Todo fuera.

Josh está un poco desconcertado por su cambio de tono, pero no por eso se muestra menos colaborador. Deja caer la chaqueta al suelo sin decir ni mu.

Ari se quita las botas de una patada, agarra la tela de la camisa de Josh arrugándola dentro del puño y tira hacia arriba.

—Empiezo a entender por qué todas esas citas tuyas duran menos de una hora. —Lo dice en tono divertido—. ¿Te esperan en alguna parte?

De hecho, Ari iba camino de una cita, pero no recuerda dónde ni con quién. Todas sus neuronas están concentradas en averiguar cómo lanzarse con el barco por la cascada sin que se estrelle y se haga añicos.

Retrocede un poco y deja que la camisa caiga al suelo. Sencillamente, nunca se había imaginado a Josh con tanto lujo de detalles. Por lo menos, no esa parte de su cuerpo. Le acaricia el pecho con la mano; es la dosis de suavidad perfecta.

—Estás...

Se interrumpe. No es que tenga unos músculos muy bien definidos, pero se le ve muy compacto, como alguien capaz de partir grandes cantidades de leña o ayudar a una mujer a subir un cochecito de bebé gigante por un tramo de escaleras del metro.

Josh se encoge de hombros con gesto cohibido. Se dispone a seguir desabrochándole el vestido a Ari, pero ella lo aparta de un manotazo. Es más fácil centrarse en la parte física si quiere mantener el control de todo lo que ocurre en su cuerpo. Ella desplaza la mano hacia abajo y, tres segundos después, Josh solo lleva puestos los bóxer.

Sus abdominales se contraen cuando Ari introduce la mano por la cinturilla y... «Hummm...».

—Guau —dice Ari en tono quedo—. ¿Llevo meses sentándome al lado de esto sin hacerle caso?

Él traga saliva con dificultad.

—Tú te lo has perdido.

Ari tira de la tela de mezcla de algodón italiano, tanto que le ensanchará la prenda sin remedio, pero, por una vez, a Josh parece darle igual la ropa.

Los bóxer se suman a la pila del suelo. Si Josh está cohibido o se siente extraño por estar desnudo y Ari no, no lo demuestra. En circunstancias normales, ella no tendría problema en despojarse del vestido, pero esa no es precisamente una circunstancia normal, ¿verdad?

Retrocede un paso y se aparta del alcance de Josh. Sin emplear movimientos muy elegantes ni seductores, se baja las medias y las bragas y lo deja todo formando una pila en el suelo.

No se quita el vestido.

—¿Vamos al dormitorio? —propone él.

Ari nota cómo la palabra le hace eco en el pecho.

—¡No! —Incluso ella misma se sorprende de la vehemencia de su respuesta.

No pueden hacerlo en la cama, que debe de tener las sábanas limpias con la sutil fragancia del detergente caro. Busca a su alrededor una opción menos romántica. «¿El sofá?». Demasiado parecido a la cama. «¿Una silla?». Demasiado cómodo. «¿La mesa?». Posa la mirada en algo intrigante cerca de la ventana.

«Perfecto».

Es imposible ponerse romántico en un banco de musculación.

—Aquí —dice, llevándolo hasta el banco inclinado, y le empuja para que se tumbe encima.

Josh se queda mirando los agarres de cinco posiciones y las correas.

—¿Es que piensas torturarme o algo así?

—Tendrías que haber comprado los mosquetones.

Se vuelve de espaldas a él, y coloca las pantorrillas contra la tapicería de cuero sintético de color negro. Quizá no sea necesario ni que se miren.

—¿La vaquera de espaldas? —dice con cierta impaciencia en la voz.

—Ari. —Ahora su nombre suena diferente cuando Josh lo pronuncia, como si ya se hubieran producido cambios en la relación a nivel molecular—. ¿Te das la vuelta? Vamos a... hacer que sea fácil.

Darse la vuelta no es fácil. Mirarse no es fácil. Nada de todo eso es fácil. ¿Es que no lo ve? Se supone que deberían estarse devorando y dando rienda suelta a la tensión sexual contenida durante tres meses. No mirándose.

—Es mi postura favorita —confiesa Ari, y mira para otro lado.

—No lo dirás en serio.

—Sí —insiste ella—. ¿Me estás diciendo que no quieres mirarme el culo?

—Luego. —Incluso sin verle la expresión, la profundidad de su voz hace que la ansiedad de Ari se dispare. ¿Por qué le hace esa promesa? No va a haber ningún «luego»—. Te estás saltando algunas partes muy buenas.

Solo que lo que para uno son partes buenas, para el otro puede ser un campo de minas.

Un ligero movimiento procedente de la ventana capta la atención de Ari. Son copos de nieve que golpean el cristal.

—Mira —dice, y se levanta para dirigirse a la ventana orientada hacia el norte, seguramente porque está desesperada por cambiar el tono de la conversación—. Está nevando.

Exhala y descorre la cortina, y ve cómo los gruesos copos blancos caen del cielo en líneas diagonales muy llenas. Es como el plano introductorio de un episodio de *Friends* ambientado en Navidad.

No tenía previsto que Josh la siguiera, pero al cabo de cinco segundos nota el contacto de su cálido cuerpo, aunque va con cuidado, como un conservador del zoo acercándose a un animal huidizo.

Ven su reflejo en el cristal, yuxtaponiéndose al paisaje nevado del exterior. Podría ser un retrato de cualquier pareja: un rollo de una noche, amigos con derecho a roce, recién casados o exnovios a punto de cometer un desliz. En la mente de Ari se despliegan una decena de situaciones emocionalmente devastadoras.

—¿Esto te parece bien? —pregunta Josh, y le acaricia el brazo con los nudillos tan suavemente que le pone la piel de gallina.

«¿Me parece bien?». ¿De qué sirve ese gesto aparte de ahondar aún más el hoyo de la confusión?

En muchos otros sitios de Manhattan, miles de personas están acostadas en la cama junto a su pareja, apagando la luz, leyendo, acurrucados, ignorándose o haciendo el amor. A ellos el corazón no les aporrea el pecho. No tienen la boca seca. Se sienten cómodos compartiendo la cama y no acumulan toneladas de ansiedad como quienes juegan a una partida de cartas de velocidad.

Una breve secuencia de imágenes de su amistad pasa por la mente de Ari, como el homenaje póstumo *in memoriam* de la gala de una entrega de premios. ¿Será capaz de llamarlo el miércoles por la noche para ver juntos una película de Kevin James? «No». Cuando las cosas acaben mal, media ciudad habrá quedado contaminada de recuerdos de paseos con Josh.

—No tienes por qué hacerlo. Solo... —Ari se mira el brazo y traga saliva— es para quitarnos la espinita.

Josh deja de acariciarla.

—¿De verdad?

Observa el reflejo de ambos en el cristal y descubre una forma indirecta de mirarla a los ojos aunque la tenga de espaldas.

En el ambiente quedo, Ari oye cómo el corazón le aporrea el pecho. Pasos en la acera. Cláxones lejanos. La respiración, que a esas alturas ya no sabe si es la suya o la de Josh.

Él le acaricia el cuello con los labios, y Ari nota que le introduce la mano izquierda por el bajo del vestido y asciende entre sus muslos con movimientos suaves, deliberados, experimentados.

Se vuelve a mirarlo: le soltará un chiste o hará una broma. Pero no le viene a la cabeza nada gracioso. No se le ocurre nada que decir. Porque ningún *match* de una aplicación de citas la mirará jamás de esa forma que le rompe el corazón a la vez que, en un abrir y cerrar de ojos, une los pedazos y lo recompone.

Josh le acaricia la cara, y Ari ve que la recorre entera con la mirada, como si quisiera volver a fijarse en todo desde ese ángulo más cercano. Una pequeña oleada de ternura le llena el pecho de calidez y suaviza los ángulos más punzantes y dolorosos. Ya no puede despojarse de más capas. Un empujoncito más y se vendrá abajo.

La vibración de la caldera pone de relevancia el silencio.

El beso no resulta ser tal como esperaba; tan solo nota una presión suave y prolongada de los labios de él en su mejilla.

Ari permite que un leve cosquilleo placentero ascienda por su nuca. Parece una señal de aceptación. «Más, por favor».

Sus labios se rozan y se separan. Y... no, está claro que no ha sido suficiente porque se juntan una vez más. Y otra. Cada beso es un poco más profundo y osado que el anterior, hasta que sus labios no se separan, y él entrelaza las manos en su pelo, y respiran el aliento del otro y...

Dejando de lado el episodio de Central Park, Ari no ha besado a nadie así en mucho tiempo. Los besos que ha dado no son con mayúsculas; son de los que se dan cuando una cita no va precisamente de maravilla pero te parece que no besar a la otra persona sería una grosería. Normalmente, supone más bien cumplir con una obligación mientras se pone rumbo a la siguiente actividad.

Sin embargo, besar a Josh se le antoja algo vital, como si hubieran malgastado una hora entera por no haberse besado en el tren, de camino al apartamento o esperando el ascensor. Él le acaricia el hueco de la garganta con los labios y ella echa atrás la cabeza, sintiéndose ávida y mareada cuando le introduce la lengua en la boca y desliza los dedos por la tela floreada del vestido para aferrar la tela entre los puños.

El suspiro que Ari deja ir resuena de forma extraordinaria en el silencio de la habitación.

—¿Puedo quitarte el vestido? —musita contra su cuello.

Ari asiente y subraya su aprobación con un gruñido salvaje porque necesita que caiga la última barrera. En ese instante.

Por el rabillo del ojo, aún consigue ver el reflejo de ambos en el cristal de la ventana. Es una imagen bonita. Ya no parecen dos seres deprimidos que han creado un vínculo a partir de la soledad compartida y como mecanismo de defensa. Podrían ser una pareja normal un domingo cualquiera. Podrían ir juntos a los grandes almacenes, pasear por la ciudad cogidos de la mano, salir a tomar un *brunch* acompañado de alcohol y pasarse la tarde en la cama mientras tachan puntos de su lista de «cosas que mandar a la mierda».

Nunca se sabe.

Esas cosas salen mal el cien por cien de las veces... Hasta que un día dejan de salir mal.

Solo tardan diez segundos en llegar a la cama, pero a Josh le da margen suficiente para darle una vuelta al cubo de Rubik de ese encuentro y mirarlo desde otro ángulo, apartando el temor vago e impreciso de que Ari vaya a levantarse, salir del dormitorio y enviarle un mensaje desde el ascensor: «Gracias por el sexo. 🍆🍆🍆».

Tiene que significar algo que hayan cruzado el umbral de lo místico y hayan entrado en su espacio privado. Cada paso, cada gesto, cada prenda de ropa menos y cada punto de contacto da la impresión de abocarlos más a lo desconocido.

Josh deja a Ari sobre la cama, y no lo hace de la forma más elegante del mundo, pero, en ese momento, su cuerpo no está para muchas sutilezas.

Ari rueda para colocarse boca abajo, y Josh echa de menos de inmediato verle la cara y obtener ese mínimo de respuesta tan crucial que ve en sus ojos. Pero es mejor seguirle la corriente, y la cautela modera sus ganas de dejarse llevar por la pasión. Le pasa los dedos por la espalda, por la delicada curva de la columna, y observa cada pequeña manifestación de su impulso nervioso mientras se fija en los tatuajes que ni siquiera sabía que tenía.

Intenta apaciguar la mente, que va dos o tres minutos adelantada y le muestra todo el abanico de posibilidades que se les presentan: vislumbres del porno más tentador que ha imaginado en su vida.

Josh se siente incapaz de cerrar el pico. Es la primeva vez que habla tanto en la cama.

—¿Por qué hemos tardado tanto tiempo en llegar hasta aquí? —se oye decir, como si el pensamiento fuera tan potente que, necesariamente, ha tenido que salir de su cabeza.

Continúa besándole el hombro, bajando poco a poco mientras siente la respuesta del cuerpo de ella a su contacto. Es una exploración; algo sobre lo que construir.

En la mente de Josh existe una idea preconcebida: Ari es una especie de enigma cuyo código secreto siempre falla por una cifra; está a punto de abrirse, pero no llega a hacerlo.

Le coge el pelo y se lo enrolla en la mano. Desliza la otra mano entre sus piernas, imitando la posición de los dedos de ella sobre los suyos en el ascensor, y Ari deja escapar un sonido incomprensible. Josh es muy bueno memorizando esa clase de cosas. Se inclina hasta su oído y le tira del pelo con suavidad.

—¿Vamos bien? —musita.

—Si... Sigue... —Asiente y cierra los ojos—. Mierda. —A Josh le gustaría arrancarle más palabras, pero casi es más gratificante así—. Josh, por favor.

Él levanta la cabeza.

—Por favor ¿qué? —Para el movimiento—. Dime lo que quieres.

Ella le busca a tientas la mano.

—No pares.

—Si no me das una respuesta más concreta, lo dejo y nos dormimos haciendo la cucharita.

—¿En serio? —Ari gira el cuello de forma imposible para mirarlo—. ¿Tan creído te lo tienes?

—No. Por eso me esmero en esta parte.

Ella se retuerce.

—Sigue haciendo exactamente lo que hacías. —Tras unos momentos de silencio, fruto de la testarudez, añade—: Pero no dejes que me corra en tu mano.

Él hace una pausa.

—De acuerdo.

—¿Harás que me corra cuando estés dentro? No es lo que suele pasarme, pero... creo que esta vez es posible.

El pecho de Josh arde de orgullo como si hubiera recibido el impacto de un rayo.

—Aun así, tendrás que usar los dedos. Eso ya lo sabes, ¿no?

Josh vuelve a parar.

—Sí, Ari. No es la primera vez que hago esto. —Se la imagina reprimiendo una sonrisa, y le da la vuelta para que lo mire—. ¿Te parece bien así? En serio, quiero verte.

Ella vacila un momento antes de asentir.

A partir de ese momento, Josh siente que le han encomendado una misión. Durante años, sus éxitos se han basado en la convicción de que sus manos eran capaces de cualquier cosa. Y, aunque el año anterior socavó en gran parte esa convicción, en ese momento tiene más confianza que nunca en su sentido del tacto.

De hecho, hace meses que no se siente así de bien. Quizá solo necesitaba que le encomendaran una tarea —joder; la mejor tarea del mundo—: hacer gemir a Ari y obligarla a arquear la espalda.

Josh empieza de nuevo a balbucir las palabras que ya no reprime.

—Tengo la sensación de que llevo ocho putos años esperando esto. Es lo que quiero, Ari. —La acaricia detrás de la oreja con un dedo de la otra mano y baja por su cuello. Ella se estremece. Es la mínima respuesta involuntaria, pero la dosis de serotonina que ese pequeño movimiento dispara genera energía suficiente para que se machaque en el gimnasio durante varias semanas. «Joder»—. Quiero esto.

Los condones... «¿Dónde están?». El cerebro no le funciona. Estira la mano hacia la mesilla de noche, donde, lleno de optimismo, los dejó a los pocos días de trasladarse. Y, desde entonces, siguen intactos.

Ari coge el envoltorio de aluminio antes de que él lo alcance. Porque es perfecta.

Una voz sentenciosa de su subconsciente se mofa de Josh por esos pensamientos gobernados por la testosterona, pero apenas la oye, amortiguada por los jadeos de Ari. En diez segundos, gracias a él se convertirán en gemidos.

Su primer instinto es colocarse encima de ella sobre la cama y follársela en ese mismo instante, pero es posible que no le guste sentirse atrapada.

Vuelve a darle una vuelta al cubo de Rubik y se desliza hasta sentarse en el borde.

—Ven. —Se da una palmada en el muslo—. Aquí.

Está peligrosamente excitado, y con un simple roce piel contra piel con el ángulo y la fricción adecuados, podría correrse. Y cuando Ari se sube encima de él deja sin efecto todas las tácticas que habitualmente emplea para calmarse.

Ella se sienta a horcajadas sobre sus rodillas, lo cual le proporciona una buena visión de la puerta y a él la mejor vista posible de los *piercings* de sus pezones endurecidos por el ambiente frío. Josh le acaricia con la lengua la suave curva inferior de los pechos mientras ella lo observa desde su posición un poco elevada, clavándole las uñas en la espalda. Ari siempre se queja de su diferencia de estatura; quizá la nueva misión de Josh en la vida sea convencerla de que no está tan mal.

Cuando ha tenido suficiente con los preliminares, Ari rasga el envoltorio de aluminio. Él baja la cabeza para mirar cómo le acaricia la polla varias veces con la mano antes de sacar el condón.

Se queda quieta un momento, observando su cara.

—¿Vamos al punto sin retorno?

Su voz tiene un deje de incertidumbre, pero la de Josh no.

—Vamos. —Le coloca las manos en la cintura para sostenerla mientras se desliza hacia abajo poco a poco. No parece que necesite ayuda, pero a Josh le resulta excitante hacer eso juntos, como pareja—. Respira —le dice, aunque él no lo hace. Ari exhala de forma entrecortada hasta que está abajo de todo y le clava los dedos en los hombros—. Bien. Muy bien, Ari.

Su vocabulario se ha reducido bastante en la última hora.

Permanecen así unos segundos, acostumbrándose al nuevo centro de gravedad.

—No te muevas aún —musita ella.

Resistiéndose a las ganas de hacer precisamente eso, la observa desplazar las rodillas hacia delante, lo cual acerca un poco sus cuerpos y permite que la penetre unos milímetros más. Ari sube la mano hasta su nuca y le tira del pelo para levantarle la cabeza.

Ella asciende con pequeñas succiones por el lateral del cuello de Josh hasta el lóbulo de su oreja, y lo que sea que le está haciendo con la lengua le dificulta tremendamente la tarea de estarse quieto. Los centros de placer de su cerebro, que llevan demasiado tiempo adormilados, se encienden como si fueran un rótulo de neón.

Ari se echa hacia atrás y le coloca la palma de la mano en la mejilla. Es como si ella lo viera todo: el odio hacia sí mismo, su tendencia criticona, los errores que lo persiguen por las noches. Esa cara que lo ha avergonzado toda la vida. Y, aun así, lo desea.

Josh nota lo mucho que lo desea.

«Joder».

Tiene que moverse. Ya.

Con un suave gruñido, la sujeta por las caderas y empuja, lo cual obliga a Ari a ahogar un grito.

—Me gusta mucho notarte —susurra ella—. Dios; me encanta tenerte dentro.

El vocabulario de Ari también se ha quedado estancado en la etapa de primaria.

Josh vuelve a darse impulso con las caderas para penetrarla, observando la respuesta de su cuerpo. Ari echa hacia atrás la cabeza y él no puede evitar llevar la mano hasta su nuca, bajar por su escote y entre sus pechos, que tiemblan un poco cuando él vuelve a moverse.

—Míranos. —Desplaza la mano de nuevo hasta su nuca y le inclina la cabeza hacia abajo—. No cierres los ojos. Mira.

—¡Josh! —Ella vuelve a tensarse a su alrededor—. ¡Mierdaaa...! —exhala.

Ya está a punto. Él tiene que colocarse encima.

—Aguanta —dice, y la atrae contra su pecho.

Ella apoya la barbilla en su hombro y lo abraza cuando él se levanta y, por un momento, se plantea utilizar la pared, pero «mejor no». No es el momento de eso. Da media vuelta y la baja hasta dejarla sobre la cama, boca arriba, y él se coloca encima apoyándose sobre los codos. Menos mal que ha hecho muchas flexiones de brazos.

—¿Todo bien? ¿Puedo...?

—Sí.

Ella le rodea la cintura con una pierna y le clava el talón en la espalda para ejercer presión.

Por fin se mueve como él quiere, no demasiado deprisa pero hasta el fondo. Muy hasta el fondo. Acompaña cada uno de sus movimientos cuando él empuja, y cada vez golpea un poco el cabecero con la coronilla. Es cautivador.

Ari agarra el borde del colchón con la mano izquierda, como si necesitara aferrarse a algo.

Josh acerca su mano derecha y entrelaza los dedos de ambos. Que se aferre a él.

Se mueven juntos sin hablar, aunque el silencio no es completo. Y él se alegra de que solo la respiración y los gemidos de Ari hagan eco en la habitación.

De hecho... «Joder». Está haciendo mucho ruido.

Quizá sea eso por lo que Ari vuelve la cabeza hacia la izquierda y rompe el contacto visual que mantenían. ¿Acaso se imagina que está en otra parte? ¿Con otra persona? ¿Alguien con suficiente autocontrol como para no perder la cabeza por una simple postura del misionero?

Pero, entonces, sigue la trayectoria de su mirada y se da cuenta de lo que ha captado su atención. Está mirando sus manos entrelazadas. Y tiene los ojos anegados de lágrimas.

La gélida ansiedad que le aporreaba el cerebro se derrite sumiéndolo en una sensación cálida.

«Ari lleva mucho tiempo esperando esto, igual que tú».

Sí, y Josh no aguantará mucho más.

—Es esto lo que quiero, Ari. —Vuelve a balbucir—. Todo esto.

Ella se vuelve a mirarlo y deja escapar un sollozo.

—Josh... —dice con voz entrecortada—. Yo... yo...

Él se mueve más deprisa y pierde un poco el autocontrol. Suelta la mano de Ari para acariciarle el clítoris con los dedos. Ahí su..., eh..., técnica no tiene la delicadeza que ha demostrado antes, pero nota en su propio cuerpo cómo la tensión va en aumento.

—Ya lo sé. Lo noto. Estás muy cerca...

Ella masculla unas sílabas ininteligibles que Josh desearía poder descifrar. Aunque tampoco él se está explicando mucho mejor.

Qué idea tan estúpida y tan maravillosa. Le da completamente igual que el resto de su vida esté patas arriba mientras tenga eso. «Encajamos muy bien. Literalmente».

—Estamos muy bien juntos —dice, abriendo las compuertas y dejando que fluyan las palabras—. Ya lo sé. Es...

—Josh...

Empuja para acercarse un poco más, poniendo a prueba la flexibilidad de Ari. Ella tiene la respiración entrecortada y le tiemblan las piernas. Está muy a punto. Él mismo siente que va a estallar de un momento a otro.

—Qué preciosa estás así.

Inclina la cabeza y apoya la frente sobre la de ella.

Ella contrae la cara. Cierra los ojos con fuerza, y él siente su cuerpo cuando grita tensándose a su alrededor.

«Joder, mierda, hostia, me corro, joder, joder».

En una fracción de segundo, todo se contrae y se relaja. Él se siente a la vez muy vulnerable y poderoso cuando se deja ir.

Da tres de los suspiros más profundos de su vida. Su mente se queda en blanco, como si un cursor invisible parpadeara a la espera de una línea de código fuente.

Rueda por la cama hasta quedar boca arriba para deshacerse del condón y, aunque falla al tirarlo a la papelera, le da igual. Atrae a Ari contra sí para que apoye la cabeza en su hombro. Ella aún tiene los ojos cerrados. Nota su pulso acelerado, su respiración algo irregular que, poco a poco, se calma hasta que se queda dormida.

Puede que todo le parezca diferente cuando se despierte. Y ahora que Josh se está recuperando de lo que cojones fuera que lo tenía poseído hace diez segundos, esa idea le parece cada vez más verosímil y aterradora.

Por otra parte, Ari está acurrucada contra él, con total calma y confianza. Y eso, a su vez, es como un pequeño milagro.

Él también podría quedarse dormido.

Pero no lo hará.

Es tan rara la sensación de bienestar que ¿por qué dejar ese momento en manos de su subconsciente traicionero? No lo hará, y menos con Ari aferrada a él, literalmente. Le acaricia el pelo con la mano izquierda.

No. Sería capaz de permanecer despierto varios días solo por eso.

19

Ari abre los ojos con un sobresalto. Tres metros por encima de su cabeza hay un techo pintado de *beige* con una grieta larga y desconcertante que se extiende desde la lámpara hasta la moldura. La ve desde hace tiempo, siempre que se despierta en la cama de un extraño.

Se limpia la baba que le cae por una comisura de la boca y su mano topa con un hombro. Que al parecer ha hecho servir de almohada.

«Oh, no».

Algunos de los recuerdos más relevantes de las últimas horas le inundan el cerebro. No es la cama de un extraño. La ha visto muchas veces, solo que no desde ese ángulo.

Por la luz exterior, no parece que sea completamente de día. En las ventanas hay escarcha, pero bajo el edredón tiene la impresión de estar a un millón de grados de temperatura. Se le había olvidado que los hombres, por arte de magia, se convierten en radiadores por la noche.

Se coloca de lado con cuidado, tratando de encontrar una postura que le permita escabullirse más fácilmente, pero nota que él remueve el hombro y sigue sus movimientos, lo cual cierra a cal y canto la brecha por la que Ari habría podido huir levantándose de la cama de forma subrepticia y recuperando su vestido de la sala de estar. «Mierda». Josh pega su cuerpo al de ella, eliminando la distancia que los separa, y «hola, sí, los dos estamos desnudos de pies a cabeza».

—Hola.

Su voz suena bajita y grave. Es Josh, pero en una versión nueva y extraña que ya le habla en un tono diferente.

—¿Ya, es, hummm, de día? —Ari coge el edredón y lo sostiene contra su pecho como las mujeres de las películas no aptas para menores—. ¿Tú también te has dormido?

—Un poco. —Josh reprime una sonrisa—. También te he oído roncar un poco y se me ha parado la circulación del brazo izquierdo.

—Ay, Dios. —Ari retrocede y se escabulle hacia el borde de la cama—. ¿Por qué me has dejado que haga eso? Tendrías que haberme empujado para apartarme. —Sale de entre las sábanas (¿en qué momento se ha metido dentro?), baja al suelo de madera, que cruje bajo sus pies, y mira a Josh con vacilación—. ¿Tienes una camisa o algo que puedas prestarme?

No suele ser tímida cuando se levanta para ir al baño. Pero en ese momento, con el silencio y la bajada de adrenalina, hormonas, feromonas, o lo que narices le corriera por las venas la noche anterior, se siente aún más expuesta. Y tiene frío.

Josh la mira con expresión divertida.

—¿Con la fama que tienes de robar camisetas? No, lo siento. No voy a correr ese riesgo.

Ari espera a que él se ablande y le señale un cajón lleno de camisetas negras, ordenadas según el grueso del tejido. Pero no. Josh sigue teniendo esa media sonrisa: una actitud nueva más descarada, como si, de la noche a la mañana, hubiera cambiado la forma que tenían de bromear.

—No seas ridículo.

Ari no ve ninguna prenda cerca, de modo que se arma de valor y sale corriendo del dormitorio con la esperanza de que su figura se desdibuje como cuando en la pantalla se reproducen imágenes a mucha velocidad. Recupera el bolso del punto de la sala de estar en que lo soltó la noche anterior y se encierra en el cuarto de baño: su escondite preferido durante las crisis emocionales.

Después de hacer pipí y lavarse las manos con un jabón sofisticado, se mira la cara y el pelo en el espejo. Como había previsto, el lápiz de ojos la ha dejado hecha un mapa. Se recoge el pelo en un moño para así disuadir a Josh de volver a entrelazar los dedos en él. «Hay que reajustar las expectativas».

Encuentra una toalla —cómo no, Josh tiene una pulcra pila de lujosas toallas de baño—, y la extiende sobre las frías baldosas para sentarse y gozar de unos piadosos momentos a solas.

Se suponía que iba a ser solo sexo. El desenlace inevitable. Algo que encaja en un compartimento con su etiqueta y su tapa, y que un compactador aplasta hasta hacerlo desaparecer. Así es como funciona habitualmente.

Claro que, de vez en cuando, cuando sufre un ataque de ira o no puede parar de llorar, o cuando la marihuana no consigue rebajar la intensidad de sus sentimientos para hacerlos soportables, el compartimento explota y salpica de metralla emocional todos los otros compartimentos de su cerebro. Se toma un día de descanso, ve todas las versiones cinematográficas existentes de *Orgullo y prejuicio*, engulle unas cuantas porquerías y empieza de nuevo el proceso de contención.

En ese momento no tiene ninguna sustancia para atontar el cerebro. Ni siquiera un Xanax. De hecho, jamás se ha sentido tan aterradoramente sobria.

Se suponía que el sexo acabaría con las tensiones. ¿Por qué, entonces, sigue teniendo un nudo gigantesco en el estómago?

La cosa no tiene ninguna explicación racional. Ari está segura de que nunca ha utilizado un término tan cursi como «hacer el amor». Solo de pensarlo, se le encoge el estómago.

Lloró, joder. Lloró mientras él se le declaraba. Nunca le había pasado, ni siquiera con Cass. Nunca. Y eso que con ella tuvo varias experiencias que rozaban la gloria celestial.

Ari se obliga a respirar hondo varias veces.

«Encuentra la salida». Es lo más inteligente. No es la primera vez que se pone la ropa interior en el ascensor, o sea que puede volver a hacerlo. Su cerebro le proporciona todo un abanico de excusas: «Sería horrible cargarse la amistad». «Es mejor no precipitarse». «Tienes una polla fenomenal y necesito tiempo para procesarlo». O, aún mejor: «Tengo un compromiso a primera hora». Una razón tan válida que resulta ser cierta, o sea que deja de ser una excusa.

No había dormido con nadie desde Cass. Pero será mejor que esconda esa frase en la memoria.

Quizá debería probarlo con la ropa puesta. «Eso es: primero la ropa, luego la excusa y después me voy».

Está a punto de entrar de puntillas en la sala de estar para recoger el vestido, cuando el sonido de su móvil acaba con el silencio.

«Llamada de... Dust Daddy».

Ari saca el teléfono del bolso y borra las notificaciones acumuladas. La batería está al dos por ciento. Se aclara la garganta.

—Servicio de atención veinticuatro horas para disfunciones eréctiles. ¿En qué puedo ayudarle?

Hay una pausa en la que Ari oye un suspiro de resignación.

—Me gustaría presentar una reclamación sobre un servicio.

—Ah —contesta ella, y rápidamente cambia de voz para simular el tono meloso de una empleada de atención al cliente—. Lo siento mucho. ¿Cuál ha sido el problema? ¿Algún fallo durante una mamada?

—Diría que ha sido un fallo de comunicación. A veces incluso echa mano del humor para evitar las conversaciones serias.

Ari ahoga un grito.

—Ya veo. Debe de haber algún error en nuestro programa de formación.

—Eso es evidente. —Hay un silencio prolongado—. ¿Tienes pensado volver al dormitorio?

—No —confiesa Ari.

—¿Qué es lo peor que podría pasar si volvieras?

Ari busca el cepillo de dientes en su bolso equipado para una noche de sexo.

—Que hagamos la cucharita.

—Si quieres, te dejo a ti detrás —le ofrece—. Podríamos dormir y ya está.

—Eso es imposible. —Las tablas del suelo crujen bajo sus pies cuando regresa al cuarto de baño—. Yo no...

—Esto es diferente —insiste él.

Pero no es verdad, no lo es en absoluto. Todas las relaciones empiezan así. Y la mayoría acaban en un mar de lágrimas y con las estanterías de libros medio vacías.

—Me dijiste cosas muy intensas.

Aprieta un poco el tubo de pasta de dientes de Josh (Colgate Total; esperaba algo más exótico) y carga el cepillo.

—¿Yo fui intenso? —protesta él—. Te inventaste un dialecto nuevo, y me parece que incluso me pediste que nos casáramos.

—Sí, claro, porque no veo la hora de repetirlo.

Ari frota con ímpetu y escupe. Nunca se había cepillado los dientes con tanta pasión.

¿Qué narices hará con el cepillo de dientes? ¿Colocarlo en la pequeña repisa junto al Oral-B 7000 de Josh?

Ari fisgonea en la cesta de metal envejecido a propósito que está fijada a un lateral de la bañera y contiene muchísimos productos.

—¿Usas gel de baño con olor a cuero ruso?

—Ari.

Ari abre una botella de champú relajante de Aesop y aspira el aroma con la esperanza de que surta efecto de inmediato.

Nada.

¿Qué sabrá de la realidad de las relaciones alguien con un gusto tan ridículo para los productos de higiene personal?

Mira su imagen en el espejo. Tiene unos tremendos churretes alrededor de los ojos y le está saliendo la roncha de un chupetón en el punto de unión entre el cuello y el hombro.

—Hacía siglos que no follaba con un hombre en la postura del misionero, o cara a cara, o en plan sexo vainilla, llámalo como quieras.

—¿Qué? ¿Y qué hacéis con esas parejas?

—Normalmente eso lo hacen ellos. Es demasiado...

—¿Íntimo? —sugiere Josh.

—... incómodo. —Hace una mueca—. Por el contacto visual.

—Ya sabes —empieza a decir él—: Zeus le ordenó a Apolo que cambiara el cuerpo de los humanos para que las parejas pudieran hacer el amor cara a cara. Cuando encontraron a su alma gemela, su herida existencial sanó.

—Ah, por eso yo soy un desastre. —Se aparta del espejo—. Mi herida lleva toda la vida sangrando.

—Lo mejor sería que nos concediéramos doce horas de reflexión en habitaciones separadas —propone Josh, y seguro que acto seguido se tapa las vías respiratorias con la almohada viscoelástica.

—Por mí, bien.

En ese momento, Ari se queda sin batería. Apaga la luz del cuarto de baño y, luchando contra todos sus impulsos más primarios, se asoma al dormitorio con el cuerpo escondido detrás del marco de la puerta.

—Tengo miedo, ¿vale? Podríamos hacernos daño. Mucho.

—¿Te crees que no sé lo que es que me hagan daño? —Josh se incorpora apoyándose sobre el codo—. Eres lo único bueno de mi vida.

Ari lo mira, conteniendo la respiración. Podría poner objeciones de peso a ese argumento. Justo delante, hay un obrero con un chaleco fosforescente que agita una señal de reducción de velocidad.

—Veamos una peli juntos o algo así... Por favor.

Ella cambia de pie el peso del cuerpo.

—Ya sabes que no veo pelis desnuda.

—Sí, ya lo sé. —Le lanza una prenda enrollada de color blanco—. Pues ponte esto.

Ari se fija en el par de calcetines bien doblados. Se sienta en el borde de la cama y se los pone. Son enormes, y seguro que cuestan más que algunos de sus zapatos.

—Nunca hago estas cosas —repite, señalando la cama—. Te lo dije cuando nos conocimos. No me quedo a dormir en casa de nadie.

«Y estoy cagada de miedo con lo nuestro, así que voy a irme y seguramente no sabrás nada de mí hasta dentro de tres semanas».

—Pues no volvamos a dormir.

Josh aparta la ropa de cama para que Ari se acueste a su lado. Esas sábanas deben de tener miles de hilos. Es como alojarse en un hotel bonito y austero. Un silencio extraño pende sobre la habitación como una nube. O, a lo mejor, es el vaho de un elegante difusor de aromas japonés.

Eso es lo que pasa después del sexo: cuando la pasión se agota, las dos personas, desnudas, se quedan mirándose como dos tontos muertos de vergüenza.

Josh se coloca de lado y alarga el brazo derecho hasta la cadera de Ari.

—Esto es peligroso; se parece demasiado a la cucharita —dice ella.

—Y aún no te has desintegrado, mira qué bien.

Su cuerpo desprende la fragancia del estúpido gel de baño de sándalo, alcanfor y cuero ruso. Quizá una parte de ella también desea oler a esas cosas con nombre tan raro.

«Mierda, mierda, mierda».

—Eh... Mañana tengo cosas que hacer. Dentro de un rato, quiero decir. —Es mejor que Josh no sepa que ha quedado con su madre—. Pronto tendré que irme.

—Hummm... —Él le acaricia con el pulgar la suave zona del pliegue entre el muslo y la cadera, y ella se retuerce—. ¿No me habías dicho que los orgasmos te ayudan a despertarte?

—Últimamente, lo único que me despierta es el consolador, así que...

El aliento de Josh le produce un cosquilleo en la piel sensible de la nuca.

—Demuéstramelo.

20

—No me he traído mis juguetitos —responde ella.

No sabe muy bien si Josh intenta aumentar la tensión o relajarla. Aunque, francamente, le parece mucho más apetecible eso que hacer la cucharita.

—Pero tienes manos.

Josh se incorpora para apoyar la espalda en el cabecero y desliza el brazo izquierdo por debajo de la nuca de Ari.

—Sí, pero es mucho más trabajoso.

Hace siglos que Ari no se da placer sin la ayuda de los artilugios de silicona lila.

Es muy consciente de que la erección de Josh le empuja el culo con insistencia, y se descubre arqueando la espalda para aumentar la presión. Abre las piernas lo justo y necesario para que él pueda introducir la mano derecha en medio.

—Yo también tengo manos —dice Josh, y durante un par de segundos reina un silencio extraño, hasta que baja el edredón para apartarlo—. Ponte boca abajo.

Empuja el hombro derecho de Ari para tumbarla boca abajo, y ella nota una sensación estimulante que se propaga por su columna vertebral. Quizá Gabe tenía razón cuando le dijo que le iban los marimandones que se creen que lo saben todo.

Deja escapar un «hummm» aprobatorio cuando él desplaza la mano entre sus piernas y roza las de ella. Un dedo... No, dos; dos dedos se deslizan muy fácilmente en su interior y Ari contiene la respiración. Menos mal que esa vez no están cara a cara.

Josh hace presión con los dedos y... «mierda, mierda, mierda, ¡mierda!». Es la diferencia entre «vamos a ver adónde me lleva esta sensación tan agradable» y «estoy cien por cien segura de que mi futuro inmediato me depara un orgasmo».

—¿Alguna vez piensas en mí cuando te tocas? —le susurra él al oído.

Ella responde con un gemido incomprensible y rodea la almohada con el brazo izquierdo ante la necesidad de aferrarse a algo.

Una parte de su cerebro le grita que diga lo que haga falta para tener «más, más, más, ahora». Y esa parte se está expandiendo como un globo de helio. Y ¿la parte sensata que sabe que todas esas afirmaciones podrán ser usadas en su contra durante la pelea inevitable que Josh y ella tendrán cuando, más tarde, recobren el sentido común? Esa parte se está encogiendo hasta ocupar solo el tamaño de un guisante.

—Pienso muchas cosas. —Le rebota la pregunta—. ¿Por qué? ¿Es que tú piensas en mí?

—No. Nunca. Ni una sola vez.

—Estás muy loco.

—Tú estás muy húmeda.

Poco a poco, presiona ese punto de su interior con un ritmo regular y controlado; es enloquecedor. Ari odia que la lleven al límite. Lo odia. Mucho, mucho, mucho.

—Sé lo que estás haciendo.

—¿Hummm? —responde él, y con eso da a entender que, obviamente, va a obligarla a pedírselo.

—Lo sé porque se lo hago a otras mujeres. —Ari se retuerce un poco para cambiar de postura y aumentar así un poco la fricción. Él, con la otra mano, la mantiene firme en su sitio—. Conmigo no funciona.

A Josh le entra risa. «Se está cabreando».

—Responde a la pregunta.

Ari suelta un bufido, pero prefiere el placer a la indignación.

—Estadísticamente, lo más probable es que... Oh.

Él desciende por su espalda cubriéndola de besos, y le roza la parte baja con la nariz, acercándose cada vez más... y más, hasta que levanta la cabeza.

—¿Sí?

Reconocerlo sería como poner el último clavo en el ataúd que han estado construyendo en las últimas doce horas.

—Tengo una mente muy sucia, ¿vale? Pero no... ¡Aaah! Ay, Dios.

—Eso es. —Josh le frota el punto con firmeza—. ¿Quieres correrte así?

—Diría que sí. ¿Cómo lo haces?

Y ¿por qué no se lo ha hecho a sí misma en los últimos diez años?

Josh saca los dedos y Ari emite un pequeño gemido de decepción.

—¿Quieres que siga?

—Si paras, te mato.

Eso le arranca a Josh otra risita. Cambia de posición en la cama y Ari lo oye remover algo en la mesilla de noche.

Tras ocho segundos de batalla para abrir un envoltorio, le sube un poco las caderas y se arrodilla detrás de ella. Ari tiene el pulso acelerado. Hace años que no ha sentido esa mezcla de tensión y excitación inundándole el cerebro.

Josh coloca una mano sobre su cadera izquierda y la otra entre el hombro y el cuello. Ari no puede evitar volver la cabeza para mirarlo, como si necesitara comprobar lo que sabe seguro que es así.

—¿Estás bien? —pregunta él en tono quedo, y le suelta la cadera para introducirse en su interior—. Si es demasiado, dímelo.

—Me cabe hasta un puño entero, ¿sabes?

—El mío no. —Le separa las nalgas—. Pillina.

«Dios».

A pesar del farol que se ha marcado con lo del puño, Ari suelta un pequeño reniego porque esa posición es..., hummm..., más de lo que preveía.

Él espera a que ambos respiren unas cuantas veces antes de presionarla contra el colchón, con las piernas estiradas.

Empieza lento, lo cual es de agradecer porque, tal como está Ari, no se puede mover. Esa es la clase de cosas que nunca hace con sus rollos de una noche. Pero el hecho de no tener ningún control le revela algo nuevo y, seguramente, nunca ha confiado tanto en un hombre; no de esa forma. Y es...

Bueno, casi siempre se imagina que es ella la que folla a la otra persona.

Josh coloca las manos sobre las de ella y entrelaza sus dedos en una variante perversa de la intimidad del día anterior.

Esa vez no hay lágrimas.

Se apoya sobre los codos y le cubre la espalda con todo el peso de su torso mientras la penetra con lentitud y hasta el fondo. Ari respira justo antes de que él le aparte el pelo hacia un lado y le acaricie la nuca con los labios.

—Sigue... así —musita.

Sus respiraciones se acompasan y los dos gimen cuando él le roza el mismo punto una y otra vez.

Josh introduce el brazo por debajo de ella, le coloca la mano plana en el tórax y tira para colocarla de rodillas frente a él, hasta que tiene la espalda contra su pecho. Ese ángulo es más delicado, y sus movimientos son más cautelosos, pero ahora tiene las manos libres y le rodea un pecho por debajo para acariciarle el pezón con el pulgar, obligándola a gemir.

La cosa está a punto de superarla.

—¿Siempre eres así...? —No encuentra las palabras. ¿Cuáles son?—. Así... Así...

Busca con las manos algún sitio al que asirse: le araña el hombro, la espalda y le tira del pelo. Pues sí que lleva tiempo perdiéndose el sexo matutino. Joder.

Él tiene la boca justo al lado de su oído y si le dice... lo que sea, si se produce una pequeña vibración de cualquier clase..., no podrá más.

—Arquea más la espalda.

«¡Ah!».

Ella obedece sin pensarlo dos veces y aprieta los hombros contra el pecho de él. Puede que el sexo sea mejor que petarlo con un monólogo.

—Estoy casi... No pares. Estoy... Estoy...

«Por favor, por favor, por favor».

—Podrías despertarte así todos los días. —Con la otra mano, le abre un poco más las piernas, lo justo para colocar los dedos casi donde tienen que estar. Pero no del todo—. ¿Mejor que un vibrador?

—¿Por... Por qué no las dos cosas?

—La próxima vez, tráetelo.

Quizá es porque ha cambiado de posición. Quizá es él quien ha cambiado un poco de ángulo. Quizá es porque ha dicho «la próxima vez». Sea lo que sea, la minúscula variación provoca que una descarga eléctrica descienda por su espalda hasta el mismo centro de su ser, anulando todo lo demás.

—Ahí, ahí. Ay, Dios, Josh. Ay, Dios. —Él la sujeta con firmeza contra su pecho—. Dios, quiero más de esto. Te quiero. Jodeeeeeer.

Se da cuenta de lo que acaba de decir justo después de que la tremenda oleada se apodere de su cuerpo.

«Mierda. ¡Mierda!».

El corazón le aporrea el pecho; y no es por el orgasmo.

«¿Qué acaba de pasar?».

Por un instante, no sabe si lo ha dicho en voz alta. Como si una parte alocada e impulsiva de su cerebro lo hubiera pronunciado muy fuerte dentro de su cabeza.

Se queda lacia cuando Josh vuelve a bajarla al colchón. Él pronuncia su nombre varias veces y se corre con unas sacudidas intensas y prolongadas antes de derrumbarse encima de ella como si fuera la manta antiestrés más pesada del mundo.

Pero... Ari no estaba en su sano juicio. La gente dice toda clase de tonterías cuando está en caliente, y él lo sabe. Seguro que lo sabe.

La frase da vueltas de un lado a otro de su cabeza como las canicas de esos laberintos de madera para niños.

¿Por qué? ¿Por qué han tenido que ser justo esas palabras?

Ari está sudando, tanto física como metafóricamente. En su cerebro hay un rótulo de neón que le advierte: «Sal de aquí. Vete. Coge tus cosas y lárgate».

Qué curioso. Es lo mismo que se dice ella inmediatamente después de sus rollos de una noche. Es como un mantra.

Extiende el brazo hacia atrás para darle unos golpecitos a Josh en la primera parte de su cuerpo a la que pueda acceder.

—Me estás..., eh..., aplastando.

—Ay, lo siento. Voy a... —Se aparta de ella rodando hacia un lado y se pasa la mano por el pelo, aún con la respiración agitada—. Joder, ha sido... —Ari se levanta de la cama poco a poco y consigue mantenerse en pie—. ¿Adónde vas?

—Tengo que levantarme —dice ella, con cuidado de no hacer saltar ninguna alarma.

—¿Te marchas? —Josh se incorpora un poco sobre un codo y la mira con cierto aire de sospecha—. ¿Ahora?

—Tengo que hacer pis —añade Ari, y se aleja de la cama sin darle la espalda—. Y también tengo una prueba para pasear a un perro, y luego... —«Ay, Dios»— he quedado. Ya te lo he dicho.

Josh no puede poner ninguna objeción a nada de eso.

—¿Desayunamos juntos? ¿En The Smile?

—Odias ese sitio.

—Sí, pero está aquí mismo. ¿O prefieres *bagels*? ¿En Russ & Daughters? ¿Tompkins Square? ¿David's? Donde tú quieras.

—Son las seis de la mañana, Josh. Aún no han abierto.

—Pues cancela la cita. Di que no te encuentras bien.

Lo curioso es que eso es más bien cierto.

—No tengo derecho a días de indisposición. —Busca en el suelo cualquier posible objeto personal, porque no quiere tener que volver a entrar en el dormitorio en busca de un coletero ni nada—. ¿Te escribo luego?

—¿Cómo que «te escribo»?

—Tengo que irme. Llego tarde.

—Muy bien.

Por su tenso tono de voz, se deduce que no le parece nada bien que se marche de esa forma.

Pero Ari siente que cada centímetro de su ser le está pidiendo que huya.

Está a medio camino de la puerta cuando se vuelve a mirarlo. Y la expresión que ve en él la hace estremecerse. «¿Confusión? ¿Decepción?». Pero no da un paso atrás.

Jamás se había vestido tan deprisa en toda su vida.

21

Josh se queda mirando la grieta del techo que no ha reparado en ocho meses. Le parece una metáfora muy apropiada para su estado emocional en ese momento.

Temía que Ari desapareciera en mitad de la noche, de manera que ha sido una grata sorpresa cuando, las dos veces que se ha despertado, la ha visto roncando suavemente a su lado.

Quizá se ha pasado un poco con el bis de esta mañana. En vez de tentar a la suerte, tendría que haberse levantado y haberle preparado el desayuno. Sabe que Ari es incapaz de marcharse de un sitio donde hay comida. Pero eso no se le ha ocurrido hasta ahora, cuando ya se ha ido.

O quizá, de todos modos, habría pasado lo que tenía que pasar.

Porque ella le ha dicho «te quiero» alto y claro, joder; y eso tiene que significar algo más allá del contexto en que lo ha dicho y de que no le ha dado explicaciones, lo que implica que no se arrepiente pero tampoco lo ha reconocido plenamente, y... ¡Mierda! Se va a volver loco de tanto darle vueltas si no consigue tranquilizarse.

No va a cantar victoria. Todavía no.

En vez de eso, su memoria reproduce en bucle las escenas del día anterior, y todo aquello cuestionable se magnifica y se deforma hasta que tiene la impresión de que lo ocurrido en esas doce horas ha consistido únicamente en una discusión larga y tensa con unos minutos de sexo en medio.

No le queda otro remedio que examinar de nuevo todas las variables para crear las circunstancias apropiadas que lleven a la repetición de esas doce horas, pero con un final diferente.

¿Debería haber salido corriendo detrás de ella? O, como ahí ya la ha cagado, ¿debería llamarla? O, quizá, ¿mandarle un mensaje, para no pasarse? ¿Y cuándo? Las opciones del cuadro sinóptico se multiplican y escapan a su control. Si tuviera alguna otra cosa que hacer, por lo menos se distraería.

Pero no tiene nada más que hacer.

Lo que necesita es una opinión objetiva. Alguien que conozca bien a Ari, que no tenga relación con él y no lo odie hasta la muerte.

Coge el móvil. Hay alguien que conoce bien a Ari, no tiene relación con él y... Bueno, sí que lo odia. Pero tendrá que conformarse.

Lunes, 16 de enero, 7:36

Josh: Necesito que me aclares una cosa.

Radhya: Quién eres?

Josh: Josh.

Josh: Kestenberg

Radhya: una disculpa tan pobre NO te da derecho a escribirme mensajes
Y menos antes de las 10

Josh: ¿Te lo ha contado ya?

Radhya: quién?

«¡¿Quién?!».

Antes de que tenga tiempo de responder, recibe otra notificación.

Briar: Buenos días, hermanito.
Ayer te largaste corriendo.
¿Qué opinas de Gabe? 👀
Me parece que encajamos muy bien, ¿verdad?

Josh vuelve a centrarse en su objetivo.

Josh: Lo hicimos.

Radhya: ?

Josh: Ayer. Lo hicimos.

Radhya: estás hablando de sexo?

Josh: Sí.
Ari y yo.
Nos acostamos.

Se plantea dejar la conversación en ese punto para sentirse victorioso. En cuanto ella se trague el orgullo y lo felicite, podrá convencerse de que Ari está a punto de escribirles a sus amigas y confesarles tímidamente sus verdaderos sentimientos.

Briar: ¿Sería raro porque se ha acostado con Ari?
Bueno, ahora solo son amigos.
Pero ¿aun así es raro?

Josh suelta el teléfono de mal humor, pero enseguida vuelve a cogerlo, impaciente por leer la respuesta de Radhya.

Josh: ¿Ari no te ha llamado aún?
Pregunta hipotética:
Un «te quiero» en plena faena ¿cuenta?

Briar: askdfjsalgkjawoegjoi

«¡Mierda! Me he equivocado con el puto chat. ¡La madre que me parió!».

Briar: Estoy...
No puedo.
☠☠☠

Josh arroja el teléfono a la otra punta de la cama. Pero, entonces, vuelve a vibrar y tiene que cogerlo porque es posible que a Radhya se le haya iluminado la mente.

Briar: Alexa, pon Paper Rings.

Josh: Borra mi número.

Briar: Vale, déjame pensar.
¿Hubo contacto visual?

Podría apagar el teléfono y punto, pero, por algún motivo, le resulta gratificante ver a Briar tan emocionada. Se deja caer sobre la cama deshecha con un gesto dramático.

Josh: En ese momento no era posible.

Briar: ¡Qué descarado!
¿Qué pasó después de que se lo dijeras?

Josh: ¿Por qué das por hecho que se lo dije yo a ella y no al revés?

Briar: ¿De verdad esperas que responda a eso?

Josh: Me lo dijo ella. Y luego le entró el cague y se largó.
Espera, me está llamando Radhya.

Briar: ¡Guau!
Abre un chat de grupo.
¡Ya! 😳

Josh: Ni lo sueñes.

7:46

Josh: ¿Cómo se hace?

Lunes, 16 de enero, 7:49

Josh: Puedo explicarlo.

Briar: ¡Hola, Radhya! 😘😘
¿Has visto mis stories?
Por cierto, ¿dónde compraste los manteles de las mesas de dos?

Josh: Céntrate.

Briar: Empieza desde el principio. Cuéntanoslo todo.

Radhya: Yo NO quiero saberlo todo.

Josh: Estábamos discutiendo.

Briar: Ya, ¿y os estabais gritando con las caras muy cerca y entonces os besasteis?
¿Fue más de la era Lover o 1989?

Radhya: Me estás vacilando?
No te dije que le dieras espacio?
Te lo dije justo ayer!

Briar: Pero ¿hubo un poquito de magia?
¿Te acarició el pelo?
😭😭

Radhya: Joder!

Briar: Por lo menos pon un emoji para describirlo.

Josh: No utilizo emojis.

Briar: ¡SOLO SON IMÁGENES! PON UNA

Josh: 🔥

Briar: Voy a gritar.

Radhya: ¿A qué hora se ha ido?

Josh: Hace 40 minutos.

Briar: ¿Le has hecho pan de matzá para desayunar??

Radhya: Espera, se ha quedado a DORMIR?

Josh: Me halaga que te sorprendas, gracias.

Radhya: No hagas nada.
No le escribas, no la llames.
Espera a que sea ella la que se ponga en contacto.

Briar: No sé...
¿Qué tal un mensajito a las 15:25, solo para saludar?
Algo muy informal.

Radhya: No.
NECESITA ESPACIO.
A lo mejor me llama mientras tanto.

Briar: Buena estrategia. ¡Haremos de intermediarias!
Somos un equipo. ¡Pelotón, en marcha!
🚴💦

Ari se da prisa por doblar la esquina de la estación de Bleecker Street, sujetándose el chaquetón contra el cuerpo. Le cuesta creer que hace pocos minutos estuviera sudando. Revisa los mensajes sin responder, con el cable del cargador aún conectado al móvil chocando contra las medias del revés, mientras baja corriendo las escaleras.

Busca en el bolso la tarjeta del metro, a la que le queda el último viaje, y empuja el torno de entrada con una ligera sensación de alivio porque una barrera física separa la Ari de ahora de la de hace diez minutos. Aún se sentirá mejor cuando abandone el barrio. La pantalla led no muestra el horario de llegada del tren, tan solo una disposición aleatoria de píxeles de color rojo.

Mira el móvil. Sobre el icono de los mensajes hay un llamativo círculo rojo con la cifra «104». Está segura de que el día anterior eran ochenta y pico.

Domingo, 15 de enero, 17:31

Hombre Canoso + Rubia Explosiva : ¿Sigue en pie lo de las 18:15?
En el sitio de la calle Veinte.

18:21

Estamos aquí.

18:42

Estamos al fondo, en el comedor. Hemos pedido unas tapas.

19:05

¿A qué hora llegas?

19:23

Mira, esperaremos una hora más porque a Cara le gustó lo que le hiciste con la barbilla, pero esto es de muy mala educación.

19:31

¿¿Tanto cuesta enviar un mensaje?? Bastaría con un «Lo siento, no puedo ir», ¡hostia!
¿Sabes lo difícil que fue para mi mujer llegar a sentirse cómoda en una relación abierta?

19:47

Tu tiempo no es más importante que NUESTRO TIEMPO.
A las tías como tú les importan una mierda los demás.
¿Estás contenta?

Ari pestañea ante la pantalla hasta que las palabras se convierten en amasijos de letras. «Fantástico». No solo está tirando por la borda su propia vida, sino que también se está cargando las relaciones de los demás. Una rata con una larga cicatriz blanca en el lomo se pasea tranquilamente por las vías herrumbrosas. Los faros del tren de la línea 6 del metro iluminan el túnel. Ari observa a la rata corriendo por el raíl sin inmutarse.

El tren disminuye la velocidad hasta pararse, y Ari elige un vagón lo bastante lleno para ofrecerle garantías de que dentro no hay olores insoportables.

Su pulgar se debate sobre el nombre de «Dust Daddy».

Ari: hola

Eliminar.

Mira cómo desaparecen las letras. Quizá si no vuelven a hablar de ello, será como si nunca hubiera pasado.

Todo irá bien.

Todo va bien.

El metro arranca y en el túnel no hay cobertura. Ari apoya la cabeza en las manos y se convierte en una de esas mujeres que lloran en silencio en el metro mientras los demás pasajeros, por suerte, la ignoran.

Cuando llega a la dirección que la madre de Josh le ha enviado por mensaje, reconoce las ventanas, que ahora quedan ocultas tras unos cuantos pósteres de una nueva serie de HBO y unos cuantos grafitis. Abby ya la está esperando dentro del edificio que alojaba Brodsky's, paseando arriba y abajo por la superficie prácticamente vacía. Lleva unos AirPods blancos en las orejas que le permiten mantener una conversación entusiasta con alguien invisible.

Saluda a Ari con la mano y prosigue con la llamada mientras acerca una silla metálica plegable hasta una mesa en la que hay un portátil y unos documentos esparcidos.

—Tiene una exención de impuestos de treinta y cinco años. Uso mixto. Sí. —Estruja a Ari en uno de esos abrazos maternales que mecen varias veces hacia delante y hacia atrás—. ¿Ciento ochenta unidades para alquilar al lado del puente Williamsburg? Escríbeme cuando te hayas puesto en contacto con él. De acuerdo. —Abby pone los ojos en blanco—. Sí, de acuerdo. —Cuelga y deja el teléfono sobre la mesa—. ¿Por qué los hombres se niegan a leer correos electrónicos? Necesitan que les explique el mensaje tres veces hasta que lo entienden. Siéntate, siéntate.

A Ari le suena el móvil.

Briar: 🥰😊
Fue genial verte ayer.

Por lo menos, el mensaje no es de Josh.

—Muchas gracias por venir —dice Abby, y levanta dos vasos de Starbucks—. Esta mañana he quedado con un comprador potencial para que vea la finca.

Briar: ¡Nuestra primera salida de MUCHAS! 😉

Si Ari hubiera ido allí dos semanas atrás, estaría examinando el local, buscando pistas, intentando captar fragmentos tentadores de esa información que Josh nunca quiere compartir. Cuando tenía diez años y salía del colegio, ¿se sentaba junto a la barra y rellenaba los servicios de sal y pimienta?

Aunque, verdaderamente, en ese preciso momento no tiene ningunas ganas de imaginarse a Josh haciendo nada. No mientras lleve puesta la ropa que ha recogido del suelo de su dormitorio. Ni después de lo que ha pasado esta mañana. Y, en particular, delante de su madre.

—Qué vestido tan bonito. —«¿Es que Abby lee la mente?»—. Voy al grano —dice, y toma asiento en otra silla plegable en el lado opuesto de la mesa—. Espero que no creas que me tomo demasiadas confianzas, pero ¿te dice algo el nombre de WinProv?

—¿Es una empresa joven? —Ari da un sorbo de café—. ¿O una plataforma online?

—Es una consultoría de marketing. Ofrecen talleres de improvisación para empresas. Es un negocio muy lucrativo. La semana pasada conocí al director general, Brad. Es un encanto. Muy inteligente. —Abby estira el cuello para acercarse un poco—. Quiere hablarte de un trabajo.

—¿A mí?

—Desde luego. Contrata a actores. Llámalo en algún momento esta semana, lo está esperando. —Abby desliza el móvil sobre la mesa para mostrarle la página web de WinProv, en la que se ve a un hombre y una mujer vestidos con la misma camisa azul de cuello abotonado actuando ante un público formado por agentes de ventas de seguros—. El negocio le va viento en popa. Mira la lista de clientes.

—Oh. Guau... —Ari baja hasta la parte inferior de la página para examinar los conocidos logotipos que corresponden a grandes farmacéuticas, empresas de Silicon Valley y entidades de préstamos predatorios.

—Ofrece talleres por todo el país. Creo que incluso va a abrir una oficina nueva. Es un momento lleno de oportunidades.

Lunes, 16 de enero, 9:11

Gabe: ¿Vienes esta noche?
Te necesito.
Es una actuación de las que exigen llevar público.
23 $ la entrada + 2 consumiciones mínimo

Por mucho que Ari se haya librado de compartir un desayuno incómodo con Josh, aún es peor estar ahí, con su madre bailándole el agua. Puede que sean paranoias suyas, pero Abby tiene una expresión algo petulante. Perspicaz. Incluso... encantada.

Vuelve a sonarle el móvil.

Lunes, 16 de enero, 9:13

Radhya: han pasado 3 horas.
cuándo pensabas contarme lo de anoche?

A Ari se le cae el alma a los pies. ¿Primero Briar y ahora Radhya?

—Abby, eres muy amable, pero apenas me conoces.

—Tonterías. —Abby hace un gesto con la mano para quitarle importancia—. Estoy ayudando a su primo a adquirir una cooperativa en Murray Hill. Me debe un favor.

Una emoción traicionera hace que a Ari se le ponga un nudo en la garganta. Una punzada repentina por haber perdido a Cass. Esa mezcla de cariño y preocupación, tan gratificante como molesta. La sensación de que alguien te cuida.

Abby abre un bolso de aspecto caro y saca un pintalabios y un estuchito de maquillaje compacto.

—Ari, cuando alguien te ofrezca algo bueno, acéptalo. Suelo dar orientación a las jóvenes empleadas de mi despacho. —Se aplica una nueva capa de color en los labios—. Las animo a que aprovechen todas las oportunidades, igual que haría un hombre—. Abby cierra el estuche de maquillaje y se inclina hacia delante—. ¿Dónde te ves a largo plazo? ¿Qué planes tienes a cinco años vista?

Ari gana tiempo dando un sorbo largo de café. Seguramente, la mejor respuesta no sea «Mi plan es gozar de suficiente estabilidad económica para no tener que suplicarles a mis novios que me dejen escribirles los votos matrimoniales». Ni tampoco «Llevo toda mi etapa adulta intentando ganarme la vida como humorista, pero tengo todos los números de quedarme con las ganas y dedico casi todo mi tiempo a cosas sin gracia como pasear perros y hacer de camarera o de canguro».

9:15

Radhya: llámame
y luego llámalo
no soporto más sus mensajes en bucle

Ari silencia el teléfono y lo coloca boca abajo sobre la mesa.

—Últimamente, he pasado por un... divorcio. —Pronuncia la palabra con cautela—. Bastante tengo con hacer planes a cinco días vista.

Es más de lo que habitualmente le explicaría a alguien a quien apenas conoce, pero su capacidad de contención emocional debe de estar saturada y empieza a tener fugas.

Abby no se inmuta, y eso dice mucho a su favor.

—Es muy importante perseguir tus sueños. Yo tardé demasiado tiempo en aprender la lección. Cuando vendí la primera finca, tenía un hijo adolescente que estaba resentido conmigo, una hija precoz en edad preescolar y un marido que llevaba veinte años haciendo las cosas de la misma manera. Todo el mundo me necesitaba de alguna forma, pero no podía seguir viviendo con el único objetivo de facilitarles la vida a ellos. No puedes cruzarte de brazos y esperar que las cosas lleguen solas. —Abby tamborilea con las uñas en la mesa—. Un divorcio es el momento perfecto para reconstruir tu carrera. —Hace una pausa—. Y tus relaciones.

«Oh, no». Abby la mira con una sonrisa descarada.

—Creo que te equivocas sobre...

La mujer levanta las manos en señal de rendición.

—No tienes que darme explicaciones.

Le guiña el ojo.

«Ay, Dios».

Ari extiende el brazo para alcanzar el agua y Abby la sorprende al rodearle el puño con la cálida palma de su mano.

—Llama a Brad. Puede que ese trabajo sea exactamente lo que necesitas. Quieres dedicarte al teatro de improvisación, ¿verdad? Viajarás. Y pagan bien. En la vida, o avanzas o retrocedes, pero parece que solo les enseñen ese refrán a los hombres. —Abby le da una ligera palmada y se recuesta en el asiento—. Y quiero que sepas que no te ofrezco esta oportunidad solo porque te estés acostando con mi hijo.

Doce horas, veintisiete mensajes sin contestar y doscientos canapés más tarde, Ari oye la risa de Gabe procedente del exterior del club de comedia. Está de pie en medio de un grupo de fumadores y su risa suena un decibelio más alta que todas las demás.

—¿Por qué hueles a tocino? —le pregunta cuando Ari se abre paso a la fuerza.

—Porque llevo cuatro horas sirviendo rodajas de melocotón envueltas con panceta. —Ari hace acopio de toda la ira latente a la que no pudo dar rienda suelta en el restaurante de Radhya—. Y a ti, ¿qué mosca te picó ayer?

—Qué curioso, estaba a punto de preguntarte lo mismo. —Exhala una voluta de humo—. Vamos a tomar algo. No me vuelve a tocar hasta dentro de media hora.

Gabe le da una palmada en el hombro y la guía/empuja dentro hasta la taquillera aburrida que está mirando el móvil detrás del mostrador. La mujer apenas levanta la cabeza cuando recoge los veintitrés dólares de Ari con un pequeño suspiro.

No hay nadie en el escenario del club Rising Star Room, un local que, francamente, parece más bien un centro social para acoger reuniones de Alcohólicos Anónimos. Por eso Ari se dirige de inmediato a la barra y pide un *long island iced tea.*

—Menudo día, ¿eh? —observa Gabe.

Ari responde ensanchando las fosas nasales, decidida a no hacerle caso. Bebe del vaso de plástico mientras entorna los ojos en la oscuridad para mirar a una mujer alta con un denso flequillo que le cubre la frente de forma impecable.

—¿Esa es... Briar?

Ari retrocede dos pasos de forma instintiva para apartarse de su línea de visión.

—La he traído yo. He enviado mensajes a troche y moche a todos mis rollos pasados y presentes para que vengan. —Se encoge de hombros y arquea una ceja con un gesto raro y seductor—. Le gusto.

Ari se le acerca un poco.

—¿Os habéis...?

—Lo hicimos en el baño de la cervecería. —Hace una pausa y su mirada denota cierta picardía—. Pero no le dije «te quiero», ni nada parecido.

Si después de eso suelta alguna otra frase que pretende ser graciosa, Ari no lo oye, porque está chillando por dentro.

—¿Por qué lo sabe todo el mundo?

—Seguramente porque esta mañana te has ido corriendo de su casa, él ha entrado en pánico al instante y no habéis hablado en todo el día.

—He estado... pensando en lo que ha pasado.

Eso es. «Pensando en lo que ha pasado». Y evitándolo a él.

—Estás un poco ronca. ¿Es por los gritos?

Ari está segura de que pueden verse los dibujos de las dagas que salen de sus ojos y se clavan en el pecho perfectamente depilado de Gabe.

—Bueno, mira, no ha sido exactamente una descripción con todo lujo de detalles para fardar en plan «me he tirado a una tía que conocí en Reddit», sino más bien un grito desesperado de «todos mis sueños se hicieron realidad anoche y ahora a ver qué hago yo para no cagarla».

—No quiero ser el sueño de nadie.

¿Por qué Josh no se hace el machito igual que todos los demás idiotas?

Gabe se le acerca un poco y crea un ambiente de intimidad.

—¿Cómo fue?

—Pues... —Ari se muerde la parte interior de la mejilla—. Como dice la letra de una antigua canción, hicimos el amor y luego follamos.

Gabe apenas consigue sofocar una risita de sorpresa.

—Parece que los dos tuvisteis lo que queríais.

Ari se termina la bebida y tira el vaso en una papelera que hay cerca de la puerta.

—Me tengo que ir. Ahora mismo no puedo con esto.

Gabe la agarra del brazo y la lleva de vuelta a la barra.

—Ya has pagado la entrada, y necesito que te rías muy fuerte cuando me toque el turno y que ni te inmutes cuando actúen los demás. —Agita la mano para llamar al camarero—. En serio. He invitado a un agente de casting.

Ari pide un whisky doble y mira a Briar, que está de espaldas.

—¿Has estado aquí sentado con Briar, hablando de lo mío con Josh?

—Claro que no —contesta Gabe, y comprueba la hora en el móvil—. Lo hemos hablado esta mañana por el chat.

—¡¿Lo ves?! Sois vosotros los que os estáis montando una película.

Gabe se guarda el móvil en el bolsillo y posa las manos en los hombros de Ari.

—Cada cosa tiene su tiempo, y has esperado demasiado. El momento de que lo vuestro fuera un simple rollo sin ataduras pasó hace meses.

—Eso no es verdad. Yo soy muy lenta y siempre me dejo más margen para todo.

—Tú dirás lo que quieras, pero cuando os pongáis a hablar, la cosa no será tan fácil. Josh tiene los ojos en forma de corazón —añade.

—Pues yo creo que podemos... volver atrás.

Pero Ari pierde la esperanza en el momento mismo en que las palabras salen de su boca.

Gabe asiente como diciendo «sí, sí; ya lo creo».

—Tengo que preguntártelo: ¿qué hostias te hizo para que dijeras la frase prohibida?

Ari se atraganta con su bebida de tamaño gigantesco. Le entran náuseas... y no es solo por el olor acre del alcohol mezclado con el aire mohoso procedente del jardín.

—Oye —dice cuando por fin logra controlar el ataque de tos—, ¿has oído hablar alguna vez de WinProv?

—Bonita forma de cambiar de tema. Tendrías que dar clases de evitación. —Gabe apura la bebida de un trago—. ¿Es alguna de esas mierdas de los talleres de improvisación para empresas?

—Una mierda con sueldo fijo y viajes pagados.

Ari saca el móvil y le muestra la página web de WinProv. Gabe examina la pantalla y entorna los ojos.

—No —dice. Algo atraviesa su rostro; algo peor que la ira. Decepción—. ¿Y qué hay de LaughRiot? ¿Y del grupo de Harold? ¿De verdad nos vas a dejar?

—Lleváis meses actuando sin mí. No me necesitáis.

—Por favor, no me digas que te estás planteando en serio dedicarte a esto. —Le arroja el móvil—. Tú no; no puede ser.

—¡Pues tú te pasaste seis meses en Tokio haciendo de Gastón!

—¡Pero eso es teatro! —insiste él—. Esto, en cambio, es desleal. Es como venderse al mejor postor, y tú vales más que eso.

—De momento, solo lo estoy pensando.

Se quedan mirándose un buen rato, hasta que Gabe sacude la cabeza y se aleja. Por algún motivo, Ari lo siente más que si hubiera montado en cólera. Hay algo especialmente doloroso en esa expresión de desilusión y derrota.

Inspira hondo, da media vuelta para encaminarse a la salida y elimina la página de WinProv de la pantalla del móvil.

Lo que aparece en su lugar es aún más incómodo.

Lunes, 16 de enero, 21:57

Josh: ¿Qué tal?

Eso casi es peor que los emoticonos de corazón.

Se precipita hacia la salida y el aire frío de la noche, y pulsa el botón de llamada antes de decidir que no va a hacerlo.

Josh recorre su apartamento de un lado a otro con firmes zancadas.

—Se ve que hoy tenías ganas de charla —dice Ari—. ¿Queda alguien en la ciudad con quien no hayas hablado?

—Fue un accidente —se excusa él.

—No me apetece que tu madre me mande un mensaje para felicitarme... Ni tu terapeuta, ni tu gestor.

Hay una larga pausa.

—¿Podemos hablarlo?

—¿Tú qué crees? —Hay treinta segundos de silencio en los que casi se oye el rechinar de los dientes de Josh a través de la línea, hasta que Ari añade—: Fue...

—Una pasada.

—¿Una locura?

—Pero en el buen sentido.

Josh tiene mucho cuidado de no entonar la frase como una pregunta. Entra en el dormitorio sin ningún propósito en concreto y se deja caer con aire teatral en la cama, que, cosa poco habitual, está sin hacer.

—¿Por qué de repente la cosa es tan dura? —pregunta Ari—. Y no va con segundas.

—Porque no podíamos seguir toda la vida como estábamos.

Hay otra larga pausa. Demasiado larga.

Una pausa incómoda.

Al final, es Ari quien la rompe.

—¿Y cómo estábamos?

—Como dos personas que se mueren de ganas de ser algo más que amigos pero no hacen nada para demostrarlo. —Hay otros treinta segundos de silencio—. Podríamos empezar con una conversación normal —propone—. Cuéntame qué tal te ha ido el día.

—Vale, vamos a ver. —Ari se aclara la garganta—. Ayer me pasó una cosa curiosa. Acompañé a casa a ese tío con el que solía quedar en plan amigos. Y... Bueno... Acabamos liados. Así, como quien no quiere la cosa.

—¿Os liasteis? —pregunta Josh. A decir verdad, es lo típico que le habría respondido ella un lunes cualquiera—. Cuánta intimidad. Seguro que tiene la polla más grande que has visto en tu vida, ¿a que sí?

Ari emite una especie de graznido.

—Pues, si te soy sincera... —empieza a decir ella en tono solemne—, me cagué de miedo al ver el grosor.

Josh asiente.

—Ahora entiendo por qué estás tan pillada.

—¿Cuándo he dicho yo eso?

—Tienes razón. —Josh se apoya en el cabecero—. No lo has dicho.

—Ese es el tema —dice Ari—. ¿Con quién voy a hablar sobre ti?

—Puedes hablar conmigo y decirme lo bien que cumplo con tus expectativas. Probablemente será el mayor refuerzo positivo que haya recibido en todo un año.

—Odio que digas esa clase de cosas...

—¿Quieres que quedemos para cenar? Solamente para cenar. —Mierda—. A menos que te apetezca que nos acostemos. Entonces quedaríamos para las dos cosas.

Ari suspira.

—Estoy esperando a que Gabe salga al escenario. Le prometí que iría a ver una actuación suya, y eso es un pacto sagrado. —Se hace otro silencio interminable, tras lo cual Ari añade—: ¿Y si... lo dejamos unos días? —Lo dice con tanto cuidado que a Josh se le disparan todas las alarmas—. No me malinterpretes... —Estupendo. Ahora el cerebro de Josh está a punto para leer entre líneas y ella ni siquiera ha dicho todavía lo que quería decir—. Es que creo que no deberíamos dejarnos llevar por algo que no hemos valorado con frialdad a plena luz del día.

—Tengo la impresión de que tú lo estás valorando en los oscuros rincones de un club de comedia.

—Josh, ahora mismo tengo toda la vida patas arriba. —Él nota que el pánico se apodera de su voz—. Hay muchísimas cosas que me gustan de ti, y me da que acabamos de cargarnos la relación. ¿No podemos... darnos un poco de tiempo para...?

—Vale. Vale, tienes razón. —Adopta el tono calmado de un negociador de rehenes—. Hablaremos dentro de unos días.

—Genial.

Al oír el alivio evidente que denota el suspiro de Ari, Josh siente que el nudo de la garganta aún lo oprime más.

—Bueno —dice, cambiando un poco el tono—, no he visto que me hayas mandado ningún «gracias» de cortesía. Creía que lo tenías por costumbre.

—Es que no llegaste a bajar al pilón.

—Porque no te pusiste el disfraz de payaso, tal como te pedí.

Se la imagina sonriendo; ese destello pícaro y seductor que tan bien le sienta cuando lo ve.

—No soy exactamente una chica buena. Más bien, una gamberra.

Ahora es él quien sonríe, a su pesar. Quizá todo vaya bien. Será una especie de paréntesis, para darle tiempo a asimilarlo.

Está bien.

Estará bien.

22

Jueves, 26 de enero, 16:53

Brad Hoenig [SFW ⛔]: ¡Ari! Gracias por sumarte a otra llamada de última hora.
En WinProv es esencial ser capaz de adaptarse a las circunstancias.
Solo para confirmarlo, tienes carnet de conducir, ¿verdad?

—No exagerabas cuando decías que tenías muy mal gusto para los pantalones.

Josh está plantado en la puerta de casa de Ari, con una caja de cartón y dos bolsas del supermercado.

Ari lleva puestos unos bóxer y una camiseta de tirantes porque el termostato de su apartamento siempre ha escapado a su control, pero eso crea una situación un poco rara cuando se presenta alguien abrigado para el frío de enero y ella va vestida igual que en pleno bochorno de julio.

Sobre todo si ese alguien es Josh, con quien no se ha comunicado en persona, por teléfono ni por mensaje en toda la semana anterior. El hecho de que él vaya tan vestido hace que Ari se sienta muy desnuda.

—¿Qué hay en esa caja? —Se cruza de brazos sobre el emblema de Lilith Fair del delantero de la camiseta y así evita que se vea la marca de los *piercings*, que se insinúan a través del sujetador sin relleno, en plan «hola, ¿te acuerdas de nosotros?».

—Voy a prepararte la cena. Una cena de verdad.

—¿Vas a cocinar? ¿Aquí? Levanta la solapa de la caja para mirar dentro y ve una cosa de metal brillante—. ¡¿En serio?!

—En serio.

Josh entra en la cocina y deja a Ari plantada en la puerta. Cuando ella da media vuelta, lo ve descolgándose el asa de una especie de macuto. Seguro que es la bolsa del gimnasio. O la del sexo potencial, con varios tipos de indumentaria.

¿Cómo no se ha imaginado lo que iba a ocurrir cuando le ha escrito y le ha preguntado si quería ir a su casa para hablar?

Se mueven en un terreno pantanoso entre su relación de amigos y la de amantes, sin normas establecidas. Quizá su versión de Josh como el plasta alto del jersey era la correcta. Verdaderamente, no existe el sexo sin consecuencias.

Camina hacia la cocina con aire cauteloso, deleitándose con el morbo que tiene Josh, tan competente en la cocina, cuando ordena los productos y alinea sus cuchillos junto a la tabla de cortar.

—¿Robaste el salero y el pimentero de un restaurante? —pregunta él, sosteniendo en alto las dos botellitas de cristal casi vacías que ha encontrado al lado de la placa de cocción—. Te compraré sal *kosher* decente. Esto es inaceptable.

—Lo que acostumbro a comer no necesita más sodio —masculla Ari, y retira unas migas de la encimera antes de que Josh haga algún comentario—. Oye, quiero hablarte de una cosa...

Se interrumpe cuando Josh se quita el jersey pasándoselo por la cabeza y deja al descubierto una franja de piel pálida entre la cinturilla de los pantalones y la camiseta. Durante un segundo, Ari tiene el ridículo pensamiento de que se está desvistiendo, porque así es como están ahora las cosas entre ellos. Parece que vaya a quitarse capas y capas de prendas oscuras hasta que...

—Qué calor hace aquí, joder —suelta él, y dobla el jersey (cómo no) para dejarlo encima del macuto. Con movimientos metódicos, va abriendo todos los armarios altos, que están vacíos. «¿Por qué las camisas siempre le van un poco estrechas?». Los sucios pensamientos de Ari sobre Josh están aflorando justo en un momento en que tiene que guiarse por la razón—. ¿Dónde están los cuencos de mezcla que compramos?

—Eh... Abajo a la izquierda. —Ari lo observa tomar posesión de la cocina y llevar de acá para allá varios cacharros de acero inoxidable—. ¿Qué vas a preparar?

—*Lasagne in bianco* —responde él, como si fuera lo más normal del mundo—. ¿Por casualidad no tendrás una fuente para horno?

Ari se agacha hasta el armario inferior derecho y saca una bandeja rectangular de pírex.

—La utilizo para los *brownies* de maría.

Él la mira con un gesto de desaprobación caricaturesco antes de arrebatársela de las manos.

—¿Esa camiseta también es de Cass?

Ari se encoge de hombros y busca algo que le sirva para cambiar de tema.

—¿Te has traído la máquina de hacer pasta? —pregunta, dándole vueltas a la pequeña manivela.

—Era de mi padre. Sirve para preparar comida reconfortante, pero de categoría.

Ari apoya la parte baja de la espalda en la encimera, tratando de hallar una postura que parezca despreocupada antes de contarle por qué, en cuestión de pocas semanas, no necesitará la sal *kosher* ni los cuencos para mezclas. Pero lo que sale de su boca es otra cosa:

—¿Te parece que necesito que me reconforten?

Se ha apartado mucho del guion. No tenía previsto que apareciera él y se pusiera a hervir agua, y aún menos a fabricar pasta.

Josh coge el rallador y se acerca a ella, aunque solo da un paso porque es un hombretón en una cocina neoyorquina.

—¿Y a ti?

Se cierne sobre ella, dejando tan solo unos centímetros de separación entre ambos. Lleva un trapo de cocina al hombro. No está jugando limpio.

—¿A mí qué?

El tejido de algodón negro de su camisa apenas roza la fina barrera del emblema de Lilith Fair.

—Si te lo parece. Que necesitas que te reconforten.

Desplaza los ojos arriba y abajo de su cara, como si fuera a acercarse más.

Ari contiene la respiración y eleva la barbilla de forma casi imperceptible. Él levanta el brazo derecho y...

... alcanza media libra de queso fontina.

—Haz algo útil y ralla esto.

Ella suspira.

—Eso, déjame a mí el trabajo peligroso.

Josh abre el paquete de harina y busca en los cajones las tazas de medir, como si Ari tuviera alguna.

—Mientras esto está en el horno, iré al dormitorio y limpiaré el cajón de las camisetas de tu ex.

«Esas camisetas están perfectas», tiene ganas de protestar Ari. Pero nota una presión en el abdomen cuando él pronuncia la palabra «dormitorio». Su mente abandona el modo racional y empieza a generar imágenes del sexo del que podrían estar disfrutando.

«No, no, no». Debe permanecer centrada. No tiene sentido alterar esa frágil tregua, y menos cuando Josh está cocinando por primera vez en un año.

Comerán. Y luego hablarán.

Y todo irá bien.

—¿Sabes? —dice, buscando la forma de cambiar de tema mientras coge el rallador—. Tengo un paquete enorme de daditos de beicon que compré en Cotsco. Está buenísimo si lo esparces en los macarrones con queso y...

—Ni hablar. —Josh frunce el entrecejo—. He traído *prosciutto.*

Josh espera encontrar quizá media docena de camisetas de Cass en la cómoda que montó con Ari hace dos meses. En cambio, da la impresión de que esa mujer se olvidó de vaciar un cajón entero con las prisas por abandonar el apartamento, y resulta que albergaba el contenido de una cesta de la colada de Cameron Crowe de en torno a 1995 más o menos.

Ahora ya da igual. Ha ganado él.

En general, está orgulloso de sí mismo por la contención que está demostrando esta noche. No ha dado la más mínima muestra de desesperación. No la ha presionado. Incluso se ha sentido bien cocinando de nuevo y mostrándole a Ari algunos pasos, y ha hecho cierto alarde de su habilidad con los cuchillos, como la primera vez que se conocieron.

No se han besado, lo cual también está bien; casi como si no necesitaran demostrarse nada. Al contrario, la falta de contacto físico hasta ese momento ha servido para aumentar la tensión.

Y, sí, la escueta comunicación de los últimos días ha sido un fastidio. Pero ahora entiende a Ari: cuando está ante algo tan grande, tan importante, se encierra en sí misma. Y, si eso significa algo, es precisamente una confirmación de sus sentimientos.

Lo cual explica por qué está tan nerviosa, plantada a los pies de la cama, meciéndose adelante y atrás mientras lo observa revolver el cajón de las camisetas. Da la impresión de que Ari tiene los rasgos más acentuados que antes: le han salido más pecas, su labio inferior es más carnoso y lleva el moño más deshecho.

Se imagina encima de ella, con la luz encendida y sus piernas enroscadas alrededor de él. Quizá incluso le diría otra vez «te quiero», pero sería mirándolo a los ojos para que no hubiera lugar a dudas. Y él tendría suficiente presencia de ánimo y le correspondería con las mismas palabras.

Abre una bolsa de basura.

—Son solo camisetas. —Ari inclina el cuerpo y agarra el contenido del cajón sin ceremonias—. No representan nada especial.

—Se trata de que puedas seguir adelante con tu vida.

—Ya sigo adelante. Me vas a dejar sin las partes de arriba de mis pijamas. —Se deja caer en la cama, aferrando un montón de camisetas con cada mano—. Eso es lo que quería decirte.

—¿Que seguirás adelante sin las partes de arriba de tus pijamas?

—Pues sí, la verdad. —Ordena la ropa en dos montones, uno a cada lado, y acaricia la tela de una de las camisetas—. Vamos a poner el apartamento en venta. Tengo que haberme mudado a finales de este mes.

Josh deja caer la bolsa de basura. Oírla referirse a Cass en presente, como sujeto implícito de ese «vamos», le resulta doloroso.

—Tengo que plantearme qué voy a hacer.

Ari dobla las piernas para sentarse encima, como si necesitara tiempo para pronunciar las palabras. Mientras tanto, la mente de Josh rebosa de posibilidades.

¿Es una señal?

Se vuelve de espaldas a ella frente a la cómoda y baja la vista al cajón abierto para protegerse de la mirada de Ari y ganar cierta privacidad.

—Eso tiene solución.

—De hecho...

—Vente a vivir conmigo.

Josh cierra el cajón con un agradable sonido resolutorio.

—Espera, ¿qué?

Da media vuelta y se apoya en la cómoda. La expresión de Ari denota más sorpresa de lo que a él le gustaría.

—Trasládate a mi apartamento. O podemos buscar otro sitio. Los dos juntos.

—¿En plan compañeros de piso?

—No. —Josh baja la cabeza un segundo, inspira y se recuerda a sí mismo que debe tener paciencia. Joder—. No eres una compañera de piso. —Vuelve a levantar la cabeza y la mira a los ojos—. Eres la persona de quien estoy enamorado.

En el dormitorio reina el silencio salvo por algún que otro silbido y chasquido del radiador.

Josh creía que, quizá, a Ari se le arrasarían los ojos en lágrimas, que elevaría las comisuras de los labios en una sonrisa de incredulidad y que se levantaría de la cama poco a poco para darle un abrazo. Permanecerían así, abrazados, y por fin sentirían algo de alivio.

Pero, en cambio, sigue allí sentada, quieta como un palo, boquiabierta.

Josh se sienta a su lado en la cama y, con cuidado, le toma la mano.

—Josh. —Su voz es queda y apagada. Lo observa acariciarle los nudillos con el pulgar. «Qué delicado»—. Lo que acabas de decir solo sirve para complicar aún más las cosas.

—Estoy hasta las narices de no decirlo. Creía que habíamos decidido ser sinceros. Tú ya lo dijiste. Sé que la cosa puede funcionar. Estoy seguro. Crees que no estás preparada, pero sí que lo estás. —Se lleva su mano a los labios y le da un beso en la palma—. Lo estás.

—No me digas si... —Se obliga a tranquilizarse y respirar—. Josh, escúchame.

—¿Qué crees que hemos estado haciendo todo este tiempo? Hemos estado saliendo juntos, Ari. Ha ocurrido muy poco a poco y no nos habíamos dado cuenta. No lo hemos llamado por ese nombre. Solo necesitábamos la última pieza, y ahora ya la tenemos.

Se lleva la mano de Ari a la mejilla y casi tiene la sensación de que es ella quien lo está acariciando por voluntad propia.

Josh ladea la cabeza y se inclina, posando la otra mano en la nuca de Ari y acercándola para darle la clase de beso que deberían haberse dado la semana anterior antes de que ella se marchara corriendo de su apartamento. Tiene la boca cálida, semiabierta y dispuesta, y eso sirve para expresar todo lo que no dice con palabras.

Se dejan caer hacia atrás en la cama. Él se da impulso para incorporarse y la observa desde arriba.

—Josh, este no es un buen momento —dice ella—. Estoy... deprimida.

—Yo también estoy deprimido. Como la mitad de la población de esta puta ciudad.

—Josh...

—Pero la gente deprimida también tiene pareja. No podemos pasarnos la vida entera esperando el momento adecuado. Eres perfecta para mí, tal como estás ahora.

Le besa el hueco de la garganta y oye cómo su respiración se agita y se vuelve más irregular cuando le succiona un punto concreto del cuello de tal forma que, inevitablemente, va a dejarle una marca visible.

—Josh...

Ari le clava los dedos en los hombros.

Él le levanta la camiseta (cómo no, Cass estuvo en Lilith Fair), y deja al descubierto la piel entre la cinturilla de sus pantalones cortos y el sujetador.

—¿Necesitas otro apartamento? Esto es una señal. —Le cubre de besos el torso. Tiene la piel suave y cálida, y, de pronto, todo cobra sentido—. Es una señal de que esto es lo que debe ser, joder.

—¡Josh! —Su tono de voz lo obliga a hacer una pausa—. No estoy buscando ningún apartamento.

—¿Qué?

Él frena de golpe.

—He aceptado un trabajo. Me marcho de Nueva York por un tiempo.

—¿Qué? —Josh levanta la cabeza mientras intenta procesar esas frases—. ¿Adónde vas?

—A Washington D. C., por ahora. Tu madre me puso en contacto con el director general de una consultoría. Están contratando a actores cómicos para impartir formación en improvisación.

—¿Mi madre? —«¿Cuándo ha sido eso? ¿Cómo es que Ari no me lo había contado?»—. ¿Una consultoría?

—Viajaré por todo el país para darles clases de técnicas de improvisación a empleados de distintas empresas. —Vuelve a ponerse bien la camiseta—. Pagan muy bien. Es un sueldo de verdad.

—Espera. —Josh sacude la cabeza—. ¿Desde cuándo quieres trabajar para una consultoría?

Ari se incorpora para sentarse.

—Tú no tienes ni idea de lo que quiero.

—¿Y si vuelves a los escenarios? ¿Qué ha pasado con la magia del teatro de humor? ¿Piensas rendirte?

Los ojos de Ari emiten destellos de furia.

—¿Y eso lo dice la persona que no ha puesto los pies en una cocina desde hace... un año?

—¿Por qué hablamos de mí? ¿Qué tengo que ver yo en todo esto?

No se molesta en disimular el tono de desesperación de su voz. Espera a que ella le plantee alguna solución: visitas largas, fines de semana en Filadelfia, *sexting*... ¿Podría acompañarla? No tiene ningún motivo especial para quedarse en Nueva York. No tiene motivos para estar en ninguna parte.

Ella prosigue con el mismo tono sospechosamente cauteloso:

—Podríamos seguir como antes. Por teléfono. Antes de...

Ari levanta la cabeza y se encoge un poco de hombros.

—¿Antes de qué? —Josh espera a que ella diga la palabra, consciente de que no va a hacerlo—. Dilo.

—Sabes muy bien de lo que estoy hablando, Josh. Puedes seguir con tus citas. Yo seguiré con, ya sabes... Lo que sea...

—Nos acostamos. —«Hostia puta»—. Y no quiero volver a lo de antes, Ari. ¿Prefieres que sigamos estando solos y hablemos por el puto teléfono? ¿De verdad crees que querré saber cómo te va con «lo que sea»? ¡Escucha lo que estás diciendo! —Josh siente que aprieta los puños y vuelve a relajarlos varias veces—. Aquel día, algo de nuestra relación se desbloqueó.

—No se me da bien esto —insiste Ari—. No es nada personal.

—Que no es pers... —Josh mira al techo como si estuviera suplicando la intervención divina—. No podemos fingir que aquí no ha pasado nada. Esta vez no. Ya hemos cruzado esa línea, Ari. No puedes situarte en otro sitio.

Josh cambia la expresión algo confusa por otra ligeramente acusatoria.

—No me estás escuchando. —Suena a advertencia, pero Ari no comprende hasta qué punto Josh la ha entendido—. No estoy preparada para desbloquear nada. Aún estoy haciendo el duelo.

—¿Haciendo el duelo? —Josh coge una de las camisetas y la arroja al suelo de madera con una fuerza sorprendente—. Esa tía es una narcisista que te engañó y te abandonó. Estás dejando que domine tu vida y a ella ya no le importas una mierda. Sé que cuando se fue te hirió el orgullo. Porque tú también desapareces en plena noche. Tú eres la que se marcha. Y eso es exactamente lo que pretendes hacer ahora.

La cara de Ari refleja una sorprendente expresión de dolor.

—Ya has disfrutado de la parte divertida. No sé qué más quieres de mí.

Josh señala el espacio entre ambos.

—Se supone que esto es lo divertido.

—Uy, sí, yo me lo estoy pasando fenomenal. ¿Y tú?

Él se le acerca para ver exactamente cuál es su reacción a las palabras que tiene en la punta de la lengua.

—Sé lo que quiero. —Tiene la sensación vertiginosa y abrumadora de que ha llegado el momento; esa es su última oportunidad—. Lo quiero todo, y te lo daré todo. —Extiende el brazo y le pasa la mano por el pelo—. Y cuando encuentras eso con alguien, no es posible dejarlo estar como si tal cosa.

—¡Pero si ya nos estamos peleando!

Ella mueve la cabeza para apartarla.

—Sé que entre nosotros hay algo especial. Lo sé, Ari. Y sé que tú también lo sientes.

—Todas las parejas que pasan por un amargo divorcio sienten eso al principio. Ninguno de tus problemas importa porque hay alguien que lo es todo y cuida de ti. Esa persona es el antídoto de todo lo que odias de ti mismo. Lo pasa por alto cuando tú no eres capaz. —Se aparta toda ella un poquito más—. Pero, al final, te despiertas y todo lo que has pasado por alto vuelve. Cada pequeña tontería que te molesta del otro se convierte en una discusión. El otro se vuelve necesitado y exigente, te oculta cosas, pequeñas cosas que tu instinto te dice que son muy importantes, y empiezas a volverte un paranoico y a salirte de tus casillas. Os culpáis mutuamente de todo lo que no funciona en vuestras vidas. De todas las decisiones que en aquel momento tenían sentido pero que, en retrospectiva, han resultado un tremendo error. Y de pronto ya no hay magia que valga entre vosotros. Sois dos idiotas discutiendo por la custodia de la vajilla.

—No voy a llevarme tu cuenco, Ari.

—Les pagó treinta mil dólares a los abogados para librarse de mí. ¿Lo entiendes?

—Pero no somos tú y yo.

Ella sacude la cabeza.

—Sé también cómo acabará esto. Dentro de cuatro años, un día nos encontraremos en Whole Foods de Park Slope. Tú estarás paseando a tu pequeño de dos años en uno de esos cochecitos carísimos, buscando el racimo perfecto de uva ecológica, mientras tu esposa, profesora de yoga, va a por el té kombucha. Y yo seré la chica que llevará puesto un jersey de tío de los Islanders...

—¿De los Islanders?

—... y bebiendo vino barato de dos botellas a la vez. Me esconderé detrás de la esquina con la esperanza de que no me veas y me preguntes cómo me va la vida. Porque tendré que decirte que sigo sirviendo daiquiris en los *bar mitzvá* y escribiendo discursos para desconocidos que sí que viven vidas dignas de celebrarse. Que aún me emborracho y voy a casas de extraños a los que nunca volveré a ver. Que no he arreglado mi vida en ningún aspecto. No quiero verme en esa situación contigo, no quiero... —De pronto, contrae la cara—. No quiero encontrarte un día y ver que tienes una mujer y un hijo, joder.

Su pecho da unas sacudidas y empiezan a resbalarle lágrimas por las mejillas. Josh aparta la mirada y aprieta la mandíbula, luchando contra el impulso de permitir que también se le aneguen los ojos.

—¡Estoy harta de llorar delante de ti! —grita Ari—. Yo no hago estas cosas. Yo no soy así.

Da la impresión de que una tercera persona haya pulsado el botón de pausa, y Josh ve la escena como si la interpretaran dos actores y él no fuese más que un mirón depravado que observa cómo un imbécil furibundo le chilla a una mujer que parece encerrarse más y más en sí misma con cada embate. Espera hasta que la crisis de llanto pasa y Ari se sorbe la nariz.

—¿Cómo sabes que dentro de cuatro años no estaríamos comprando esa uva ecológica juntos? —La expresión de Ari cambia, pero no de un modo que le permita descifrar el significado—. Te compraré las uvas que quieras, joder. El kombucha. —Hace una pausa—. El cochecito. Todo lo que quieras.

Ella parece agotada.

—No quiero perderme en una relación. Necesito hacer algo con mi propia vida.

Parece un juego de tira y afloja poco entusiasta; cada vez que Josh estira la cuerda, esta se deshilacha un poco más.

—¿Y cómo te crees que es mi vida? —Vuelve a levantarse porque necesita situarse en una posición más elevada, y empieza a caminar trazando un pequeño círculo—. Soy un puto fracasado. Mi padre se mató a trabajar durante cuarenta años con tal de mantener el negocio a flote para mi hermana y para mí, y en pocos meses me lo cargué. Todas las mañanas me despierto y recuerdo que le he fallado de todas las maneras posibles y que es demasiado tarde para reparar los daños. No tengo trabajo, no tengo amigos y no paro de inventarme tonterías para tener algo que hacer hasta que llega la hora de irse a dormir y vuelta a empezar. —Deja de caminar—. ¿Te das cuenta de que lo único que me motiva para levantarme todos los días es hablar contigo, hostia?

—Por eso precisamente no funcionaría. Has fallado una vez y te estás comportando como una patética víctima de las circunstancias. No hay nada que te impida volver a intentarlo salvo tu ego. Nadie te ha echado de la profesión. Y no quiero ser la única persona con quien puedes hablar. No quiero que me cuides. Soy adulta.

—¿Desde cuándo? —Seguramente, debería cerrar el pico y aguantar el tirón, pero las cosas han ido demasiado lejos para echarse atrás—. A mí me parece que prefieres comportarte como una adolescente que fuma y se pone *piercings* en los pezones.

Ari se lo queda mirando con los ojos como platos, entre enfadada y atónita, como si acabara de clavarle una bayoneta en el estómago. Josh siente una punzada de arrepentimiento, pero no es capaz de contenerse.

—No pienso quedarme esperando a que pase más tiempo. Ya he tirado por la borda una parte de mi vida. No pienso retroceder. No consentiré que me insultes y finjas que podemos volver a ser solo amigos.

La mira, hasta que a Ari vuelven a llenársele los ojos de lágrimas y también tira de la cuerda.

—No te debo una relación porque nos hayamos acostado.

Josh retrocede un par de pasos en dirección a la puerta. Se supone que a quien tiene delante es su novia, hostia. Se supone que debería estar disfrutando de la energía de su nueva relación y dejando que las palabras «te quiero» se repitan en su mente una y otra vez hasta que por fin les dé crédito. Se supone que debería tener la cara enterrada en el sexo de Ari mientras ella le aprieta las orejas con los muslos de modo que apenas pueda oírla gemir.

Sin embargo, en vez de eso, la persona a quien tiene delante no es más que alguien más que también desea que desaparezca.

Muy bien. MUY BIEN.

A la mierda con todo.

Que se cumpla su deseo.

Pasa por encima de las camisetas esparcidas por el suelo. Va a la cocina, coge su abrigo y el puto macuto con sus pertenencias, guarda el juego de cuchillos y sale del apartamento en silencio.

Ari puede quedarse con su máquina de hacer pasta. Así cogerá polvo, guardada en el armario.

Deja la cena en el horno sin importarle que se queme.

Dos meses más tarde

23

Durante las dos primeras semanas de trabajo en WinProv LLC, Ari ocupa el cargo de «facilitadora de soluciones júnior». Sus tareas incluyen recoger a su jefe, Brad Hoenig (fundador/director general/jefe de perfeccionamiento/agente de la diversión número uno), de una serie de aeropuertos. Llevar a Brad de un sitio a otro es el trabajo más sencillo que ha tenido en años, aunque sospecha que se lo ha encomendado porque a él le han retirado el carnet de conducir.

El verdadero nombre de Brad es Brian, pero, cinco años atrás, hizo una prueba A/B con varios nombres para ver cuál le sentaba mejor, y descubrió que «Brad» era el más elegante. También realizó pruebas A/B para cada uno de los aspectos de WinProv, incluido el color de las camisas que los facilitadores llevan durante los talleres (azul cobalto; el verde resultó demasiado agresivo y sin gracia). Brad utiliza unas gafas de esquiador que lleva sobre la frente, unos cuatro centímetros por encima de los ojos. Ari suele descubrirse mirando su reflejo en el abismo negro de las lentes mientras Brad recita frases de Louis C. K.

Brad le proporciona a Ari un pequeño estudio en uno de esos complejos de apartamentos donde todo es de color *beige,* con muebles rígidos e incómodos y una cafetera diminuta. Parece el típico sitio donde viviría un padre recién separado durante unos meses mientras resuelve el marrón que le ha caído encima.

Ari no ha llevado consigo gran cosa. Un día antes de coger el tren hasta Washington D. C., guardó cuatro trastos dentro de unas cuantas cajas de licor y buscó en Lyft un coche particular que la llevara a casa de Radhya.

—Esto es ridículo —le dijo su amiga mientras la observaba arrastrar las cajas empujándolas con el pie hasta su pequeño recibidor—. No tienes que marcharte a otro estado por Kestenberg.

Seguramente, era la quinta vez que Rad le expresaba ese sentimiento.

—No es por él —insistió Ari—. Es una buena oportunidad para mí.

—Me extraña que no me haya escrito otra retahíla de mensajes desquiciados. —Rad se acercó para examinar el resto de las pertenencias de Ari: un montón de basura para todos los gustos, pero de gran valor, que no le cabía en la maleta (como una planta de aloe vera que consiguió no matar o el cuenco azul y blanco, que se planteó seriamente dejar en el armario de la cocina a modo de estúpida muestra de justicia poética antes de rajarse y cogerlo). Todo lo demás lo ha vendido, lo ha donado o lo ha dejado en la calle—. ¿Desde cuándo tienes una máquina de hacer pasta?

Ari tuvo la misma sensación que cuando la maestra pronunciaba su nombre en clase a pesar de que no había levantado la mano.

—Es de Josh.

Ari tuvo cuidado de no atragantarse con ese nombre que no pronunciaba en voz alta desde hacía una semana. Radhya le aseguró que debería devolvérselo.

—Me vienen imágenes de cuando preparaba kilos y kilos de *pappardelle* —dijo, estremeciéndose.

Ari le dio las gracias y decidió que era la última vez que mencionaba a Josh Kestenberg delante de Radhya. Ni de nadie.

En lugar de pensar en Josh, Ari se dedica a memorizar frases del trabajo, como «parar obligatoriamente», «misión crítica» y «volver sobre eso». Ve los fascinantes vídeos informativos de Brad, amenizados por una versión sin licencia de *Where the Streets Have No Name*. Ari examina el guion de su presentación, que previamente ha sometido a una prueba A/B. Incluye muchas «pausas para risas». Tras unos quince viajes de ida y vuelta a aeropuertos y dos talleres, se gana el título de «facilitadora de soluciones sénior y miembro del equipo central de formadores». Brad le recuerda que sigue estando en período de prueba.

Varias veces a la semana, Ari y Brad entran en un hotel de la cadena Hilton o Radisson, ataviados con sus camisas de tono azul vivo con el cuello abotonado. Comprueban las entradas de audio y vídeo, se conectan unos auriculares con micrófono y, durante un tiempo que dura entre tres y seis horas, se dedican a hacer muecas delante de un gran número de directores de ventas y especialistas informáticos de la región.

Es un trabajo duro; no tiene nada que ver con actuar delante de un público que ha pagado voluntariamente cinco, diez o a veces cero dólares por un espectáculo de LaughRiot con el objetivo de pasar un buen rato. A los asistentes a las formaciones de WinProv tienen que ganárselos cada vez, tanto si están contentos de alejarse un rato de sus despachos de distribución diáfana como si les fastidia la camaradería forzada y la alta probabilidad de acabar en el suelo cuando practican un ejercicio de dejarse caer confiando en el otro.

Una o dos veces, Ari le pregunta a Brad si tiene alguna reserva de servicios de un cliente de su lista de grandes farmacéuticas y empresas del sector tecnológico o de la clase de sitios que cuentan con miembros de la familia DeVos en su comité ejecutivo. Él insiste en que «la improvisación es para todo el mundo» y en que «esas personas construyen las aplicaciones y los servicios de los que depende el negocio». Dice que «los desarrolladores *front-end* también tienen que atreverse a fallar, tanto si se dedican a las webs de distribución de alimentos como a aplicaciones para compartir trayectos en coche o a la terapia online».

Cuando esa línea de razonamiento falla, también está el viejo consejo de Gabe para los tiempos de crisis: «Busca material hasta debajo de las piedras». Ari se imagina volviendo a Nueva York con un incisivo número que deja por los suelos a la industria del teatro de improvisación.

Sin embargo, volver a la ciudad no es una opción ahora que Nueva York y sus cientos de calles, esquinas y supermercados se han convertido en un terreno lleno de minas emocionales. No hay más de tres manzanas seguidas de Manhattan que no estén contaminadas con un recuerdo de Cass o una anécdota de Josh.

Ni siquiera puede escuchar música en el coche. Durante los largos y desolados trayectos por los estados del Atlántico Medio es cuando sus pensamientos vagan. Mientras espera ante un semáforo en rojo, cuando está parada en un carril de autoservicio o al pasar frente a vallas publicitarias de Jesús situadas junto a carteles publicitarios sobre locales para adultos. Al sintonizar una emisora local en la radio y oír a una mujer con la voz algo gangosa cantando sobre el mal de amores, Ari visualiza la perfecta imagen del perfil de Josh con mucho más detalle de lo que captaría cualquier cámara.

Intenta recordar las cosas horribles que se han dicho, y reaviva su ira solo lo imprescindible para recuperarse del sentimiento doloroso.

A veces, tiene la sensación de estar colocando una alfombra sobre un agujero del suelo. Pero hay momentos en que uno solo puede ocuparse de las crisis de una en una.

Tras pasarse unas cuantas semanas siendo la sombra de Brad, Ari dirige un taller ella sola: una sesión corta a bordo de un crucero alrededor del puerto de Washington D. C. Después del taller, mientras los empleados de alguna terrible empresa con mucho poder de influencia disfrutan del «bufet prémium» a la hora de cenar, Ari permanece en la cubierta, temblando bajo su chaquetón, y observa el monumento a Washington al pasar. Es increíble cómo los humanos llevan miles de años construyendo esos penes monstruosos sin vergüenza alguna.

Se cruza bien el abrigo para taparse la horrorosa camisa azul de cuello abotonado, yergue los hombros y se hace una serie de cuatro selfis: dos tontos, uno medio tonto pero gracioso y uno serio/sexy. «¿Lo ves? —dicen las fotos—. Estoy libre de preocupaciones. Aquí me estoy encontrando a mí misma».

Le pone un título al *post*: «Disfrutando del falo erecto n.º 1 de la nación». A continuación cuelga las cuatro imágenes tras cambiarlas repetidamente de orden. Seguramente, es la primera vez que se hace una foto en un barco desde que se casó con Cass. Quizá tenga todo el sentido del mundo que el marco de estas sea también un consolador gigante.

La actividad favorita de Josh para matar el tiempo es rebuscar en las cestas de Academy Records & CDS. Le sienta bien ponerse unos pantalones de cinturilla no elástica y unirse a la hermandad de hombres de mediana edad que se comunican unos con otros dándose lecciones sobre sus inútiles conocimientos de *free jazz* y *minimal techno*. Durante los últimos minutos ha hecho un esfuerzo consciente (algunos lo llamarían incluso valiente) por desconectarse del sermón que el insoportable hombre con coleta le está dando a su compañero de indumentaria anodina sobre «el ruido ambiental» en *Ambient 4: On Land*, de Brian Eno.

Refresca la aplicación de correo electrónico, aunque ha activado las notificaciones y es bastante improbable que la pregunta, vergonzosa a más no poder, que le ha hecho a un chef de Sonoma, con quien trabajó durante un breve espacio de tiempo cuatro años atrás, obtenga respuesta tan solo dos horas y media después de haberla enviado.

Eso si es que le responde.

Aun así, el hecho de haber enviado el mensaje es una tarea cuantificable que puede tachar de su lista de cosas pendientes. «No pienso invertir todo mi tiempo en dar rienda suelta a un sentimiento combinado de amargura, tristeza, rabia y autocompasión».

«También envío mails».

A lo largo de las últimas tres semanas, algunos recuerdos se han instalado en su cerebro, donde se expanden y se contraen. El trayecto a pie hasta el metro con la rabia resonándole en los oídos tras el impacto de su última interacción. El tiempo esperando a que llamara y se disculpara. El hecho de no tener noticias.

Después de aquello, estuvo unos días sin hablar con nadie. Sin pisar la calle. Se limitó a permanecer sentado en el sofá sintiendo aquella ira que fue desvaneciéndose poco a poco, como un colchón hinchable con un agujerito minúsculo, mientras cada puto detalle de su apartamento le recordaba a alguna estupidez que Ari había dicho o hecho.

En el reproductor de música suena *Peace Piece*, de Bill Evans, con sus dos acordes repitiéndose como una meditación. A veces, la música melancólica tiene el efecto emocional contrario. Es una forma extraña de masoquismo. «¿Puedes soportar esta lastimera melodía de piano? ¿Puedes? ¿Y qué tal este solo de Miles Davis, desgraciado?».

Martes, 14 de marzo, 18:03

Briar: ¿Estás emocionado por lo de esta noche?
Recuerda los temas de conversación POSITIVOS.
He echado un vistazo a su insta y he visto que mide casi 1,80.
Hay mucha gente que tiene predilección por las mujeres bajitas y los hombres altísimos, pero a mí me parece que dos personas que miden más o menos lo mismo forman una pareja MUY estética.

Por cierto, recuérdame que hablemos pronto de los filtros de las fotos.
Necesitas una estrategia mejor para los selfis.

Hablando de masoquismo...

Entra en el perfil de Instagram de la mujer. Fotos de vacaciones en la playa. Platos de restaurante elaborados. Este año ha sido dama de honor tres veces y aún estamos en marzo.

Josh le da sin pensar al icono de «home» y refresca la página.

Entre las primeras fotos aparece un fantasma. Una cara que no ha visto desde hace meses.

Gracias a esa mierda de algoritmo que sabe perfectamente cómo putear a su cerebro, Ari lo está mirando con una sonrisa.

Se guarda el móvil en el bolsillo de inmediato, como si no obedeciera al principio de permanencia del objeto.

—Esta música va más allá de la idea de inicios y finales —opina el hombre de la coleta desde apenas un metro de distancia, proyectando la voz como si estuviera en un escenario—. Solo hay un marco aural.

La compleja melodía de piano parece cobrar cada vez más protagonismo en el equipo de sonido y va cubriendo de florituras la constancia de los dos acordes.

Josh deja el disco y vuelve a coger el móvil. Lo sostiene con las dos manos antes de volver a abrir el *post* de Ari. Desliza el dedo sobre las cuatro fotos y ve que cada una da un mensaje muy distinto. El *post* está especialmente diseñado para confundirlo.

Pasa las fotos hacia delante y hacia atrás, mirándolas una a una mientras permite que su cerebro memorice la pequeña variación del ángulo de su cara en cada imagen, con cuidado de no deslizar el pulgar y rozar sin querer el icono del corazón.

El pie de foto reza «Disfrutando del falo erecto n.º 1 de la nación». ¿Significa algo más allá del chiste picante? ¿Ha conocido a alguien? ¿Es un mensaje en clave?

Josh ha estado rehuyendo la terapia. Algunas cuestiones tienen demasiado peso para explicarlas en una sesión de cincuenta minutos. Es mejor dejarlo y esperar a tener un discurso más claro.

De todos modos, en ese momento tampoco quiere que le ayuden.

Peace Piece se disuelve entre notas discordantes y es casi como si la canción se desintegrara.

Probablemente, sería una buena idea dejar de seguirla. O quizá podría subir una selección de fotos suyas que dieran la imagen de una nueva vida emocionante y prolífica. Que sea ella la que tenga que mirar varias veces el teléfono.

Pero ¿cuándo fue la última vez que se permitió sentirse bien?

Josh vuelve a guardar el móvil. Finge que revuelve un poco más en las cestas. Quizá también eso sea una forma de anclaje.

La melodía se reconcilia poco a poco con el bajo y avanza con fluidez hasta una suave conclusión.

La respiración de Josh se vuelve más calmada.

En el momento en que su mente abandona la zona de peligro, el teléfono le vibra de nuevo en el bolsillo.

Martes, 14 de marzo, 18:12

Radhya: Hola, «chef». Tengo tu máquina de hacer pasta.

24

Josh no está ahí para hacer preguntas sobre Ari. Lo único que quiere es recuperar su puta máquina de hacer pasta, tanto si la usa como si no. Por eso se ha arrastrado, por fin, hasta Brooklyn.

Se limpia las botas en el felpudo de bienvenida en el momento en que se abre la puerta.

Radhya lleva unos pantalones vaqueros con unos cortes en las rodillas. Lleva el pelo suelto y lo tiene más largo de lo que había imaginado. Debe de ser la primera vez que Josh la ve sin su armadura de cocina: ni la chaqueta blanca, ni el pelo recogido en un moño tirante.

Su apartamento huele a comida de Sichuan. De algún punto más allá del recibidor proceden acordes de música suave y ruidos de latas que alguien deposita en la mesa sin posavasos.

—¿Te cojo en mal momento? —pregunta, contento de tener una excusa para desaparecer volando de allí.

—No. Pasa.

Radhya señala una pila un poco torcida de cajas de cartón al final del pasillo, junto a la que se asienta una gran bolsa de basura de color negro. La máquina de hacer pasta del padre de Josh descansa sobre una abultada caja de Crown Royal.

Josh la levanta en el aire. De hecho, su padre nunca la utilizó para cortar pasta, solo para un experimento sin éxito con la masa de los *pierogi*. Puede que esté afectada por una maldición. Es curioso cómo ese inocuo utensilio de cocina se ha convertido en un símbolo de su falsa creencia de que era importante para Ari.

En lo alto de la bolsa de basura asoma algo de color rojo vivo. Se inclina y coge la camiseta arrugada de Soundgarden.

—¿Son sus cosas? —no puede evitar preguntar.

Radhya asiente.

—Se las estoy guardando. —Señala la bolsa de basura con el pie—. Pero esto es para Buffalo Exchange. Me parece que la camiseta que Cass usaba en el gimnasio podría ser una prenda *vintage* muy preciada para otra persona —dice.

Eso no significa nada. A lo mejor se ha comprado camisetas nuevas. A lo mejor duerme desnuda.

Se muere de ganas de abrir las cajas, inspeccionar el contenido y reconectar un poco con aquel sentimiento de conocerla.

Se reprende a sí mismo y ahuyenta ese pensamiento casi en el momento mismo en que aparece.

A esas alturas, debería haber superado esa clase de impulsos.

Para ser sincero, un poco sí que los ha superado. Ari ocupa menos espacio en su cerebro. Ya no se muere de tristeza por ella, esperando una llamada suya o descifrando cada uno de sus *posts* en las redes sociales como si se tratara de jeroglíficos egipcios.

Bueno, se limita a hacerlo solamente en las tiendas de discos de segunda mano.

—¿Has hablado con ella? —pregunta Radhya, mirándolo.

—¿Con quién? —se obliga a responder.

—¿En serio, Kestenberg?

—No.

«Le estoy dando espacio, o lo que narices me dijiste que hiciera, así que...».

Radhya exhala un enorme suspiro.

—Está...

Josh se prepara para el bombazo sobre la vida de Ari que cree que Radhya va a soltarle: «Está saliendo con otra persona. Está a punto de casarse con Gabe. Está metida en una secta de la Columbia Británica».

—... bien, según dice.

Josh no responde. Siempre le pasa lo mismo: cuando sus sentimientos están a punto de dar el salto del enfado a la aceptación, algo vuelve a hacer que las aguas se salgan de su cauce. Aprieta la mandíbula mientras piensa que ojalá pudiera conservar una expresión neutra.

—¿Has cenado? —pregunta Radhya.

—No. —Josh hace un solo gesto de negar con la cabeza. Verdaderamente, debe de parecer un alma en pena. Patético. Sin amigos—. Pero tengo que marcharme.

—He pedido comida de Chuan Tian Xia —dice ella—. No finjas que no te apetece.

En ese momento oye una voz demasiado familiar en la habitación contigua.

—No puede resistirse a los *noodles* de Chengdú.

Josh mira a Radhya y sigue el sonido hasta doblar la esquina de la pequeña sala de estar, donde su hermana («¡traidora!») está sentada en el suelo frente a una mesita de centro cuya superficie está cubierta por completo de recipientes, platos, servilletas, las tapas de los recipientes y latas de cerveza.

Si Briar tuviera algo de vergüenza, en ese momento lo estaría mirando con los ojos abiertos como platos y una expresión de disculpa, pero en vez de eso tiene el semblante tranquilo, complacido incluso. Es mejor mantenerse en una postura de poder ya que es obvio que se trata de alguna especie de trampa.

—¿Qué es esto? —pregunta mientras las mira a la una y a la otra de forma alternativa—. ¿Un consejo de guerra?

Radhya entorna los ojos y toma asiento. Siempre se le ha dado bien mantener una expresión facial que se limita a retar al otro a que se atreva con más preguntas. Empuja el plato chino de pescado con especias unos centímetros en su dirección, lo que para ella es el equivalente a una rama de olivo.

—No estamos hablando de Ari.

—Hablamos de negocios —tercia Briar—. He tenido una idea.

Radhya saca un paquete de palillos de debajo de una pila de servilletas.

—Cree que deberíamos inaugurar juntos un restaurante efímero.

—Sería más bien una operación a gran escala —añade Briar, y abre una lata de cerveza para ofrecérsela a Josh—. Una especie de prueba de la clase de restaurante que a Radhya le gustaría abrir. Inspirado en la cocina guyaratí con... Bueno, llamémoslo un guiño a los clásicos delis de Nueva York.

Josh arquea una ceja. El concepto tiene algo intrigante. Su cerebro ya está ideando combinaciones de sabores.

—Briar asegura que tú sabrías cómo hacer que un *latke* crujiente y perfecto case con mi salsa de cilantro.

—«La humedad arruina cualquier *latke* que se precie» —recitan Briar y Josh al unísono.

Tras un instante, sigue hablando Josh.

—¿Ya tenéis el local? —pregunta.

Las dos mujeres intercambian una mirada.

—Brodsky's —dice Briar.

Josh retrocede un paso.

—Ni hablar. Ese edificio se va a vender. Ya está decidido.

—¡No está decidido! —salta Briar, y tira de su abrigo—. Hace meses que está cerrado.

—Porque lo hemos puesto a la venta.

—¿Y resulta que mamá es capaz de vender cualquier propiedad excepto un local icónico de Manhattan? ¿De verdad te tragas eso?

—No es icónico. —«Ya no, porque quité el rótulo azul de neón de la fachada», reconoce para sus adentros—. Podría haber okupas.

—Es verdad que no quiere deshacerse del local. Y para Radhya es la solución perfecta. Y también para ti.

—Esa cocina no es una solución, es un grave problema. ¿O te has olvidado de lo que pasó la última vez que intenté reconvertir Brodsky's en algo nuevo?

—¡Exacto! Tiene vinculada una historia de interés humano —suelta Briar—. Dos antiguos rivales que ahora trabajan juntos. Josh se redime en el restaurante donde tuvo lugar su fracaso estrepitoso...

—¡Eh!

—... y Radhya tiene al fin una oportunidad para brillar. Los articulistas gastronómicos se presentarán allí porque el local tiene gancho.

A Josh la idea de atraer la mirada de más periodistas le revuelve el estómago. El tiempo ha conseguido, por fin, empezar a calmar todas las emociones vinculadas con el fracaso. ¿Que se haga publicidad de la cocina donde él tiene tanta historia? ¿Que todos los artículos y las críticas hagan referencia al lugar donde tuvieron lugar sus desventuras con The Brod? ¿Después de haberse pasado un año entero sin cocinar?

—No confío en los articulistas gastronómicos —dice por fin—. Y el hecho de implicarme a mí podría desviar la atención de lo verdaderamente importante.

—Tú estarás en la retaguardia —contesta Radhya—. Yo soy la capitana y tú..., lo que quiera que sea Gilligan, y Briar es la directora de crucero.

—Con los debidos respetos, el terreno en el que Briar destaca es el de las series de fotos de Taylor Swift con todos los modelos de bolso del mundo, no el de conseguir clientes para un negocio.

Su hermana cambia de postura.

—Perdona, pero soy capaz de conseguir que cien personas se presenten donde sea.

—El restaurante de la cervecería estaba a tope —añade Radhya.

—Ser *influencer* no te avala para dirigir un restaurante.

—¡Me crie en un restaurante! —grita ella. Tiene la cara roja—. Y estoy cansada de que me subestimes. Soy adulta. Se me dan bien estas cosas. Y no pienso quedarme de brazos cruzados mientras tú vendes el negocio de papá al mejor postor.

Radhya mira primero a Briar, que está hecha un basilisco, y luego a Josh, y carraspea.

—Solo es un restaurante efímero para empezar. Danos de plazo hasta final de año para demostrar que la idea es buena. Después, si sigues queriendo vender el local, ya buscaremos otro sitio.

Briar resopla, pero le tiende un plato.

—Siéntate para que podamos hablar de cómo hacer las cosas.

A Josh, todos sus instintos le dictan que huya. Que deje que la ira de su arrogancia inunde todos los pensamientos racionales. Que se regodee un poco con el placer de tener la última palabra.

No sabe bien por qué esa vez se comporta de otro modo. Por qué acepta el plato.

Quizá es por la forma que tiene Briar de rematar sus frases con puntos, en lugar de con interrogantes. O porque ya nota el sabor de tres platos tradicionales judíos que casarían a la perfección con los sabores de la cocina india de Radhya. O porque esta vuelve a acararse la garganta y dice:

—Lamentarás de veras haberte marchado de aquí sin probar los wantán. Están de muerte.

Esa vez, Josh planta bien los pies en el suelo de madera. Nombra en silencio cinco cosas que puede ver y cuatro que puede oler, lo cual resulta muy fácil porque tiene delante la mejor comida de Sichuan de la ciudad. Casi siente en la palma de la mano el tacto de su cuchillo favorito. Verdaderamente, sus manos se han vuelto demasiado sensibles para pertenecer a un chef. Por suerte, dispone de todo el tiempo del mundo para volver a entrenarlas.

Cinco meses más tarde

25

Cuando Ari recibe un mail de Brad con el asunto «NeverTired!!!» cree que se trata del nombre de alguna técnica motivacional. Brad tiene la tendencia de servirse de los efectos de la coca para enviar a las tres de la madrugada mensajes dirigidos a toda la plantilla con alguna historia teóricamente inspiradora sobre cómo dejó su empleo de corredor de seguros para impulsar WinProv.

Sin embargo, se trata de una reunión con un cliente. Ari tiene que volar a Austin para un retiro de liderazgo estratégico de NeverTired, que incluye una sesión de «ideación y concepción» seguida de un taller de improvisación por la tarde.

—Hacen cosas muy buenas —le explica Brad por teléfono—. Acaban de situarse en la posición treinta de la lista de negocios de App Store. —Se sorbe la nariz de forma prolongada y sospechosa—. Quieren desbancar a Grubhub.

Aun así, prefiere que le paguen una pasta para entrenar a los ejecutivos de NeverTired en técnicas de improvisación a pasarse horas en la plataforma de la empresa a cambio de unos honorarios de pena.

Radhya la llama todas las semanas. No se fía de que los mensajes plagados de emoticonos trasladen de forma precisa el estado de ánimo de su amiga. Es comprensible. Quizá porque han vivido juntas, se comunican con un extra de matices que flotan sobre el diálogo en sí. Rad capta cosas que a los demás les pasan desapercibidas. Y Ari se ve obligada a hacer un esfuerzo mucho mayor para no revelar nada más allá de un estado de placidez relativa.

—Briar me va a presentar a un experto en estrategia de marca —anuncia Radhya—. Nos reuniremos con él hoy antes de que empiece mi turno.

—Qué bien. —Ari procura que su tono denote que la apoya, ya que es todo cuanto puede hacer por ella desde ochocientos kilómetros de distancia.

Briar no ha fallado a la hora de aportar su comentario a los selfis genéricos de Ari con el emoticono del corazón roto, aunque esta no tiene claro si lo hace con la intención de reconfortarla o es una especie de defensa pasivo-agresiva de su hermano.

—Me ha ayudado muchísimo, la verdad. —Pausa sospechosa, seguida de—: Hablando de ayuda, Josh vino a buscar la máquina de hacer pasta.

A ambos lados de la línea reina un silencio obstinado.

No es que Ari le pidiera a Radhya de forma explícita que no mencionara su nombre. Es más bien un caso de deducción por eliminación, como una prueba de alergia. Películas: sin reacción. Briar: ligera reacción. Máquina de hacer pasta: reacción intensa. Pero, ¿cómo consigue Radhya encontrar invariablemente la forma de redirigir cada llamada hacia una conversación que acaba tratando de Josh? («En serio, ¿qué pasó?», «¿Habéis hablado?», «Te parece bien si...»). Ari, de forma inevitable, cambia de tema o bien anuncia que lo siente mucho pero tiene que colgar ya.

Parece ser que quien deja al otro no tiene derecho de sentir nada excepto resignación. Ari agotó todas sus estrategias para despertar compasión con Cass. Es mejor que ni lo intente con el tema de Josh.

Hay un claro motivo por el que a los perros les ponen una campana en la cabeza cuando los operan. Si no, irían directos a por la herida y se arrancarían los puntos de sutura. Aunque con esa cosa se les vea adorables, confusos y dignos de lástima, necesitan que los protejan de sí mismos. Por lo menos hasta que la herida se cierre.

Ari ha pasado la mayor parte de los últimos meses con la cabeza metida en una de esas campanas. No ha hablado del vacío que sintió cuando Josh se marchó de su apartamento sin ni siquiera dar un portazo. Ni de lo mucho que deseaba llamarlo y decirle lo que fuese para que no la odiara. Ni del intenso dolor que, tras unos días, dio paso a un malestar persistente, como un tremendo calambre.

Aun así, siente cierto consuelo insano al saber que tenía razón desde el principio: acostarse juntos fue un verdadero error.

Encontrarse en mitad de la sala de conferencias del Hyatt frente a un monitor que reza «Convención anual sobre visión estratégica de NeverTired» es un poco como cuando Dorothy divisa la Ciudad de las Esmeraldas. Por alguna razón misteriosa, esa empresa que basa su actividad en el trabajo de actores desempleados tiene un «equipo de liderazgo ejecutivo» de diecinueve miembros, y salta a la vista que todos gozan de una retribución cuantiosa y un buen plan de pensiones.

En el bufet de los desayunos continentales, Derek, director de Hustler Expansion, esparce semillas de chía sobre su yogur griego mientras explica que la plataforma está «en una racha de crecimiento brutal» gracias a las «impresionantes posibilidades de la publicidad contextual». Al mes siguiente, en vez de limitarse a escribir textos para los clientes de NeverTired, los clientes de Hustler recibirán «puntos de bonificación» cuando «hagan visibles» determinados productos: «Adjunto encontrará su discurso para el *bar mitzvá*. Haga *clic* aquí para obtener un veinte por ciento de descuento en un cepillo de dientes Quip, ¡y luzca una espléndida sonrisa en su gran día!».

Ari tiene ganas de preguntar si el equipo de liderazgo ejecutivo también recibe «puntos de bonificación» o dólares de verdad por haber ideado lo de la publicidad contextual, pero en vez de eso se embute un cruasán en la boca. En los últimos meses, se ha dado cuenta de que ese trabajo es diez veces más sencillo si no expresa sus pensamientos en voz alta. Es un poco lo opuesto a la labor de un verdadero humorista, lo cual resulta gratificante pero de una forma algo retorcida y autocompasiva.

Tras dirigir una sesión preliminar (muchas sonrisas forzadas, aplausos enérgicos y chistes seleccionados mediante pruebas A/B, cortesía del guion de Brad), Ari se retira al jardín con piscina descubierta mientras los ejecutivos empiezan a hablar de visión estratégica. Se recuesta en una hamaca y saca el móvil. No es el mejor escenario para una foto de Instagram, pero hace mucho tiempo que @ari.snacks69 no expone su vida ante el mundo desde un conocido hotel.

Antes de que tenga tiempo de abrir la cámara, en la pantalla aparece un *post* de Briar.

```
Anuncio de mi última colaboración: el restaurante más sorprendente de la Avenida A: Shaak + Schmaltz.
Yo lo habría llamado Rad-sky's (adivina quién intentó vetarlo) 😢😢
Besos, B
```

Es una foto de Radhya (con su chaqueta de chef y una postura impecable), Briar (con los labios pintados de un rojo muy atrevido y un flequillo perfectamente peinado) y...

«Pero ¿qué narices?». Una oleada de algo en la que hay confusión, ira y tal vez adrenalina le sube por el pecho.

Rad coge el teléfono al tercer tono de llamada, pero Ari no espera a que la salude.

—¿Por qué no me lo habías dicho?

—¿El qué?

Hay una extraña mezcla de sonidos de fondo.

—Lo de tu nueva colaboración. No sabía que tenías un nuevo... socio.

—Ah, ya. Hola a ti también. Josh me está ayudando en la cocina y estamos temporalmente ubicados en el edificio del antiguo Brodsky's. Eso es todo.

«¿Eso es todo?».

—¿No te sientes un poco hipócrita?

—Hace varias semanas que intento contártelo, Ari, pero cambias de tema cada vez. O me cuelgas. Siempre.

—Sí, porque creía que ibas a darme la tabarra para que te contara lo que pasó con Josh. No me había dado cuenta de que tenías previsto contratarlo para que te ayude a pelar zanahorias.

—¿Darte la tabarra? ¿En serio? Y yo que creía que había intentado ayudarte en un momento de crisis nerviosa. Es un puto insulto que no quieras hablar conmigo sobre eso.

Ari recibe un ligero salpicón procedente del extremo de la piscina donde un grupo de niños está chapoteando.

—Ya sabes lo que pasó.

—No —protesta Radhya—. No me lo has contado. ¿Qué clase de amistad tenemos para que entienda más a Kestenberg que a ti?

Vale. Seguramente ya lo sabe todo por boca de Josh, su nuevo mejor amigo.

—¿Desde cuándo eres su confidente?

—Yo qué sé. Ari, por lo menos él me escribe algún mensaje cuando entra en bucle. Últimamente, hablar contigo es como conversar con la pared. ¿Tienes idea de lo mal que sienta eso? Tú eres la que se ha ido. Creía que ibas a ayudarme a poner en práctica la idea de los restaurantes. También a mí me has dejado tirada.

—¿Para qué me necesitas? Todo el mundo adora tu comida. La gente te respeta muchísimo. De las dos, tú siempre has sido la que tiene la vida bien encarrilada, lo cual está muy bien porque a alguna tenía que tocarle ser la que está jodida, ¿verdad? Lo único que faltaba en tu ecuación perfecta era Josh.

Ari ni siquiera era consciente de que tenía esa frase en el cerebro.

—¿Estás celosa?

Radhya tiene la voz muy tensa, como si estuviera conteniendo algo sin lograrlo del todo.

—¡No!

Pero Ari no está segura de que esa sea una respuesta definitiva. Hay un instante de silencio antes de que intervenga Radhya.

—Una mejor amiga es la persona a quien puedes llamar a cualquier hora y decirle: «Tengo esta situación de mierda y necesito que me escuches para poder desahogarme». Y la otra persona es quien responde de forma incondicional: «Tienes razón, es una mierda», y se ofrece para ir contra quien sea. Antes tú y yo teníamos eso. —Se oye de fondo la cisterna de un inodoro y corta un poco el tono sentimental—. Estoy muy orgullosa del restaurante. —Ari deja de pasearse—. Josh es un plasta, pero está haciendo muy bien su parte del trabajo. El sitio es ideal, y estoy muy emocionada. El menú, el logo, el trabajo de Briar en las redes sociales... Todo es fantástico. Y estoy muy triste y enfadada por tener que contártelo desde un lavabo público.

Ari nota que la sangre abandona su rostro.

—Rad...

—Solo quería contarle a mi mejor amiga que estoy muy emocionada. Quería contarte todos los detalles tontos que a nadie más le importan. Lo que le contaría a mi marido si aún lo tuviera. Pero no lo tengo. Te tengo a ti. Y quería que tú también te emocionaras y me hicieras mil preguntas, y que te quedaras a dormir en mi casa y probaras todos los platos. Quería que estuvieras aquí para la inauguración. Que formaras parte de esto.

—Quiero estar ahí —dice Ari, intentando aferrarse a una tabla de salvación—. Cogeré un avión el fin de semana. Me quedaré despierta toda la noche para que puedas contármelo todo. Probaré todos los platos. Por favor.

En ese momento, unos gemelos díscolos con sus trajes de baño a juego se tiran al agua en plan bomba y dejan a Ari empapada de agua clorada.

—Me parece que no podrá ser, Ari. No es el momento. —Radhya suspira—. Es mejor que te deje.

Hay un silencio vacío que no parece que vaya a aportar ninguna conclusión, hasta que Radhya pone fin a la llamada antes de que Ari tenga tiempo de decir nada para mantenerla al teléfono. Siente un intenso dolor en el pecho, el mismo que cuando cayó en la cuenta de que Cass no iba a volver. Quiere THC y quizá un Xanax. Cualquier cosa con tal de evitar que esta discusión se repita en su mente, a un volumen cada vez más alto.

Ari vuelve para la sesión de lluvia de ideas. Se siente mareada y tiene la camisa azul empapada, así que opta por quedarse al margen y se sitúa en la parte de atrás de la sala, que huele a café rancio. Derek dirige la reunión desde el podio, y una mujer toma notas en una gran pizarra blanca, con una caligrafía pulcra y redondeada. Incluso en el nivel ejecutivo, son las mujeres las que se ocupan de tomar las notas.

Cuando Derek describe un sistema en el que aquellos clientes de Hustler que quieran prosperar tendrán la «oportunidad» de ofrecer ciertos servicios gratis a cambio de obtener un puesto más elevado en la lista de NeverTired, algo estalla en su cerebro.

Después de pasarse un año haciendo todo lo humanamente posible para tener éxito en la aplicación —seguir al dedillo las tácticas explicadas en los foros de NeverTired y las discusiones de Reddit, enviar mensajes humillantes para suplicar que los clientes le asignen una puntuación de cinco estrellas, responder a todos y cada uno de los mensajes, incluido el *spam* y los acosadores—, de pronto, ve las cosas más claras que el agua clorada que se está evaporando de su camisa de cuello abotonado.

Nadie conseguirá nunca ganarse la vida en NeverTired.

—Los clientes de Hustler son emprendedores dinámicos y motivados que desean tener la flexibilidad de trabajar por cuenta propia —explica Derek—. Son ellos quienes determinan el valor de su propio trabajo. Cuando los menos productivos abandonan el sistema, la ley de la oferta y la demanda crea condiciones más favorables para aquellos con más dedicación.

La mujer que toma notas en la pizarra comprueba su reloj Apple, mira a Ari y dice:

—Volveremos sobre eso. Ahora tenemos que parar obligatoriamente para la primera sesión de improvisación.

Fantástico.

Ari se dirige al frente de la sala y evita mirar a Derek a los ojos cuando baja del podio. Debe de estar pensando: «Esta joven tiene planeado algo divertido. Quizá después de la hora feliz me la follaré».

Pero en la mente de Ari está tomando forma otra idea.

Porque el dolor que siente en el pecho por haber perdido a Radhya y el que siente en el vientre por haber perdido a Josh no le darán tregua.

Porque cada uno de los hombres vestidos de caqui de esa sala se ha lucrado todas las veces que ella ha perdido horas de sueño para escribir una TEDx Talk para algún fanfarrón.

Porque está muy cansada de todo, incluido NeverTired.

¿Cuánto le está pagando Brad para que favorezca el éxito empresarial? No basta. Necesita una limpieza completa.

O, por lo menos, una pequeña venganza.

Ari pone la mejor de sus sonrisas y comienza a inventarse chorradas.

—Vamos a darle un buen pistoletazo de salida a esto, ¿de acuerdo? Vamos a salir de la zona de confort con un juego al que llamo «No, el cabrón eres tú». —Es lo más parecido a la verdadera improvisación que ha hecho en un año. Tiene una sensación satisfactoria, orgánica—. Quiero que la mitad del grupo forme una línea a mi derecha y la otra mitad, a mi izquierda. —El equipo de liderazgo obedece a la perfección y se alinean según lo indicado—. Los dos primeros se pondrán de cara para mirarse. Tenéis diez minutos para convencer al grupo de que la persona que tenéis delante es un cabrón de pies a cabeza. Por ejemplo, yo podría decir: «Derek, eres un cabrón porque llevas toda la mañana mirándome las tetas en vez de a los ojos».

La sonrisa de Derek se desvanece. Los otros dieciocho líderes ejecutivos miran a su alrededor; no tienen claro si se trata de una broma. Ari se da cuenta de que está al límite de perder su colaboración ciega.

—Seré sincera con vosotros. —Se inclina hacia delante para hablarles en voz baja y conspiratoria—. La semana pasada propuse esta actividad en un equipo de Grubhub y... no lo soportaron. No tuvieron narices. Este grupo, en cambio, me inspira confianza. Sospecho que en la sala tenemos a más de un completo cabrón.

Un tío anodino agita el puño en el aire.

—Que se jodan los de Grubhub, ¡vamos a por ello!

Brad Hoenig [SFW ⛔]

Me han informado de que durante un encuentro reciente con unos clientes planteaste una actividad inapropiada que no había sido aprobada por mí, en la que los participantes recibieron instrucciones de llamarse «cabrones» unos a otros durante cuarenta y cinco minutos mientras se obsequiaban con otros insultos.

Además, he revisado tus cuentas de redes sociales. Fingir una felación delante de un monumento nacional durante uno de los talleres para los que contratamos tus servicios es inaceptable y un motivo más para poner fin a esta relación profesional.

Buena suerte con tus futuros proyectos,

Brad Hoenig
Fundador/director general/
jefe de perfeccionamiento/
agente de la diversión n.° 1

Tres meses más tarde

26

Ari camina arriba y abajo por delante del antiguo Brodsky's, donde ahora un rótulo pintado a mano reza SHAAK + SCHMATZ. Vapea y, de vez en cuando, mira a través del cristal, nerviosa. Está sudando pero tiene frío. Lleva bajo el brazo, bien aferrado, un triste ramo de flores comprado en un súper y un paquete de gominolas ácidas.

Si la ciudad se ha convertido en una especie de castillo donde habitan los fantasmas de su memoria, ese sitio en particular es donde más los hay, aunque apenas reconoce en él al lugar donde se reunió con Abby nueve meses atrás. ¿Qué debe de pensar ella de la estrategia de tierra arrasada que empleó para salir de WinProv? ¿Estará orgullosa? ¿O decepcionada?

Igual que Gabe. Y Radhya.

Durante las últimas semanas, ha vivido como si estuviera en libertad condicional: de realquilada en una habitación sin ventanas del piso del primo de un amigo de un amigo mientras cubre el expediente lo mejor que puede con una serie de trabajitos de canguro a demanda junto con los servicios en dos de las empresas de catering para las que trabajaba antes. Anda por la ciudad dando rodeos para no encontrarse delante de edificios como ese (lugares marcados por recuerdos peculiares y conversaciones pendientes), pero acaba pasando por Brodsky's todos los jueves alrededor de las ocho y media de la tarde, cuando el restaurante de Radhya está en plena actividad. Siempre hay una cola de gente que dobla la esquina y que espera hasta una hora para que le asignen una mesa.

Su mejor amiga y su..., bueno, lo que fuera Josh... andan trajinando de un lado a otro de la cocina abierta. Juntos. No piensa entrar. Solo ha ido a hacer una visita de reconocimiento. Por curiosidad. Por su necesidad instintiva de apoyar la iniciativa de Radhya, aunque sea desde el otro lado de una gruesa cristalera.

Cocinar solo para cincuenta clientes es como pasarse el nivel más fácil de un videojuego, pero, joder, qué bien sienta tener éxito. Briar ha colgado unas fotos de las presentaciones de platos de Josh porque son fantásticas. Él aún se está sacudiendo de encima el óxido, y le tocará hacerlo durante un tiempo. Pero, tras más de un año privándose de su fuente principal de confianza en sí mismo, eso es una especie de triunfo, aunque sea un actor secundario y no el protagonista.

No puede compararse con el trabajo en el Eleven Madison Park, pero lo de estar detrás de las mesas de preparación que su padre compró de segunda mano en los años setenta no es tan horroroso como se había imaginado. Por lo menos, los trastos de su padre ya no saturan su apartamento, gracias a su madre y los de la empresa de mudanzas.

Josh emplata los últimos postres, con manos cansadas pero seguras. Al colocarlos sobre el pasaplatos, levanta la cabeza para mirar el comedor casi vacío. Pero lo que capta su atención está al otro lado de la cristalera que da a la calle. Ese chaquetón de cuadros. Esa cara que se asoma con nerviosismo. Se obliga a bajar la mirada, consciente de que durante unos minutos no hará nada más que darle vueltas a la cabeza. Quizá de tanto esforzarse por no contemplar la posibilidad de que Ari apareciera por el restaurante, ha conjurado su presencia.

Tiene un millón de cosas en las que pensar: acabar con la cola de dos personas, cuadrar las cuentas y limpiar todas las superficies hasta que reluzcan. Tiene veintitrés tareas marcadas en la lista, y se le han ido de la cabeza por culpa de esa persistente combinación de fantasía y recuerdos que suscita la imagen de Ari en los momentos más inoportunos.

Hace quince años que Josh ve a mujeres desnudas, pero se le ha olvidado la particularidad de cómo es cada una. Se han transformado en un conjunto unitario y desdibujado, de la misma forma que no se recuerdan los detalles de un sueño tras despertar.

En cambio, su mente no está dispuesta a olvidar esas particularidades de Ari. La forma afilada de su barbilla. El vello chiquitín que nace en su nuca. Los músculos de su espalda bajo el vestido negro y también sin él. En serio ¿no son cosas que tienen la mayoría de las mujeres?

Debe de ser porque lo suyo es más reciente. Cuando pase página, los rasgos de Ari se unirán al montón. Tiene que convencerse de eso.

Por fin, la puerta se abre, haciendo sonar la campanilla. Ari lleva un ramo de flores mustias y una bolsa gigante de golosinas que debía de estar de oferta por Halloween. Levanta los brazos para estrechar a Briar, y el gesto le deja el vientre al descubierto. En lo primero que piensa Josh es en acariciar justo esa zona con el dedo.

Cierra la puerta del aparador en silencio, se escabulle por el pasillo trasero, coge su móvil y se escapa por la puerta de atrás.

Radhya está sacando una botella de Casamigos Blanco de debajo de la encimera cuando Ari se aproxima sosteniendo las flores y las gominolas frente a sí como si fueran un amortiguador.

—¡Chichi! —exclama con voz algo sentimental, y coge las flores.

Ari no se quita el chaquetón porque no está segura de ser bienvenida, pero Radhya le planta delante un vaso medio lleno de tequila a cambio de las golosinas y esboza una sonrisa un poco vacilante.

—Ven, Briar —la llama Radhya dirigiendo la voz a la otra punta del comedor mientras llena otro vaso—. Había alguien haciendo cola en la puerta. Te has ganado una copa.

A Josh no se le ve por ninguna parte. Todo es en apariencia tan agradable que Ari empieza a creer que lo será de verdad.

Briar pasa junto a la encimera, entra en la cocina y vuelve con un plato de galletas bañadas en azúcar: unos círculos imperfectos con cobertura blanca y negra.

—Yo me comeré las que no han quedado bien —dice, y empuja el plato hacia Ari—. Tienen un toque de té chai, idea de Josh. A mí me gustan más que las originales.

—Gracias.

Ari mira la cobertura, que forma una línea muy recta, mientras Briar la pone al día de su relación con un nuevo novio medio famosillo.

—Muchas estrellas de *reality* dan el salto y se hacen *influencers*, pero a Ryan le apasiona tanto el *fitness*... Está creando una comunidad. He conocido a varias chicas de su grupo de *running* que son un encanto. Empezamos por quedar para mirarle el culo mientras corre, pero ahora somos muy amigas. —Briar coge unas rodajas de lima de la zona de las bebidas—. ¿Puedo preguntarte una cosa? ¿Se enfadó Gabe cuando colgué fotos de Ryan en mi perfil?

Ari se obliga a morder la galleta, que tiene la proporción perfecta de azúcar y especias.

—Hace mucho que no hablo con él, pero seguro que estará un pelín celoso de Ryan... y seguramente también de ti.

—¿Crees que podemos seguir siendo amigos sin sentirnos raros? Él me animó a hacer un curso de narración oral y creo que me está yendo muy bien para desarrollar...

Suena la campanilla de la puerta. Una joven de pelo rubio oscuro y cara perfectamente simétrica entra en el local con toda la seguridad en sí misma que a Ari le ha faltado para entrar cuando andaba de un lado a otro de la calle como si fuera una indeseable.

Se traga de golpe el resto de la galleta. De pronto, le sabe a serrín.

—Solo he venido a saludar —dice la joven, y saluda a Briar y a Radhya con un abrazo rápido como si fueran viejas amigas. Ari busca de inmediato una escapatoria (¿Detrás del mostrador? ¿Debajo de una mesa?), pero es demasiado tarde—. ¡Hola! —exclama alegremente, superando el volumen del *yacht rock* que braman los altavoces—. Soy Harper.

—Ari —contesta tragando saliva, y le tiende la mano derecha.

La de Harper está caliente, como si hubiera caminado cogida de la mano con alguien.

Lo cual está muy bien.

Todo está muy bien.

Josh está plantado varios pasos por detrás de la joven, quizá decidiendo si pulsar el botón de «continuar» o el de «cancelar» todo ese encuentro.

Ari pone la mejor de sus sonrisas para demostrar lo bien que está. Se sirve otro tequila. Y luego otro.

Cómo no, se llama Harper. Cómo no, lleva un vestido diminuto de color negro debajo del abrigo, que muestra las curvas que Ari no tiene. Cómo no, su pelo es largo y ondulado, y sus labios carnosos, y... Bueno, sinceramente, si se hubieran conocido en otras circunstancias, Ari habría admirado su bolso y la habría invitado a tomar algo.

«Josh y Harper». Una pareja. Unos nombres que quedan la mar de bien en una página web de boda.

—Yo... Yo... Ahora vuelvo —masculla antes de dejar la galleta en la encimera y bajarse del taburete con torpeza.

Selecciona mentalmente el color del tema de «josh-y-harper-punto-com» mientras se escabulle por un estrecho pasillo lateral.

«No llores, no llores, no llores».

El cuarto de baño tiene que estar en algún sitio, está segura, pero tiene la visión un poco empañada por las lágrimas, producto de los tres tequilas que se ha tomado de golpe uno detrás de otro. Sigue a tientas el recorrido por la pared recubierta de madera de un pasillo, en busca de una puerta de vaivén...

... que la hace tambalearse y caer de bruces. Seguramente le duele mucho, pero no nota nada. «Gracias, tequila».

Aun así, no puede levantarse. Quizá le haga bien estar un minuto en el suelo. Respira hondo varias veces. Pega la lengua al paladar. Piensa en gatitos rechonchos que se acomodan tranquilamente en cajas pequeñas. Cualquier cosa para frenar las lágrimas que la amenazan.

Cuando se abre la puerta, está otra vez de pie y finge lavarse las manos. Pero no es la novia de Josh.

—¿Estás bien? —pregunta Radhya por encima del ruido de las bisagras.

Ari no levanta la cabeza.

—¿Puedes parar de hacerme esa pregunta?

Se mira las manos y respira con dificultad.

—No sabía que iba a venir Harper —dice Radhya. Se sitúa delante del espejo y trata de reparar el daño que ha sufrido su delineador de ojos tras una noche de estrés y calor en la cocina de un restaurante—. Ni él. Solo han salido juntos un par de veces.

—Guay. Sí. Quiero decir que me alegro por él. —Ari sigue frotándose las manos. Las siente en carne viva. De repente, Josh tiene ganas de salir con alguien. Y seguramente su novia y él quedarán con Briar y Ryan, el apasionado del *fitness*—. Está muy bien.

«Superbién».

Radhya se vuelve hacia ella.

—Y, entonces, ¿por qué te escondes en el baño?

—Porque tengo las manos pegajosas —dice Ari entre dientes.

Radhya se la queda mirando, esperando a que diga algo más, pero no pronuncia palabra.

—Bueno, ya se ha ido. He pensado que... querrías saberlo. —Abre la puerta para salir y se detiene—. Vamos a ir a Doc Holliday's.

Se oye el ruido de los zuecos de Radhya alejándose por el pasillo.

Ari cierra el grifo y los ojos y se sienta en las baldosas del suelo. Tiene la respiración agitada mientras se promete a sí misma que no va a venirse abajo. Se vuelve hacia la pared. Hay una pequeña colección de frases, notas y números de teléfono escritos con diferentes bolígrafos. Humanos que se esfuerzan por conectar los unos con los otros, que intentan que se les recuerde de todas las maneras posibles. Está segura de que su teléfono está escrito en varios lavabos de la ciudad, y seguramente, ha quedado enterrado bajo otras decenas de teléfonos.

Tal vez debería llamar a uno de esos números. No es que en ese momento de su vida tenga a muchas personas de carne y hueso con las que pueda hablar. Ha conseguido construirse una soledad particular que solo se da cuando apartas de ti a todas las personas que te conocen; las que te conocen de verdad.

«Venga, vamos a odiarnos un rato».

Exacto, ahí lo tiene. Algo que le oprime la garganta. Solo necesita un empujoncito (un pensamiento en la dirección equivocada) para abrir las compuertas. Es de locos, ese jueguecito de mantenerse en equilibrio tan cerca del borde. Los pensamientos dan vueltas en su mente, casi tentándola.

La relación de Ruth Bader Ginsburg con su marido, Marty. Mel Brooks y Anne Bancroft cantando *Sweet Georgia Brown* en polaco. Los primeros diez minutos de *Up*. Ya ve las manos de Josh y Harper entrelazadas con una claridad meridiana en su imaginación.

Le duele, pero no lo suficiente.

Saca el móvil y revisa el historial de mensajes que ha intercambiado con Josh. ¿En qué consiste la cosa, en realidad? En chistes tontos y mucha paja sobre dónde y cuándo quedar. Aun así, le parece ridículo que hubiese una época en la que era posible enviarle un vídeo de James Earl Jones recitando el alfabeto en Barrio Sésamo y que él le respondiera en menos de un minuto.

Tiene un nudo gigante en la garganta, pero las lágrimas no aparecen. Ari se obliga a respirar hondo un par de veces, se levanta y abre la puerta del baño.

El restaurante está en silencio, salvo por el ruido de un chorro de agua en el fregadero. Josh con la chaqueta de chef desabrochada, sus manos afanosas limpiando los cuchillos. A Ari se le encoge el corazón. Bueno, no; el efecto acumulativo de echarlo de menos durante meses es más bien como una puñalada en el pecho. Él levanta la cabeza al oír sus pasos y vuelve a bajarla al momento.

Cierra el grifo. En el pequeño altavoz situado sobre la encimera suena *What A Fool Believes*.

—Han salido a tomar algo aquí al lado —dice, tras un instante que parece haber durado minutos enteros.

—¿Tú no quieres ir?

—Doc Holliday's huele a rayos.

—Qué cosas, a mí me reconforta ese olor.

Josh no sonríe. Para Ari, eso es otra puñalada.

—Alguien tenía que acabar de limpiar esto.

—¿Te ayudo? —se aventura a preguntar.

Josh no responde. Pero como no ha sido un «no», Ari entra en la cocina.

—Sé que no es un buen momento, pero... Quizá... No sé. ¿Podemos hablar? Hay muchas cosas que... —Se interrumpe para coger aire—. Podríamos quedar para tomar un café o algo.

Él levanta la cabeza, pero no la mira.

—Un café.

—Me alegro mucho de que vuelvas a cocinar y de que, eh..., estés saliendo con una chica.

—Te alegras de que esté saliendo con una chica.

«No, no, no. Abortamos idea. Esto es un puto desastre». Pero sigue hablando.

—Lo único que quiero es que volvamos a hablar. ¿No podemos hablar y ya está?

Ari cierra la boca antes de que la cosa vaya a peor.

—Siempre es lo que has querido de mí. —Josh seca el cuchillo y lo deja encima de un trapo de cocina doblado—. No somos amigos, Ari. Éramos amigos y en algún momento pasamos a ser algo más, pero solo uno de los dos fue capaz de reconocerlo.

—No me está yendo de maravilla precisamente, ¿sabes? —El corazón de Ari late como si acabara de correr diez kilómetros—. Estoy... Estoy... muy sola.

Por fin, Josh la mira a los ojos.

—Siento mucho que te costara tanto reconocer que sentías algo por mí y que tuvieras que trasladarte a otro estado para lidiar con ello.

En la Avenida A alguien toca el claxon. El carácter alegre de la canción de Doobie Brothers llena el ambiente de incongruencia.

—Te... —«Mierda». Le tiembla la voz. Es como cuando te haces una rascada en la mano y no te duele hasta que miras y ves que sale sangre—. Te echo de menos. Y entiendo que no quieras... hablar, pero necesito que sepas que... para mí lo eras todo.

Consigue soltarlo antes de que se le escape lo que suena a sollozo potencial.

Él apoya la mano en la mesa de preparación y el ruido retumba por toda la cocina.

—No me interesa saber lo que sentías. —Josh tiene la voz tensa y ronca—. Porque te marchaste muy lejos, y yo sigo aquí y he estado aquí todo este tiempo, esperando a que tú...

—Josh.

—Yo también la cagué, ya lo sé. Me dijiste que no estabas lista para una relación y no te escuché porque no era lo que quería oír. Centré todo mi mundo en ti en vez de ocuparme de reconstruir mi vida.

Pero ¿por qué, al final, la está reconstruyendo con Radhya? ¿Por qué eso sí que es justo? ¿Cómo es posible que dos personas que se han pasado los últimos seis años enfrentadas descubran su punto de unión al apartarla a ella de sus vidas? A veces, encuentras a tu mejor amigo en quien menos te lo esperas.

Se oye el ruido de una sirena de policía en la distancia, y Josh espera a que se aleje y cese antes de continuar.

—Me ha costado ocho putos meses de terapia con dos psicólogos distintos, pero por fin lo he entendido —dice—. Para mí, aquella noche fue el principio de algo. Tú, en cambio, estabas convencida de que tenía que ser el final. Y eso no es algo que yo pueda controlar con fuerza de voluntad.

Ari tiene la impresión de que el nudo de la garganta le oprime la tráquea. «No llores. Di algo».

—Estás donde te corresponde estar ahora mismo —prosigue él—. Y supongo que yo estoy... donde estoy. —Las lágrimas empiezan a empañar la visión de Ari. Josh se convierte en un borrón, pero su voz suena con mucha claridad—. Creo... —Traga saliva—. Creo que hay una parte de mí que aún te ama. —Hay una pausa lo suficientemente larga para que ella empiece a albergar la esperanza de que la siguiente palabra sea un «y»—. Pero no voy a volver a limitarme a charlar contigo como si fuéramos colegas. No vamos a volver a llamarnos por teléfono a las tantas de la noche. No soy alguien con quien quedar para tomar café. Ni tu paño de lágrimas. —Inspira hondo—. Me merezco más que eso. Aunque no sea contigo.

Ari tiene ganas de responderle. Quiere decirle que él ya era mucho más que eso. Pero las palabras no acuden. Verdaderamente, debe estar con alguien de quien pueda enamorarse sin que le ponga las cosas tan difíciles.

—Me lo advertiste, ¿sabes? Me dijiste que nos haríamos daño. Y yo estaba tan empeñado en hacer que te sintieras a salvo, que no pensé que... —Josh solloza, quizá—. Tenías razón.

Se le acerca y, durante dos segundos ridículos, Ari cree que tal vez todo ha sido una gran farsa. A lo mejor, le tiende la mano y él...

Pasa por delante de ella y se marcha.

Ari observa cómo recorre en silencio el pasillo que da a la parte de atrás y la deja en la cocina a oscuras.

Está todavía en un espacio liminal en el que su cerebro no ha procesado del todo la conversación. Tiene la sensación de que aún es posible rebobinar cinco minutos y volver a intentarlo. Solo que no sabe qué podría haber hecho para que el resultado fuera distinto. Tendrían que remontarse a mucho más atrás para que la revisión fuera significativa.

Su cerebro solo necesita unos segundos más para enfilar el camino hacia la tortura emocional.

«No volveremos a hablar nunca más. No volveremos a hablar nunca más».

Sí. Le produce dolor pero le sienta bien. El sudor, el pánico que empieza a aparecer, los pensamientos que dan vueltas y le perforan el cerebro como una aguja perfora la piel. Es como un tatuaje muy elaborado sobre una antigua herida. Todos los buenos recuerdos de Josh quedan enterrados bajo ese último.

Ari retrocede un paso, tambaleándose, en dirección al comedor. El impacto inicial desaparece y se transforma en un maremoto emocional que arranca en su pecho, imparable y arrollador. Se cubre la boca con la mano para ahogar los sollozos, no sea que Josh aún pueda oírla. En la radio suena un anuncio de un abogado especialista en daños personales. «Qué apropiado».

Lleva unos treinta segundos sumida en esa crisis cuando unas conocidas notas musicales con un potente efecto de reverberación suenan a través de los altavoces. Neil Finn arranca con el primer verso, y es una cruel broma del universo que, en ese preciso momento, el *disc-jockey* de la emisora de «clásicos para sentirse bien» ponga *Don't Dream It's Over.*

Dos meses más tarde

27

Ari da sorbos de un botellín de Bud Light templado. Se siente celosa y al mismo tiempo aliviada de no estar ocupando el lugar del tío que suda frente al micrófono mientras en la mano le tiemblan un puñado de tarjetas con el guion.

Ha necesitado dos líneas de metro y un autobús para llegar a ese sitio desde el piso donde tiene alquilada una habitación, y se alegra de que el viaje no haya sido en balde: Gabe sigue organizando ese espectáculo de micro abierto todos los jueves por la noche. No hay mejor escenario para una disculpa que personarse en una de sus sesiones.

Gabe termina de leer el mail de Brad y le devuelve el teléfono.

—¿Has quemado ya esa camisa azul tan horrible?

—Me retuvo el último salario hasta que se la devolví.

—¿Y ahora quieres volver a unirte al grupo de Harold? —Mira el cronómetro en su teléfono—. ¿Por eso has venido?

—Tú nunca me has hecho salir al escenario con una camisa de cuello abotonado —contesta ella.

—Bueno, pues el grupo ya no existe. A Tim y Kamal les ofrecieron un contrato en The Second City. Selina se fue a Los Ángeles para presentarse a unas audiciones y no ha vuelto. Y es un poco difícil lograr un espectáculo con solo dos personas.

—Gabe. —Deja la cerveza en la mesa—. Lo siento. Ya veo que te dejé en una situación precaria, pero... necesitaba un cambio de aires. Y dinero.

—Lo del dinero lo entiendo. —Gabe comprueba la ficha de la sesión y mira el reloj—. Cuando te embarcaste en tu viaje corporativo ya hacía tiempo que habías dejado el grupo. Quisiste hacerme tragar que estabas muy ocupada. Lo que me ofendió fue eso. Podrías haber sido sincera conmigo.

—Tienes razón. —Ari traga saliva—. ¿Puedo canjear mis puntos de empatía por abandono conyugal en el bar para invitarte a otra copa?

Gabe le hace una señal al camarero para que les sirva otra ronda.

—La cuestión es que me parece que ya los has gastado todos —dice él.

Ari arranca la etiqueta del nuevo botellín de cerveza.

—¿Por qué tengo la sensación de que me he pasado todos estos años, desde que cumplí los veinte, intentando convertir esto en un trabajo del que pueda vivir, pero lo único que he hecho es dar vueltas sin moverme del sitio?

—Ari. —Gabe la mira a los ojos, como si estuvieran en mitad de un incómodo ejercicio de improvisación—. Estás agotada precisamente porque no te estás dedicando a lo que solía cargarte las pilas. Vinimos aquí y aceptamos trabajos de mierda para poder dedicarnos a esto —dice, señalando el escenario provisional.

—¿O sea que soltar sandeces delante de un micro abierto es una especie de compensación por tener que pasarse los domingos rellenando jarras de cóctel que parece que se vacían solas?

—No, pero ahora solo tienes la parte del trabajo de mierda. —Gabe proyecta el aviso de que falta un minuto dirigido al actor de la frente sudorosa—. Por lo menos ese tío está viviendo su sueño.

—Si intentas animarme, lo estás haciendo muy mal —musita Ari contra la boca del botellín.

—No intento animarte. —Gabe da un sorbo—. Sigo cabreado contigo. Pero deja que te cuente un secretito —se inclina hacia delante y le indica que haga lo mismo—: seguro que si no te dedicas a ello nunca será un trabajo del que puedas vivir, ¿sabes? —Le da un golpecito en la frente con el dedo—. Ni siquiera lo haces por afición.

—El ganchillo es una afición —dice Ari, señalando el escenario con la cabeza—. Eso es pura tortura autoinfligida.

—Si de verdad quieres reconciliarte conmigo, necesito que hagas dos cosas. —Gabe baja del taburete—. Primero: LaughRiot ha obtenido una beca para impartir una serie de talleres de teatro de humor para chicas adolescentes en situaciones de riesgo. —Mira con detenimiento la lista de nombres que aparecen en la ficha de la sesión—. Segundo: te toca.

Ari se coloca muy firme sobre el taburete.

—No pienso subir ahí. No tengo material.

—Solo tienes que actuar siete minutos. Y te pondré un pseudónimo. —Gabe ladea la cabeza—. Por fin tienes la oportunidad de subirte a un escenario como humorista y quejarte de tu exmujer. Es un sueño.

—Ah, sí, esa cosa tan trillada de plantarte delante de un micrófono y creerte que estás en plena sesión de terapia grupal.

—Exacto. Si esta noche te mueres en el escenario, probablemente habrá sido la peor actuación de tu vida. Cuando te quites esa presión de encima, te sentirás un uno por ciento mejor. Y luego, la semana que viene, volverás a subir y pasarás vergüenza otra vez. —Deja el botellín vacío—. Por algo tienes que empezar.

—No, espera. —Ari lo coge del brazo—. No sé qué decir.

—Eres actriz de improvisación. Pídele al público que te dé ideas.

Mira alrededor del local medio vacío.

—Acaban de decir «pene».

—Si alguien sabe qué hacer con eso, eres tú. —Gabe inicia un aplauso poco entusiasta y corre hacia el escenario—. Y, ahora, una sorpresa especial. —Ari se pimpla el resto de la cerveza y busca una escapatoria o un sitio donde esconderse—. Por favor, dadle una bienvenida más que calurosa a... —hace una pausa, y Ari reconoce la cara que pone cuando se está inventando algún nombre ridículo— Pecas McCloud.

Ari deja el botellín y se toma su tiempo para sortear las mesas hasta que llega ante el micrófono. Hay, quizá, cinco personas observándola y diez que, sin duda, no la miran para nada. Ari comete el error de fijarse en sus caras. Empiezan a temblarle las rodillas.

—Hola, soy... Pecas. —Hacía años que no sentía esa clase de nervios en ningún tipo de escenario—. Ahí es donde vosotros decís «Hola, Pecas». —La gente sigue hablando, lo cual es una falta de respeto mayor que el silencio absoluto—. ¿No hay ningún adicto en la sala esta noche? Qué raro. Vale. —Mira con anhelo el rótulo rojo brillante de salida y al grupo de fumadores apiñados en la puerta. Aun así, no se mueve del sitio—. Bueno, me llamo Pecas y hace... unos diez meses que le envié una foto de un desnudo muy sugerente a mi exmujer.

Ari admite a regañadientes que el hecho de hacer un papel tremendamente irregular en una sesión de micro abierto le ha aportado un cierto entusiasmo. Es como una chispa de la antigua electricidad, que le corre por los brazos y las piernas y se arremolina en su pecho. El espíritu santo de la improvisación.

Eso le da suficiente empuje para subirse a un vagón de metro, a pesar de que es muy tarde, y ver a la persona a quien ha echado muchísimo de menos y a la que lleva evitando desde hace meses.

Ari todavía tiene las llaves de casa de Radhya, pero se le hace raro llamar y entrar a esas horas. Llama y espera mientras observa la puerta anodina, con las rascadas y las manchas que le resultan

tan familiares. Al cabo de veinte segundos que se le hacen larguísimos, Ari oye pasos. Radhya descorre el pestillo y abre la puerta una rendija.

—No estoy bien —dice de inmediato, antes de que Rad tenga tiempo de cerrar la puerta—. Nada bien.

Hay una pausa, y entonces la puerta se abre más.

—¿Quieres un sándwich de queso?

Ari sigue a Radhya al interior del piso y se acurruca en el sofá debajo de una manta polar. La tele está encendida y hay sintonizado un canal de esos para gente mayor en el que solo dan telecomedias de los noventa. Se quedan viendo un episodio de *That '70s Show* mientras mastican los sándwiches de queso tostados.

—Me siento como una piltrafa —dice Ari entre mordisco y mordisco—. Nuestras últimas conversaciones han sido tan...

—¿Horribles? —sugiere Radhya—. ¿Tensas? ¿De catástrofe pasivo-agresiva?

—Te echo de menos. —Ari tiene un nudo en la garganta. Se está acostumbrando a esa sensación tan frecuente en los últimos meses—. Siento haberte apartado de mi vida. Soy un desastre y tú eres la persona sensata que tiene todas las respuestas. Y tenía miedo de que llegara un día en que te preguntaras: «¿Qué hago siendo amiga de esta persona? ¿Ha sido por el roce?».

Radhya da un suspiro hondo.

—¿Resultas frustrante a veces? Sí. ¿Has tomado decisiones tremendamente cuestionables? También.

—¿Y me juzgaste por esas decisiones?

—Sí —responde Radhya—. Soy imperfecta y, además, juzgo a la gente. —Da otro mordisco del sándwich—. No sé qué narices estoy haciendo. —Se incorpora un poco en el asiento—. Montar un negocio es muy arriesgado. Me duele continuamente la barriga. Tengo estrés y sueño que estoy rodeada de máquinas que imprimen pedidos sin parar. —Hace una pausa—. Cuando se venda Brodsky's, tendré que buscar otro local. Y quizá Josh no quiera seguir colaborando con el negocio.

Ari deja de masticar.

—¿Por qué no?

—Habla de irse a trabajar a otro sitio. Puede que a California. Para empezar de cero.

Ari intenta imaginarse a Josh en otra ciudad, pero no puede. Está muy vinculado a Nueva York; es como si Manhattan y él tuvieran una relación de codependencia.

—¿Necesitas una camarera guapa y un poco descarada? —pregunta Ari, tratando de quitarse a Josh de la cabeza.

—No, lo que necesito es una amiga guapa y un poco descarada. Preferiblemente, una que me deje darle unos consejos fantásticos y que luego los ignore.

Ari suelta un bufido y hace reír a Radhya.

—En ese caso... —Ari se queda mirando el televisor hasta que se le afloja algo el nudo de la garganta—. Tengo que contarte lo de ese chico al que conocí.

—Vale.

Radhya se queda totalmente estática, como si temiera que, al más mínimo movimiento, Ari vuelva a encerrarse en sí misma.

—Durante mucho tiempo no nos soportábamos. Y, de repente, dejó de ser así. Nos hicimos amigos. Y esa es la clase de vínculo que más me cuesta, como es evidente. —Coge aire—. Él es una de esas personas que no tiene que oler los productos de la nevera antes de consumirlos. Las migas y los errores de puntuación son sus enemigos mortales. Sabe muy bien lo inteligente que es, pero no se da cuenta de que también es muy divertido. Cuando conseguía hacerle reír, aunque solo fuera un pequeño gruñido, o cuando ponía cara de exasperación por mi culpa, yo me sentía la persona más feliz del mundo. Aunque supongo que eso no tiene mucho mérito, porque estaba muy triste. —Le cuesta decirlo en pasado—. Él me entendía muy bien.

Me veía de una forma que nadie me ve. Somos muy diferentes, pero con él podía hablar de cualquier cosa, de todo lo que tanto me he esforzado en ocultarle a todo el mundo... —traga saliva—, porque me daba vergüenza lo mal que me sentía. En cambio, él me aceptaba aunque estuviera en mis momentos más bajos. Pero entonces nos... Ya sabes. —Vuelven a inundársele los ojos de lágrimas—. Y me convencí de que era un tremendo error porque no podía lidiar con lo que de verdad implicaba. Pero lo... lo echo de menos. Rad. De ver... verdad.

Esta vez no intenta contener los tremendos sollozos.

Rad la rodea por los hombros y permanecen abrazadas en la manta.

—Oye —le dice Radhya bajito—. ¿Respiras? —Ari traga saliva y aspira con fuerza, como si acabara de salir a tomar aire a la superficie—. Empieza desde el principio.

Josh avanza hacia el sur por la Avenida A, a través del extremo oeste de Tompkins Square Park, pasa por delante de un estúpido bar de kéfir carísimo que acaban de inaugurar, un Starbucks, un súper y lo que quiera que ahora alberga el Pyramid Club.

Puede que el resto de los edificios de la manzana hayan cambiado, pero, a pesar del desastroso intento de Josh por transformar Brodsky's en The Brod, su madre se ha tomado como una misión personal devolverle al restaurante su forma original. Han fregado miles de veces el suelo ajedrezado, pero los cuadrados blancos siempre han tenido un tono *beige*. De niño, Josh se ofrecía a limpiar las mesas y despejar el fregadero; cualquier cosa que implicara poner orden.

Más que eso, el sitio tiene un olor característico. Da igual la cantidad de especias que Radhya haya triturado en la cocina; Josh siempre notará el olor del humo de cigarrillo estancado de la época en que las mesas de fumadores solo estaban separadas por un fino panel de plexiglás. De la salsa agridulce que acompañaba cada ración de col rellena. De las salchichas de Frankfurt que silbaban sobre la parrilla. De los recipientes con ensalada de col, macarrones, huevo y una mezcla que su padre llamaba «ensalada saludable» y que solo pidió un cliente una vez.

La comida de Danny era para Josh tan familiar que no tenía la capacidad de apreciarla bien: el fuerte sabor de la mostaza marrón Uncle Morrie, la cobertura un poco dulce del pecho de ternera, la capa de espuma del batido de chocolate con huevo que te manchaba el bigote. Josh no está seguro de que, durante los años dedicados a preparar platos de una complejidad absurda para los restaurantes más exigentes de la ciudad, haya hecho a alguien tan feliz como parecían serlo los clientes habituales de Brodsky's.

En unas semanas firmará un montón de documentos legales y financieros mediante los cuales dejará de ser el propietario de una institución sagrada en favor de una «cadena hospitalaria». ¿Se arrepentirá toda la vida o marcará eso el inicio de un emocionante nuevo capítulo? Quizá trabajar en Sonoma sea el cambio que necesita desde hace un año. No, dos años. Joder; igual son cinco o seis.

Josh deja el cuchillo y enciende la luz. Los miércoles el local está muy tranquilo. Él suele ir al restaurante cuando está cerrado para probar cosas: ideas de platos, nuevas técnicas, muchas recetas de pan y hojas de maíz. Hay algo gratificante en el hecho de cocinar lo mismo una y otra vez y cada vez mejorarlo un poco.

The Waiting suena con un volumen excesivo en la radio. Resulta muy apropiado: Danny Kestenberg era la personificación misma de la canción de Tom Petty. Da la impresión de que su espíritu obstinado aún sigue vivo en esa cocina. A veces Josh juraría que nota cómo Danny se asoma por encima de su hombro y lo oye refunfuñar mientras prepara cebolletas encurtidas o cocina un estofado de col lombarda.

Algo capta su atención al otro lado de la gran vidriera: el ritmo peculiar de unos tacones sobre la acera.

Suena la campanilla de la puerta y Abby pasa junto a las mesas para situarse detrás del mostrador, abrir la nevera de las bebidas y sacar una lata de refresco hipocalórico con sabor a cereza negra de Dr. Brown. Llena un vaso con hielo y vierte la bebida hasta el borde con la mano experta de quien ha hecho eso mismo mil veces.

Sin pronunciar palabra, entra en la zona refrigerada y sale con un tarro de mayonesa de tres kilos y medio y una caja de huevos. Josh los ha hervido para preparar el *keema* de huevo para Radhya.

—¿Qué haces? —pregunta.

Abby saca una pila de cuencos de una estantería alta y se le clava un tacón en la alfombra de la cocina.

—Te dije que traería a los compradores. Tenemos que tomar una decisión.

—No. ¿Qué estás haciendo con mis cuencos de mezcla?

En algún momento de los últimos meses, ha empezado a pensar que los utensilios de esa cocina son suyos.

—Preparar la comida —dice Abby, y dispone los ingredientes en una especie de cadena de montaje familiar—. ¿Desde cuándo nos sentamos a la mesa sin que haya comida?

Josh no tenía pensado preparar ensalada de huevo esa tarde. Pero el ruido metálico de los cuencos gigantescos al chocar contra el acero inoxidable de la mesa de preparación, el crujido suave de las cáscaras de huevo en la superficie, el sonido al arrojarlas al cubo de basura... Todo junto forma una melodía que no puede negar que lleva en la sangre. Parece que su padre haya vuelto fugazmente a la vida.

Danny usaba una receta muy sencilla (huevos duros, mayonesa, sal y pimienta), con una diferencia: ponía más yemas para darle una textura más cremosa. «En algunos sitios le ponen demasiada mayonesa», aseguraba. Josh no es ningún experto en ensaladas de huevo, pero se siente inclinado a pensar que tenía razón. Dicho eso, se pasó veinte años intentando convencer a su padre de que la aderezara con un poco de eneldo.

Josh coge un huevo de la huevera, rompe la cáscara, lo pela y deposita la clara en el cuenco de la izquierda y la yema en el de la derecha. Pisa con firmeza la alfombra de la cocina. Desmenuza las yemas de textura harinosa con los dedos. Las claras son blandas y resbaladizas. Rompe la cáscara. Pela. Separa.

Es lo más parecido al anclaje que practica desde hace meses.

Abby no dice nada, pero casca un huevo contra el mostrador con cuatro movimientos rápidos.

Las notas de *Just the Way You Are* se cuelan en la cocina desde la radio y lo alejan del presente. La canción se abre paso subrepticiamente en el cerebro de Josh con un sentimentalismo tontorrón y obvias alusiones a Ari. Parece que cada estrofa haya sido compuesta por un Billy Joel de 1977 que ha viajado en el tiempo para infligirle el máximo daño a un indefenso Josh Kestenberg de 2023.

—¿Has tenido noticias de ella?

A su madre se le da fatal fingir despreocupación.

—¿De Harper? —pregunta, para ponerle las cosas difíciles.

No hay ningún motivo por el que lo de Harper no terminó de funcionar. Trabaja en la ONU. Es socia y mecenas de la compañía de teatro Roundabout. Tiene sal *kosher* al lado de la cocina de gas. Tiene un schnauzer que se llama Pee Wee; menudo nombrecito. Josh cortó con ella por teléfono (mucho antes de las Navidades, siguiendo los consejos de Briar). Pero, ¿cómo se le explica a alguien que quieres que las conversaciones sean animadas? Que quieres reírte porque no puedes evitarlo, no forzar una carcajada por pura cortesía. Que en vez de escuchar las anécdotas que ya has explicado en seis citas, necesitas que oigan aquello que no dices. Que te conozcan mejor que ninguna otra persona.

—Creo que ya sabes de quién estoy hablando.

—¿Por qué? ¿Tienes alguna otra oportunidad profesional que le va como anillo al dedo? —Josh coge otro huevo y sigue los movimientos, pero lo estampa con demasiada fuerza contra el mostrador y los trocitos de cáscara salen disparados como si fueran metralla—. ¿Alguno de tus clientes va a abrir un club de la comedia en Argentina o algo así?

Hay una breve pausa en el sonido procedente del extremo del mostrador donde ella está cascando el huevo.

Josh sigue con la tarea de cascar, pelar y separar. Intenta sin éxito ignorar las granadas que amenazan con estallar en su cabeza y que demuestran cuánto siente la ausencia de Ari cada día. Cómo su recuerdo ha arraigado en algún punto recóndito e inaccesible que no se puede editar ni sobrescribir; tan solo se puede soportar. Como una enfermedad crónica.

Tiene un nudo inconfundible en la garganta. «Ánclate, joder».

—En nuestra boda bailamos esta canción —dice Abby tras otra serie de crujidos de cáscara—. Yo quería que pusieran Fleetwood Mac. Esta fue idea de tu padre. —Cómo no. La letra empieza así: «*Don't go changing*», «No vayas a cambiar»—. Incluso fuimos a clases de baile en un estudio de la Sexta Avenida. Ya entonces me pisaba todo el rato.

Cuando en la mente de Josh penetra el recuerdo de Ari con aquel vestido ajustado, bailando a su manera una música de hace cuarenta años, solo consigue llegar hasta la segunda vez que la canción menciona «una conversación inteligente» antes de que el anclaje deje de hacer efecto y lo arroje mucho más allá del punto de no retorno. Pasa los últimos cuarenta y cinco segundos del solo de saxo sollozando en silencio contra la manga de su camisa, con cuidado de no tocarse la cara con las manos cubiertas de yema de huevo.

El recuerdo de esa camisa quedará para siempre asociado al momento en que una canción sensiblera de Billy Joel se apoderó de él y lo hizo gimotear en silencio sobre un cuenco de claras de huevo delante de su madre.

Por suerte, Abby no lo mira. Cuando termina la canción, le tiende un trapo de cocina limpio.

—Con el tiempo, te sentirás mejor.

«¿De verdad?». O, quizá, el dolor se acentúa cuanto más tiempo hace que la persona en cuestión falta en tu vida. Cuántas más semanas y meses pasas dándole vueltas a los «¿y si...?». ¿Acaso los humanos originales se fueron volviendo más ojerosos y consternados a medida que recorrían el mundo en busca de su alma gemela perdida, mientras observaban a todos los demás reunirse con su media naranja?

Sin pronunciar palabra, Abby levanta el brazo para alcanzar un especiero de color rojo vivo y lo coloca delante de los cuencos. La nota de color se refleja en el acero inoxidable. Debe de ser de Radhya; la pimienta no tenía lugar en la cocina de su padre.

Josh se queda mirando el especiero.

—Siempre he pensado que a la ensalada de huevo le falta un toque —dice Abby—. Creo que tu padre estaría de acuerdo conmigo si pudiera probarla. —Tamborilea con el dedo en la encimera—. A él le habría dado igual tener o no una estrella Michelin, ya sabes. Pero habría estado orgulloso de lo que has conseguido en este sitio.

Josh se limpia los ojos con el trapo de cocina y respira hondo mientras observa la zona del comedor vacía, tal como hizo su padre durante cuarenta años. No vive el hecho de estar ahí como una rendición ni una traición. Por primera vez, tiene la sensación de que está en el lugar adecuado para poder anclarse.

Incluso el pequeño bote de especias parece estar donde le corresponde. Junto con la cúrcuma, y las vainas de cardamomo, y los dos tipos de cilantro para el condimento del pecho de ternera.

Porque ahora esa cocina es la de Josh. Bueno, la de Josh y Radhya.

Respira hondo.

—Quizá deberíamos... seguir haciendo esto. —Retira una mitad de cáscara de huevo entera. Josh no cree en las señales, pero los huevos nunca se pelan con tanta facilidad—. Y no vender el local. Todavía.

Abby le guiña el ojo y le da un suave codazo.

—¿Le ponemos eneldo?

28

—¡Gracias, Zach! —dice Ari frente al micrófono cuando, finalmente, las notas de la armónica se disuelven y dejan paso al silencio por segunda vez en lo que va de noche—. *Piano Man* parece una canción nueva cada vez que la oyes, ¿verdad?

Señala el cartel sostenido por un caballete que hay junto a la tarima, en el que se ve un código QR en forma de arcoíris gigante con el título LAUGHRIOT: DINERO, POR FAVOR.

—Y podéis celebrar el Año Nuevo convirtiendo este precioso bar en escenario de los clichés de karaoke que más os gusten a cambio de un donativo de quince dólares para nuestra campaña de microfinanciación colectiva. El dinero irá directamente a un conjunto de programas de ayuda para adolescentes *queer*. Las canciones de la lista «No, por Dios» requieren un donativo de treinta dólares. Las de «Que os den a todos», que incluyen a Journey, Adele, Queen y otros, cuestan de cincuenta para arriba. Como anfitriona, obviamente me reservo el derecho de interrumpiros en cualquier momento para interpretar una versión muy fiel de *Parte de tu mundo*. La siguiente es… —consulta su aplicación de notas— Cameron, con mi tema preferido: *Return of the Mack*.

Ari le entrega el micrófono e imita graciosos movimientos de baile de los años noventa mientras se abre paso entre la multitud hacia el puesto donde Gabe y Radhya están vendiendo *merchandising* de LaughRiot a precios astronómicos con la excusa de que es Nochevieja.

—Cuando te toque marcharte y esperar un taxi o tener que ir hasta el metro andando, te darás cuenta del puto frío que hace y desearás con toda tu alma haber comprado una sudadera —le está diciendo Gabe a un chico vestido con una camiseta de tirantes, que sacude la cabeza y se aleja—. ¡Después de medianoche subirán los precios! —grita Gabe a su espalda.

—Estás perdiendo facultades, amigo —lo provoca Ari, y se sienta en el regazo de Radhya en lugar de ocupar una silla—. Míralos a los ojos. Hazles cumplidos. Sedúcelos. Y luego diles cosas como «Oye, qué bien te quedaría esta sudadera».

—«Pero quedaría mejor como alfombra en mi dormitorio» —añade Radhya.

Ari coge dos copas de champán de plástico.

—Qué cruel es pensar que Radhya sería, seguramente, el amor de mi vida pero es con toda probabilidad la única amiga que tengo a la que no le atraen las mujeres.

—No te lo tomes a mal —responde Radhya, y apura una copa de prosecco barato—, pero ya tuve bastante con vivir contigo una vez.

—Qué gracia. Es lo mismo que me dijo mi exmujer.

Radhya finge que toca la batería sobre la pila de sudaderas y pantalones cortos publicitarios.

—Oye, que yo te quiero mucho. Aquí me tienes, pasando la fiesta del año típica para ligar en un bar de gais donde tengo todos los números de acabar la noche sola.

—En primer lugar —empieza a decir Gabe antes de apurar su prosecco—, estoy disponible para todos los besos de medianoche que quieras. Y, en segundo, estás pasando la fiesta del año típica para ligar disfrutando de dos versiones diferentes pero igual de espantosas de *Piano Man*.

Ari puede oír mentalmente el comentario de Josh: «¿Pero es que hay versiones "buenas" de *Piano Man*?».

—El año pasado me tocó trabajar en Nochevieja —dice Radhya, arrastrando un poco las palabras—. Me fui corriendo a las dos de la madrugada. —Hace una pausa y sonríe—. Y a las dos y treinta y cinco también me corrí.

Gabe se aclara la garganta.

—Hace justo un año, estuve sirviendo *hors d'oeuvres* en una terraza de Koreatown y luego vine aquí para la recaudación de fondos. —Mira a Ari con intención—. Tuve que ocuparme solo. Me desperté en Alphabet City sin pantalones. No sé cómo llegué a casa, solo sé que Ari estaba tumbada en mi sofá con su vestido de noche, roncando y echando la babilla. —La mira—. Supongo que este año repetiremos, menos la parte de la ropa. Con eso es imposible ligar.

Ari mira su indumentaria promocional consistente en una camiseta, unos pantalones cortos y unas medias arcoíris brillantes de LaughRiot que Gabe le ordenó que se pusiera esta noche mientras le recordaba con todo lujo de detalles las circunstancias que la llevaron a acabar durmiendo en su sofá el año anterior. Ella ha intentado por todos los medios que su mente no vague por esos rincones.

Hay un ejercicio de *mindfulness* que ha estado practicando con una aplicación. Cierras los ojos y te imaginas tumbado, mirando el cielo y las nubes que flotan suavemente sobre ti. Les vas poniendo los nombres de las emociones que sientes y dejas que se alejen, y se supone que eso te ayuda a aceptar esas emociones negativas en lugar de evitarlas.

Lo malo de ese ejercicio de visualización es que la emoción de mierda sigue ahí. Y ese es el problema con los recuerdos de Josh, que no son nubes que se desvanezcan; más bien son rayos impredecibles que caen sobre tu cerebro en el momento más inoportuno.

Quizá no ha terminado de cruzar el puente hasta la aceptación, pero esas cosas llevan su tiempo. En algún momento, sin que ella fuera consciente, el dolor por la ruptura con Cass se transformó en algo menos intenso. Pasó a ser como las cenizas de una hoguera en lugar de las brasas incandescentes.

Con Josh también le pasará.

Tiene que convencerse de ello.

Radhya la mira, y seguramente su voluntad es transmitirle preocupación, pero con los ojos entrecerrados por efecto del prosecco da la impresión de que su nariz la tiene confundida.

De repente, el micrófono del karaoke queda en silencio y solo se oye la música de fondo de *Return of the Mack*. Ari levanta la cabeza. Aún queda más de un minuto para que termine la canción, pero Cameron está señalando a alguien entre el público.

—Kyle, me acabo de dar cuenta de que falta un cuarto de hora para la medianoche —grita ante el micrófono—. Este año no quiero besar a mi novio cuando den las doce. —Se arrodilla sobre una pierna y Ari se queda boquiabierta. La multitud guarda silencio—. Quiero besar a mi prometido.

El coro de vocalistas de la versión repite «You liiied to me», y un hombre con un traje de tela brillante se levanta despacio mientras asiente. El local al completo estalla en vítores cuando la pareja se abraza y el micrófono cae al suelo con estruendo.

¿Cuántas de esas escenas tendrá que presenciar? ¿Es una especie de castigo del karma por su matrimonio fallido? Seguramente, Ari podría nombrar diez razones por las cuales esa pareja acabará separándose, y la primera es hacer una proposición matrimonial con las notas de fondo de una versión karaoke de *Return of the Mack* ahogando la declaración de amor.

¿Por qué, entonces, siente ese dolor persistente en el pecho? ¿Por qué piensa en que nunca podrá contarle a Josh la historia de la petición de mano de esos novios? ¿De verdad se trata solo de esperar a que el sufrimiento remita, como un músculo que se atrofia poco a poco?

—¡Sube y di algo! —exclama Gabe, empujando a Ari para que se levante del regazo de Radhya.

Eso la saca de sus pensamientos en bucle.

—¿Por qué?

—Porque la gente es más propensa a gastar dinero con esas mierdas sentimentaloides. ¡Sube ahí y di algo que los emocione a todos, hostia!

Radhya alza una copa de plástico en dirección a Ari.

—Pero si tienes un montón de discursos de boda en el teléfono, hija. —Al ver que Ari no acepta la bebida, se encoge un poco de hombros, echa atrás la cabeza y engulle ella el champán—. Solo te pido por lo que más quieras que no recites ese párrafo de *La mandolina del capitán Corelli* ni la plegaria apache.

Ari, con la cabeza en otra parte, asiente al abandonar el puesto de los productos promocionales, y casi tropieza de camino al escenario mientras el *disc-jockey* baja el volumen de la canción de forma progresiva. El local queda sumido en un silencio incómodo. Ari coge el micrófono del suelo y eso provoca un murmullo.

—¿Qué os parece esto? Bonito, ¿eh? —Coge aire—. Gabe lleva diez años al frente de este local y creo que esta es la primera proposición de matrimonio que hemos tenido. ¡Enhorabuena, Kyle y Cameron!

Se oyen unos cuantos aplausos y silbidos. Ari traga saliva y busca en su aplicación de notas hasta detenerse en un discurso clasificado como «Brindis de un padre cínico por la novia que no quiere ni oír hablar de la mierda que supone "perder a tu niñita"». Ese es literalmente el título. Tendrá que valer.

—«La cosa es, Rach..., hummm, Cameron —Se aclara la garganta y lee de la pantalla—, que cuando te enamoras de alguien, todo es de color de rosa. No tienes ni idea de las dificultades a las que tendrás que enfrentarte en unos años. Ahora piensas: "¡Es él!" Porque... Kyle te hace feliz. Pero la verdad es...».

Ari casi no recuerda haber escrito eso. Quizá lo hizo en un estado de evasión de la realidad. Bajo los efectos del cánnabis. En una nebulosa de tequila y analgésicos.

—La verdad es... que la felicidad es muy compleja. Es voluble. —La expresión de Radhya se parece a la de Chrissy Teigen cuando pone cara de puchero—. La gente está demasiado preocupada por ser feliz. Si quieres ser feliz todo el tiempo, limítate a ver vídeos de gatos. Son increíbles. —Se oyen unas risitas dispersas. Gabe le hace un gesto de sonrisa con los dedos—. Nadie debería casarse con la persona que le hace feliz. Cásate con la persona que quieres que esté a tu lado en el... el peor de tus momentos. Cásate con la persona de quien... de quien nunca te cansas. De quien siempre quieres más. La persona que hace que sientas el orgullo de estar a su lado».

Ari tiene un inconfundible nudo en la garganta al recordar de dónde salieron esas palabras. Kyle y Cameron asienten. Ella pestañea rápidamente para ahuyentar la amenaza de las lágrimas. Porque, si es sincera consigo misma, no da la impresión de que el agujero en forma de Josh que tiene dentro se esté cerrando.

—«Pero si...». —Baja la mirada a la pantalla, pero no le sirve de nada; no puede ver las palabras—. Si encuentras a esa persona, es un acto de valentía decírselo. Decir: por favor, ámame también. Dejar que el otro sostenga tu corazón en sus manos sabiendo que quizá, o más bien seguramente, la cosa acabará mal. Sabiendo que te van a dejar jodido, que los dos os haréis daño. Pero si esa es de verdad la persona, vale la pena correr el riesgo. Porque es quien verá tu mejor versión. Tendrá una lista interminable de motivos por los cuales eres irreemplazable. Y te lo dirá. —Ari nota el calor de las lágrimas que le resbalan por las mejillas—. Si quieres ver cómo alguien a quien quieres se convierte en la persona que sabes que puede llegar a ser, entonces cásate.

La multitud queda sumida en el silencio; pero más que un silencio sepulcral es como un tonillo de «Hummm... ¿Ya ha terminado?».

Le da igual que piensen que está loca, o borracha, o muy emocionada por sus propias palabras. En alguna parte de esa ciudad está la persona con quien quiere hablar justo antes de quedarse dormida. La persona que sabe exactamente cómo le gusta que la besen. La persona que, hace ocho años, quiso cogerla de la mano, y despertarse a su lado, y salir a desayunar con ella, y, quizá, llegar a convertirse en alguien mejor.

Gabe corre hacia el escenario, le retira el micrófono de la mano, le da un empujoncito para que baje y alza una copa de champán.

—¡Por la feliz pareja!

Le hace una señal al *disc-jockey* y este se lanza con una versión de *Wonder of Wonders* que resulta bombástica incluso para los estándares de Gabe.

Ari se precipita hacia Radhya. Una idea está tomando cada vez más forma en su cabeza y se convierte en el centro de su mente.

—¿Estás bien? —le pregunta su amiga, tendiéndole una copa de prosecco—. Ha sido...

—¿Dónde está Josh?

Rad saca el móvil.

—Creo que el novio de Briar lo ha liado para que participe en una especie de carrera que a mí me parece fría y triste. Algo muy propio de los Kestenberg. —Abre el Instagram—. Aquí, creo que lo ha etiquetado...

Ari le arranca el móvil de las manos y borra la notificación de que la batería se está agotando. Es una foto de Briar sonriendo junto a un hombre guapísimo que también sonríe, vestido con ropa de deporte y unos dorsales atados por fuera. A la izquierda de Briar, muy en el extremo, como si no quisiera salir en la foto (y sin sonreír), hay un hombre todo vestido de negro, como un ladrón de viviendas muy atlético.

—El maratón. En Central Park. —Ari arroja el teléfono sobre el puesto de *merchandising*—. Tengo que irme.

—Han cerrado las calles —anuncia Radhya—. Y esta noche todo es muy caro.

Ari mira alrededor. Están muy cerca de Times Square y las calles están abarrotadas, pero no es imposible abrirse paso.

—Solo son veinte manzanas. Iré corriendo.

—¿Serás capaz?

En lugar de responder a la pregunta, Ari se agacha y se ata bien los cordones de las zapatillas. La multitud aplaude a Gabe cuando deja el micrófono.

—Ha estado bien, ¿eh? —dice, todo sonrisas, cuando vuelve al puesto—. ¿Os ha gustado la canción?

—Lo has hecho de maravilla, Gastón —dice Radhya entre sorbo y sorbo—. Ha sido una auténtica pasada.

Ari lo coge por los hombros.

—Tenemos que cambiarnos los móviles. Puede que me haya bloqueado.

—¿Quién?

—¡Necesito tu móvil! A Radhya solo le queda un tres por ciento de batería. —Ari le arranca el dispositivo de la mano—. ¿La contraseña sigue siendo seis, nueve, seis, nueve, seis...

—... cuatro.

—¿«Cuatro»? Espera, ¿cuándo la has cambiado?

—La antigua era muy fácil de adivinar. —Gabe mira a Radhya—. ¿Me he perdido algo? ¿Por qué me coge el teléfono en Nochevieja? Es el día en que más probabilidades hay de acabar yéndose a la cama con alguien, aunque nadie duerma.

Ari le tira de la camiseta con el emblema de LaughRiot.

—Creo que he encontrado a la otra mitad de mi galleta en blanco y negro, y puede que se la coma otra persona. Tengo que ir a buscarlo.

—Pero si aún no hemos cantado *The Boy Is Mine.*

—Es un gesto muy romántico —le explica Radhya—. Necesita llegar a Central Park.

—En doce minutos —añade Ari—. El maratón empieza a medianoche.

—Ay, Dios. —Gabe abre los ojos como platos—. ¿Vas a llegar corriendo en el último momento? ¿Como cuando en las películas alguien tiene que llegar a tiempo al aeropuerto, antes de que la persona amada se marche para siempre?

Ari introduce el número de Josh como un nuevo contacto en el móvil de Gabe.

—Gracias, y lo siento.

—¿Dónde tienes el abrigo? —Él se vuelve para buscarlo entre las cajas de productos publicitarios que hay debajo de la mesa—. No lo encuentro.

—Toma —dice Radhya, y le lanza a Ari una sudadera de tamaño XXL con el emblema de LaughRiot.

—Madre mía, sí que quedaría mejor como alfombra, el conjunto en general —opina Gabe—. Las medias de brillibrilli y los pantalones hipercortos de LaughRiot me parecieron una idea estupenda cuando estábamos tomando copas en mi apartamento.

—Gracias. La autoestima me ha subido de golpe.

Ari coge dos copas más de prosecco y las engulle de golpe. Le queman en la garganta.

—¿Estás bien, Chichi? —pregunta Radhya, cogiéndola por los hombros.

—No. —Ari sacude la cabeza—. No estoy bien. Hace mucho tiempo que no estoy nada bien, y lo he soportado como he podido. Pero, por algún motivo, cuando estoy con...

—Guárdate las palabras para Kes... Josh. —Radhya señala la puerta con la cabeza—. Vete.

—Te quiero.

Ari camina hacia atrás en dirección a la puerta y tropieza con tres personas como mínimo.

—¿Lo ves? —dice Radhya—. Ya lo has dicho.

—No puedo creerme que vaya a salir corriendo a buscarlo —dice Gabe—. Tengo una lista de reproducción preparada especialmente para esta clase de situaciones.

29

Ari topa con la espalda sudorosa de alguien antes de poner el pie en la acera. Teóricamente, esa parte de la Novena Avenida no tiene el paso cortado, pero está a rebosar de grupos de personas que se dirigen a Times Square. Es un misterio por qué toda esa gente quiere estar más y más cerca de una marabunta, sin acceso a ningún lavabo.

—¡Perdón! ¡Lo siento! ¡Perdón! —grita a medida que se encoge para introducirse entre los fiesteros de cara colorada, abrigados con sus prendas de invierno.

Ari corre hacia el norte, en dirección contraria al flujo de peatones, como un personaje de un videojuego de ocho bits. «Derecha, izquierda, izquierda... ¡No! Derecha». En algún momento, un entrenador de su gimnasio cochambroso le sugirió que hiciera ejercicios para ganar agilidad. Ella se rio en su cara mientras se preguntaba para qué narices le iba a hacer falta.

Pues parece que esa carrera de *parkour* sería un buen momento para poner esa habilidad en práctica.

Durante el trayecto por la calle Cincuenta y tres, la táctica de «Por favor, ¿me permite pasar?» se convierte en la orden de «Joder, muévete. ¡Muévete!».

Alguien con un cigarrillo le hace una quemadura en la manga de la sudadera mientras ella trata de escurrirse entre los bolsos y los brazos estirados de la gente.

Al llegar a la calle Cincuenta y siete, lejos de los bares de la Novena Avenida, la multitud se dispersa. Ari coge velocidad y avanza a grandes zancadas: mueve los brazos adelante y atrás y sube mucho las rodillas, y las zapatillas le resbalan solo un poco en el pavimento helado.

Cuando llega a Columbus Circle y salta por encima de una verja abierta que está cubierta de nieve derretida, Ari se siente como una auténtica gacela. Si avanza unas cuantas manzanas más a ese ritmo, llegará a la línea de salida en... ¿siete minutos?

Cuatro segundos más tarde, la asalta un dolor repentino en el costado.

«Mierda. Mierda, mierda, mierda». Disminuye la marcha, aunque sigue andando deprisa por Central Park West, con la mano sujetándose el costado.

«No pasa nada. Sigue andando y olvídate». Faltan catorce manzanas entre el sitio donde ahora está sufriendo arcadas y aquel en el que Josh, probablemente, siente como una afrenta personal los fuegos artificiales, la vestimenta estúpida y la efusividad.

Lo más probable es que en esos momentos él esté repasando mentalmente su estrategia para el maratón.

Aunque Ari está muriéndose de calor y congelándose a la vez, consigue seguir avanzando a paso ligero mientras esquiva a los grupos de transeúntes que caminan en dirección al parque para contemplar el espectáculo de fuegos artificiales.

«No pasa nada. Sigue adelante. Lo conseguirás. Inspira por la nariz, dos, tres; espira por la boca, dos, tres. Inspira... Espira...».

«Oooh... Un puesto de *pretzel* que no está abarrotado de gente».

Resulta que es posible correr rápido (bueno, bastante rápido), mientras se inspira un *pretzel* recién hecho y se aferra un botellín resbaladizo de Powerade azul.

Mira la hora en el móvil de Gabe. Las 23:54. «Mierda».

Es como si alguien le hubiera dado la vuelta al reloj de arena de un juego de mesa. Ya no se trata solo de «¿Cuánto tardaré en llegar?», sino de «Esto está pasando de verdad, y seguro que tengo la cara como un tomate», y «¿Qué narices va a pasar si lo encuentro?», y «¿Cómo se hace para declararle tu amor a alguien?».

Y, lo peor de todo: «¿Y si no está solo?».

Podría estar con una Harper, o una Lauren, o una Maddie, y... «Guau», la mente tiene una increíble capacidad de autoboicot en el momento preciso. Por lo menos, el dolor en la tensa musculatura de las pantorrillas le sirve de distracción.

Cuando está en pleno meollo, en el acceso de la calle Setenta y dos, se siente igual que una cría intentando colarse en una recepción de boda solo para adultos. Todos los que la rodean están con amigos o en pareja, preparados para agitar sus adornos festivos o para hacerse una selfi, mientras que ella está nerviosa y sola, y pretende resolver una situación complicada tendiéndole una emboscada a alguien cuyos sentimientos hacia ella podrían rayar la hostilidad.

Tiene el corazón desbocado, y no solo por la reciente tanda de cardio sin precedentes. El espacio de la carrera está delimitado por una serie de vallas metálicas sin ninguna entrada a simple vista. Ari recorre el tramo al trote, pegada a las vallas, y de vez en cuando da un salto para asomar la cabeza y examinar a los corredores.

Es como una grotesca edición a tamaño natural de *¿Dónde está Wally?* cuyo objetivo consiste en encontrar a un emo de estatura descomunal vestido con ropa de deporte exclusivamente negra en lugar de un friki de ojos saltones con un jersey de rayas. *Gimme! Gimme! Gimme!* suena a todo volumen a través del equipo de sonido en la concha acústica y se propaga entre los árboles de un modo estremecedor. Encontrar una aguja alta y oscura en un pajar es mucho más difícil cuando todos los corredores están bailando al ritmo de ABBA.

Pero...

Hay alguien que no baila: un hombre con un gorro de lana negro y los labios un poco curvados hacia abajo que permanece de brazos cruzados, rodeado por un grupo de mujeres jóvenes de pelo largo, muy maquilladas y con camisetas a juego, que siguen la segunda estrofa de la canción como si la llevaran en la sangre.

No podría tener un aspecto más infeliz aunque quisiera, y seguramente lo ha intentado. ¿Qué clase de esnob pretencioso se presenta en un maratón *amateur* de gran formato y se coloca los auriculares antes de que empiece la carrera?

«Mi esnob pretencioso».

«Espero».

Al principio, Josh cree que los estímulos visuales le están jugando una mala pasada. Porque a veces se ha encontrado caminando detrás de una mujer con el pelo castaño claro recogido en un moño medio deshecho y se ha preguntado...

Nunca es ella.

No obstante, la chica que está inclinada sobre la valla de contención del otro lado de la carretera podría ser la hermana gemela de Ari. Está a unos seis metros, y es difícil distinguirla bien desde esa distancia y en la oscuridad salpicada por los destellos de los frontales. Sin embargo, cuando ella capta su mirada, Josh juraría que abre mucho los ojos como si lo hubiera reconocido. En ese momento, los organizadores de la carrera hacen avanzar un poco a todos los miembros de su grupo de inicio.

«Joder».

Josh respira hondo varias veces para tratar de calmarse. No encuentra a Briar en el numeroso grupo de chicas que lo rodean, todas vestidas con una camiseta que luce el emblema de RYAN'S RUNNERS (unos pantalones de chándal grises que corren solos, lo cual es una descripción bastante acertada del propio Ryan). ¿De verdad una ciudad que es todo un universo de arte, cultura y gastronomía no tiene para ofrecer mejor actividad de ocio que un club de *running* mediocre congregado por una antigua estrella de los *reality shows*? Josh ni siquiera puede controlar bien su rendimiento en una carrera al aire libre en que su progreso se verá limitado por atletas no profesionales.

Como era de esperar, Briar pensaba que ese sería un buen sitio para que su hermano conociera a alguien, pero ninguna de las chicas presentes está ahí para conocer a un hombre que es todo lo opuesto a Ryan y sus grises pantalones de chándal. Josh es la única persona de las inmediaciones que no baila como un poseso ni se hace selfis poniendo caras tontas muy estudiadas. La escena le resulta familiar; es como si se hubiera pasado la vida entera en una fiesta donde todo el mundo se divierte mientras él permanece amargado en un rincón.

Estira el cuello y divisa otra vez a la doble de Ari. Ella sigue mirándolo directamente con una intensidad inquietante.

Se la ve exhausta y congestionada, pero...

«... treinta segundos. En cuanto la bola descienda, empezará la carrera. Por favor, corredores, ¡sitúense en su línea de salida!».

Incluso aunque no hubiera tenido sus facciones grabadas con exactitud en la memoria durante los últimos ocho (¿nueve?) años, sabría que era ella porque abre la boca y grita:

—¡Josh!

Apenas se la oye con el rugido creciente de la multitud y la música a todo volumen, pero él sí lo hace.

Se le para el corazón.

«Diez...».

—¡Josh! —vuelve a gritar Ari, más alto pero con la voz quebrada.

—Muy bien, Ryan's Runners, ¡vamos a darles una paliza a todos!

Ryan levanta la mano frente a Josh y lo envuelve en un abrazo fraternal no consensuado sin que él pueda evitarlo.

«Nueve...».

Josh vuelve la cabeza y ve a Ari acercarse y agarrar la valla metálica de contención.

Ya ha pasado una pierna por encima cuando un agente de policía se precipita hacia ella y la obliga a bajar al suelo. Josh empuja a los corredores que tiene al lado para acercarse unos centímetros, como si eso supusiera alguna diferencia.

Ari discute con el policía. Está gesticulando y señalando el recorrido del maratón. Lo está señalando a él.

¿Con qué derecho? ¿Quién se cree que es para personarse allí y llamarlo a voz en grito?

«Ocho...».

El agente se aleja con un gesto de advertencia y Ari se vuelve a mirar a Josh y se inclina sobre la valla asiéndose a los barrotes, con un pie encima del borde inferior de la barrera, dispuesta a darse impulso y hacer un nuevo intento.

Por alguna razón, va vestida con una sudadera extragrande con un emblema, unos pantalones cortos y unas medias brillantes. Debe de estarse congelando, joder. A Josh se le pone un nudo en la garganta.

«Siete...».

Ari continúa articulando palabras, como si estuviera gritando algo superimportante, algo que él tiene que escuchar sí o sí, pero el fragor de la multitud que lo rodea es excesivo para que pueda oírla.

«Seis...».

La ve introducir la mano por el cuello de la sudadera y sacarse un móvil del sujetador, lo cual es lo menos sorprendente de todo lo ocurrido en los últimos quince segundos.

Observa (con cierto horror) cómo limpia la pantalla del teléfono con la manga antes de inclinarse sobre el aparato para teclear.

Al cabo de dos segundos, Josh nota una vibración en el bolsillo trasero. Saca su móvil sin apartar los ojos de Ari, que lo está mirando igual que los concursantes de *El gran pastelero* miran el horno.

«Cinco...».

Domingo, 31 de diciembre, 23:59

Número desconocido: Necesito decirte una cosa

Sabe de sobra que serán más patrañas. Le dirá algo que dará la impresión de ser inofensivo y cordial, pero que volverá patas arriba el frágil equilibrio de su agitación interior.

No responde al mensaje, pero la mira y hace un gesto de asentimiento sutil y un poco reticente.

Al instante, Ari inclina de nuevo la cabeza sobre el móvil y se baja de la valla como si el mensaje requiriese una concentración extrema. Josh nota que está apretando la mandíbula.

«Cuatro...».

Ari sigue absorta en el teléfono; sus dedos pulgares vuelan sobre la pantalla, al parecer tecleando un persuasivo ensayo de mil palabras sobre la razón por la que deberían volver a ser amigos. El diccionario Webster define platónico como...

Ryan ya ha colocado a Briar en posición para su impresionante beso de medianoche, y uno de los corredores se aleja un poco para grabar un vídeo del momento.

«Tres...».

Ari continúa enfrascada en el mensaje. Da la impresión de que pasan varios minutos. Unos minutos de mierda.

«Dos...».

Dentro de pocos segundos tendrá que arrancar a correr. Mira a ambos lados en busca de un hueco por el que escabullirse de la línea de salida cuando el teléfono le vibra en la mano sudorosa y casi lo tira al suelo.

«Uno... ¡Feliz año nuevo!».

Número desconocido: Te quiero

No pone nada más. Ninguna disculpa. Ninguna explicación.

De pronto, irrumpen el caos, los fuegos artificiales y las notas de *Auld Lange Syne* mientras Josh contempla las dos palabras que hace seis meses tenía tantas ganas de oír que incluso habría sido capaz de estrangular gatitos imaginarios con tal de poder hacerlo.

El encargado de dar la salida levanta el brazo con la pistola.

Josh hace un esfuerzo por volverse a mirar a Ari entre la multitud. Ya no teclea. Tan solo lo está mirando, con las cejas un poco arqueadas y la boca formando una línea tensa y nerviosa.

Suena el pistoletazo de salida y Josh se sobresalta.

—¡Vamos, *runners*! —grita Ryan.

La inercia de los cientos de corredores empuja a Josh hacia delante. Durante unos segundos, casi se alegra de estarse alejando literalmente de Ari.

Josh: Te has equivocado de número.

Número desconocido: No eres el tío más grande? 😂

Josh: ¿Y ya está?
¿Aún te parece gracioso?

Nada de lo que han intercambiado hasta la fecha ha sido tan preciso como esa declaración y su respuesta directa.

Número desconocido: Hay un discurso en el que cito todos los motivos por los que tú y yo deberíamos estar juntos, pero para ser sincera no es esto lo que me imaginaba que pasaría

—¿Estás bien? —pregunta Briar, dándole un codazo, mientras el grupo de Ryan's Runners avanza poco a poco hacia East Drive—. Parece que hayas visto un fantasma.

Josh: No puedes presentarte aquí así y decirme eso, como si mo hybuar pssado nada.

Por una vez en su vida, le da igual la ortografía.

Número desconocido: Lo digo precisamente por todo lo que ha pasado.
Porque te he echado de menos un huevo todo el tiempo

Josh: No pudes presentarte aquí sin más, tenderme una embocada y pertender que todo vuelva a ser como tú quieres que sea.

«Qué mierda, tener unos dedos tan grandes para un teclado tan pequeño».

Josh: No voy a volver a eso. No quiero ser tu amigo. No quiero ser el repuesto para que me vengas arrastrándote cuando lo otro sale mal.

Josh vuelve a ver los puntos suspensivos en la pantalla y suspira.

Número desconocido: No me vengo arrastrando. He corrido tanto para llegar que parecía una de esas carreras hasta el aeropuerto que salen en las películas románticas!!

Josh: No sé a qué te refieres.

Número desconocido: Es cultura básica!!
y lo otro no es nada. Nunca lo ha sido
Solo existes tú

Josh: Pues quiero el discurso.
Todo entero.

Número desconocido: me tiemblan las manos

Josh: USA EL MICRÓFONO. DÍCTALO POR VOZ.

—Eh, tío —dice Ryan, apareciendo al otro lado—. ¿Puedes hacerme un vídeo? Tengo saturado el iCloud.

—¡No! —grita Josh, y lo aparta de un empujón.

—Vale, hostia. Bueno, pues ya borro algo.

Ryan sacude la cabeza y baja por la pantalla de la aplicación de fotos mientras siguen corriendo.

Los puntos suspensivos siguen moviéndose —«¿Por qué tarda tanto?»— cuando Josh nota los primeros copos de nieve. En el grupo de corredores, unas cuantas cabezas miran al cielo.

Ari: A veces digo cosas ridículas solo para que pongas esa cara tan especial de medio enfadado pero más bien divertido, y eso me hace más feliz que hacer reír a otra gente.
Haces un gesto con la boca cuando estás pensando qué decir, y me parece muy sexy aunque nunca te lo haya dicho.
Siempre reacciono a tus mensajes con una sonrisa pavloviana, aunque solo tengan una palabra, porque aún haces que me emocione y me ponga un poco nerviosa.
Quiero sacarte los colores con lo del disfraz de payaso toda la vida. Nunca dejará de parecerme gracioso.
Quiero que vayamos juntos a comprar uva ecológica.
Quiero llevarte a la cama sopa de pollo con noodles cuando estés enfermo.

Quiero ponerme tus camisetas.
Quiero que me quites tus camisetas y me susurres cosas picantes al oído.
Quiero oír tu voz todos los días al despertarme por la mañana y al dormirme por la noche.
He construido mi vida en torno a la premisa de no necesitar a nadie. Pero a ti TE NECESITO.
Siento haber tardado tanto en darme permiso para creérmelo.
No sé si estas son las palabras adecuadas para hacer que tú también te lo creas.
Porque aún no estoy curada. Mi herida existencial sigue sangrando la hostia.
Y puede que sea demasiado tarde.
Pero tú dijiste que nunca habrá un momento ideal.
O sea que aquí me tienes, diciéndote que nos merecemos ser felices.
Quizá lo del alma gemela es mentira, pero creo que eres la persona de mi vida. Y yo la de la tuya.
Y no quiero esperar más.
Quiero despertarme a tu lado mañana mismo.

Ari aferra las barras metálicas de la valla con el corazón latiéndole de tal forma que cree que quizá se trata de un problema de salud. Entre esa marabunta de gente que lleva ropa de colores vistosos hay un hombre con un gorro y una chaqueta de color negro que está leyendo una declaración de amor dictada de cualquier manera. Ese momento podría ser el inicio de una historia de amor o bien lo que les estará contando a sus terapeutas el resto de sus días.

Se coloca de lado y arrastra los pies sobre el pavimento resbaladizo mientras espera a que alguien en medio de aquella multitud que avanza a cámara lenta levante la cabeza y la mire. Con cada segundo que pasa, pierde un poco más la esperanza.

No hay mensajes nuevos. Ni siquiera aparecen los puntos suspensivos.

¿Qué clase de persona recibe una declaración de amor y... desaparece?

«¿Alguien como tú?», le dice su cerebro.

Se da de bruces con un policía que hay junto a la barrera y que no la deja seguir avanzando mientras los corredores se desvían a la izquierda en dirección al norte.

—Si quiere participar en la carrera, tendría que haberse inscrito —le dice. Ari observa a los grupos de corredores que se alejan poco a poco. Se aferra a la valla, pero apenas nota el helor del metal húmedo en las manos—. Puede esperar en la meta. Terminarán el recorrido dentro de una hora más o menos.

«¿Eh?». ¿Solo una hora más de esa agonía que le retuerce las tripas mientras soporta el ritmo del *Cha Cha Slide* de un *disc-jockey* y ve cómo el móvil de Gabe se ilumina con mensajes de «¡Feliz año nuevo!» que no son de Josh?

Ari se aparta de la valla, con la mente imaginando ya la escena en que Josh cruza la línea de meta y también allí la ignora deliberadamente. No se había dado cuenta de la gran confianza que tenía en que todo fuera bien hasta que se ha hecho evidente la posibilidad del fracaso.

Delicados copos de nieve flotan al caer desde el cielo encapotado. Ari se estremece.

El agente está pendiente del ligero alboroto que se ha formado en un punto más avanzado del recorrido de la carrera, donde se aprecia un movimiento en masa y la gente se está apartando hacia los lados como para evitar un obstáculo.

Un corredor díscolo, un poco más alto que todos los demás, que se abre paso a empujones en sentido contrario a la multitud y está creando una separación en medio del mar de participantes en la carrera.

Ari permite que un atisbo de esperanza arraigue en su interior.

—¡Josh! —grita, y casi choca con una mujer ataviada con un albornoz y una corona de Estatua de la Libertad de goma eva.

Uno de los organizadores de la carrera, con su chaqueta de Road Runners, gesticula desesperadamente hacia Josh para intentar obligarlo a continuar en dirección al norte.

—¡Quítate de en medio, joder! —grita uno de los corredores, y le da un fuerte empujón en el costado derecho a Josh.

Él sigue abriéndose paso como puede entre la multitud que tiene enfrente, y, poco a poco, se acerca a la valla.

—¿Qué quieres que diga? —grita por encima del alboroto de la gente.

Tiene la mirada cansada.

Ari coge aire.

—Podrías decir... —empieza, con las cuerdas vocales agarrotadas— que sigues enamorado de mí.

No suelta el aire.

—En el último año no he hecho otra cosa que... que... intentar superar esto.

«Mierda». No es así como empiezan las declaraciones de amor.

—Y ¿lo... lo has superado? —pregunta ella sin lograr contenerse.

A medida que pasan los segundos mientras él la mira con expresión adusta y desconcertada, Ari nota que se le encoge un poco más el corazón.

«No. No, no, no, no, no».

Es imposible. En la ficción, cuando el protagonista sale corriendo para hacerle a alguien una apasionada declaración de amor en el último momento, la tasa de éxito es del cien por cien.

Ari ya tiene la visión empañada por las lágrimas y la nieve acumulada en las pestañas, pero capta algo inquebrantable en el rostro de Josh.

—Dudo que...

«Ay, Dios».

Aparta la mirada y nota los primeros síntomas de una emoción familiar que le azota el pecho antes de que él tenga tiempo de completar la frase.

«Ay, Dios».

Ari se aparta un paso de la barrera en dirección a la acera y retrocede hasta introducirse en un grupo de personas que están contemplando los fuegos artificiales.

«No dejes que te vea así. Vete ya. ¡Muévete! Mueve las piernas».

Pero está desorientada y no sabe hacia dónde avanzar para llegar a una calle.

Contiene la respiración. Sus pulmones no aceptan más aire.

«Es solo una sensación». ¿No es eso en lo que consisten los ejercicios de *mindfulness*? «Una sensación horrible y muy angustiosa. Ya llorarás cuando estés sola. Aquí no. Haz el favor de aguant...».

Una mano le aferra el brazo derecho justo por debajo del hombro y le impide seguir adelante. Tiene la sensación de que esa mano podría incluso levantarla del suelo.

—Dudo que lo supere nunca.

Él le tira del brazo. Ari se vuelve a mirarlo y da rienda suelta al sollozo que lleva conteniendo a duras penas desde hace un minuto. Una tanda de cálidas lágrimas le resbala por las mejillas. Puede que también él esté llorando, pero es imposible saberlo con certeza porque todo lo que abarca su campo de visión está borroso.

Josh la atrae contra su cuerpo y le entierra la cabeza en su pecho a la vez que la rodea con los brazos, elevando momentáneamente su temperatura corporal varios grados. Tan solo los separa el frío metal de la barrera. Y así se quedan, hasta que la respiración de Ari recupera el ritmo normal.

—Dime que hablas en serio. —Josh agacha la cabeza y le habla en voz baja al oído—. Dime que no lo retirarás mañana.

«Mañana». Es un concepto excesivo para lograr procesarlo.

—No puedo retirarlo —dice ella contra su chaqueta—. Está en tu teléfono; tienes pruebas.

Josh le acaricia con los labios el perfil y la parte trasera de la oreja derecha y le cubre el cuello de besos. Parece que no se ha olvidado de sus puntos sensibles. Esta vez, Ari no se molesta en ocultar su reacción (¿para qué?), y emite un suave gemido cuando él va subiendo por su mentón hasta que tienen las caras casi alineadas y puede mirarlo a los ojos.

—Te deseo. —Resulta liberador decírselo, dejar que salga. Dejarse sentir una emoción salvaje y genuina—. Te deseo —repite con énfasis—. Ojalá te lo hubiera dicho hace mucho tiempo.

Josh asiente mientras le sostiene la cara entre las manos, y entonces le inclina hacia atrás la cabeza de una forma que la obliga a separar los labios de forma automática. Sin embargo, en vez de besarla, cierra los ojos y apoya la frente en la de ella.

—Cuánto te he echado de menos, joder —dice.

—Pues yo he echado de menos joder contigo.

—Gamberra —susurra contra sus labios.

—¿Soy tu gamberra?

Él asiente y le acaricia la mejilla con el pulgar. Ella apoya la cabeza en su mano y se nutre de la sensación de que la cuiden.

No nota que está nevando. No nota los vibrantes graves de la versión de *Modern Love* que suena por los altavoces. No nota el potente estallido de los fuegos artificiales en su pecho. Lo que sí nota (lo único, de hecho) es a Josh: los labios de él rozando los suyos, las manos enterradas en su pelo húmedo, y luego bajando por su espalda hasta el trasero y elevándola por encima de la valla metálica.

Sus pies no tocan el suelo del otro lado de la barrera. Enrosca las piernas alrededor de la cintura de Josh, cruza los tobillos y se aferra a él mientras la gente continúa avanzando a empujones y la nieve sigue cayendo.

Aspira para llenarse de él. De la suavidad de su boca, de la forma en que su larga nariz se le clava en la mejilla, del discreto olor de su loción. Desea capturarle el labio inferior con los dientes y quedarse así unos segundos, como indicando que por fin hay algo que le pertenece.

—Es sopa con albóndigas de *matzá* —dice él cuando se separan para coger aire—. No de pollo con *noodles*.

—Era una prueba. Para asegurarme de que lo has leído.

Josh capta vagamente el continuo flujo de quienes corren o caminan en los últimos puestos del maratón y, al pasar, contemplan los fuegos artificiales que estallan más allá de los árboles. Nadie parece prestar atención a una pareja (¡una pareja!) que se besa con pasión junto a la barrera metálica.

Son los únicos de una multitud de dos mil personas que no miran al cielo.

A Josh le da igual que el peso de la nieve derretida sobre las prendas y el pelo de Ari suponga mayor dificultad a la hora de sostenerla en brazos. Le da igual que el soporte del móvil que lleva guardado dentro del sujetador se le clave en el hombro.

«Está aquí conmigo». La tiene literalmente cogida por el culo.

Y Ari lo ama.

—Quiero que me lo digas —musita entre el frenesí de besos empapados de nieve y suspiros agitados—. Quiero oírte decírmelo en voz alta.

Esa vez, Ari no finge que no sabe a qué se está refiriendo. Es un puto milagro.

—Te quiero —le dice al oído casi con timidez, como si aún se estuviera acostumbrando.

Él cierra los ojos y entierra la nariz en su cuello.

—¿Qué has dicho? —insiste, y levanta la cabeza para verle la cara.

—Te quiero.

Ari pestañea frente a los copos de nieve, pero lo está mirando a los ojos. Por fin.

Quizá sea tentar demasiado a la suerte, pero...

—Dímelo otra vez.

Ari entorna un poco los ojos y Josh nota que desliza la mano dentro del bolsillo de su chaqueta, le coge el móvil y lo enfoca hacia su cara para desbloquearlo con el reconocimiento facial. Le cuesta varios intentos.

—Guau. El teléfono no te reconoce cuando sonríes.

—Ya sabes que decirle a alguien que está sonriendo es la manera más rápida de que deje de hacerlo.

—Ah, estoy segura de que puedo conseguir que lo hagas otra vez —dice ella, y las comisuras de sus labios se curvan en una sonrisa que es (objetivamente) la más bella del mundo.

Ari teclea durante unos segundos antes de entregarle el móvil con la aplicación de notas abierta en la pantalla.

Llévame a tu casa y haz que te lo diga gritando.

Vaya, no se equivocaba acerca de su habilidad para arrancar sonrisas.

Ari vuelve a besarlo, y Josh se permite sentir algo parecido al optimismo sin necesidad de pasarlo por el tamiz del pensamiento racional. Por una vez.

Ella le dirige una de esas miradas que sugieren que va a soltarle alguna otra ocurrencia, pero opta por callar y morderse el labio, un poco hinchado.

—Así, quieres que volvamos al apart...

—Sí. —Ari lo mira con una dulce sonrisa que Josh está seguro de que nunca en la vida se cansará de ver—. Hay una cosa que me muero de ganas de hacer contigo desde hace años, y no exagero.

30

—¿Necesitas una batidora para preparar el desayuno? —A la mañana siguiente, aún no hace ni tres minutos que ha empezado la lección de cocina y Ari ya se ha emplastado de crema de huevo al aroma de vainilla la camiseta con el emblema STUYVESANT HIGH SCHOOL MODEL U.N. que Josh se ha dignado a prestarle—. ¿Qué clase de conjuro es este?

—Es para montar la nata —contesta él, como si fuera una conclusión evidente—. Esto es lo que te pierdes cuando huyes corriendo antes de que salga el sol.

—Tengo la impresión de que esta relación nuestra sería muy distinta si aquella primera noche me hubieras cocinado algo.

—Pues, así, me alegro de estar dándolo todo en este pan de *matzá*.

Josh está formando láminas idénticas de *matzá*.

—Así, ¿qué te ha parecido?

—¿La película? —Ari sonríe mientras bate la nata dentro del cuenco metálico—. Me ha gustado.

—Me lo imaginaba.

Josh pone mala cara al ver una lámina algo irregular y se la da a Ari.

—Bueno, has dicho como diez veces que «la película es una puta orgía» —dice ella mientras mastica el *matzá*—. Pero es una bonita historia de amor entre el tío bueno, André el Gigante, y Mandy Patinkin.

—¿O sea que, después de ver *La princesa prometida*, tu conclusión es un trío?

—No —contesta Ari, y deja el cuenco con la nata batida en la encimera—. Mi conclusión es que el secreto para ver una película entera con alguien es habértelo tirado de antemano.

—Cuenta conmigo para corroborar tu hipótesis siempre que quieras. —Desliza un plato con mantequilla en su dirección—. Derrite esto en la sartén hasta que se forme una capa en el fondo. A fuego medio.

—Me atreveré con una pregunta —Ari birla otra lámina de *matzá*—: ¿Por qué tienes tantos cepillos de dientes sin estrenar en el baño? ¿Sueles tener visitas que se quedan a pasar la noche después de impresionarlas con la batidora y tus conocimientos de cine?

—Sí, muchísimas —musita él—. Es curioso, pero había previsto tener más relaciones sexuales en mi vida.

—En ese caso —empieza a decir Ari a la vez que coge el móvil—, creo que debería volver a cambiar el nombre de tu contacto por «El tío más grande».

Josh da un suspiro de exasperación.

—Vale, pues yo también cambiaré el tuyo.

Alcanza su dispositivo.

—Ah, bueno, ¿y qué nombre me vas a poner entonces? ¿«El terror de los pantalones»? ¿«La esparcemigas»? ¿Quizá un simple «Gamberra»?

Josh sostiene en alto el teléfono para que ella pueda ver su nuevo apodo.

Mi novia 💦

Ari levanta la vista de la pantalla para mirarle la cara y ve que, con cada segundo de silencio, una emoción distinta transforma ligeramente su expresión.

Baja la cabeza para teclear algo en el móvil, y Josh se pone muy tenso cuando ella le da la vuelta para mostrárselo.

Mi novio más grande 🍆🍆🍆🍆🍆🌋

El alivio inunda la cara de Josh. Vuelve a vibrarle el móvil.

Mi novia 💦:
Gracias por el sexo!

En la cara de Ari se dibuja una amplia sonrisa.

—Puede que Gabe me haga algunas preguntas cuando le devuelva est...

Josh deja el móvil en la encimera. Desliza el brazo derecho por la cintura de Ari y la eleva hasta que sus caras quedan aproximadamente a la misma altura. Ella está demasiado abrumada para hacer nada excepto dejar el peso muerto cuando él la besa con ímpetu y le clava la nariz en el pómulo.

—¿Podemos intentarlo otra vez? —pregunta cuando la baja al suelo—. Me parece que no estaba preparada.

—Ese podría ser el lema de toda nuestra historia —dice él, y desvía la atención hacia la mantequilla que chisporrotea en la sartén.

Ari se sienta encima de la mesa de la cocina, con las piernas colgando.

Josh se vuelve a mirarla, y su expresión oscila entre el enfado y la provocación.

—¿Tienes una silla ahí mismo y no se te ocurre otra cosa que sentarte en la mesa que acabo de limpiar? Haz el favor de bajar.

Ella siente un cosquilleo de excitación en la parte baja del vientre.

—Oblígame..., chef.

—¿Que te obligue a qué?

Josh da unos cuantos pasos hacia la mesa con las cejas arqueadas. Ella lo mira a los ojos sin dejar de balancear las piernas y le habla en tono circunspecto.

—Oblígame a bajar.

—¿Quieres que coja la espátula? —Se acerca un paso más, y Ari está segura de haberlo visto esbozar una sonrisa durante medio segundo antes de que la coja del tobillo de la pierna que está balanceando hacia delante—. ¿O el cepillo?

Él baja la vista a su vientre, justo por debajo del ombligo.

—¿Aún llevas esas bragas?

Ella baja la vista para confirmarlo.

—Bueno, aún no me han llegado las de doscientos dólares.

—Estas están destrozadas. No puedo permitir que andes así.

—Pues haz algo —dice ella con un amago de sonrisa.

Le coge las manos y lo guía hasta el elástico desgastado que le rodea las caderas. Lo bajan juntos.

Él le coloca una mano entre los pechos y empuja hasta tumbarla sobre la mesa.

Por encima del pecho que le sube y le baja al ritmo de su agitada respiración, Ari ve cómo Josh se arrodilla y se le hinchan las aletas de la nariz cuando la coge por debajo del muslo izquierdo y, con una pierna en cada mano, tira de ella con cierta rudeza hasta colocarla en el borde de la mesa. Ari se siente vibrar por dentro.

—Tienes tres minutos antes de que se queme el desayuno —musita él, y deja que las piernas de ella descansen sobre sus hombros.

Ocho minutos después, Ari da un bocado de pan de *matzá* carbonizado.

Pero le importa un comino.

Un año más tarde

31

—Tendríamos que haber comprado las entradas por adelantado. —Ari se abrocha el chaquetón para protegerse del viento de febrero mientras suben por Crosby Street—. Las entradas del Moth Story Slam siempre se agotan.

—Nos ha invitado Briar. Tuve que ponerme de acuerdo con Radhya y aceptar cubrir tres turnos de noche la semana que viene para estar libre hoy. —Josh vuelve la cabeza para mirar una vez más la cola que se extiende a lo largo de la manzana frente a la librería Housing Works—. Suponía que estaríamos apuntados en alguna lista. Aunque no tengo claro que sea necesario volver a oír la historia de Briar sobre Chris Evans. Otra vez.

—Ay, pues a mí me encanta. —Ari se detiene en la esquina de Houston para enrollarse la bufanda al cuello—. Imagínate lo que supone tener una cita con Chris Evans, con el único propósito de conseguir el número de Jenny Slate para poder llamarla y suplicarle que vuelva con Chris Evans. Que heroína.

—No me digas que ha hecho eso.

—Ya lo creo. Gabe la ayudó con el discurso —dice ella por encima del ruido discordante de los múltiples cláxones—. ¿Pizza?

—¿Quieres ir a Arturo's? ¿Un viernes por la noche? —Josh observa su cara suplicante—. Bueno, podemos preguntar cuánto rato hay que esperar.

A través de la ventana frente a la que pende la enorme bandera publicitaria de Crate & Barrel, en la esquina de Broadway con Houston, Josh repara en una pareja que está discutiendo por una vajilla. La mujer sostiene el móvil en alto para escanear algo (seguramente, para incluirla en la lista) mientras el hombre sacude la cabeza.

—Hace nada que recogí el abrigo de la tintorería —recuerda él de pronto—, pero tengo que volver a llevarlo.

—Yo lo pagaré —ofrece Ari, aunque la tintorería es un lujo para el sueldo de una profesora de improvisación. En la esquina de Mercer, el semáforo está en rojo. Ari se detiene mientras pasan los coches y se vuelve a mirar a Josh frente a Angelika Film Center & Café—. Pero deberías saber que cuando hueles a pizza al horno de carbón me pareces diez veces más atractivo.

—Creía que eso era imposible —replica él, y la envuelve en sus brazos.

No se cansa nunca de abrazarla, ni de ver que lo mira de esa forma. Ari le tira de las solapas del abrigo y le da un delicado beso. Cuando se separan, él nota el sabor de su pintalabios de cereza.

—Oye —le dice ella con una sonrisa—. Me gustas.

—Seguro que te doy motivos.

Él se inclina, le retira la bufanda y le besa el cuello y el mentón hasta volver a la boca.

—Te compraré un juego entero de cuencos de desayuno con tu nombre grabado —le promete en voz baja.

Cuando cambia el semáforo, Ari lo coge de la mano y tira de él hacia Houston, en dirección contraria.

—Creía que querías pizza.

—Claro. Pero antes tengo que hacer una cosa.

Se dirigen hacia el sur y pasan frente a las *boutiques* de diseño que se alinean en la calle a oscuras, la mayoría de las cuales están cerradas a esas horas.

Ari está más callada de lo habitual cuando cruzan Spring... y luego Broome, con los faros de algún que otro coche proyectándose frente a la tenue iluminación de las farolas. Frena en seco cuando llegan a una fachada de ladrillo y acero inoxidable con un pequeño escaparate.

—¿Es esto lo que tienes que hacer? —le pregunta él—. ¿Necesitas con urgencia un vibrador nuevo? ¿O la pregunta es absurda?

—Es donde nos encontramos por casualidad —responde ella—. Bueno, hubo varios encuentros. —Le tira de las solapas hacia la entrada de CreamPot—. Imagínate lo distinta que habría sido nuestra vida sin este sitio.

Él pone los ojos en blanco y tira de la puerta.

—Estoy seguro de que el universo habría encontrado alguna forma de reunirnos. En otro marco temporal, nos habríamos conocido en la boda de Briar y Chris Evans, obviamente.

—Seguro que te habría echado un polvo en el lavabo —afirma Ari.

—Y no nos habríamos vuelto a ver nunca más. Habríamos seguido adelante con nuestras vidas.

—Tendríamos que regalarnos algo mutuamente —se le ocurre—. De recuerdo. —Mira una cosa que parece una escultura de vidrio de color coral expuesta sobre un estante alto—. ¡Eh! ¡El consolador de tentáculo!

—¿Es eso lo que quieres?

—¡Es una monada! —insiste ella.

—Fingiré que doy un par de vueltas por la tienda mientras eliges algo ridículo para mí y nos encontraremos en la caja.

—¿Has usado alguna vez un Fleshlight?

—No.

—¿Y una bomba de vacío?

—No.

—¿Y lubricante de vainilla?

—Ari.

—¡Es como la esencia de los pasteles! —Ari camina en dirección a la pequeña sección de hombres—. Las posibilidades son infinitas.

En la tienda hay poca clientela, solo una pareja que no habla inglés, al parecer, pero que da muestras de estar más que encantada con la amplia oferta de artículos de *bondage,* y una mujer con un abrigo de color lavanda que está encendiendo sin ningún disimulo todos los vibradores en exposición.

A Josh se le ocurre que no había vuelto por ahí desde el día que Ari estuvo echándole miraditas y Briar se esfumó de manera oportuna. Intenta no darle muchas vueltas al hecho de que ese sitio tan especial se convirtió en el punto de inflexión del resto de su vida.

Quizá estar enamorado significa que volverías a vivir todo lo vivido, incluido el sufrimiento, con tal de llegar al punto en el que te encuentras ahora.

—Si hubiera un modelo de tu pene —dice Ari, que de pronto está pegada a su espalda y lo rodea con los brazos—, ¿crees que lo identificaría entre los otros consoladores utilizando solo la boca?

—Bueno, acabas de cargarte lo que iba a ser tu regalo de San Valentín. —Josh se vuelve a mirarla y Ari esconde inmediatamente las manos detrás de la espalda, como ocultando algo—. ¿Has terminado? ¿Has encontrado algo?

—Sí. —Traga saliva—. De hecho, lo encontré hace dos años, cuando me sentía sola y con ganas de marcha, y hacía lo posible por matar el tiempo para no volver a mi triste apartamento.

—Eso ya lo sé. Es esto.

Josh sostiene en alto el consolador de tentáculo y se prepara para que Ari le monte una pequeña escena. Es uno de los riesgos de salir con alguien que se dedica al teatro de improvisación dos veces por semana.

Por eso no le sorprende que Ari se ponga de rodillas y deja que el abrigo le arrastre por el suelo.

Abre la mano derecha y le muestra un gran anillo para el pene de color negro.

—Y quiero formalizarlo.

Josh se queda un momento mirando el anillo antes de exhalar un suspiro de frustración y retroceder un paso.

—Muy divertido.

Pero parece que Ari no lo encuentra divertido, porque no se está riendo.

—Quiero ser tu mujer.

Su voz no denota el más mínimo sarcasmo. Él la mira, escrutando su expresión. No sonríe. No bromea. Tiene los ojos muy abiertos y parece que le está haciendo una proposición genuina.

Josh pestañea y deja que su cerebro haga una búsqueda rápida de evidencias que demuestren lo contrario.

—Me dijiste que lo del alma gemela era una historia que querían vendernos en las películas románticas.

—Y lo sostengo.

—Y que la industria del romance vuelve a las mujeres dependientes de que un hombre reconozca su valor.

—Eso también es cierto.

—Y que no quieres volver a casarte.

—Lo que no quiero es volver a pasar por un matrimonio como el que tuve. —Lanza un suspiro hondo y audible—. Pero para mí esto significa algo muy diferente.

En los confines del cerebro de Josh está teniendo lugar una batalla. Voces y frases sueltas que aseguran que «se trata de una broma» o que «Ari podría cambiar de opinión» o que «¿quién narices le propone matrimonio a alguien que tiene en la mano un juguete sexual con forma de pulpo?».

Pero, por algún motivo, lo sabe solo con mirarla y ver la forma en que se ha expuesto y que cada vez le resulta más y más familiar.

Habla en serio.

Ari tiene los ojos llenos de lágrimas, y Josh no soporta seguir mirándola ni un segundo más sin arrodillarse y estrecharla entre sus brazos.

—Gracias por hacer esto, te quiero. —Josh deja el tentáculo en el suelo, le acaricia el pelo y le rodea la cara con las manos—. Pero ¿para qué vamos a casarnos?

Ella arruga la nariz.

—¿Para reunirnos delante de un grupo muy pequeño de amigos y familiares y afirmar que eres la persona de mi vida?

—No se me ocurre ninguno de nuestros amigos ni familiares a quien no le hayamos repetido hasta la saciedad lo mucho que nos queremos.

—Quiero ser para ti y que tú seas para mí.

—Ya lo somos, Ari.

—Pero oficialmente. Quiero despertarme todas las mañanas con la certeza de que para librarte de mí tendrías que pagar mucho dinero.

—Oye. —Josh la abraza con toda la fuerza de que es capaz a través de los gruesos abrigos de invierno—. No pienso librarme de ti.

Ari contrae un poco la cara y emite un sollozo quedo. Él la estrecha contra sí y le acaricia el pelo mientras ella llora contra el jersey que asoma por encima de su abrigo abierto.

—Mira —empieza a decir Josh—, no necesito que firmes ningún documento legal ni lleves un anillo caro porque creas que tienes que demostrarme algo. Yo ya lo sé. Estás ahí todas las mañanas, abrazada a mí.

—Me gusta hacer la cucharita si estoy detrás —afirma ella con voz temblorosa—. Si no...

—... tienes claustrofobia —concluye él—. Ya lo sé.

Estira los dedos por debajo de sus orejas hacia la nuca y le acaricia las mejillas con los pulgares. Examina su rostro, fijándose en todos los detalles que no captan las fotos. Como la cicatriz de su frente; o la simpática arruguita que se le forma encima de la nariz cuando entrecierra los ojos porque le molesta el sol; o la pequeña hendidura cerca de la comisura de su boca que solo aprecia del todo cuando la besa.

De hecho, en ese momento le está pidiendo que la bese.

La intensa iluminación de la tienda se transforma en algo tenue, suave y ligero, donde no existe nada salvo los brazos de Ari rodeándolo, su mano acariciándole el pelo y el sabor de falsa cereza de sus labios. Son lo mejor que ha probado en la vida.

Pasa un tiempo indefinido que podrían haber sido dos minutos o veinte. El suficiente para que probablemente Josh tenga una lesión irreversible en las rodillas por culpa del suelo de cemento. Cuando se separan para coger aire, la joven pareja interesada en el *bondage* y la dependienta los están mirando fijamente. La mujer del abrigo lavanda apaga el vibrador que sostiene en la mano.

—Pienso comprarte el anillo para la polla de todos modos —le susurra Ari al oído.

—Me lo imaginaba —musita él, levantándose y ayudándola también a ella.

Josh siente que su respiración, poco a poco, recobra un ritmo más o menos normal, y no sabría decir si en la expresión de Ari se observa un atisbo de decepción o solo es que se le ha corrido el lápiz de ojos.

—Como te has vuelto tan abierto de miras... —empieza a decir Ari mientras pasa la mano por un expositor de sujeciones—, ¿puedo preguntarte qué piensas de los tríos?

—Cada cuatro años nos convertimos en una nueva versión de nosotros mismos —Josh se agacha y recoge el tentáculo del suelo—. Todo es posible.

Ella arquea las cejas.

—Un punto a tu favor.

Josh deja los artículos encima del reluciente mostrador blanco y hace una breve pausa.

—Aunque me ha emocionado el gesto, sabes que no accederé a casarme contigo con un anillo de silicona de catorce dólares.

Ella se abrocha el abrigo acolchado de color gris.

—He elegido para ti nada menos que el de plástico de producción local, de la granja a la mesa. También hay uno con orejas de conejo, si tienes...

—Estaba pensando en algo más selecto —dice él—. De oro.

—Vale, millonetis. Un anillo de oro para la polla me parece algo verdaderamente selecto. —Ari arquea las cejas—. ¿Lo has pensado como inversión?

—Más bien para poder dejarlo en herencia. —Se lleva la mano al bolsillo en busca de la cartera, pero saca una cajita negra y la deja sobre el mostrador—. Antes te he mentido —prosigue—. Si nos hubiéramos conocido en otro marco temporal, no podría haber seguido con mi vida como si tal cosa. Habrías sido mi ruina.

La sonrisa más bella del mundo se dibuja poco a poco en la cara de Ari.

Josh hace un tiempo que lleva el anillo arriba y abajo, a la espera del «sí» certero. Pero la verdad es que no necesita pensar en la probabilidad de que todo junto le explote en la cara. Ni en el hecho de que la mayoría de las parejas acaban mal. Ni en la absoluta certeza del dolor.

Quizá lo del alma gemela no existe. Quizá solo se trate de personas que confían lo bastante la una en la otra para empezar algo aunque no estén seguras de cuál será el final.

—Ni siquiera las proposiciones matrimoniales nos salen bien a la primera —observa ella.

—No es necesario que lo repitamos. Ni esto ni nada. —Josh coge el anillo para el pene del mostrador sin dejar de mirarla a los ojos—. Eras perfecta para mí desde el primer momento.

Agradecimientos

Este libro no habría sido posible sin mi extraordinaria agente Gaia Banks y aquel mensaje suyo que me cambió la vida hace años. Me sentí como Lana Turner, descubierta mientras compraba en una máquina de refrescos. Estoy muy agradecida de que vieras mi potencial entre revisiones, ediciones, una pandemia y husos horarios. Tu pollo paprika tiene, sin duda, la cantidad exacta de pimienta.

Con mi editora, Emma Caruso, sentí las buenas vibraciones desde la primera llamada. Me presionaste para que este libro sea su mejor versión, y eso te convierte en una colaboradora excelente. Tú me entiendes de verdad. Nunca podré agradecértelo lo suficiente. Tienes razón, tienes razón; sé que tienes razón.

Mi mayor agradecimiento a Whitney Frick y el increíble equipo de Dial Press: Jordan Pace, Corina Diez, Maria Braeckel, Debbie Aroff, Avideh Bashirrad y Erica Gonzalez. Gracias, Donna Cheng y Cassie Gonzalez, y gracias también a Debbie Glasserman por hacer que un documento de Word cobre vida.

Inicié este proyecto en 2018 porque Kat hizo referencia a *Cuando Harry encontró a Sally* en una de sus historias, y la obligué a hacerse amiga mía y ayudarme a escribir mi primera escena de un beso.

Cientos de miles de palabras después, aún me hace reír todos los días. Es una escritora brillante, una asesora en quien confío plenamente y la mejor interlocutora que podría haber soñado. Lo supe de la misma forma que se sabe que un melón está dulce.

Yo ya era fan de Selina antes de obligarla a ser mi amiga. (¿Estás intuyendo alguna clase de patrón?). No solo crea bellas obras de arte, es una escritora increíble capaz de idear los argumentos mejores y más angustiosos. Tu talento me tiene asombrada. Nunca nos faltarán planes.

Kate, estoy convencida de que muchas veces hemos viajado juntas en la línea N del metro. Eres un alma gemela. Aisling, eres una de las personas más divertidas y perspicaces que conozco y has escrito las historias de mi corazón. Tu aliento, tu apoyo, tus consejos y tu sentido del humor han sido muy valiosos. Siempre querré participar de vuestras mesitas de café metafóricas.

Ali, menos mal que respondiste a mi crispado mensaje hace años y me ilustraste sobre publicación. Gracias por aceptarme como falsa italiana. Siempre te estaré agradecida por tu elogiosa publicidad y tu forma tan absurda e hilarante de escribir, pero aún más por el ser humano que eres. Julie, tú eres mi heroína de los libros y quien me ha guiado en cada paso del arduo proceso de publicación. ¿Hay algo que no puedas hacer? Yo tomaré lo mismo que ellas.

Todo escritor debería tener un sistema de apoyo como el de Words Are Hard (Celia, Victoria, Sarah, Rebecca y Jen). Verdaderamente, no tengo ni idea de lo que habría hecho sin vosotras. Katie, Tam, Lucy y Claire, muchísimas gracias por leer los diversos borradores de esta bestia cuando estaba a medio formar y además le sobraban veinte mil palabras. Gracias por el apoyo: Nat, Amy, las dos Kat, Julia, Elizabeth, Court, Sit, Terestrial, Kay, castles_and_crowns, Berit, Kayurka, Jen y todas las personas que han dejado algún comentario sobre esta peculiar obra de *fanfic* escrita por una novata. No puedo expresar lo mucho que ha significado para mí. Este libro es el producto de una asombrosa comunidad de fans y de nuestro santo patrón, Rian Johnson.

Josh, ¿os he hecho justicia a ti y a tu sopa con albóndigas de *matzá*? Dime que nunca tendré que volver a pasar por eso.

Gracias, Bhavi y Viv, por ser las personas con quienes me habría encantado tomar un *brunch* en Central Park Boathouse en 1989. (Habría llevado conmigo mi agenda Rodolex). Griffin y David de *Blank Check*, vuestra miniserie de Nora Ephron llegó en el momento justo durante las revisiones del texto. Gracias por vuestro apoyo entusiasta a las películas con besos. *Skytalkers*, gracias por ser mi banda sonora durante la mayor parte de 2018.

He tenido mucha suerte de ser la hija de mi madre y mi padre. Son las personas más inteligentes que conozco y, con suerte, algo me habrá tocado por efecto de la genética o del roce. Mi madre tenía muchas cintas de Harry Connick Jr. Y creo que esa es la gran razón por la que existe este libro. Alguien te está mirando desde la sección de desarrollo personal, y esa soy yo.

Jeremy, cuando nos conocimos, me marché de tu apartamento para asistir a la fiesta del estreno de *Crepúsculo* por «razones de investigación antropológica». La segunda vez que nos vimos, lloré en tu sofá y no acepté que me abrazaras. La tercera, pediste un plato de beicon para los dos y me besaste antes de que me subiera a la línea 6 con destino al centro de la ciudad, y nos enamoramos. Gracias por ser la persona de quien nunca me canso. Gracias por amarme incluso cuando me pongo difícil (retadora). Cuando te das cuenta de que quieres pasar el resto de tu vida con alguien... Bueno, el resto ya lo sabéis.

Una nota de la autora: Yo tomaré lo mismo que Nora

En *Tú, otra vez,* dos personas con un pasado amargo traban amistad, contra todo pronóstico, mientras se ayudan mutuamente a superar sus rupturas amorosas. Es una comedia romántica que explora los límites que separan (o no) una amistad de una relación de pareja en el mundo de las citas de hoy en día. También soy yo —alguien con conocimientos sobre teoría e historia del cine—, tratando de entablar una especie de diálogo con una película que resultó importantísima para mi formación.

Crecí inmersa en la película *Cuando Harry encontró a Sally,* de Nora Ephron, gracias a mis padres. (Mi madre ponía a todas horas la cinta con la banda sonora de Harry Connick Jr.). En mi impresionable cerebro cuajó una idea: humor ingenioso = relación amorosa adulta.

La cuestión es que esa película situó mis expectativas del humor ingenioso a un nivel tan alto que echó por tierra mis citas románticas durante varios años.

La película retrata el progreso de una relación a lo largo de una serie de conversaciones. No hay conflictos externos, ni intervienen elementos disparatados. Los dos personajes apenas tienen vida profesional, aparentemente. No existe ninguna explicación de por qué esas dos personas no pueden estar juntas a excepción de sus propios complejos y neuras.

Para mí, en eso consiste la genialidad de Nora Ephron. Ver a dos personas que se aman tan claramente y que por fin superan esos obstáculos internos es, necesariamente, uno de los finales más gratificantes de cualquier comedia romántica. Por eso es la número uno.

Mientras escribía *Tú, otra vez* (en mi teléfono, mi espacio de trabajo distópico de concepto abierto), me pregunté: «¿Qué habría escrito Nora Ephron si estuviera contando la historia en un mundo en el que ya no existen las agendas Rodolex?». Los productores de la película plantearon la pregunta: ¿pueden un hombre y una mujer ser solo amigos? Pero si reconocemos que, verdaderamente, puede darse una amistad entre personas de cualquier género, ¿qué preguntas cabe hacerse treinta y cinco años después? ¿En qué sentido se han complicado nuestras actitudes hacia el amor, las relaciones románticas, el sexo y la amistad? En un mundo en que los amigos con derecho a roce son, por lo general, la norma, ¿qué ocurre cuando te acuestas con alguien que solo era un amigo y nada más? ¿Es una muerte segura o el inicio de un nuevo capítulo?

Tú, otra vez está basada en algunas de mis experiencias románticas en la ciudad de Nueva York. Al ser alguien que se mueve tanto en el mundo de las relaciones estables como en el trepidante universo de las aplicaciones de citas, suelo ver lo mejor y lo peor de las relaciones amorosas de hoy en día. Los personajes representan distintos aspectos de mí: Josh es mi cerebro rígido y ansioso, que exige una relación de máxima seguridad y una ensalada de tomate perfecta en el restaurante; Ari es la poliamorosa alérgica al compromiso que siempre mantiene cierta distancia con las personas y tiene mucha facilidad para separar el sexo de los sentimientos. (Sí, también soy yo, ¡acompañada de mis mecanismos de defensa!).

Uno de los lujos de escribir una novela, a diferencia de una película de noventa minutos de duración, es que dispones de espacio para explorar viajes de realización plena. En *Tú, otra vez,* he querido añadir un importante elemento de evolución tanto en Ari como en Josh.

«Alguien te está mirando desde la sección de desarrollo personal» es una de las frases icónicas de Carrie Fisher en *Cuando Harry encontró a Sally,* y condensa la esencia de todas las comedias románticas. No son solo historias humorísticas sobre dos personas que se enamoran. Todas hablan, fundamentalmente, de personas que se convierten en la mejor versión de sí mismas en el transcurso de una relación amorosa. ¿Dos personas que se miran en la sección de autoayuda de una librería independiente? Eso sí que es una historia de amor.

Una conversación entre Kate Goldbeck y Kate Robb

Kate Goldbeck es la autora de *Tú, otra vez*, una primera novela *enemies to friends to lovers* sobre una alérgica a los compromisos y un romántico empedernido que pasan años enfrentados hasta que los unen la amistad y una química inesperada. Vive en Atlanta, Georgia, donde le encanta bromear con su compañero sentimental, quedarse dormida escuchando a narradores de audiolibros británicos y rascarles detrás de las orejas a los perros.

Instagram: @kategoldbeck

Kate Robb es autora de *This spells love*, una curiosa primera novela *friends to lovers* sobre una joven que decide curar su corazón herido lanzando un hechizo que borra a su ex de su pasado... Pero se despierta en una realidad paralela donde está más perdida de lo que desearía. Vive con su familia a las afueras de Toronto, en Canadá, donde pasa su tiempo libre fingiendo que no es la madre de un pequeño jugador de *hockey*, y aspira a volver a llevar zapatos con tacones de diez centímetros.

Instagram: @kate_robb_writes

Kate Robb: Confieso que no he visto *Cuando Harry encontró a Sally*, la película que inspiró tu novela. Tengo la impresión de que eso, en el mundo de la ficción romántica, es un pecado.

Kate Goldbeck: ¡Guau! Adoro que la gente no haya visto la película.

KR: ¿A ti te ha gustado desde siempre, o la has descubierto hace poco? ¿Cómo pasaste de la película a escribir la novela?

KG: De hecho, es una película que identifico más bien con mis padres. Mi madre tenía la cinta de vídeo, así que crecí con ella. Pero recuerdo que la vimos juntas y pensé: «Ah, así que esto es enamorarse. Es lo que haré cuando sea adulta y viva en Nueva York». Así que, quizá, *Cuando Harry encontró a Sally* no fuera un elemento decisivo, pero sí algo que tenía muy presente, porque estaba llena de citas útiles. Sin embargo, fue mucho más adelante, en el contexto de mi afición por el *fan fiction* de Reylo y la decisión de lanzarme a escribir esta novela, cuando leí el guion y vi la película varias veces. Entonces empecé a apreciarla como la quintaesencia de la comedia romántica y a comprender lo brillante que era Nora Ephron, porque, a partir de ansiedades específicas, consiguió tejer una historia atemporal que treinta años después aún funciona. ¿Y tú? Al leer tu libro, me recordó un poco a *Dos vidas en un instante*, pero con una perspectiva totalmente nueva sobre esa idea y las comedias románticas de multiversos. ¿Formó parte de tu inspiración original?

KR: De hecho, no. La idea de la novela viene de la noche en que conocí a mi marido. Tenía pensado ir a un bar con amigos, pero entonces, en el último momento, otro amigo me invitó al baile de una entidad benéfica. «¿Por qué no? —pensé—. Me arreglaré para ir a ese baile». En ese momento parecía una decisión muy inconsecuente. Ni siquiera lo pensé mucho, o no de la manera que pensaba en otras cosas como: «¿Dónde estudiaré?» o «¿Qué haré con mi vida?». Solo era un plan de viernes por la noche. Tenía dos opciones y preferí una a la otra. Sin embargo, esa decisión me llevó a conocerlo a él y finalmente a casarnos, y ahora tenemos una familia. No cabe duda de que mi vida se orientó en un sentido muy distinto al que lo habría hecho de haberme decantado por el otro plan. No sé si nos habríamos conocido en ese caso. Eran el momento y el lugar perfectos. Creo que se alinearon los astros. Y esa fue la idea de la que partió esto: ¿qué pasaría si tuvieras la oportunidad de volver atrás y hacer algo distinto con tu vida? Si hubieras cogido un camino un poco diferente, ¿habrías acabado en el mismo sitio? ¿O serías una persona completamente distinta en un sitio completamente distinto? ¿Y cuáles son las consecuencias? Cuando empecé a hablarle a la gente del libro, *Dos vidas en un instante* era un ejemplo sencillo presente en la cultura popular para describir la idea de «un camino distinto, una vida distinta»; pero, sin duda, la novela y la película están en ondas separadas.

KG: ¿Qué opina tu marido de la novela? ¿La ha leído ya? ¿Lo tiene permitido?

KR: Sí que le dejaré que la lea. La rara soy yo, pero ¡es que cuesta! Te colocas en una página y te preguntas: ¿Van a juzgarme? O ¿podrán leer entre líneas? ¿Pensarán que es algo horrible y no querrán decírmelo? La verdad es que te expones mucho.

KG: Sí que es raro. Recuerdo el momento exacto en que dejé que mi compañero leyera mi libro. Estaba muy emocionada y nerviosísima. Llevábamos juntos más de diez años. Lo compartíamos todo. Pero había algo que me hacía sentirme muy desnuda y vulnerable al dejar que leyera la novela. Tomé buena nota y he sido muy cuidadosa en relación con quién la lee. Dejé que la leyeran mis padres porque quería que me ayudaran a revisar el manuscrito, pero recuerdo que después vi sus notas y pensé: «Ay, Dios, mis padres han leído todo esto». Seguramente tienen muchas preguntas. Es probable que se planteen qué partes proceden de mi vida. Me sentí un poco mortificada. Pero creo que lo más duro es dejar que los más cercanos lean la historia sin saber qué conclusiones sacarán de ella. Pueden descubrirse muchas cosas de una persona a partir de lo que escribe, muchas más de las que, probablemente, te revelaría en una conversación normal.

KR: Seguro que sí. Creo que a mí me pone nerviosa que la lea mi hermana, porque en mi libro aparece una relación de hermanas. Es muy distinta de la que tenemos nosotras dos, pero creo que sí que te inspiras en pequeños episodios de tu vida, aunque los personajes no estén basados en nadie en concreto, ni los hechos sean reales ni nada que te haya ocurrido a ti. Siempre hay detalles que encuentran la manera de colarse en la historia. ¿Hasta qué punto tu novela está basada en tu vida?

KG: Creo que una gran parte está basada en episodios de mi vida con mi pareja. Nosotros también tuvimos un inicio un poco incierto. Salimos dos veces y, de repente, corté todo el contacto con él. Fue porque no me sentía capaz de gestionar nada en ese momento de mi vida. Pasó más de un año sin que nos viéramos, hasta que, por fin, volvimos a ponernos en contacto cuando quise devolverle un DVD, y entonces tuvimos lo que llamamos nuestra «segunda primera cita». Es la fecha en la que celebramos nuestro aniversario. Siempre hemos tenido algo de segundas oportunidades. Muchas de las bromas que aparecen en el libro proceden, básicamente, de imaginarme cómo nos hablamos el uno al otro. Muchos lugares son sitios a los que he ido. Y muchas de las anécdotas son mías. Recuerdos de momentos de mi vida de soltera y algunas de mis citas más pésimas.

KR: Ojalá hubiera escrito más cuando tenía veinte años y hubiera incluido esas historias sobre citas horrendas.

KG: Yo también.

KR: Solía enviarle mails a mi hermana y a mi madre sobre esas citas, y ojalá todavía los conservaran porque podría escribir una antología de historias de humor basadas en esas experiencias tan malas. Pero ahora se están colando en mis novelas.

KG: Sí, estoy de acuerdo. Mirándolo en retrospectiva, vale la pena.

KR: Al leer tu libro, tuve la sensación de que has vivido mucho tiempo en Nueva York, o sea que es un lugar que conoces muy bien.

KG: Sí. Pasé casi toda la época entre los veinte y los treinta años en Nueva York. Fue ahí, sin duda, donde me hice adulta. No es que crea que lo soy del todo, pero fueron muchos años de citas, mudándome de apartamento en apartamento, siempre intentando encontrar algo mejor sin tener dinero suficiente a pesar de que trabajaba siete días a la semana, porque casi todo eran empleos en museos y en organizaciones sin ánimo de lucro. Así que la mayor parte de este libro está basado en esos recuerdos. Y, hablando de eso, como alguien que quiere ser canadiense y a quien le gustaría vivir en Canadá, me encantó que situaras tu libro en Hamilton, Ontario, igual que en Toronto, y los detalles a los que diste vida. A mí, como lectora estadounidense, me pareció una delicia. Desde tu punto de vista de escritora canadiense, ¿en algún momento sentiste la presión de tener que ambientar tu libro en Estados Unidos en vez de en Canadá?

KR: Me crie en Hamilton, y me inspira mucha nostalgia, de manera que quise hacerle un homenaje. Es una ciudad que amo y me pareció un buen lugar en el que ambientar el libro. Pero es curioso. Me relaciono a menudo con autoras canadienses de novelas románticas. Y creo que durante un tiempo hubo cierta presión para que las novelas no se ambientaran en Canadá. Sin embargo, últimamente eso está cambiando. Algunos lectores me han confesado que es el motivo por el que el libro les encantó; porque es canadiense pero no obedece a un retrato estereotipado con..., no sé, jarabe de arce.

KG: Nadie dirige una granja que produce jarabe de arce.

KR: Exacto. Hamilton es un núcleo muy urbano con excelentes restaurantes, tiendas de antigüedades, de discos, de ocultismo y *boutiques* de ropa moderna. He querido captar todo eso. Y lo típico canadiense solo aparece en pequeñas dosis.

KG: ¡Como el *curling*! ¿Es una actividad de recreo que practicas a menudo o...?

KR: Vale. Hay jugadores de verdad, como mis padres. De joven no practicaba ese deporte a menudo, pero es de esas cosas que haces en el instituto, ya sabes, dentro de la asignatura de educación física: vas al club de *curling*, te atas una bolsa de plástico en el zapato y aprendes a practicarlo durante dos semanas. Luego sigues practicándolo como actividad de *team building* cuando obtienes tu primer empleo. Sin duda, ese deporte forma parte de la cultura canadiense, pero no estamos obsesionados con él, diría yo, a excepción de un pequeño grupo de personas.

KG: Yo también quise practicarlo, sinceramente. Me parece tan divertido como las bochas pero sobre hielo y con una escoba.

KR: Exactamente. Hay un montón de ligas locales a las que te puedes unir para jugar. Mucha gente asiste a partidos los fines de semana, que es más bien una excusa para pasar el día juntos, bebiendo y practicando un deporte divertido. Tengo amigos que lo hacen, así que sé bastante de *curling*. Sé jugar. Tuve que buscar unos cuantos términos, sobre todo para convertirlos en juegos de palabras en una escena de sexo...

KG: Muy importante.

KR: Es mi escena favorita. Bueno, la protagonista de tu libro es humorista y se dedica al teatro de improvisación. ¿Tú te has dedicado alguna vez a eso?

KG: He tenido citas con muchos humoristas, y siempre me han interesado mucho las mujeres que consiguen desenvolverse en ese mundo. Creo que la cosa ha mejorado en los últimos años, pero es muy difícil abrirse paso y triunfar como mujer. Cuando tenía que decidir a qué se dedicaría Ari, sentí que quería que fuera algo verdaderamente difícil, que requiriera saber encajar los golpes, y que ella fuera muy espontánea y divertida.

KR: Y en la novela hay mucho humor, pero también mucha tensión emocional. Con muchos altos y bajos. ¿De dónde sacaste la idea de la ruptura que aparece en el libro?

KG: Creo que parte de esos altibajos se debe a que el libro empezó como *fan fiction*. Lo cuelgas capítulo a capítulo y vas formándote un grupo de seguidores, y tienes que conseguir que se suban a la montaña rusa, con sus momentos de suspenso. Pero cuando me centré en escribir la novela, creo que a menudo sentía que estaba en pugna conmigo misma, porque veía a los protagonistas como partes de mí a pesar de que los dos son muy diferentes. Discuten sobre cosas que creo que me afectan muy personalmente. ¿Quieres comprometerte en una relación? ¿Hasta qué punto quieres estabilidad y hasta qué punto quieres libertad? Son muchas de las batallas internas que he librado conmigo misma a lo largo de mi etapa adulta y muchas veces con la sensación de que no había respuestas correctas.

KR: ¿De qué otra forma crees que el hecho de escribir *fan fiction* cambió tu manera de abordar la narración de una historia?

KG: Yo provengo del mundo del cine. Había escrito algunas obras y probé con un guion para una comedia romántica. De modo que todos mis conocimientos acerca de cómo se construye una historia vienen de libros sobre guiones y los propios guiones. Pero formar parte de la comunidad *fan fiction* me ayudó verdaderamente a comprender cómo se elabora una narración más larga, porque no lo había intentado nunca. Y no creo que hubiera escrito tanto si no hubiera sentido que tenía un público. Había personas que querían saber qué ocurriría a continuación, y eso me animaba mucho. No sé si hubiera sido capaz de escribir esta novela si no hubiera empezado de ese modo. ¿Y tú? ¿Es tu primer libro o ya habías escrito otros anteriormente? No me parece una primera novela, sino más bien la de alguien que sabe bien lo que hace, y me encantaría que me contaras tu experiencia.

KR: Era mi tercer intento de escribir un libro. El primero es muy malo. Te lo ahorraré. Algún día, podré dárselo a leer a alguien y se reirá, y demostraré que es posible mejorar si te lo propones. Vi un vídeo de una entrevista a Ed Sheeran donde explicaba que el talento no es algo con lo que se nace; es algo que tienes que desarrollar. Pusieron un fragmento de él tocando la guitarra y cantando en un momento anterior de su carrera, y de verdad era horroroso. A mí me ha pasado lo mismo. Mejoro con cada libro. El primero es como ese vídeo de Ed Sheeran: horroroso de verdad. Y el segundo me gustó mucho, pero no era el momento adecuado. Con todo, la experiencia me sirvió mucho para aprender. Y, luego, con este, tuve una idea. Sabía cómo terminaría antes de sentarme a escribirlo. Tenía el argumento en la cabeza. Y fluyó con bastante rapidez.

KG: ¿Tuviste que deshacerte en algún momento de algo muy querido? ¿Algo como eliminar por completo a un personaje o una escena que te gustaba mucho?

KR: Bueno... Yo detesto los búhos, y había una escena en que los dejaba por los suelos. Pero el editor tuvo que acabar por decirme que no creía que esa escena encajara. Aparte de eso, la verdad es que no. Se ve que se me da muy bien calcular los riesgos de antemano. Tuve que elaborar un poco más algunas cosas, como la relación de las hermanas, para que la historia quedara más completa. O sea que me parece que, en lugar de deshacerme de cosas, yo soy de las que añade. ¿Y tú?

KG: Ah, en el libro no hay prácticamente nada que no haya retocado o transformado. Hubo un par de personajes que eran de mis favoritos y que tuvieron que desaparecer por diferentes motivos. Pero había toda una escena en la que Ari trabajaba de humorista en un crucero...

KR: ¡No!

KG: Pues sí. Había una parte entera dedicada al crucero, pero me pareció que era llevar las cosas demasiado lejos, y al final la eliminé del todo, y seguramente fue uno de los mayores cambios. Pero quizá reserve el material para otro libro, porque los cruceros me parecen fascinantes, la verdad. Estuve investigando mucho. He seguido un montón de canales de cruceros en YouTube. Mis recomendaciones de YouTube han quedado arruinadas para siempre.

KR: A mí me encantan. De hecho, empecé a escribir una historia de aficionados a los yates, porque siempre he querido estar en ese mundo. Se me ocurrió pensar que en los yates debe de haber escándalos muy buenos. De manera que entiendo tu amor por la cultura de los cruceros.

KG: Y también coincidimos en que, tal como dices en tu novela, los pantalones son lo peor.

KR: Y en el tequila. ¡Las dos tenemos un gusto excelente! En ambos casos, nuestros personajes beben Casamigos.

KG: ¡Y tanto tu libro como el mío son bastante picantes! ¿Cómo abordaste el hecho de incorporar escenas de sexo en el libro?

KS: Creo que las novelas románticas con algo de sexo están de moda. La gente busca historias divertidas y también un poco de pasión explícita.

KG: Sí, tengo la sensación de que a veces puede ser un poco polémico, pero creo que, cuando escribes novelas románticas, está bien «saldar» la historia sin limitarte a describir solo emociones. Es satisfactorio para el lector. Hay muchos libros que me encantan y no tienen nada de sexo, pero opino que cuando alguien sabe mezclar de forma habilidosa intimidad y sexo, eso ayuda de veras a llevar a buen término el desarrollo de una relación. Y creo que en tu libro lo has logrado con creces.

KS: Pues yo creo que en mi libro hay muchas cosas que no ocurrirían en la vida real... O eso espero. No es posible lanzar un hechizo y acabar en una realidad paralela. Pero es divertido imaginarlo, y también quería incluir sexo apasionado, satisfactorio y divertido.

KG: ¿Sabes? Leer tu libro me recordó a la era de las comedias románticas de los años 2000, como *El sueño de mi vida* u *Ojalá fuera cierto*. Esas en las que se esparcía un poco de polvo de hada y alguien podía vivir su vida desde una perspectiva muy distinta. Me trasladó bastante a esa onda.

KR: Es curioso que digas eso. Cuando escribí el libro, estábamos en plena pandemia y solo quería ver películas de esas. No podía leer; mi cerebro deseaba ver películas con un final predecible. Lo único que quería era darme un pequeño capricho y disfrutar del placer de saber lo que iba a pasar de antemano. Ese era mi estado mental al escribir la novela: «No quiero estar aquí; solo quiero escapar. Quiero algo que me haga feliz en todo momento mientras lo leo».

KG: Ya lo creo. Por eso a mí me resultó tan fácil escribir con fluidez de principio a fin, porque disfrutaba de cada momento. ¿Es eso también lo que buscas cuando lees novelas románticas? Para mí, como lectora, no hay nada mejor. La señal infalible es que cojo carrerilla y no quiero parar ni siquiera para comerme un sándwich. Solo quiero seguir leyendo. Es la parte buena de esas historias; que sienta bien leerlas.

KR: Sí, me encanta que me destrocen el corazón. Me encanta pasarlo mal. A veces. Otras solo me apetece una lectura fácil y amena. Y creo que hay un montón de clases diferentes de novelas románticas en el mundo, y cada cual puede elegir su aventura. ¿Qué es lo que te apetece? ¿Cuál es tu afición peculiar? ¿Cuál es tu cliché? ¿Cómo te sientes esta noche? Puedes encontrar libros excelentes para cada situación. Por eso me encantan las historias de amor.

Guía de la ciudad de Nueva York según Kate Goldbeck

Restaurantes

ARTURO'S COAL OVEN PIZZA
106 W HOUSTON ST.,
NUEVA YORK, NY 10012

Mi pareja creció cerca y fue por él por quien conocí esta perla. No es un sitio de esos donde venden triángulos de pizzas para llevar. Aquí te sientas, contemplas los cuadros de estilo..., hummm..., ecléctico, pides una pizza entera (os recomiendo la de beicon y champiñones) y disfrutas del espectáculo en directo, porque hay un piano de cola, ni más ni menos. Además, hace años, estaba cenando aquí con mi pareja y empezó a sonar *It Had to Be You*, lo cual interpreté como una señal.

THE SMITH
1900 BROADWAY,
NUEVA YORK, NY 10023

El local al que Josh acude con su cita y donde Ari los interrumpe. The Smith es, básicamente, un local de cadena pequeño y de buena calidad que puede considerarse «un verdadero restaurante de Nueva York». Es muy de fiar, y se encuentra justo enfrente de Lincoln Center.

KATZ'S DELICATESSEN
205 E HOUSTON ST.,
NUEVA YORK, NY 10002

Brodsky's es, sin duda, un guiño a este icono del Lower East Side. Todo el mundo debería ir por lo menos una vez, pero asegúrate de prestar atención al sistema de recibos al hacer tu pedido. Además del pastrami, ¡tienen unos perritos calientes deliciosos! Ah, sí, y creo que ¿quizá aquí se rodó una escena de una película?

THE SMILE
26 BOND ST., NUEVA YORK, NY 10012

The Smile, que Josh menciona que está en la misma manzana de su apartamento, fue un local básico de *brunch* durante unos diez años. Ahora es Jac's on Bond.

GRAY'S PAPAYA
2090 BROADWAY, NUEVA YORK, NY 10023

Un local icónico de perritos calientes en el que Ari hace una parada de camino a la cena de gala. No, nunca he tomado zumo de papaya, pero me encantan las salchichas como Dios manda.

KING OF FALAFEL & SHAWARMA
53RD AND PARK, NUEVA YORK, NY 10022

Cuando Ari sugiere comprar la cena en el puesto de halal después de visitar The Frick junto con Josh, se refiere a este puesto de Manhattan donde tienen el mejor halal de la ciudad. Se encuentra en la esquina de la calle Cincuenta y tres con Park Avenue, así que queda un poco más lejos que el local de Halal Guys en la Sexta Avenida, pero Freddy es el rey. El falafel no está seco y todo tiene un sabor rico y especiado.

2ND AVE DELI
162 E 33RD ST., NUEVA YORK, NY 10016

Por algún motivo que no comprendo, ya no está en la Segunda Avenida, pero es uno de mis delis favoritos y otro de los locales que inspiró Brodsky's. Tienen una ternera en conserva que está riquísima.

SHOPSIN'S (UBICACIÓN ORIGINAL)
63 BEDFORD ST., NUEVA YORK, NY 10014

Kenny Shopsin, el propietario, era un personaje fascinante y peculiar, y una gran fuente de inspiración para Danny Kestenberg. Recomiendo muchísimo su libro *Eat Me: The Food and Philosophy of Kenny Shopsin*. La última encarnación de Shopsin sigue abierta en Essex Market.

MILE END DELI (CERRADO)
53 BOND ST., NUEVA YORK, NY 10012

Ahora el local está cerrado (sí que está abierto el de Brooklyn) pero también me inspiró un poco para crear The Brod. Resulta curioso abrir un deli de comida judía al estilo de Montreal (un poco caro y de estética hípster) en una ciudad donde esa clase de restaurantes apenas sobreviven.

ODESSA (CERRADO)
119 AVENUE A, NUEVA YORK, NY 10009

Hablando de establecimientos locales que luchan por sobrevivir, tengo que unirme al duelo de Josh por la pérdida de este, abierto las veinticuatro horas y los siete días de la semana, que no superó la pandemia.

GRAND STREET SKEWER CART
CHRYSTIE ST., NUEVA YORK, NY 10002

¿Te morías de ganas por saber dónde consiguió Ari el pincho de cordero del capítulo 2? ¡Aquí lo tienes!

THE MERMAID OYSTER BAR
96 2ND AVE., NUEVA YORK, NY 10003

Zach Braff es copropietario de este local; lo supe mientras estaba allí con una primera cita pésima.

VESELKA
144 2ND AVE., NUEVA YORK, NY 10003

Un querido restaurante ucraniano del East Village donde la comida es como un cálido abrazo.

ESS-A-BAGEL
324 1ST AVE., NUEVA YORK, NY 10009

No es que falten las opciones a la hora de ir a por un *bagel*, pero esta siempre es mi elección. Suelo pedir un *bagel* de semillas con crema de cebollino, salmón ahumado, tomate y alcaparras. Josh tiene razón: ¡no es necesario tostarlo si está recién hecho!

ELEVEN MADISON PARK
11 MADISON AVE., NUEVA YORK, NY 10010

Un restaurante que en otra época fue considerado el mejor del mundo; aquí sirven comida con un sabor superintenso y es el sitio al que Josh se refiere en contraste con el discreto local que inaugura con Radhya.

CHUAN TIAN XIA
5502 7TH AVE., BROOKLYN, NY 11220

Uno de los mejores restaurantes de comida de Sichuan de la ciudad de Nueva York. Es donde Radhya, estratégicamente, compra la comida cuando invita a Josh a su apartamento.

LOS PORTALES
25-08 BROADWAY A, ASTORIA, NY 11105

Tacos hasta las tres de la madrugada en un rincón escondido de Broadway. Es aquí donde Ari compra los tacos (y, sí, tienen cebolletas y a un hombre que corta la carne asada).

BOHEMIAN HALL
29-19 24TH AVE., QUEENS, NY 11105

Esta institución de barrio sirvió de inspiración para Bohemian Garden, donde Radhya inaugura su restaurante efímero. Pasé muchas horas después del trabajo en las mesas de pícnic de este valioso lugar, bebiendo cerveza y comiendo salchichas, queso frito y *pierogi*.

Vida nocturna

DOC HOLLIDAY'S
141 AVENUE A, NUEVA YORK, NY 10009

El bar donde terminaron muchas de mis relaciones que iban mal. Tal como observa Josh, hay un intenso aroma que se propaga hasta la calle, y por eso se niega a reunirse allí con Radhya y Briar.

THE PIT
154 W 29TH ST., NUEVA YORK, NY 10001

The People's Improv Theater se encuentra al lado de mi antiguo lugar de trabajo situado en la calle Veintinueve. Es una de las fuentes de inspiración de LaughRiot.

BROADWAY COMEDY CLUB
318 W 53RD ST., NUEVA YORK, NY 10019

Solía pasar por delante de este sitio de camino al trabajo (en un momento dado, viví el milagro de solo tener que recorrer cuatro manzanas para ir a trabajar). Es la fuente de inspiración del club donde Ari asiste de público al espectáculo de Gabe.

BURP CASTLE
41 E 7TH ST., NUEVA YORK, NY 10003

El truco publicitario de esta cervecería es que está decorada como un monasterio y se supone que tienes que hablar en voz baja. Por algún motivo, los hombres creen que es un lugar perfecto para una primera cita. Preguntadme cómo lo sé.

PYRAMID CLUB (RIP)
101 AVENUE A, NUEVA YORK, NY 10009

También en la Avenida A estaba el antiguo Pyramid, un local con una historia curiosa, que cerró al principio de la pandemia, abrió con un formato un poco distinto (de ahí la frase de Josh «lo que quiera que ahora alberga el Pyramid Club») y volvió a cerrar a finales de 2022. Nunca fui lo bastante moderna para ir, pero era el sitio favorito de mi pareja, que solía hacer de *disc-jockey* en noches góticas de los años ochenta.

FILM FORUM
209 W HOUSTON ST., NUEVA YORK, NY 10014

Josh menciona la película de Buster Keaton que proyectan en esta sala de cine sin ánimo de lucro. Como buena cinéfila, creo que la experiencia de ir al cine es muy transformadora y poderosa. Al menos, ¡necesitamos estos locales para las citas! (Nota: las salidas al cine solo son aptas a partir de la cuarta cita y de noche).

Compras

STRAND BOOKSTORE
828 BROADWAY, NUEVA YORK, NY 10003

Sí, es una librería que puede estar plagada de turistas en horas punta, y en la entrada venden de todo menos libros, pero es una de mis recomendaciones más fervientes para una primera cita, y disfruto mucho mirando en los carritos con ofertas que tienen en la calle.

DUANE READE
WEST 4TH ST., NUEVA YORK, NY 10012

Duane Reade (donde tiene lugar el victorioso duelo de objetos pervertibles de Ari) es una cadena de parafarmacias de Nueva York que ahora pertenece a Walgreens, lo que significa que dentro de unos años cabe esperar que a todos los locales les pase lo mismo.

BABELAND
94 RIVINGTON ST., NUEVA YORK, NY 10002

Lo que me inspiró al imaginar CreamPot. Babeland fue una de las primeras cadenas en ofrecer juguetes sexuales de forma accesible. En una ocasión me entrevistaron para un artículo sobre tendencias de *The New York Times* en el que me llamaron «una fiel clienta de Babeland». También se lo propuse a mi madre una vez, y accedió de mil amores.

ACADEMY RECORDS
415 E 12TH ST., NUEVA YORK, NY 10009

Mi pareja es *disc-jockey,* de manera que tuve que incluir en la novela una tienda de discos y a su peculiar clientela. Es donde Josh escucha el condescendiente discurso sobre Brian Eno.

HOUSING WORKS BOOKSTORE
126 CROSBY ST., NUEVA YORK, NY 10012

En el último capítulo, Ari y Josh están haciendo cola en este local para asistir al Moth Story Slam. Aquí tienen lugar muchos eventos, pero ¡vale la pena entrar solo por los libros!

Museos

NEW-YORK HISTORICAL SOCIETY
170 CENTRAL PARK WEST, NUEVA YORK, NY 10024

Todas las comedias románticas deberían incluir un evento en el que la gente se viste de gala y baila. Por ley. En este caso, la escena de la cena de Nochevieja forma parte de la novela desde que escribí la primera versión en 2018. En 2022 acudí a ese sitio con mi madre porque quedaba cerca del apartamento de una amiga y, he ahí, había una exposición de la Sociedad Histórica sobre la cultura judía de los delis titulada «Tomaré lo mismo que ella». ¡Fue una señal!

THE FRICK COLLECTION
1 E 70TH ST., NUEVA YORK, NY 10021

Uno de mis museos favoritos, alberga el antiguo hogar y la colección de un famoso barón ladrón, tal como observa Ari. Es más íntimo y fácil de abarcar que el Metropolitan.

BROOKLYN MUSEUM
200 EASTERN PKWY., BROOKLYN, NY 11238

Ari hace campaña frente a este museo en la primera escena del libro. Esa parte de Brooklyn ofrece casi todo lo que hace que Manhattan valga la pena, pero a una escala un poco más manejable. Para ilustrarlo: la grandeza del Brooklyn Museum, adyacente a Prospect Park.

Lugares de interés

RAMBLE STONE ARCH
CENTRAL PARK, OAK BRIDGE, NUEVA YORK, NY 10024

Pequeño arco de piedra pintoresco donde Josh y Ari se besan en Nochevieja. Hay un truco para orientarse en Central Park (las farolas tienen un código numérico que corresponde a las calles) pero los caminos del Ramble dan tantas vueltas que te perderás igual. Disfrútalo.

GREYSHOT ARCH
CENTRAL PARK WEST & W 61ST ST., NUEVA YORK, NY 10023

Este es el arco bajo el que pasan Ari y Josh tras presenciar la proposición de matrimonio en The Frick. La verdad, huele un poco como un sótano al pasar por debajo.

STUYVESANT HIGH SCHOOL

345 CHAMBERS ST., NUEVA YORK, NY 10282

Una de las escuelas públicas especializadas de Nueva York y la *alma mater* de Josh (es un chico sobresaliente). También es un tributo a mis increíbles amigos de la universidad, también sobresalientes, que se criaron en la modernidad de Nueva York.

CONTENIDO inlov

SPICY

ALCOHOL Y DROGAS

BISEXUAL REPRESENTATION

* En relación al BOOKMATCH y la selección del tropo *Enemies to friends to lovers*: aunque en la editorial debatimos entre *Haters to lovers* y *Enemies to lovers*, optamos por conservar la denominación de la autora y mantenernos fieles a su intención original.

Book review INLOV

Inicio:

Fin:

Tropos:

Personajes favoritos:

Citas preferidas:

“

Notas:

El libro en una canción:

Comparte tu Book review